中國新聞史研究輯刊

初 編

主編 方 漢 奇

副主編 王潤澤、程曼麗

第 4 冊

《順天時報》與清末立憲

曹 晶 晶 著

花木蘭文化出版社

國家圖書館出版品預行編目資料

《順天時報》與清末立憲／曹晶晶 著 — 初版 — 新北市：花木
蘭文化出版社，2013〔民 102〕
目 6+232 面；19×26 公分
（中國新聞史研究輯刊 初編；第 4 冊）
ISBN：978-986-322-295-8（精裝）
1. 中國報業史　2. 晚清史
890.9208　　　　　　　　　　　　　　　　　102012306

ISBN-978-986-322-295-8

9 789863 222958

中國新聞史研究輯刊
初　編　第四冊　　　　　　　　ISBN：978-986-322-295-8

《順天時報》與清末立憲

作　　　者	曹晶晶
主　　　編	方漢奇
副 主 編	王潤澤、程曼麗
總 編 輯	杜潔祥
出　　　版	花木蘭文化出版社
發 行 所	花木蘭文化出版社
發 行 人	高小娟
聯 絡 地 址	235 新北市中和區中安街七二號十三樓
	電話：02-2923-1455／傳眞：02-2923-1452
網　　　址	http://www.huamulan.tw 信箱 sut81518@gmail.com
印　　　刷	普羅文化出版廣告事業
初　　　版	2013 年 9 月
定　　　價	初編 12 冊（精裝）新台幣 20,000 元

《順天時報》與清末立憲

曹晶晶　著

作者簡介

曹晶晶，女，山東泰安籍。先後就讀於吉林大學歷史系、中國人民大學新聞學院，獲學士、碩士、博士學位，現為中國傳媒大學博士後。研究領域為社會史、新聞傳播史論，目前關注日本在華新聞史。已發表《清末民間媒體關注『公共事務』與晚清社會變遷》、《中日「滿洲交涉」中〈順天時報〉的言論與策略》等論文十餘篇，主持教育部人文社科課題一項。

提　　要

　　清末立憲，是庚子後「存亡續絕」之際的清王朝，被迫啓動的一場自上而下的體制改革（大體以日本明治維新爲藍本，試圖實現從專制政體向「君主立憲」的轉換）。《順天時報》（1901～1930）是日本東亞同文會在北京創辦的大報，以「開通風氣、喚起輿論」爲標榜。「立憲上諭」頒佈後，該報以異乎尋常的積極態度、全力參與到這場大變革中來。它贊同並肯定清廷的改革決心，並不斷對改革派大員予以「策勵」和建言。隨著種種弊端和問題（綱紀廢弛、官僚腐敗、因循敷衍、滿漢畛域）的逐漸凸顯，該報深惡痛絕、予以揭露，並警醒當道「革除痼疾、推進變法」。在清廷、立憲派、革命派三者中間，《順天時報》盡力溝通、調和，力避朝野分裂。1911年皇族內閣、鐵路國有政策相繼出臺，該報極爲失望、焦急，它一面痛斥清廷「自毀人心」，一面大聲疾呼「召集國民大會」、公投政體以圖挽回。然而，武昌役起、全國影從，該報爲之奮鬥努力多年的「君主立憲夢」也徹底破滅。

　　作爲一份相對獨立的「外報」，《順天時報》與「身處局中」的國內報紙不盡相同：它似能以更加客觀的眼光來審視這場變革，看到其特有的複雜性、艱巨性及癥結所在；因此報道和評論顯得更爲全面、深刻，且能不避斧鉞、切中肯綮。在諸如官制改革、丁未政潮、創立諮議局、頒佈《憲法》大綱、光緒逝世、國會請願、革命黨起事、收回利權運動、載灃罷袁、皇族內閣、鐵路風潮、武昌起義、南北議和 …… 等一系列大事上，該報的報導和觀點均值得注目。今日看來，也不失爲一條「重返歷史現場」的通路。

《中國新聞史研究輯刊》總序

　　新聞史是一門科學，是一門考察和研究新聞事業發生發展歷史及其衍變規律的科學。它和新聞理論、新聞業務一樣，都是新聞學的重要組成部分。新聞史又是一門歷史的科學。屬於文化史的範疇，是文化史的重要組成部分。由於新聞事業的特殊性，新聞史的研究和各時期的政治、經濟、文化都有著緊密的聯繫。

　　在中國，近代以來的重大政治運動，和文化史上的許多重大事件，都和當時的新聞事業有著密切的聯繫。從戊戌維新到辛亥革命，每一次重大的政治活動都離不開媒體的宣傳和鼓吹。近代歷史上的幾次大的思想啓蒙運動，哲學和文學領域的幾次大的論戰，新文化運動的誕生和發展，各種文學流派的形成及其代表作品的問世，著名作家、表演藝術家的嶄露頭角和得到社會承認，以及某些科學文化知識的普及和傳播，也都無不和報刊的參與，有著密切的聯繫。各時期的經濟的發展，也有賴於媒體在輿論上的醞釀、推動和支持。

　　新聞史，從宏觀的角度來說，需要研究的是整個人類新聞傳播活動的歷史。從微觀的角度來說，則是要研究一個國家、一個地區、一個時代、一個時期、一類報刊、一類報人，乃至於具體到某一家報刊、某一個報刊工作者和某一個重大新聞事件的歷史。研究到近代以來的新聞史的時候，則還要兼及通訊社、廣播電臺、電視臺和各種現代化新聞傳播機構和新聞傳播手段發生發展的歷史。

　　對於中國的新聞史研究工作者來說，需要著重研究的是中國新聞事業發生發展的歷史。中國是世界上最先有報紙和最先有印刷報紙的國家，中國有

將近 1300 年的封建王朝辦報的歷史，有 1000 多年民間辦報活動的歷史，有近 200 年外國人來華辦報的歷史。曾經先後湧現過數以千萬計的報刊、通訊社、廣播電臺、電視臺和各種各樣的新媒體，以及數以千百計的傑出的新聞工作者，有過幾百次大小不等的有影響的和媒體及報人有關的重大事件。這些都是中國新聞史需要認真研究的物件。由於中國的新聞事業歷史悠久、源遠流長，中國的新聞史因此有著異常豐富的內容，這是世界上任何國家的新聞史都無法比擬的。

在中國，新聞史的研究，已經有一百年以上的歷史。1873 年《申報》上發表的專論《論中國京報異於外國新報》和 1901 年《清議報》上發表的梁啟超的《中國各報存佚表序》，就是我國研究新聞事業歷史的最早的篇什。至於新聞史的專著，則以姚公鶴寫的《上海報紙小史》為最早，從 1917 年姚書的出版到現在，中國新聞史的研究經歷了以下三個時期。

第一個時期，是 1917 年至 1949 年。這一時期出版的各種類型的新聞史專著不下 50 種。其中屬於通史方面的代表作，有戈公振的《中國報學史》、黃天鵬的《中國的新聞事業》、蔣國珍的《中國新聞發達史》、趙君豪的《中國近代之報業》等。屬於地方新聞史的代表作，有姚公鶴的《上海報紙小史》、項士元的《浙江新聞史》、胡道靜的《上海新聞事業之史的發展》、蔡寄鷗的《武漢新聞史》、長白山人的《北京報紙小史》(收入《新聞學集成》)等。屬於新聞史文集方面的代表作，有孫玉聲的《報海前塵錄》、胡道靜的《新聞史上的新時代》等。屬於新聞史人物研究方面的代表作，有張靜廬的《中國的新聞記者》、黃天鵬的《新聞記者外史》、趙君豪的《上海報人的奮鬥》等。屬於新聞史某一個方面的專著，則有趙敏恒的《外人在華新聞事業》、林語堂的《中國輿論史》、如來生的《中國廣告事業史》和吳憲增的《中國新聞教育史》等。在這一時期出版的新聞史專著中，以戈公振的《中國報學史》影響最大。這部新聞史專著根據作者親自搜訪到的大量第一手材料，系統全面地介紹和論述了中國新聞事業發生發展的歷史，材料豐富，考訂精詳，是中國新聞史研究的奠基之作。至今在新聞史研究工作中，仍然有很大參考價值。其餘的專著，彙集了某一個地區、某一個時期、某一個方面的新聞史方面的材料，也都各有一定的參考價值。

第二個時期，是 1949 至 1978 年。這一時期海峽兩岸的新聞史研究工作都有長足的發展。大陸方面，重點在中共報刊史的研究。其代表作是 1959 年

由中國人民大學新聞系編印出版的《中國現代報刊史》講義，和 1962 年由復旦大學新聞系編印出版的《中國新民主主義革命時期新聞事業史講義》。此外，這一時期還出版了一批帶有資料性質的新聞史參考用書，如人民出版社出版的《五四時期期刊介紹》，潘梓年等撰寫的《新華日報的回憶》，張靜廬編輯的《中國近代出版史料》和《中國現代出版史料》，阿英的《晚清文藝報刊述略》和徐忍寒輯錄的《申報七十七年史料》等。與此同時，一些新聞業務刊物和文史刊物上也發表了一大批有關新聞史的文章。其中如李龍牧所寫的有關《新青年》歷史的文章，丁樹奇所寫的有關《嚮導》歷史的文章，王芸生、曹穀冰合寫的有關《大公報》歷史的文章，吳範寰所寫的有關《世界日報》歷史的文章等，都有一定的影響。這一時期臺港兩地的新聞史研究，在 1949 年前後來自大陸的中老新聞史學者的帶動下，開展得較為蓬勃。30 年間陸續出版的中外新聞史著作，近 80 種。其中主要的有曾盧白、李瞻等分別擔任主編的同名的兩部《中國新聞史》，賴光臨的《中國新聞傳播史》、《七十年中國報業史》、《梁啓超與近代報業》和《中國近代報人與報業》，朱傳譽的《先秦傳播事業概要》、《宋代新聞史》、《報人報史報學》，陳紀瀅的《報人張季鸞》，馮愛群的《華僑報業史》和林友蘭的《香港報業發達史》等等。此外，臺灣出版的《報學週刊》、《報學半年刊》、《記者通訊》等新聞學刊物上，也刊有不少有關新聞史的文章。一般地說，臺港兩地這一時期出版的上述專著，在中國古代新聞史和海外華僑新聞史的研究上，有較高的造詣，可以補同時期大陸新聞史學者的不足。在個別近代報刊報人和有關港臺地區報紙歷史的研究上，由於掌握了較多的材料，也給大陸的新聞史學者，提供了不少參考和借鑒

　　第三個時期，是 1978 年到現在大約 30 多年的一段時期。這是中國大陸新聞史研究工作空前繁榮的一段時期。原因有以下幾點：一是隨著政治和經濟上的改革開放，和「實踐是檢驗真理的唯一標準」的討論，前一階段的「左」的思想影響逐步削弱，能夠辯證的看待新聞史上的報刊、人物和事件，打破了許多研究的禁區。二是隨著這一時期新聞傳播事業的迅猛發展，新聞教育事業受到高度重視，大陸各高校設置的和新聞傳播有關的院、系、專業之類的教學點已超過 600 個。在這些教學點中，中國新聞史通常被安排為必修課程，因而湧現了一大批在這些教學點中從事教學工作的新聞史教學研究工作者。三是上個世紀 80 年代以後，各省市史志的編寫工作紛紛上馬，這些史志

中通常都設有報刊、廣播、電視等媒體的專志，有一大批從一線退下來的老新聞工作者，從事這一類地方新聞史志的編寫工作，因而擴大了新聞史研究工作者的隊伍，豐富和充實了新聞史研究的成果。四是改革開放打破了前 30 年自我封閉的格局。海內外、國內外、境內外和兩岸三地的人際交流，學術交流，資訊交流日益頻繁。爲中國新聞史的研究提供了有利的條件。1992 年中國新聞史學會的成立，和下屬的「新聞傳播教育史」、「外國新聞傳播史」、「網路傳播史」、「少數民族新聞傳播史」、「臺灣與東南亞新聞傳播史」等分會的成立，和該會會刊《新聞春秋》的創刊，也對新聞史研究隊伍的整合與交流起了很大的推動作用。到本世紀的第一個十年，中國大陸的新聞史教學研究工作者已經由前一個時期的不到數十人，發展到數百人。陸續出版的新聞史教材、教學參考資料和專著，如李龍牧的《中國新聞事業史稿》、方漢奇的《中國近代報刊史》、50 位新聞史學者合作完成的《中國新聞事業通史》(三卷本)、胡太春的《中國近代新聞思想史》、徐培汀的《中國新聞傳播學說史(1949-2005)》、韓辛茹的《新華日報史》、王敬等的《延安解放日報史》、張友鸞等的《世界日報興衰史》、尹韻公的《中國明代新聞傳播史》、郭鎮之的《中國電視史》、曾建雄的《中國新聞評論發展史》、程曼麗的《蜜蜂華報研究》、馬光仁等的《上海新聞史》、龐榮棣的《史量才傳》、白潤生等的《中國少數民族新聞傳播通史》(上、下)、吳廷俊的《新記大公報史稿》和《中國新聞史新修》、陳玉申的《晚清報業史》，鐘沛璋的《當代中國的新聞事業》等，累計已超過 100 種。其中有通史，有編年史，有斷代史，有個別新聞媒體的專史，也有新聞界人物的傳記。與此同時，還出現了一批像《新聞研究資料》、《新聞界人物》、《新華社史料》、《天津新聞史料》、《武漢新聞史料》等這樣一些「以新聞史料和新聞史料研究爲主」的定期和不定期的新聞史專業刊物。所刊文章的字數以千萬計。使大陸新聞史的研究達到了空前的高潮。這一時期臺港澳的新聞史研究也有一定的發展。李瞻的《中國新聞史》、賴光臨的《中國新聞傳播史》和《七十年中國報業史》、朱傳譽的《中國新聞事業論集》、陳孟堅的《民報與辛亥革命》、王天濱的《臺灣報業史》和《臺灣新聞傳播史》、李穀城的《香港中文報業發展史》、《香港〈中國旬報〉研究》等是其中的有代表性的專著。但受海歸學者偏重傳播學理論和實證研究的影響，新聞史研究者的隊伍有逐步縮小的趨勢。值得提出的，是這一時期海外華裔學者從事中國新聞史研究的也大有人在。其傑出的代表，是現在北京大

學任教的新加坡籍的卓南生教授。他所著的《中國近代報業發展史》，有中文、日文兩種版本，也出版在這一時期，彌補了大陸學者研究的許多空白，堪稱是一部力作。

和臺港澳新聞史研究的情況相比，中國大陸的新聞史研究，目前仍處在蓬勃發展的階段。為適應新聞事業迅猛發展的需要，上個世紀 80 年代以來，大陸各高校新聞教學點的數量有了很大的發展，檔次也有了很大的提高。師資隊伍出現了極大的缺口。為適應形勢發展的需要，幾個重點高校紛紛開設師資培訓班，為各高校新聞院系輸送新聞史論方面的教學骨幹。稍後又大力發展研究生教育，設置新聞學、傳播學的碩士點和博士點，招收攻讀新聞史方向的研究生。到本世紀的第一個十年，擁有博士學位和博士後學歷的中青年新聞史學者已經數以百計。這些中青年學者，大都在高校和上述 600 多個新聞專業教學點從事新聞史的教學研究工作。他們和在中國社會科學院新聞學研究所和各省市社科院新聞所從事新聞史研究的中青年研究人員以及老一代的新聞史學者一道，構建了一支老中青結合的學術梯隊，形成了一支數以百計的新聞史研究隊伍，不斷的為新聞史的研究提供新的成果。其中有不少開拓較深，頗具卓識，填補了前人的學術研究的空白。

收入《中國新聞史研究叢書》的這些專著，就是從後一時期近 20 年來中國大陸中青年新聞史學者的眾多研究成果中篩選出來的。既有宏觀的階段性的歷史敘事和總結，也有關於個別媒體、個別報人和重大新聞史事件的個案研究。其中有一些是以他們的博士論文為基礎，增益刪改完成的。有的則是作者們自出機杼的專著。內容涉及近現當代中國新聞事業歷史的方方面面，既反映了中國大陸改革開放以來新聞史研究蝶舞蜂喧花團錦簇的繁榮景象，展示了中青年學者們的豐碩研究成果，也為中國新聞史研究的進一步發展，提供了不少參考和借鑒。把它們有選擇的彙集起來，分輯出版，體現了花木蘭文化出版社在推動新聞史學術發展和海內外以及兩岸學術交流方面的遠見卓識，我樂觀厥成，爰為之序。

方漢奇

2013 年 4 月 30 日

（序的作者為中國人民大學榮譽一級教授，北京大學新聞學研究會學術總顧問，中國新聞史學會創會會長。）

目

次

第一章　導　論

一、選題的背景

　　《順天時報》是近代日本在華創辦的一份重要中文報紙，是 1931 年以前日本外務省在中國僅有的兩份官方報之一。〔註1〕1901 年，東亞同文會成員中島眞雄在北京獨立創辦，由於在日俄戰爭中表現突出，1905 年以後轉爲日本外務省所有，自此直到 1930 年外務省下令停刊，前後屹立華北報界共歷 30 年。在中國新聞史上，《順天時報》是一份特殊的報刊：它是外國人在中國的京畿發行的第一份日報；它雖爲日人所辦，但報頭卻由當時的順天府尹（陳璧）題詞；它在清末期間，最高發行達 3 萬份以上，〔註2〕創下了紀錄；在民國初年，當北方報界「皆印紅報、臣記者三字充斥版面」之時，它是長江以北的報壇中，唯一持續發表反袁言論的報紙，以至於竟出現過僞造該報、專供袁一人閱讀的「贗版」；直到 1920 年代，《順天時報》仍是華北報界「首屈一指」的政治化大報，從銷量和影響上不遜於《大公報》、《益世報》等。此外，《順天時報》還是中國唯一見證張勳復辟鬧劇並直接報導的媒體〔註3〕；也是評選出中國京劇的「四大名旦」的獨家媒體。

　　作爲在特定歷史階段（20 世紀初）頗有影響的報紙，國內外的研究成果卻極爲稀少。本文試圖對其進行研究：對 1901～1911 年《順天時報》的背景、宗旨、內容和影響做一階段分析，探討其在清末十年的媒體表現，並

〔註1〕　另一份是創辦於 1919 年 12 月的北京的《華北正報》，此報爲英文。
〔註2〕　見戊午編譯社：《北京新聞界之因果錄》，《民國日報》1919 年 2 月 4 日。
〔註3〕　http://bjyouth.ynet.com/article.jsp 歇 oid=8300670

分析其背後原因，試圖提供一些有啓發性的結論。本文選取《順天時報》進行研究，一是著眼於其代表性；二是其特殊性：

（一）代表性——《順天時報》是近代日本在華報刊的一個典型：日本近代以來在中國創辦了大批報紙，無論是個人創辦的、還是官方創辦的，在資金、經營各方面，都與日本國內政治階層（朝野人士、商業財閥）的支持密不可分。因此，其創辦宗旨、目的無不從日本國家利益考慮，爲本國利益服務；而言論主張無不與日本對華態度、觀點和外交政策密切相關；同時，在重大事件發生時，無不從本國立場出發、展開輿論攻勢。這些特點其實也是在華外報主要的特徵。《順天時報》作爲日本官方在華報紙之一，在這些方面提供了一個典型；考察其創辦宗旨、目的、報導的內容和手段、立場觀點，均可有助於我們瞭解 20 世紀初期日本對華問題的態度和策略。甚至爲近代在華外報提供一個參照。

（二）特殊性——《順天時報》又是近代日本在華創辦的很特殊的一份報紙：

首先在於它是一份中文報紙，以中國讀者爲對象：日本在華共辦各種文字報紙約 120 種，其中日文報占絕大多數，中文報占約 1/6 弱，即約有 20 種；而就對中國朝野輿論的影響力而言，顯然中文報紙是主角。

其次，其還特殊在於它是近代日本在中國的政治中心——北京辦的唯一一份報紙，其面對的讀者是華北地區的政治精英，同時，由於北京提供了廣闊的消息渠道，造成該報是近代日本在中國辦的中文報紙中影響最大的一份，一度稱爲「華北第一大報」〔註4〕

最後，是其「政治化大報」的身份：《順天時報》的發刊地點，是清朝的政治中心——北京，這種特殊的地理位址，在消息來源、讀者對象以及言論

〔註4〕 日本在華創辦的報紙幾乎都於晚清時期奠基，其中主要有 7 種：《漢報》（漢口，1896～1900）、《國聞報》（天津，1897～1900）、《亞東時報》（上海，1898～1900）、《同文滬報》（上海，1900～1908）、《閩報》（福州，1898～1945）、《順天時報》（1901～1930）、《盛京時報》（瀋陽，1906～1945）。前四種報紙在清末均爲鼓吹憲政較有分量的言論大報，但可惜年份都很短，最長的《同文滬報》也只有八年。在中國報壇存在時段較長的是《閩報》（47 年）、《盛京時報》（39 年）、《順天時報》（29 年）。《閩報》實際是日本駐臺灣總督府的直屬報，在福州發行，遠離中國政治中心，因此輻射範圍集中於東南省份；《盛京時報》是日本在東北最大的報紙，以言論報導迅速、銷量大而著稱，「其在東北之地位，正如《順天時報》在華北之地位相同。只有《順天時報》，地處京畿，言論記載影響頗爲重要。

的尺度方面，形成了該報的很多特徵。（1）「政治化大報」色彩鮮明，始終密切關注朝廷最新的政治舉措、動向，相對於遠在上海的《時報》、《神州日報》等，該報能夠對朝野意義重大的「風吹草動」作出迅速而準確的報導和評論。（2）其內容上，「長篇大論」式的對立憲改革的論證文字並不多，幾乎所有的論說都針對實際進行中的「要政」進行「有的放矢」的討論，或者批評、或者肯定、或者提出發現問題提出建議——這與側重理論宣傳的立憲派報紙《新民叢報》等不盡相同。3、《順天時報》作為一份外國報紙發刊於京師輦轂之下，言論限度適當考慮清廷接受程度，但是，在很多其重視的「要政」上（如官員腐敗、滿漢暗鬥），能夠不避斧鉞、尖銳地指出。

　　總之，正如日本滿鐵東亞經濟調查局發行的調查資料如此評價此報：「在支那用華文報紙進行宣傳工作方面日本最成功的，是北京的《順天時報》，它巧妙地抓住了支那人的心裏，從內容到形式均採取適應支那人的方式編輯，甚至支那人自身往往沒有察覺到自己購閱的是外國人經營的報紙。」〔註5〕同文會則肯定了在民初北京新聞界，《順天時報》「坐第一把交椅」，並認為其乃「華北第一大報」。可以說，日本人在北京發行了 30 年的《順天時報》，具有很大特殊性。

二、以往研究回顧

　　目前國內外學術界對《順天時報》這份報紙，研究十分不足。以往的研究主要集中在以下幾個方面：

（一）對於《順天時報》的基本情況的梳理

　　這方面主要有《20 世紀日本在華報人與中日關係——以〈順天時報〉為中心》。〔註6〕該文有兩個貢獻：1、作者依據日文資料，指出了《順天時報》創辦人中島真雄同日本在華重要文化機構——東亞同文會的密切關係，並且認為：「中島真雄在中國的辦報活動，是東亞同文會對華事業的一個重要組成部分；而東亞同文會依附於日本政府，因此，中島真雄的活動是服務於日本的大陸改革政策的。」本文使東亞同文會進入了關於本報的研究視野，有一定的合理性。但是，對二者的關係沒有提出更多的史料證明，而且，論述比較簡略，沒有深入。2、明確了《順天時報》是日本外務省的機關報：由於日

〔註5〕　《支那新聞發達》，滿鐵東亞調查局發行。昭和 2 年，第 47 頁。
〔註6〕　劉愛君，《貴州民族學院學報（哲學社會科學版）》，2006 年 02 期。

俄戰爭中，報紙擴大了社會影響力，受到日本外務省的關注和重視，日本外務省對《順天時報》的輿論宣傳作用給予充分肯定，遂於 1905 年 3 月用 1 萬日元將《順天時報》收買到自己的麾下——從而作者認為：「從此，《順天時報》成為日本外務省的機關報。」

（二）對《順天時報》產生背景的簡單介紹，及其民國時期「興盛」的原因的探討

《近代日本在華文化及社會事業研究》〔註 7〕（臺灣專著）是其中代表性的，該書的「近代日本在華的報刊」一章中，提出了兩個方面：1、日本人創辦《順天時報》的原因：（1）甲午戰後，日本對華北政策的重視；（2）對清廷表示友好以準備對華作戰；（3）1900 年日本對中國大陸的「南進北守」政策，逐漸轉變為「北進南守」政策。——日本政府受俄國的刺激而對中國北方的重視，是導致《順天時報》創立的重要原因。2、《順天時報》在北京報壇曾產生過重要影響：「民國以前，該報並無特殊發展，民國以後，軍閥跋扈，對新聞界之多所迫害，致本國報界，言論記載，動輒得咎；而《順天時報》因官廳干涉不易，故可言所預言，盡情披露。後來因反對袁世凱稱帝，「銷路大增，竟成為華北第一大報，一度執北京報界之牛耳。」該文認為：《順天時報》在民國以後之卓越表現（「執北京報界牛耳」）的主要原因是：中國報界的混亂以及封建軍閥對本地報紙的摧殘，為該報創造了獨領輿論的特殊機會。

（三）對《順天時報》在反對袁世凱登基問題上的突出表現的介紹

楊早在《〈順天時報〉的崛起——1916～1917 北京輿論狀況》一文中，對《順天時報》在 1915 年前後激烈的反袁言論做了介紹，並指出其奠定了輿論基礎。

（四）《順天時報》停刊的原因的探討

有學者對 1926～1928 年，北京、上海、天津等地抵制《順天時報》的前因後果及歷史經過進行了敘述。指出，日本為了維護在華權益，反對中國革命，以保護在華僑民為藉口出兵山東期間，《順天時報》捏造事實，成為「逆天時報」，遭到了全國群眾的反對，這是其衰亡的原因。〔註 8〕

〔註 7〕 黃福慶著，《近代日本在華文化及社會事業之研究》，臺灣中央研究院近代史研究所輯刊，第四十五輯。

〔註 8〕 見吳修申：《〈順天時報〉停刊的原因》，《聊城師範學院學報》（哲學社會科學

（五）對《順天時報》在清末民初之總體表現的概括陳述

這是臺灣學者吳文星的《順天時報——日本在華宣傳機構研究之一》，該文從日本在華宣傳機構的角度，對清末到民初的《順天時報》的輿論表現做了總體、概括性的描述，其中，「《順天時報》與日俄戰爭」、「《順天時報》與袁世凱稱帝」這兩個階段引證了大量一手資料，比較翔實可靠。

總體上看，目前的研究，對於該報在各個歷史階段的認識還是斷續不全的（後 15 年較前 15 年清晰）；二是對該報的認知還僅僅停留在「面上」的瞭解，而缺乏結合中日雙方歷史背景的深入剖析，因而顯得缺乏深度。

實際上，考察中日兩方面學術界的對該報的評價，兩國學者間存在著很大不同：

日本學者對《順天時報》給予了極高的正面評價：吹噓該報「言論報導客觀公正」，並肯定該報推進維新改革、擁護中國民主共和方面的「卓越表現」。如《對支回憶錄》說，「本報的發行，在北京實為空前的壯舉。」〔註9〕「尤其當 1916 年，反對袁世凱稱帝時，依然反抗各種壓迫，以嚴正的言論，糾斥袁世凱的種種錯誤，……中國人至今還沒有忘記。」〔註10〕時任順天時報社長龜井陸良：「（本報）以不偏不黨之見底，扶植方興未艾之勢力，而反對倒行逆施之舊勢力，擁護中國已成之共和，使政治漸趨正軌，庶不至內亂頻仍，而導國家於危亡之域。」〔註11〕二戰以後，該報最後的編輯長佐佐木對該報則如此評價：「關於兩國事件的報導，的確有顛倒黑白之處，但其他方面的報導是中立客觀的——尤其是關於軍閥混戰的報導，準確而受到好評。」〔註12〕

但中國方面評價則極為不同：自民國學者至當代學者，基本上在肯定「日本外務省的機關報」性質的基礎上，以「服務於日本的大陸政策」、為「對華文化侵略」的宣傳工具來評價其歷史上的作用：

1、民國學者的論述：40 年代初，任白濤先生寫道：講起日帝國主義者在華創辦的「掛羊頭賣狗肉」式的偽華報，那最大膽、最無恥、最露出原形的，

版），2001 年第 3 期；王潤澤：《〈順天時報〉停刊的深層原因》，《國際新聞界》2008，8。
〔註 9〕　東亞同文會：《對支回憶錄》。
〔註 10〕　同上。
〔註 11〕　「告別之辭」，《順天時報》，1916/6/15（2）。
〔註 12〕　中下正治：《日本在華經營報刊》，研文社，2996 年。

便是 1901 年創刊，在中國輿論界整整搗亂了三十年方才歸於消滅的《順天時報》〔註13〕——基本上代表了民國時期一大部分愛國知識分子對《順天時報》的評價。

2、當代學者的基本評價，以王向遠的評價較為典型：「因那時清政府嚴格控制新聞報紙，致使中國人自己辦的報紙太少，《順天時報》乘虛而入，靠著其經濟實力和宣傳手腕，而產生了相當的影響，……它無視中國主權，對中國內政外交說三道四，造謠生事，混淆視聽，欺騙中國民眾，以攪亂中國為樂事，造成了惡劣影響。」〔註14〕劉愛君則指出：作為日本政府的機關報，《順天時報》在宣傳日本的對華政策、控制中國的輿論界等方面影響很大。「五．四」運動後，該報受到中國各界有識之士的批判和抵制。

綜上可知，以往研究主要局限於對《順天時報》的基本情況的介紹，以及對其民國以後的表現的探討上（包括停刊原因）；而基於歷史背景和報紙原始資料相結合進行歷史的、具體的考察的成果，則十分少見。這使得該報的研究仍然停留在表層，在評價上有「一言以蔽之」的缺陷，缺乏具體的、全面的、歷史的評價。尤為關鍵的是，一個原本需要解決的重要問題，仍然被擱置下來，這個問題是：作為一份日本官方在華報紙，《順天時報》在特定歷史階段（1900～1920 年代），曾發揮出巨大輿論影響力的原因是什麼？

三、選題的範圍和研究目的

本文主要擬對《順天時報》的創辦背景、宗旨、報導內容和言論主張進行研究和分析，而主要集中在對 1900～1911 年的《順天時報》進行內容研究。確立這一時間範圍，是因為這是《順天時報》在近代中國政治史上發揮突出影響的時期，而這一時期之所以值得關注原因有四個：

第一，這十年《順天時報》奠定在中國報壇上的基礎

創刊後十年間，該報通過不斷努力，確立了其內容取向、宗旨和言論立場，成為以後 20 年的基礎和鋪墊。

第二，是近代史上重要變革——「新政改革」發生的十年

自 1901 年開端的「新政」改革，到 1906 年後進入了「預備立憲」時期。這場思想和體制的變革，對中國近代歷史而言是「史無前例」的，在很大程

〔註13〕《日本對華宣傳政策》，商務印書館 1941 年版。
〔註14〕王向遠，《日本對華文化侵略與在華通信報刊》，2005 年。

度上改變了中國的政治、經濟、文化的基礎，決定了未來的社會變革的方向。在這一過程中，各種政治勢力（保守派、立憲派、革命派）交鋒、激蕩，中國前途呈現「變幻莫測」的圖景。而對這十年裏面較爲重要事件、重大變化，國內外各種媒體的反應和態度也不盡相同。作爲一份開辦在中國本土的輿論媒體，《順天時報》必然深深地介入其中，站在其特殊角度、發揮其獨立意見。

第三，1900 年以後，是日本與中國發生密切關係的開始

自 1894 年甲午戰爭之後，日本就開始了與中國「大陸」的交往（經濟、政治、文化滲透）；但是此前其實力不足，僅僅是列強的後塵在中國南部活動。日本與清朝政治核心眞正發生密切聯繫，是在 1900 年八國聯軍進駐北京以後，在日本「北進南守」的政策之下，開始大力開展「以北京爲中心」的外交活動。這十年間，日本同中國之間的關係呈現出十分複雜的聯繫。對中國未來政治走向的關注，也是前所未有的。

第四，從《順天時報》開辦前後 30 年的歷史來看，「清末十年」是其媒體表現十分突出的時期

它充分地發揮了其新聞言論功能，在中國報界獨樹一幟，深刻而廣泛的影響了朝野輿論，在華北報界初步奠定了其「政治化大報」的地位。因此，在該報的歷史上是十分突出的時期。本文主要的研究目的和任務在於：

（一）力圖通過對《順天時報》在 1900～1911 年間的輿論表現，來考察其基本觀點、政治主張，從而分析其在 20 世紀初的這場中國「政治變革浪潮」中所發揮的作用和影響。

（二）揭示出掩藏在觀點、立場後的深層原因，並在此基礎上，試圖做一客觀的評價，得出有啓發性的結論。

四、研究方法、研究難點和意義

（一）研究方法

根據研究對象和內容，本文擬主要採用：1、文獻分析法：搜集大量與該報有關的中日文報紙、檔案、回憶錄、調查報告，進行背景縱橫分析；2、內容分析法：主要是對 10 年間，《順天時報》報紙原件的每日具體內容（新聞和評論）的具體考察；3、比較分析法：對與其同時代的典型報紙（《時報》、《申報》、《神州日報》等）進行對照分析，從而比較出該報的特徵。

（二）研究難點

1、資料的難點

首先是，該報是日報，而本文的題目和研究任務（考察其言論主張、觀點），決定了：必須對 10 年間的報紙每日的內容（新聞版、言論版）進行仔細閱讀；瞭解大意，並選取重要的信息、進行連續分析、考察。而更加複雜的是，在報紙內容背後涉及的東西——爲數眾多的人物、複雜的事件，來龍去脈，需要結合大量的歷史文獻進行瞭解。這就需要作者較豐富、廣闊的史學背景，以及在此基礎上巨大的工作量。其次，該報年代久遠，文言繁體、豎排、無句讀，縮微資料和原件在閱讀上較爲困難。再次，由於該報創刊於清末，1905 年前的報紙國內所藏無幾，多數保存在日本東京國立圖書館，因路途遙遠，無法全部獲得。最後，大量的日文資料難以獲得，如日本外務省的檔案等。

2、歷史學研究現狀的制約

《順天時報》這一報紙個案的研究和評價，涉及的領域十分廣闊：

一是中日關係：眾所周知，「近代以來的中日關係，不用說，用『日本逐漸侵略中國』一句就可以概括」〔註15〕，但是，甲午之後直到 1931 年不同階段，日本對中國的認識、態度和主張是一個演變的過程；影響到對華政策。這方面中國學者研究較窄，缺乏具體階段的考察，尤其是對清末時期日本對華觀念、措施的演變，缺乏紮實的成果。這對歷史地評判日本在華報紙——《順天時報》的宗旨、作用，合理地下結論，產生很大制約。

二是清末立憲認識和評價：這方面，以往的研究基本持否定態度（或者認爲是「僞立憲」，或者將其作爲辛亥革命的「背景」定位）。近年來逐漸扭轉了看法，肯定了其「體制改革」的重要意義，但是研究剛剛起步，缺少深入具體的實證性研究；很多具體問題的評價還持有爭議，如：對九年預備期限；諮議局、資政院的作用；對國有鐵路政策的評價；對清廷立憲改革的決心的評價等等，都有不同認識。這一點，無疑會影響到對《順天時報》言論觀點的評價。

對以上兩個難點，作者將在盡力佔用大量資料的基礎上，注意吸收國內外近代史、外交史的新的研究成果。不以單線進化論爲依據，對《順天時報》

〔註15〕野村浩一：《近代日本的中國認識》，中央編譯出版社，第 51 頁。

及其活動的舞臺，進行歷史的、客觀的評價。

（三）研究意義

《順天時報》的研究，對近代日本在華報刊的歷史表現無疑提供了一個典型的個案，從而豐富和加深對日本在華報刊具體歷史作用的認識；

首先，豐富以往對「在華外報」的「歷史表現」的認識：《順天時報》作爲在華外報的一個典型，它在中國政治舞臺上的表現，報紙所表現出的言論、立場的特徵，從一個側面反映了外國在華報紙，其主觀動機（本國對華政策、利益）與客觀效果（對中國社會輿論發揮的作用）之間的關係，以及這種「發揮」是如何受制於中國特定歷史「語境」、兩國之間關係「歷時態特徵」的。

其次，歷史地看，在華日本報刊是日本在華重要的文化機構，既是在中日關係發展演變的的背景下的特殊事物；同時，其存在、表現和作爲，也反過來影響了中日關係史的進程。對其進行具體的、歷史的考察，無疑可以爲中日關係史的研究，提供新的視角。

再次，加深對近代中國唯一的體制變革——「清末新政」的瞭解：作爲日本在華報刊，支持清末憲政的立場，故而其能夠以較爲客觀的筆調比較中日，言論上較國內報紙有其獨立性，《順天時報》的言論和報導，無疑對清末立憲改革的認識提供了另一個窗口。以當時旁觀者的視角，來審視這場變革的特殊複雜性、艱巨性以及其難以克服的弊端。

第二章 《順天時報》創辦的背景

第一節 1900 年前後中國的政局

梁啓超在《〈清議報〉一百號祝辭》中說：「十九世紀與二十世紀交點之一刹那，實中國兩異性相搏相射，短兵緊接，而新陳嬗代之時也。」庚子（1900年）是 19 世紀的最後一年，辛丑（1901 年）是 20 世紀的最初一年。這兩年間，清末政局發生了前所未有的劇烈變動：義和團運動的發展與八國聯軍的瘋狂入侵，使清政府的腐敗兜底暴露，國內反清情緒劇增，革命聲勢日漲——嚴重的民族危機和國內政治危機，迫使清政府不得不做最後的掙扎。「清末新政」在此後數年間迅速啓動，是衰敗之極的清王朝試圖求得生存機會的最後努力。

一、從 1898 年「戊戌政變」到 1900 年「庚子事變」

1898 年慈禧太后發動的「戊戌政變」，將「百日維新」徹底葬送，隨著康梁流亡海外，各種政治禁令頻頻頒佈，全國政局陷入一片死寂。全國各地數十種報刊（如《時務報》）等銷聲匿跡。在戊戌政變中，頑固派載漪、剛毅之流得罪了光緒皇帝，因而有「乙亥建儲」之議，1899 年慈禧開始實施「廢立」之謀。此事受到西方列強的嚴重干預，中外矛盾迅速升級。以慈禧、剛毅等人爲代表的清廷保守主義，走向了它的極端——「排外」。1900 年，終於釀成了一場前所未有的「庚子事變」。以慈禧太后爲首的頑固勢力企圖以義和團之力給西方以顏色，結果，義和團的血肉之軀無法抵擋八國聯軍的炮火，在京城陷落之時，慈禧太后不得不攜光緒倉皇「西狩」。

爲革命而斷頭的鑒湖秋瑾女俠，曾在彈詞中說：「（義和團）闖成大禍難收拾，外洋的八國聯軍進北京。」這篇文字省略了義和團運動的起因，但是

卻道出了義和團與八國聯軍侵略之間的聯繫：民族義憤導致了新的「橫暴」。
在八國聯軍的炮火下，北京是一個真正的悲慘世界：「居人營衢塞巷，父呼其
子，妻號其夫，闔城痛哭，慘不忍聞。逃者半，死者半，並守城之兵，死者
山積」〔註1〕。全國北方淪爲戰場。

庚子之亂給中國帶來的後果：

（一）清廷威信掃地：列強對清廷頑固守舊派十分不滿，在「懲凶」的
議和條件下，慈禧下令斬剛毅、趙舒翹等人之首以謝天下。但是，運動之中，
「東南互保」證明了漢族督撫的離心傾向。「政府之專己自逞，違拂民心，摧
抑士論，……於是人民希望之路絕，激烈之說得以乘之，耳人人離畔矣」〔註
2〕1901 年的《辛丑條約》，規定了高達四億兩白銀的賠償金，這就使本已千瘡
百孔的財政走向了崩潰邊緣。

（二）唐才常「自立軍」勤王失敗後，國內愛國份子不少在絕望中走上
武裝反清的道路。以孫中山爲首的革命勢力也潛滋暗長，革命運動逐漸成爲
一股不可抵擋的潮流。

（三）列強「瓜分狂潮」的轉向：甲午戰爭以後，鑒於中國的衰敗，西
方列強曾蠢蠢欲動地興起了「瓜分之議」；1900 的庚子事變之後，這種勢頭逐
漸轉向低潮——列強在義和團的反抗中，見到了「中國所有好戰精神，尚未
完全喪失」，且如此廣闊國土非任何一國能夠殖民之。於是，「外人於此，則
平日唱兵力瓜分、和平瓜分之議，或塗紅圈綠線於支那地圖謂某地爲某國勢
力範圍之企圖，亦未膽敢如前之猖獗耳」〔註3〕。瓜分狂潮暫時減弱，避免了
中國社會在肢解中徹底淪爲殖民地，但是，民族危機卻並未減輕——西方列
強將注意力轉移到謀取對華經濟特權上來。

二、從 1901 年的「新政」到 1906 年「預備立憲」：清政府挽回 危局的努力

1900 年，是中國發生大變革的前夜。一年前的「庚子之亂」，將北方全

〔註1〕 《庚子紀聞》，中國社會科學院近代史研究所編：《義和團史料》（上），第 225
頁。
〔註2〕 楊立強：《張謇存稿》，第 18 頁。轉引自陳旭麓：《近代中國社會的新陳代謝》，
新華書店 1992 年版，第 289 頁。
〔註3〕 張枬、王忍之編：《辛亥革命前十年時論選集》第一卷，三聯書店 1978 年版，
第 62 頁。

境燒成一片戰火，義和團的神器抵擋不住八國聯軍的槍炮；七、八月間，天津、北京相繼淪陷，清帝國遭遇三百年未有之「奇恥大辱」：兩宮被迫「西狩」、途中宣佈與列強「議和」，不久簽訂城下之盟——是為《辛丑條約》。自此，中國守舊勢力的虛驕之氣喪失殆盡，一變而為奴顏婢膝；慈禧臉面更是丟盡，無法向天下人交代。尤其是此次「東南互保」，證明了以重用頑固守舊大臣、以「祖宗不變之法」為圭臬的清廷中央，已經徹底喪失了中國上層官僚、紳士以及進步開明份子的信任。國勢日危「有如累卵」，舉國輿論無不將義和團之禍歸咎為「政府任事諸臣」，要求慈禧下臺、罷斥頑固大臣、重用維新人士、歸政光緒，力行變法。

　　為了緩和輿論、收攬民心，光緒二十六年十二月初十日（1901 年 1 月 29 日），西逃途中的慈禧太后以光緒帝名義頒發了上諭（後人稱《新政改革上諭》），接過了維新派的旗幟，「極意維新」：

> 著軍機大臣、大學士、六部九卿、出使各國大臣、各省督撫，各就現在情弊，參酌中西政治，舉凡朝章、國政、吏治、民生、科舉、軍制、財政，當因當革，當省當並，如何而國勢始興，如何而人才始盛，如何而度支始裕，如何而武備始精，各舉所知，各抒所見，通限兩個月內悉以條議以聞。〔註4〕

這篇赫赫有名的上諭，開啟了籌備「新政」的端緒，中國朝野上下的政治氣象，「略呈轉機之勢」。

　　「朝廷自經庚子之變，知內憂外患，相迫日急，非僅塗飾耳目，所能支此危局。故於西狩途中，首以雪恥自強為詢……辛丑回鑾以後，即陸續具備各項新政。」〔註5〕緊接著 1901～1905 年之間，清廷進行了多項「新政」措施：第一是振興商務、獎勵實業，鼓勵私人資本的自由發展；第二是改革軍制，即逐漸裁撤舊式的綠營、防勇，編練「新軍」；第三廢科舉、辦學堂、獎游學；第四是改革官制、整頓吏治。對原有機構進行了一些合併、裁減並新增新的機構。清廷的「新政」措施，儘管距離西方的政體相差甚遠，但是，將維新派在戊戌變法期間「未能實如願實現的」付諸實行、甚至走的更遠。因此，「新政」給了國內外的資產階級以極大希望。

〔註4〕　《光緒朝東華錄》第四冊，總 4602 頁。

〔註5〕　岑春煊：《樂齋漫筆》，見容孟源、章伯鋒主編《近代稗海》第一輯，第 88～89、99 頁，四川人民出版社 1985 年版。

當此之時，1905 年日俄戰爭給中國帶來了極大的震動，日本的勝利，不僅打破「白人不敗」的事實（從而激發起中國人前所未有的民族自立感）；同時，更讓中國人警醒一個事實：「立憲」戰勝專制。日本——「撮爾小國」，以區區「三島之地」，自伊藤博文考察憲政歸來不過七年，「遂至抗衡列強」，「一戰而勝，再戰而勝，名譽隆於全球，位次躋於頭等。」比照中國，在幾十年前也搞了「同光新政」，現在卻「時受侵凌，日即危弱」。「於是一般人相信『立憲』二字，實有強國之效力。似乎一紙變法，即可抵百萬雄兵。〔註6〕」時人紛紛認為，日俄之戰不僅僅是黃種與白種之間的戰爭，更重要的是「立憲、專制二政體之戰」；日本戰勝俄國，是「立憲政體」必將淘汰專制的鐵證。

當時國內輿論「立憲」成為一時之選，朝野上下無不相信「立憲」確有強國的效力。「中國今日欲加改革，其懷勢與日本當日正復相似，故於各國得一借鏡之資，實不啻於日本得一前車鑒，事半功倍，效驗昭然。」大臣中如載澤、袁世凱、張之洞等上奏摺請朝廷宣佈實行「立憲」，而全國的傑出人物包括各省官員、高層官僚、外交使臣、歸國留學生、地方實力派（張謇、鄭孝胥等江浙名士），也在這一共識下結成了「思想同盟」。

光緒三十一年（1905 年），在朝野一致的「立憲呼聲」中，「內恐輿情之反側，外懼強鄰之責言」，慈禧太后終於同意立憲，而先派五大臣出洋考察政治。1906 年，五大臣考察憲政歸來，力勸慈禧進行改革，載澤認為：改革能夠消弭革命、富強國家，並「維護大清萬世一統」之功效，頗為令慈禧動容。經過六個星期的高層會議的激烈爭論，1906 年 9 月 1 日，清廷終於公佈了《預備立憲詔書》。在這個赫赫有名的上諭中，敘述了中國國勢不振和西方富強的原因，並將立憲主張昭明大意：

> 時處今日，惟有及時詳晰甄核，仿行憲政，大權統於朝廷，庶政公諸輿論，以立國家萬年有道之基。但目前規制未備，民智未開，若操切從事，塗飾空文，何以對國民而昭大信？故廓清積弊，明定責成，必從官制改革入手，次第更張，並將各項法律詳慎釐定，而又廣興教育，清理財務，整飭武備，使國民明悉國政，以備立憲基礎。著內外臣工切實振興，力求成效，俟數年後規模粗具，查看情形，參用各國成法，妥議立憲實行期限，再行頒佈天下，視進步遲速，定期限遠近。

〔註 6〕 蕭一山：《清代通史》卷下，第 2392 頁。

公開承認中國封建體制不如西方資本主義優越,「庶政公諸輿論」,這是中國封建王朝第一次宣佈政治體制上要進行改革。如果說「新政」啓動之初,清政府試圖以「舊瓶裝新酒」的方式將改革限制在傳統體制之內,但是當1905年「撮爾小邦」日本戰勝龐大的老牌俄國之後,「新政」就不能不深入到體制層面了——立憲成爲全國一致呼聲。

這個時期立憲派活動非常活躍。張謇、湯壽潛等江浙立憲派積極奔走;清廷軍機大臣奕劻、瞿鴻磯和地方督撫袁世凱、張之洞、岑春煊、端方、周馥等重臣,也紛紛贊成立憲。「立憲」一詞,一時成爲新聞輿論的焦點。時論以爲:「今者立憲之聲,洋洋遍全國矣。上自勳戚大臣,下逮校舍學子,靡不日立憲立憲,一倡百和,異口同聲。」〔註7〕「立憲」一詞,幾乎成爲當時「中國士大夫之口頭禪」。又說:「眞正之立憲政治,非俟吾民之要求,不能得之。」要求國會,即當要求憲法和責任政府。此種要求,「如饑渴之於飲食,雖一刻不容稍緩,雖絲毫不肯放過也」。

第二節 1900年前後中國輿論界的變化

一、戊戌政變到1900年的中國報界

戊戌政變,慈禧下諭嚴拿報館主筆,有云:「其館中主筆之人,皆斯文敗類,不顧廉恥,即由地方官嚴行訪拿,從事懲治。」〔註8〕一時間,全國各地守舊頑固勢力瘋狂反撲,查禁各種報刊、學會、學堂。戊戌前後湧起的維新報刊紛紛停止出版(如《湘報》)、或倒閉(如《經世報》、《蜀學報》、《女學報》等)、或轉賣他人(《國聞報》),報界出現一片凋零,僅餘上海、天津租界內的少數報紙一息尚存。報界這種「萬馬齊喑」的局面從1898一直持續到1901年。

以當時報界中心上海爲例,「戊戌八月政變之後,乙亥爲復古時代,庚子則排外矣。此兩年有餘,爲上海報紙大受打擊之期……銷數大減,其不能支持者,停閉先後相望。即資格稍舊之申、新各報,深感痛苦,詞鋒亦稍稍斂抑矣。庚子夏間,京津團亂蜂起,南北隔絕,長江上下游,報紙所得消息,除一二轉譯外報外,已奄然無復生氣。」〔註9〕

〔註7〕 《東方雜誌》第二年第11期,上海,1905年。
〔註8〕 《清德宗景帝實錄》卷428。
〔註9〕 姚公鶴:《上海閒話》。

如戈公振所言：「戊戌政變後，清廷益任頑固之守舊派，專橫跋扈，厲行極端之反動政治，遂釀成義和團運動。自是以後，全國優秀之士，恐羅黨錮之危，群不出仕，放言高論於民間，隱培革命之種子；復努力探討康梁之主張，究其所以失敗之原因，其結果惟使漢人恍然自覺，知滿清之不足以謀改革耳。」〔註10〕這段話形象地描述了「戊戌政變」以後，全國輿論界紛紛對滿清政府失去信心，「道分兩途」的新景象：革命派隱然醞釀力量、待機推翻政府；立憲派則從康梁的反思中，得出不能依靠滿族貴族自動自覺來實現「維新」、必須依靠全國立憲派自下而上地努力的觀點——立憲、革命與清廷三種勢力對抗的局面形成。

二、1901 年後國內輿論界的變化

1906 年月 1 日（清光緒三十二年七月十三日），清廷頒詔預備立憲中云：「大權統於朝廷，庶政公諸輿論」——這對於久受壓抑的報界而言，無疑「逢甘霖」。上海《申報》、《同文滬報》、《中外日報》、《時報》、《南方報》等五報在張園聯合舉辦「報界慶祝立憲會」，擁護慈禧於 9 月 1 日頒佈「預備仿行憲政詔」，支持清廷的預備立憲活動。

姚公鶴在《上海閒話》中對 1901 年《辛丑條約》以後的政局變動與報界的影響，進行了這樣的描述：「辛丑壬寅而後，國內大亂初平，而國際間之均勢已成，我國獨立資格岌岌失墜。於是報紙立言，既督促內政之進行，亦益摒外交之危險。於此時期中，報紙與時局之關係愈加密切。」——可見，1901 年的《辛丑條約》，使得先前一度沉寂的報界又一次掀起高潮，並且，在前所未有的民族危亡之下，此時的中國報界，紛紛於時局發生了極其密切的關係。

當時全國報紙從政治主張上，主要分立憲與革命派兩派。據《上海閒話》云：「辛亥數年間，政府以預備立憲恬國民……當時立憲派與革命派，其所主張之政見不同。立憲派之言曰：『國體無善惡，視乎政治，就原有之基礎以謀改良，其事較根本改造為易』；革命派則言曰：『清政府決無立憲之望，不能立憲，惟有亡國，故以根本改革為宜』」。可見，當時立憲、革命兩派爭論的焦點，在「立憲」，但是他們無不認為『捨變革政體無它途』，即中國必須改變君主專制為民主憲政政體，這一點已是「不爭之論」。

〔註10〕戈公振：《中國報學史》，中國新聞出版社 1985 年版，第 140 頁。

　　從 1901 年到 1911 年辛亥革命以前，全國京、津、滬地區創辦的較有影響的報紙，從主張上看，可分爲立憲派和革命派兩派。兩派報紙主要有以下若干：

君憲派	革命派
《新民叢報》（1901，橫濱）	《蘇報》（1903，上海）
《外交報》（1901，上海）	
《中外日報》（汪康年，1902 年，上海）	《神州日報》（1907，上海）
《政藝通報》（1902～1909，上海）	《民呼報》（1908，上海）
《東方雜誌》（1904，上海）	《民籲報》（1908，上海）
《時報》（1904，上海）	《民立報》（1909，上海）
《天津日日新聞》（天津）	《國民日日報》（1903，上海）
《大公報》（1902，天津）	《警鐘日報》（1905，上海）
《北京日報》（朱淇，北京）〔註11〕	《全京日報》（？，北京）〔註12〕
《選報》（1906，北京）	《中華日報》（？，北京）〔註13〕
《京話日報》（1904，北京）	《帝國日報》（1909，北京）
《京報》（汪康年 1907～1911，北京）	
《京都日報》（1909，北京）	
《中央大同報》（1909，北京）	
《芻言報》（汪康年 1910 年，北京）	
《政論》（1907，上海）	
《國風報》（1909，上海）	
《蜀報》（1911，成都）	

　　可見，從 1901 年到 1905 年，清廷「新政」初期，全國主要的報紙多集中在上海，如《東方雜誌》、《時報》均是矯矯者；值得注意的是：1905 年以前，北京和天津兩個內陸地區，也湧現出《大公報》、《北京日報》這樣的立憲派大報，說明這一時期的「新政」爲立憲派報紙開闢了天地。而到 1906 年以後，以「豎三民」爲代表的革命派的報紙起來了，主要集中在上海租界

〔註11〕《中國報學史》，第 140 頁。
〔註12〕《中國報學史》，第 140 頁。
〔註13〕《中國報學史》，第 140 頁。

（也有少量在北京）。然而從總體上看，鼓吹「君主立憲」（或傾向立憲）報紙，佔據了 1901～1911 年全國民間自辦報刊的主流。

據不完全統計，從 1898 年到 1911 年，國內先後創辦的較爲有影響的報紙、刊物達 200 種上下。其中上海最多，達 80 多種，其次，是北京、廣州、武漢、天津、長沙，都在 30 種上下。這些報刊不論綜合性的還是專業性的，政治上大部分傾向於立憲（傾向革命的報紙主要集中在上海租界）。

隨著國內「立憲派」登上舞臺，奔走於各方運動中央與地方協力推進立憲。他們的一大武器是創辦報紙。1904 年，夏瑞芳在上海創辦《東方雜誌》，梁啓超則協助狄葆賢創辦《時報》，這兩家報紙均爲鼓吹立憲的重要輿論陣地。其他還有如：《中外日報》、《外交報》、《政藝通報》、《大公報》等，也於此時開始大張旗鼓宣傳「立憲」。《大公報》在 1905 年舉行的千號徵文，題目就是《君主立憲，政體之完全無缺者》〔註14〕。

康有爲、梁啓超發表了《公民自治篇》、《官制原理篇》等文章，闡述西方政治思想 —— 這些初期的「立憲」思想，反映了當時國內正在形成中的資產階級立憲派的觀點，得到了《外交報》、《東方雜誌》、《揚子江》等報刊的廣泛附和。「我國雖號稱專制，……自此次戰役爲專制國與自由國優劣之試驗場，其刺激於頑固者之眼簾者，未使不爲有力也。」〔註15〕自此，海外立憲派梁啓超等人藉報紙標榜君主立憲，1900 年在報刊上發表《立憲法議》一文，這些文章借著《清議報》、《新民叢報》的巨大發行，影響了中國南部一大批名士、學子，此唱彼和，蔚成風氣。《時報》連迭發出文章《論朝廷欲圖存必先定國是》、《論中國前途之可危》，聲嘶力竭地呼籲清廷速行立憲；《中外日報》也呼籲「論滿洲當爲立憲獨立國」。

第三節　20 世紀初日本對華政策與創辦華文報紙

甲午戰爭後，日本一直著力經營中國南部省份，並且創辦了《閩報》、《同文滬報》、《漢報》等報紙。在 20 世紀初，八國聯軍進入北京，尤其是俄國進駐華北、侵略東北後，立即引起日本高度警覺。面對東亞局勢的劇烈變化和朝鮮危在旦夕局面，日本開始將目光投向北方，大陸政策轉向「北進南守」。

〔註14〕方漢奇，《中國近代報刊史》上冊，283 頁，山西人民出版社，1981 年版。
〔註15〕梁啓超，《飲冰室文集》第七冊。

　　一是日本崛起，成為東亞強國，並進一步積極擴充軍備，謀求成為「東洋之盟主」。二是沙皇俄國實行東進南下之政策，大力向中國、朝鮮擴張，從而引發了日俄矛盾的加劇。（俄國不僅取得了東清鐵路的敷設權，而且獲取了不凍港旅順口、大連灣，將整個東北擴大為其勢力範疇）極大地刺激了銜恨「干涉還遼」的日本。1895 年「三國干涉還遼」之後，日本密切注視著俄國搶佔中國東三省的動向，準備「聯英制俄」。為其「安全」考慮，不久制定了著名「大陸計劃」。三是清帝國愈加衰落，列強紛紛加緊對華掠奪，瓜分狂潮逼近。而接著，1900 年的義和團運動，導致各國勢力進駐北京。俄國趁此集結軍隊，擬將東北三省控制在手。面對新形勢，日本採取「北守南進」的政策：「莫如此時先經營南方，伺機與俄交涉，以達經營北方之目的。」〔註16〕1902 年 10 月，日本內閣正式通過了「經營大陸」計劃，批准 9986 萬日元作為在朝鮮、中國「經營事業」的經費。

　　在這樣的背景下，日本國內出現了各種以「研究中國問題」為目的的團體，他們由在野政治家、議員、律師、學者、新聞記者、大學學生等組成。在 20 世紀初組織了大大小小的民間團體，它們有的得到官方或者財閥的資助，有的則完全是民間自籌資金。其反映了日本國內對中國關係的日益重視，開始正式研究：如何推進日本對中國的影響。一部分「有志」於中國的人士，開始在經商之外，尋求在文化上的對華活動。如辦報刊、創立學校（如著名的同文書院）、設立醫院（北京同仁眼科醫院）等等，而創辦報紙和期刊則作為其對華文化事業的重要內容，日益受到重視。

　　東亞同文會和其成員中島眞雄所辦的《順天時報》，就是在這一大背景下產生的。

〔註16〕沈予：《日本大陸政策史》，社會文獻出版社，第 122 頁。

第三章 《順天時報》的創辦與初期的報紙形態

第一節 《順天時報》的創辦與報紙的沿革

一、創辦背景:「庚子事變」後的國內外局勢

　　1900 年,中國北方發生了義和團事變。由於甲午後造成沉重的民族危機,山東農民首先揭竿而起,接著席卷華北、以「扶清滅洋」為口號的義和拳風起雲湧。清廷頑固守舊勢力企圖利用之與西方對抗,下令攻擊「洋人區」。西方八國組成「聯軍」,進軍京津。經過數月激戰,義和團敗北,北京城陷即落於八國聯軍的炮火之下。同時,南方省份,在張之洞等人主持下「東南互保」,未使全國淪為戰場。此事以後,清朝已然威儀掃地、局面不可收拾。1901 年的《辛丑條約》,使全國在背負上 4 億兩白銀的債務的同時,更令全國上下陷入了一場前所未有的民族危機。自此以後,西方列強將侵略的重點轉移到經濟領域,積極謀取在暫時均衡下的各自利權(鐵路、礦產、貿易等)。

　　《順天時報》就是在這一特殊時空背景下創辦的。

　　此前,由於「戊戌政變」的影響,華北、乃至全國對報紙嚴厲取締,民間報業凋零。北京更是如此,1898～1900 年間,北京除了《京報》(刊載諭旨、奏摺)外,沒有一張近代報刊。「北京之有新聞紙,始自庚子年後。當茲八國聯軍攻破北京,兩宮倉卒西狩,迨議和告成,土地割讓、主權喪失,

國民為之震驚，志者為之憤慨。」〔註1〕1900年底，各國軍隊駐紮北京城，與清廷商談議和條件。翌年春，按約逐漸從北京撤兵。其中日本軍隊也是其中之一。

據《對支回憶錄》記載：《順天時報》創辦於庚子（1900）年末，時值八國聯軍佔據北京城，北京暫時處於「列國共管」、清廷統治闕如的狀態。該報主持人中島眞雄利用北京環境眞空，「毅然創辦」了該報（群龍無首、京城眞空；變革孕育、前途未卜——筆者）。

可以看出，《順天時報》初期的創刊，乃是在庚子事變之後，清廷守舊勢力受挫，西方對華滲透之勢力大為加強；同時，國內有識之士萌發變革思潮、中國社會處於變革前夜的局面下，而產生的。

二、日本浪人中島眞雄的初期在華活動

中島眞雄何許人也？據其自傳《不退庵的一生》記載：「先祖為中島對馬守，領豐後竹田，世代仕於大友家，後轉毛利家，領藝州久津內莊」。〔註2〕他自幼在漢學塾學習，賣過香煙，收過小錢，學過禪，還寫過《毛奇將軍傳》。中島眞雄受其伯父三浦的影響較大。三浦曾任師團長，給他三百日元旅費到中國來。他聽在福州開照相館的木村信二談中國華南的情況，遂對臺灣有「極大興趣」。於是遂有終生為「支那浪人」的志向，甚至把到南美秘魯開礦的計劃也放棄了。與前述宗方、井手等人一樣，中島眞雄也是明治時代末期「大陸浪人」的一個代表，其到中國後，與東亞同文會有很密切的關係。

中島眞雄於1890年來中國，「在中國五十年」，其間，從事辦報活動達三十年之久，先後辦過六份報紙，其中不僅有漢文報，還有蒙文報和日文、英文版面。辦報活動從福州到北京，從北京又到東北。

1892年，中島眞雄在上海與日本特務組織「日清貿易研究所」所長荒尾精相識，還認識了根津一，〔註3〕並和中尉佐久間浩在上海北四川路久慶里學中國語。

1898年前，中島尚未辦過報紙，當時他最主要的活動是在福建，和南方

〔註1〕長白山人：《北京報紙小史》，管翼賢編：《新聞學集成》。
〔註2〕邵加陵：《中島眞雄在中國是怎樣辦報的》，《新聞與傳播學研究》，1986年第3期。
〔註3〕根津一在1890年到上海，任同文書院第一任院長。

改革派官員陳寶琛（後爲宣統帝師傅）、孫葆縉〔註4〕等人一起，創辦日語學校東文學堂，〔註5〕聘請當時在臺灣集集街任辦務署長的岡田兼次郎爲總教習，早稻田大學畢業的桑川豐藏任教習，教中國子弟日語。此外，中島還和福州中國洋務官員合創過地方銀行，但受上海銀元行市控制沒有成功——「自認爲對福州和福州人民是有貢獻的。」

中島第一次與辦報有關的活動，是參與《閩報》的籌辦之後〔註6〕。當時，井口三郎在 1898 年購買接手的中國人的《福報》，改名爲《閩報》。由於日本當時集中經營臺灣，起初《閩報》的創辦不順利。如中島所說，「可是，前田經辦的《閩報》也好，這所學校也好，都因爲資金短缺，全靠四處奔走，仰仗（臺灣）總督府的援助，表面上卻說是東亞同文會的補助。《閩報》最初在英國印刷所印刷，後來，也是我求了兒玉總督，買了鉛字和印刷機，才自己印刷的——不過這是以後的事了。」〔註7〕可見當時中島雖然是東亞同文會成員，但《閩報》並未得到後者實際的支持。

雖然，中島起初「沒有辦成什麼事情」，但結交到陳寶琛、孫葆縉等人，還藉此在日本國內則結識近衛篤麿（1863～1904），得以參與東亞同文會的工作。不久，中島開始擔任剛成立的東亞同文會駐福州會長。

1901 年（光緒二十七年）2 月，中島眞雄與田鍋安之助奉派爲「同文會派遣員」至華北活動。〔註8〕而同文會的工作似乎很快結束，中島眞雄出於對「華北沒有報紙」這一事的關注，遂獨自決定赴北京辦報——而此事日本在華公使並不贊同。

可見，1898 年前後，來到中國的「浪人」中島眞雄，一方面，個人行動始終與東亞同文會宗旨保持一致，集中在長江以南活動。在當時兩國部分人士密切「聯合」、力圖維新的大背景下，力圖爲「中日提攜」工作。但另一方

〔註4〕 孫葆縉：福州人，清舉人，光緒三十一年任奉天交涉總局總辦、挑南府知府。民國元年任奉天知府，後改任奉天交涉使。

〔註5〕 後來滿洲（指僞滿——筆者注）大審院院長林梁和駐西班牙公使劉崇傑等人，都是從這所學校畢業，去日本留學的學生。

〔註6〕 《閩報》——日本在華辦的第二份中文報，第一份是 1896 年由宗方小太郎辦的《漢報》，是第一份日本在華中文報紙，1900 年以 3000 兩銀子轉讓於張之洞。

〔註7〕 邵加陵：《中島眞雄在中國是怎樣辦報的》，《新聞與傳播學研究》，1986 年第 3 期。

〔註8〕 淺野長武編：《近衛文麿日記》，東京盧島研究所出版會，1968 年版，卷四，第 104 頁。明治三十四年三月十八日條目下。

面，鑒於當時東亞同文會組織相對鬆散、各處力量不均，中島等人在福建的活動，處在自發狀態，通過借助私人同改革派官紳的關係，雙方進行地方事業的合作。

三、《順天時報》初創原委與目的

（一）初創原委

《順天時報》創辦在 1901 年冬，報館設在北京前門內化石橋。

該報創刊的原委，從中島的個人自傳《不退庵的一生》敘述中可以略見一二：

> 同文會的宣傳結束之後，田鍋君回國去了，但我們財源的獲得終未得到。什麼也未乾成，也就沒有面子回國。所以我和黑崎都留在北京。當時，不用說外國報紙，就連中國人的報紙也沒有。有一個日本浪人，名字忘記了，一度曾想創辦報紙，但馬上就垮了。那時，我相信北京不會不出報紙，只是遲早的事情。我決心以創辦福州《閩報》的經驗為基礎，在這裏辦報。當我把這個想法和小林公使〔註9〕商量時，公使根本不同意。可是，北京沒有報紙，這件事太重要了，許多麻煩容易發生（主要指的庚子事變——筆者）。後來，經我一再懇求說，天津已經有《成報》〔註10〕了，北京辦報收效會更大。公使說：「實在要辦的話就任你吧，不過，外務省不會給你任何幫助。」於是我問：「那麼我隨便辦，沒問題嗎？」得到肯定答覆後，決定開始辦報。〔註11〕

從這段文字看來：作為東亞同文會的一員，中島眞雄服務於大陸事業的志向，在南方未得以施展，成為其赴華北工作的動因。而其之所以決定在北京辦報紙，則源於其對「京師沒有報紙」，他認為中國北方內陸觀念閉塞、缺乏信息，連在天子腳下的北京竟然都沒有一份報紙，這對維護中日兩國之間的信任和溝通，十分不利。於是，中島決定以報章塑造輿論、溝通意見、開闢風氣——這也是《順天時報》最初創辦的直接動因（後來隨形勢逐漸有

〔註9〕 小林，日本公使館駐華公使。
〔註10〕 《成報》，義和團事件後，改名為《天津日日新聞》。
〔註11〕 邵嘉陵：《中島眞雄在中國是怎樣辦報的》，《新聞與傳播研究》，1986 年第 3 期。

了新的內容）。

　　本來，在戊戌政變後，全國報界「一片凋零」，在清朝統治的心臟北京，創刊一張報紙並非易事。尤其是 1898 年年後，清廷嚴禁中外人士在北京發行報章雜誌或與政治有關的刊物後，更是如此。八國聯軍佔領北京時，日本人搶先在東城甘雨胡同創辦了《北京公報》，因爲訂戶少而停刊。〔註12〕中島眞雄創刊的《順天時報》，實在爲京師報界「一大創舉」。而其得以成功創辦，可謂得「天時地利」之交彙。

　　八國聯軍攻佔北京以後，清廷被迫「西狩」，北京城除了留守官員外，行政機構基本癱瘓，處於多國共管的狀態。此情形給了中島眞雄天賜良機，「趁機打破慣例，斷然刊行」。

　　此時，尚值清朝光緒年間，從報界上看，在北京城內尚不知「報紙」爲何物〔註13〕（這也是《順天時報》一直引以爲傲的事情：「本報創刊於光緒二十七年十一月」的字樣，三十年間，一直顯眼地印在報紙的最上端）。

（二）《順天時報》的初創目的

　　結合《順天時報》初創的背景，可以看出，該報初期創刊乃是在庚子事變之後，清廷守舊勢力受挫，有識之士產生變革的思潮的情況下產生的。因此，中島眞雄最初創辦《順天時報》的目的：「庚子拳亂」將中國社會的封閉、愚昧暴露無遺，華北風氣極爲閉塞，長此以往，難保不發生第二次「排外」事件。該報初創的主要目的也就在此——「開通風氣」，喚起國人瞭解時事、開化智識的意識。

　　但更重要的，作爲東亞同文會成員的中島眞雄，其創辦《順天時報》的長遠目標，仍然是符合該會一直以來「保全中國」的總體目的。因此，《順天時報》的動機有三個：（一）直接動機，義和團「拳亂」、列國進兵北京，險些讓清王朝四分五裂，這證明了清朝頑固勢力愚昧、保守到了極點，如果任由其發展，則前途危險、日本亦不會安全，因此，必須扭轉「華北空氣」；（二）隱含的目的：各國進駐北京後，開始在暫時和平的均勢下，謀取對華最大利益，日本不能自甘落後，必須努力改善以往較爲疏遠的中日關係；（三）潛在的目的：幫助未來的中國政府走君主立憲的道路：因爲庚子之亂後，朝野上

〔註12〕何炳然：《辛亥革命時期的北京報刊》，《新聞戰線》1958 年 21～22 期。
〔註13〕這裏的「報紙」指的是除了《京報》以外的現代形態的新聞紙。該段史料見
　　　　蟻原八郎：《海外邦字新聞雜誌史》，東京學而書院 1936 年版，第 271 頁。

下出現了棄舊圖新的面貌，雖然不能確定其前景，但很有可能導致清朝一次大的「變革」（這一點在 1906 年隨「預備立憲」而證實了）。因此，如果報紙能夠在鼓吹、讚助變法中發揮很大作用，對日本而言利益很大。總之，儘管中島眞雄本人在初創這張報紙時，可能並未意識到，不久之後的《順天時報》，能夠在影響清廷立憲變法中發揮出強大的輿論功能；但是，起初的《順天時報》，卻將前兩個目標——開通風氣、改善中日關係，一直貫徹執行，奉爲宗旨。

四、《順天時報》的沿革

（一）歷任社長和主筆

順天時報前後歷經四任社長，按此簡單分爲四個時段：

1、首任社長中島眞雄，從創刊（1901）至光緒三十一年（1905），主持了該報草創時期的社業大計。中島曾自承「吃盡辛苦」，在其慘淡經營下，該報奠定了在北京言論界的基礎，曾極力揭穿西方列強侵華的眞相，喚起了國人的普遍關注。尤其突出的是 1904～1905 年日俄戰爭時，該報大力登載對俄國不利的消息和評論，取得了很好的輿論效果。中島將該報轉讓給外務省後，旋另至奉天（即瀋陽）創辦《盛京時報》，民國以後《盛京時報》亦是東北頗具勢力的報紙之一。〔註 14〕

2、日俄戰後（1905～1910），該報由外務省接辦，資金和人事直接受外務省主持。日駐華公使內田康哉改聘東京《朝日新聞》的名記者上野岩太郎繼任該報社長。上野本來習法律，在朝日期間，頗有文名。甲午戰爭時，他隨軍採訪，用「韡羯生」的筆名報導戰況，以「觀察透徹，筆調質實」，爲同業所推重。在日本讀者心目中，《朝日》與「韡羯」遂結成不可分離的關係。日俄戰爭爆發，他再度隨軍採訪，仍以「雄勁剛正」之筆聞名。他主持《順天時報》期間，在研究對華問題及融合中日兩國國民感情等方面下過不少功夫。〔註 15〕

3、宣統二年（1910 年），上野辭職返國，翌年十一月，改聘東京《時事新報》記者龜井陸良繼任社長。〔註 16〕光緒二十八年（1902 年），龜井曾擔任

〔註 14〕《對支回憶錄》，上卷，第 718～720 頁。
〔註 15〕《對支回憶錄》，上卷，第 718 頁；下卷，第 729 頁。
〔註 16〕《對支回憶錄》，下卷，第 929 頁。

《時事新報》北京特派員，以「論著穩健，消息靈通，不偏不黨，勿二勿三」著稱。他於民國元年（1912）一月正式到任，積極擴張社務，在他的主持期間，《順天時報》發展成爲京津地區第一大報。〔註17〕尤其是民國四年，獨樹一幟公開反對袁世凱稱帝，頗受北京輿論界矚目。

4、民國六年（1917年），龜井因對日本當局的「西原借款」有不同看法，辭職返國。〔註18〕原該報社論主筆渡邊哲信升任社長，〔註19〕繼續擴展社務，並發行英文雜誌。民國十七年（1928年）國民革命軍進駐北京，排斥順天時報運動隨之而起，該報銷路大減，民國十九年（1930年）遂自動停刊。〔註20〕

對該社發展、沿革極爲重要的還有《順天時報》的主筆。該報的主筆，包括中日兩國人士。早期，日人主筆以一宮房次郎爲主。一宮畢業於東亞同文書院，頗爲中島所倚重（中島主持《盛京時報》時，又羅致他擔任該報主筆）。〔註21〕其後一宮成爲東亞同文會之委員，歷任該會理事、常務理事等職位，至1946年該會解散爲止。〔註22〕龜井主持社務時，分別由平山武靖、山川早水擔任主筆。〔註23〕1917年，平山因與該報宗旨不合，辭職歸國。〔註24〕

該報主持「筆陣」的人物中，還有不少中國知識分子。從該報「論說」的署名中大致可知道有蒼度公、亞雄、魚梟生、牟樹滋等數字。另有湘南涵鑒居士者，在《順天時報第一千號紀念文》一文中，亦提及「其主筆西蜀周孝廉，予亦近從友人趙君始識之。」〔註25〕不過前述諸人之本名、出身則一時無法考出。

《順天時報》的記者初稱爲「訪員」，無固定薪資，完全視其採錄事件之重要性決定酬勞之多少。如果稿件是「緊要專電」或「公文照會」則另贈予

〔註17〕《順天時報》第4847號，1917年6月16日，《送前社長龜井先生辭》。
〔註18〕《對支回憶錄》，下卷，第932～936號
〔註19〕《順天時報》第4850號，1917年6月19日，渡邊哲信：《入社之辭》。
〔註20〕《對支回憶錄》上卷，第718～719頁。.
〔註21〕《對支回憶錄》，上卷，第719頁。
〔註22〕《對支回憶錄》，上卷，第684頁。黃福慶：《東亞同文會——日本在華文教活動研究之一》，《中研院近史所集刊》，第5期，1976年。
〔註23〕東亞同文會編：《民國五年中國年鑒》，臺北天一出版社，1975年影印，第1031號。轉引自吳文星前引文。
〔註24〕《順天時報》第5009號，1917年12月1日，《平山武靖啓事》。
〔註25〕《順天時報》第1000號，光緒三十一年五月二十六（1905年6月28日）。

「特別金」，每至月末報社統計各訪員稿件，篇數最多或新聞特別重要者，則另酬以「格外潤金」。〔註26〕──「公文照會」、「緊要專電」，非政府官員無從獲知，因而，這種徵聘辦法，無疑是以重金收買有途徑獲得重要消息的政府官員。應當指出，這種辦法在清末並非《順天時報》一家這樣做，很多報章都以此獲取重要消息；因而僅管清政府對報社多所防範，消息還是不逕而走（於是有擔任訪員的官員，以「漏洩政府機密」獲罪入獄之事）。〔註27〕由此也可看出，初期《順天時報》因規模狹小，其訪員並無定制，稿件的來源途徑也不一。

　　1905 年外務省接辦《順天時報》後，曾對報社社務做了全面的改進。在1907 年三月第一則「本館添聘訪員」的啓事中稱：「爲改良報章，擬聘博學能文之士，辦理編輯事務」，並稱「薪金從優」，而且，這次招聘的範圍很廣：京師、天津、保定、正定、開封、河南、濟南、膠州、漢口、張家口（共 10處地方跨五省）。至 1908 年，該報的人事編制已經「有總理全社事務者，有編纂論說者，有編輯緊要新聞者，有分編外省新聞者，有選採中外彙報者，有翻譯電報者，有專譯東文者，更有演說家，或爲偵探家，或爲政治家，或爲法律家。主筆多至十餘員，名人才士薈萃一堂。」〔註28〕由上可知，到此後該報已略具規模。

（二）《順天時報》的定價和銷售情況變遷〔註29〕

　　起初，爲了打開銷路，《順天時報》售價較低，其 1901 年創刊初期報頭邊上說：「本報每月收當十大錢取四千五百文，每張當十大錢八文，待派處及送報人並無分毫加贈」；報頭左邊則書寫該報的廣告定價：「登一日者每字洋銀五釐，五日者每字四釐，十日者每字三釐，一月者每字二釐半，半年者每字二釐，一年者每字一釐半。」

　　不久後，《順天時報》每張售大錢 200 文（外埠另加郵費），每月報費大洋銀五角（合十大錢）。直到民初，報價都似沒有再調整，零售每份銅圓三

〔註26〕《順天時報》第 744～747 號，光緒三十年七月八日～十一日，第三版《聘請訪員概則》。

〔註27〕張朋園：《〈時報〉──維新派宣傳機關之一》，《中研院近史所集刊》，第 4期，上冊 1973 年。

〔註28〕《順天時報》第 2000 號，光緒三十四年九月二十二日，第31 版，亞賢：《參觀〈順天時報〉記》。

〔註29〕本段參考吳文星前引文。

枚，每月大洋五角，全年大洋五元，這個價格維持了很長一段時間。後來，因受第一次世界大戰紙價上漲的影響，故該報從 1916 年 1 月起，調整報價，每月大洋六角，全年大洋五元五角，惟每日零售仍照售銅圓三枚。〔註 30〕民國十五年（1926 年）每份大洋三分四（約合銅圓十一枚），每月九角五分，全年十元二角。民國十六年以後，第份大洋三分六，每月一元，全年十元八角。

銷售情形，光緒三十一年（1905 年），該報銷量已經到達約 6000 至 10000 份，其數約與歐美村鎮或日本僻縣一般報紙的銷售量相當。〔註 31〕若與當時北京之其他報紙相較則在伯仲之間。〔註 32〕此時銷售不普遍的主因在於國人閱報風氣未開，似與抵制無多大關係。光緒三十四年（1908 年）該報的銷售量已增至 11000 份以上 —— 這是保守的估計，實際情形應當不只此數。〔註 33〕足見三年來該報的鼓吹收到相當效果。此外，光緒三十一年，該報代售處計有北京四個、天津奉天四川各二個、保定通州營口蘇州開封杭州福州各一個，〔註 34〕由此亦可略窺該報銷售綱及新聞的分佈情形：該報雖開設在北方，但是當時對華中、華南的重要地區，已經開始奠定推進發展的基礎。

第二節 《順天時報》的初創

一、草創的艱難

關於《順天時報》創刊的最初情形，中島眞雄曾在其自傳《不退庵的一生》中做了回顧。

（一）報紙名稱

〔註 30〕《順天時報》第 4336 號，1916 年 1 月 5 日，《本報啟事》。

〔註 31〕《順天時報》第 888 號，光緒三十一年一月十三日，「論說」《順天時報第四年祝辭並論本報之經歷及責任》。

〔註 32〕《順天時報》第 931 號，光緒三十一年三月三日，「論說」《論中國社會對於報紙之感情》。

〔註 33〕本數字係根據該報 2027 號，光緒三十四年十月二十九日，「懸贈徵文」：《吾省之特色》的讀者投票估計得來：全部投票數量是 1172 票，照一般投票情形看，爲投票的讀者應至少十倍。

〔註 34〕《順天時報》第 886～892 號，光緒三十一年一月十一日。

據中島眞雄本人回憶，該報的名稱，也與東亞同文會有關。當時，時任東亞同文會會長的近衛篤麿〔註35〕和陸實恰好到北京，中島遂與之談起報紙打算叫《順天時報》，近衛認爲報紙就要「順應天時」，於是表示贊同。（此後在中島的日記《不退庵的一生》中，似乎再未提到東亞同文會）這段回憶與東亞同文會《對支回憶錄》的記載符合，後者也指出當中島籌辦報紙時，「正巧」趕上近衛一行到北京，於是替其擬了報名，取「順天府」和「順應天時」兩種含義。而他們當時所指的「天時」，無疑有這樣的含義在其中：即中日攜手，共興「東亞」的意思。

（二）初創資金

有觀點認爲，既然《順天時報》創辦人中島眞雄本人是東亞同文會的成員，且該報與同文會有淵源，那麼「該報的經費來源，初期可斷定與東亞同文會有密切的關係」〔註36〕。然而，從中島的回憶錄來看：最初，中島眞雄創辦該報，是經過苦苦哀求日本駐華使館公使才得以獲准，但鑒於公使認爲在北京辦報風險大，並不提供別的幫助，僅僅是予以保護而已。那麼，資金何來呢？是否是東亞同文會讚助呢？各種資料包括該會最重要的資料《對支回憶錄》，都沒有類似於《漢報》那樣的資助記載。關於這點，《不退庵的一生》提供了答案：中島創辦報紙的資金，並非來源於東亞同文會的讚助；而是其私人關係提供了幫助——一個叫飯冢松太郎的實業家，早年中島眞雄曾經幫助過他，爲了報恩，「滿滿地裝了四千銀元，叫三個人擡過來」。中島眞雄記錄到：「也就是說，《順天時報》的創辦費是飯冢給的，並且說『不夠再拿』。」於是從日本購進機器和鉛字。租用北京城外廢棄的瓦廠辦印刷，編輯部設在中島家裏（距工廠三里路）。〔註37〕

但是，東亞同文會也的確提供給了中島眞雄一定的幫助——「至於機器和鉛字，由於近衛篤麿的關照，是向橫濱正金銀行抵押來的。」近衛是東亞

〔註35〕近衛篤麿（1863～1904），日本「五攝政」家族之一後代，1890年任貴族院議員，1895年擔任學習書院院長，甲午後關注中國與世界之間的問題。1898年任東亞同文會第一任會長。之後積極以國家主義和亞細亞大團結主義結合民間團體。1900年南京「同文書院」的成立，展現了他對推進中國文化與政治事業的企圖。1904年在中國染病去世。

〔註36〕吳文星：《順天時報——日本在華宣傳機構研究之一》，《國立臺灣師範大學歷史學報》，第六期。

〔註37〕邵加陵：《中島眞雄在中國是怎樣辦報的》，《新聞與傳播學研究》，1986年第3期。

同文會的重要人物，他利用私人聲望，幫助了中島（但似乎並非是東亞同文會的正式行為）；而對近衛的這種幫助，中島本人卻並不以為然，《回憶錄》稱「用一大筆錢領取機器和鉛字，無論如何是不合稱的，於是只領取了部分鉛字外，其他全部拒絕了。」〔註38〕

（三）印刷和編輯人員

在北京不要說職工（指專業排字工），就連發行報紙的任何設備也都沒有。做了多方考察，結果發現城外有一個給皇帝燒琉璃瓦的瓦廠，平時空著，中國人租用這地方辦各種工業。我和中國人商量後，便合辦印刷廠，在這裏印《順天時報》。職工要一樣樣從頭教起。編輯人員除四、五個日本人（其中一個叫中西正村），加華人主筆外，中野二郎也來幫忙。由於人手稀少，光緒三十四年（1901年）12月，出版創刊號，「竟用了七天時間」。

（四）初期營銷

為了打開局面，吸引讀者，該報進行了一些對北京報界而言「開創性」的嘗試：初創後，即刊登大號《本館告白》：「本館敬送閱報諸君，自第一號起至第七號止不取分文。」並且承諾從兩宮「回鑾」後即開始增印《本日上諭》和《緊要奏摺》，「另為附張、不取分文」。甚至為了便於閱者保存，特承諾每月可由報館收集、代為裝訂成書冊狀，「書式樣花邊、精工細做」。在創刊一百號時，該報還特別印製了《大日本重要官衙博覽》，在《告白》中聲明「不取分文」——這一方面是該報注意經營、吸引讀者的策略；另一方面，也表現了該報初期，就把關心內外政治的「官紳階層」，作為重要的讀者群。

總之，初期的《順天時報》是在庚子之後的動盪環境中，鑒於對發行報紙重要性的認識，在中島真雄個人的努力之下，一手創辦起來的。還應值得重視的是，該報創業之初，曾得到來自中國官員的大力支持。

二、最初的支持力量——來自中國官員的支持

據當時中國文獻記載，報頭「順天時報」四個大字，是時任順天府尹的陳璧〔註39〕題的。這是一個有趣的現象。

〔註38〕邵加陵：《中島真雄在中國是怎樣辦報的》，《新聞與傳播學研究》，1986年第3期。

〔註39〕福建閩侯人，光緒三年（1877）進士，曾任內閣中書、禮部員外郎、御史等職。光緒二十二年（1896）丁母憂回籍，創蒼霞精舍，以實學課士。見陳璧著：《望嵒堂奏稿》，民國21年（1932）鉛印本，「年譜」卷，第1至11頁。

　　陳壁，福建閩侯人，光緒三年（1877）進士，曾任內閣中書、禮部員外郎、御史等職。當年，中島在福建時候，陳壁也在福州，和陳寶琛、孫葆縉合力辦過福州東文學社，中島眞雄也加入合作。〔註40〕陳壁對《順天時報》的籌辦工作，支持甚力。據中島說，「我在福州做的事情，陳壁和陳寶琛等同鄉都非常有好感」。後來，陳壁對該報「總是不惜一切予以幫助」。讓出五城學堂的校址租爲報社館舍，「還經常送錢來，多方照顧」。〔註41〕至於該報的推廣，似也得到了陳壁的支持：據《大公報》記載：「陳京兆尹對《順天時報》竭力支持，代向順屬二十四州縣派銷，並前後墊交報價五百兩云云。」〔註42〕另外，在報紙稿件上也得到了一些支持。陳壁曾於光緒二十八年十月六日，奏請將北京「金臺書院」改爲「金臺校士館」，專課年長文優舉人與正途貢監生員之中學問優異通達時務者，派往順屬各小學充當教習。〔註43〕該館奉准設立後，每月官課前三名之論文，《順天時報》常全文轉載於「論說」欄中。〔註44〕後來因《順天時報》言論不合某些政府守舊派的口味，陳壁本人遭到某些御史不滿上奏彈劾，說《順天時報》是陳壁自己的機關報。

　　相比中國官員的態度，日本政府對該報的態度則值得注意：在《順天時報》陷入經營困境時，爲了得到當局的補助，中島趁歸國期間，託臺灣總督兒玉向桂首相、小村外相協商，結果遭到拒絕「——說沒有錢」。〔註45〕後來，好不容易中島終於從寺內陸相那裏得到五千日元。

　　這樣看似矛盾的事情，背後的原因較爲複雜：

　　庚子之後，各國逐漸改變對華武力侵略，而採取勢力均衡、「保全中國」的策略；而日本隨著在東亞勢力的強大，也積極地謀取在華利益。與各國一

〔註40〕中島眞雄：《不退庵的一生》、《對支回憶錄》上卷第706頁、下卷779、783頁。

〔註41〕同上。

〔註42〕曾虛白：《中國新聞史》，第156頁。

〔註43〕陳壁著：《望碧堂奏稿》，「奏稿」卷，第9頁。

〔註44〕此類官課論文，見於《順天時報》多處。如光緒三十年七月三十日，登載六月初二日官「課超等第一名」的覃壽恭論文：《無財作力少於所智既饒爭時論》；第764號，登載官「課超等第二名」的陳輿春論文：《泰西教盛衰視兵力爲強弱政教所至兵亦隨之》；767號，登載官「課超等第三名」的廣源的論文，論題同上；768號，登載七月初二日官「課超等第一名」的田良顯論文：《宋太祖詔謂規致羨餘必務培克論》；第770號，登載「課超等第二名」覃壽恭的論文，論題同上；788號，登載官課超等第一名，張國淦的論文：《今吾子鄰國爲壑義》。

〔註45〕中島眞雄：《不退庵的一生》。

樣，它並不想製造不必要的麻煩得罪清廷。中島則代表了重視大陸活動的一派。（這一點，可以從下例看出：日俄關係緊張之際，對日俄軍事、外交的進展，外務省竟然沒有通知日本國駐北京的公使，以至當時內田公使輾轉託中島眞雄，找到貿易局長，得到允許，將陸軍省和外務省的情報不斷地發電給北京，才算建立了信息渠道。）

　　《順天時報》作爲一張日本人在清末辦的報紙，其與中國改革派官紳之間的關係如此密切，這其實並不偶然，實際上，從清末其他報紙如《漢報》、《同文滬報》、《國聞報》等的創辦人（宗方小太郎、井手三郎、鄭永昌等）來看，因他們所致力的以報紙推進改革的工作，與當時的改革派官紳達成了目標的一致，因而在很長時間內，他們的關係很近。不僅是與陳璧，中島眞雄在福州工作期間，與「閩中一流人物」陳寶琛、陳竹生、孫葆縉等人因事務的合作，過從甚密、私交深厚。

　　總之，當時特殊的形勢，使得《順天時報》與日本官方的關係並不十分密切，基本是中島眞雄個人的行爲——儘管這種行爲之目的仍不脫日本大陸浪人的大陸活動。

三、報紙的創刊日期

　　據國內現存《順天時報》的曆期上，都標明「本報創刊於光緒二十七年」，月份是在該年 11 月（農曆十二月），然具體日期不詳。先前曾有論者謂：「其創刊於 1901 年十二月三十日，即光緒二十七年十一月二十日。」〔註46〕經筆者考，此說法有誤，眞實的創刊日期還要提前 18 天：據《順天時報》第二號，第一版上印有「光緒二十七年十一月五日」的字樣，而第三號上是「光緒二十七年十一月八日」，第四號是「光緒二十七年十一月十一日」——據此可推，最初其應爲三日刊；而第一號則應爲「光緒二十七年十一月初二日」，即 1901 年 12 月 12 日是報紙的創刊日期（而不是 1901 年 12 月 30 日）。

　　這就涉及到該報是否「初創之始即爲日報」的問題。該報後來的年終「祝辭」中記載「爲日出一張」（中島眞雄編纂的《對支回憶錄》也作如是說）——有論者據此認定，「該報初創，即日出一張」——見吳文星前引

────────────

〔註46〕吳文星：《順天時報——日本在華宣傳機構研究之一》一文，其參考的是該報第 5000 號，1917 年 11 月 20 日，《本報五千號之回顧》。

文）。然而，經筆者閱讀藏於東京國立圖書館的《順天時報》早期報紙掃描件，發現並非如此。在該報第二號至第五號的本館告白中如是說：「本館報章定擬每日發兌，刻因諸事草創，全未順勢，計需隔兩日一出，方能辦發。諸凡妥適定當，日出一紙以餉讀者。尚希諒之。」〔註47〕——可見，自報紙創刊時，的確打算「日出一張」；然而，由於事屬草創，臨時租賃的房屋開設印刷廠，條件簡陋，於是，儘管計劃「每日發兌」，但其實起初僅僅是隔兩日一出。逢星期天休息——也就是每周出兩期，故此應該是三日刊。

該報何時改為日刊呢？據該報第63號「告白」稱：「本報初創因一切未盡妥洽故隔日出報，今蒙中外士大夫購閱稱許，但以不能日出一紙為憾。現准於華曆四月一日為始按日出報（惟禮拜一與日本大祭辰之期停刊）以答閱報諸君之雅意云。」〔註48〕可見，在光緒二十八年四月一日，《順天時報》即由初創時期的三日刊，改為日刊，此後定下來，成為一張日報。

四、《順天時報》初創期的版面

鑒於早期報紙留存不多，其初創時期的版面多模糊不清，據已掌握資料來看。初創時期的報紙，是對開四版，每面一個版。報頭「順天時報」四個楷體字橫題，遒勁有力。報上端邊框外用小字標明日期，如「光緒×年×月×日」和「日本明治×年×月×日」，以及該報期號；報頭下方按當時各報習慣書寫報館位址「本館設於前門外西河沿前鐵廠」。

（一）版　面

據創刊年（1901 年）的《順天時報》來看，最初的報紙比較簡陋，只有四個版，即對開每面兩版（這亦與其初創時期的困難有關），每版自上而下分四橫欄：〔註49〕

第一版為「論說」、「本館告白」和廣告（值得注意的是，只有初創時期

〔註47〕《順天時報》第二號，光緒二十七年十一月初五日。該號藏於日本東京國立圖書館。

〔註48〕《順天時報》第63號，光緒二十八年三月二十七日。

〔註49〕據日本東京國會圖書館藏報紙原件掃描件得出。而吳文星文稱：「《順天時報》最初每天刊行一大張，日俄戰爭期間增印「附張」，以後遂成定制，附張每天刊行兩大張。該報版面編排曾經數次刷新，內容日益充實。「自創刊以迄光緒三十一年三月一日（1905、4、5），每日一大張，分八版，即每面有兩版。」這種說法有誤。

如此，此後的第一版除了報名外全部爲廣告）。下方「本館告白」（即關於報紙的刊例、訂閱方式的廣告）。第二版爲「諭旨恭錄」、「譯稿」和「京師新聞」，偶爾有電報（如開設時的報告慈禧回鑾消息的「行在電報」），自第四號起，開始有了「順天府轅門抄」；第三版爲「各地新聞」和少量廣告；第四版則全爲廣告。其中，「京師新聞」每期所佔篇幅，平均爲三欄，是其他「諭旨恭錄」、「譯稿」、「各地新聞」的兩倍多（由此也可看出本報的定位基本是居住在京師的讀者）。以下略述各欄目內容：

1、諭旨恭錄

與晚清報紙習慣類似，《順天時報》創刊時第一個欄目是「諭旨恭錄」；但是，因爲正值清廷正在西安未回鑾之際，這方面的消息自然較爲不暢。因此，最初幾期的「上諭恭錄」時多時少，內容簡略。例如：在第二號（1901年12月15日）的諭旨恭錄上，刊登的是前日的上諭，涉及加封「東南互保」的有功之臣盛宣懷以「太子少保」銜的諭旨、因陳璧奏參吏部清釐卷宗違法而諭令嚴查等等。

該報第二號的該欄則是《啓程要述》則是類似消息的文字：刊登了其探聽到的清廷準備回鑾的述聞，「探得兩宮已己子初四日辰刻由汴啓鑾，行抵正定暫行住歇。先飭榮相（榮祿——筆者）到京勘察京中情形，俟榮相復命後即乘火車赴京，約下月初旬可抵京云。」《兩宮由河南省城至京師尖宿路程單》，則是朝廷由西安經河南回鑾的具體日程表（這種消息肯定不是公開的，能得到這樣的消息來源，表明該報在朝廷中有熟人傳遞消息，待後探討）。此表詳細到某日某時辰抵達某地，然後乘什麼交通工具，擬經多少里地後到達另一地，「從河南省渡河至××，尖宿茶站，自省城北行二十五里，至××渡河又×里至×縣之新店宿……乘桑輪車……，計程一百四十里。」

《大臣忠告》：「傾有自行來在者言，張香帥甫奏請兩宮力尚節儉，太后向軍機云：『我母子遭難光景如此，還要怎樣節儉？』原折已留中，軍機電知張香帥毋庸迎鑾云。」——簡略形象地傳遞了重要的朝廷內部消息：慈禧此時的困窘，重臣張之洞直諫雖不得不採納，但此後張之洞的地位將漸漸不及岑春煊等新秀。

《明明我主》：「去年拳亂，論者多歸咎於朝廷，而不知其誤也，茲有隨扈西去之友人（此處值得注意，表明該報的西安消息的來源，是宮廷中之朋

友）來信言，兩宮召見王文韶云：『即飭岑春煊速斬莊端、剛毅之首以謝各國
及天下臣民，於將來議和不無少裨』，詎王相國惟有碰頭，中堂又裝糊塗——
可見當日朝廷亦不能自主，然則清議又何可盡信耶？」

2、論　說

第二號的論說是《論袁宮保接菼直督之關係》（「世之論人才者莫不誇老
成而抑新進。」）第三號、四號分別是《長岡子爵論中日應同興新業說》（長
岡係東亞同文會副會長）和《簡練蒙番疏》（係光緒二十七年即戊戌變法時，
刺史陳少端呈都察院代遞的奏摺，提請朝廷對俄國覬覦外蒙及早預防）。特別
的是，每篇論說前面有有「本館附誌」，即類似今日的「編者按」。

3、譯　稿

翻譯歐美報紙內容，較為單薄《紀俄德兩國君擔智之會》、《黑龍江殖民
情狀》、《摩國特使》、《三國貿易》、《俄債述聞》、《西藏探險》。〔註50〕

4、京師新聞

內容可分為幾類（報紙上未作劃分）。一類是政治新聞（以後的「時事要
聞」）如《祭天大典》、《蒙王來朝》、《查辦捐項》等。二類是官場新聞，如《根
株未盡》是關於吏部書承一向憑舊卷高下漁利的報導；《公所復移》是關於八
國聯軍使館搬遷至工部公所的消息；《立政務處》報導京師新設政務處，待回
鑾後政府辦公之所；《榮相卜居》是報導朝廷大臣（軍機榮祿）行蹤的。三類
是北京地方社會新聞，如《善舉停辦》是拳亂時期的免費施醫院停辦的消息
（並表惋惜）；《聯軍餘威》：「自經各國交換地面以後，滋事者時有所聞，昨
見東單牌樓北有車夫二人爭客，口角以至揮拳，路人紛紛勸阻；適來一意國
兵舉鞭恫嚇，遂各釋手，觀者無不謹然」，流露出對聯軍士兵粗暴對待國人的
不滿。此外《奏設學堂》（五城學堂興辦）、《地方之害》（報導小煙館禁而不
絕）。四類是「市面」經濟類新聞，如《米價平落》等。

5、各地新聞

重慶「拳匪日多、官憲飭查」，湖北（張之洞擬開設彩票），江西遣散水
師；無錫錢莊倒閉，浙江開辦礦，上海江南製造局工人習藝，揚州、天津、
保定等各地消息。

〔註50〕《順天時報》第二號，光緒二十七年十一月初五，1901 年 12 月 15 日。

6、廣　告

第一版上並列的是橫濱正金銀行和日本郵船公司西海洋行的「特別廣告」。第四版則不似一、三版全為日本商家廣告，而是間或有中國商家如「山東瑞蚨祥」等的告白——這既與報紙與日本人交往多有關、同時，日人企業在財力也較大部分中國企業雄厚，廣告費較高）。價格：登一日者每字洋銀五釐，登五日者每字洋銀四釐，登十日者每日三釐，登一月者每字兩釐，登全年者每字一釐半。

第三節　《順天時報》初期（1901～1905）內容和特徵

一、初期報導內容

報紙創設於庚子事變剛結束的時期，因此該報最初的內容比較特殊，主要集中在三個方面：（一）國內政局：中國當時朝野矚目之大事——太后回鑾；善後交涉事宜以及今後朝政走向（包括大臣升降）；京師地方在拳亂平復後的經濟、社會變化，以及與維新有關的事業。（二）與國際形勢有關：主要是對俄國的動向和意圖的關注。（三）開展中日貿易、加強中日「睦鄰之誼」的論說和宣傳。

（一）國內局勢

1、太后回鑾的報導

第三號上「京師新聞」中登載了《回鑾確信》：「兩宮冬月初四日自汴啟鑾尖宿各站已載各報，惟何日進宮，外邊懸揣不定。茲探得已奉電諭：『皇上二十七日還宮，次日各王公大臣在天橋南跪迎慈輿』云。」

十一月初八日，該報是第三號，特設「行在電報」一欄，專門報導回鑾一行的沿途消息：該日光緒感風寒不起，遂接到電報：「行在頃間發來電報，云皇上因受感冒不能起程，是以仍駐蹕延津。至耽延一日或兩日，則俟續文再登。」〔註51〕

在「京師新聞」中，則報導了京師城內為迎接太后、皇上回鑾而進行的準備。如《門樓紮彩》：「前門城樓去歲被焚，今因維修不及先搭木牌以補其

〔註51〕《順天時報》第三號，光緒二十七年十一月初八。

缺……」〔註52〕《幸寧壽宮》：因慈禧回鑾後擬駐寧壽宮，故「內監近日辦差十分勞忙且皆踴躍、喜形於色」，為什麼呢，該文指出「聞此次內監關領之物為數甚巨云云……」。〔註53〕

2、京師地面平定後的恢復及新氣象

這類報導，關注義和團平定後，北京城遭受之破壞的恢復情況，在當時起到了溝通信息指穩定民情的作用。

《圜法之生》是關於京城內自庚子後，銀錢混亂之狀況的報導：「去歲京城內外私鑄林立，前經府尹五城多方禁止，街市小錢尚未盡根株，近更見一夥游民，日行僻巷收買破爛銅器，是必為私鑄熔毀之用。」《銀色參差》也是對金融混亂的報導。此外，像「油價騰升」、「米價平落」、「磁價大漲」、「布匹匱乏」、「馬價騰落」等等，都是關乎市面情況的報導。

《票莊復業》：「去歲拳亂時，山西各匯兌莊均先回籍避亂，鋪中只留一二人看門，是以罹浩劫，及今和局已定，西商漸次來京，雖已一律開張，聞其所有票存尚不能如數兌付……現值時事艱難之際，取款之家可為從緩也。」

因各國聯軍逐漸依照條約將逐次撤出北京，而中國軍隊尚未換防，此時種種混亂狀況也為該報所注意。對聯軍的粗暴行為，該報予以抨擊。《俄兵兇暴》報導了俄國兵趁亂搶劫：「前夜三更，有俄兵二人突如留守尉、堅蓮奎二妓窯內，醉態猥瑣、執人亂打，搜去銀票洋元卷包一空而去。」

另外，關於順天府各留守屬官的活動，也加以報導。《施放棉衣》報導了去歲劫後（義和團）京城百姓無棉衣過冬，陳大京兆尹（順天府尹陳璧）置辦數千套棉衣囤積屬內，待派人查點人數後即散放貧民的消息；《惠濟災黎》也是這類的。

還有一類如《有裨地方》這類消息，關注京師變亂恢復期的「維新事物」：京師居民日用之水一向困難，街巷所需飲水需向數里之外山東人挑賣者買；然後建議：不如仿上海租界安設自來水引京西玉泉山之水入城。並報導了有美國人已經集款，向外務部呈報批准，不知道結果如何。

3、國內朝政走向

從早期的「論說」來看，該報對清廷在庚子以後的「國政朝綱」及其變

〔註52〕《順天時報》第 12 號，光緒二十七年十二月初一。
〔註53〕《順天時報》第二號，光緒二十七年十一月初五。

動，給予了迅速的反應和重視，或借各方之口、或直接以該報筆者身份發表觀點看法。其中對重要官員升降的報導即是此類。該報對朝廷新擢升的改革派官員的審度較爲客觀，並直接提出建言：

在該報創刊的第二號的論說《論袁宮保接莅直督之關係》，就是針對當時的大事──朝廷任命山東巡撫袁世凱接任李鴻章掌管直隸總督──一事發表的評論。針對朝野對袁世凱「資歷不夠」的紛紛議論，該文發表了不同看法：「人才胡可以年齒爲優劣哉？古者瑜亮皆以少年膺重任，畢生勳業蓋世」，並回顧了袁氏以往作爲：夙爲文忠所識奉命駐韓，「英風颯爽，及督練新建陸軍概用西法，軍容整壯海內無見」，後來庚子拳亂，「天下騷然，公獨不爲清議所惑，以剿匪睦鄰爲己任，山東全境波瀾不驚」。並據此直接說：「以公之才當公之任，此誠爲我中國之一大轉機也！吾輩伏處草茅，望公勿怵列強之威勢，斂刃藏鋒。」（當時袁世凱正與列強交涉撤除天津各國都統衙門事宜）──讓袁氏勿顧慮推脫。

針對袁莅總督所首先面臨的大事──接管天津後與列國議撤都統衙門，該報讚賞袁氏當機立斷，「外國多一分管轄，即中國失一分自主。現聞公初至即著手與列強議決，可謂乾要振領，亦可謂爲社稷之臣矣！」並提出希望：「此後有關交涉事必多，吾輩尤願公仍以治山左（山東）者治畿輔，庶幾新政之有條不紊矣！」

這些消息報導和評論，比照上海出版的報紙（《申報》、《新聞報》之類）而言，顯得緊跟時政變動，且言論超前，從現實性、前瞻上遠遠超過了國內其他報紙。

（二）國外局勢

極力地申述列強侵略中國的危機（尤其是俄國的野心），同時積極倡導中日提攜，伸張「黃權」抵禦西方勢力的擴張。──這是該報最大的旨趣。在這一點上，日本報紙的立場顯示的最爲明顯。

如該報在 63 號選錄了兩篇文章，一是上海《新聞報》上的《再論俄約之狡》；一是錄自《日本》雜誌的《極東之現狀》。在前一篇文章中，指出俄國七次修約的險惡用心──覬覦獨佔滿洲。後一篇文章，聲稱「以史家公平之筆」，回顧中國爲列強分割的歷史。作者首先承認，「甲午一役，露清國衰敗之相，故實與列強以東漸之勢」，接著筆鋒一轉──日本雖「不能辭同室操戈之咎」，但清朝泄泄沓沓、不圖自強也是主因。該文舉中法戰爭、中英

戰爭爲例，證明中國早在四十年代就爲列強所覬覦，「無不見有隙可乘，張其翼伸其勢於亞東大陸」。此後，英據揚子江、法據雲南、俄經略滿洲、德佔據膠州灣，就連「中立之一小比利時」亦依俄之後援得主要鐵路之敷設權。「悲夫！茫茫大陸尚得有尺寸自主之地乎？天乎！天乎！何不祐我同胞若是乎？」值得注意的是，對於日本後起以福建爲勢力範圍一事，該作者認爲「我日本乃不得不編福建以免他國約至」——其竭力爲自己做解釋，目的是凸顯與他國列強的不同。

（三）中日關係進展

關注中日貿易情形，以推進中日親善關係爲己任：

從第三號起，在二版的「譯稿」中就開始登載《三國貿易》、《日清貿易策續稿》之類的文章。《日清貿易策續稿》，將自光緒十九年至光緒二十六年的「各國入中國貿易總額」和「日本入中國貿易總額」、中國貨往各國總額、以及中國貨往日本總額（即進出口貿易量），做了逐年的詳細表格。進而在按語中說：「日清貿易實況如此，彼此之地形、興國情形及物產，尚多有所屬望，今後若無妨礙，此自然之進運者，則將來層層進步、蒸蒸日上有望。」又筆鋒一轉，指出所顧慮的唯清廷的貿易政策動向，「然茲有一事堪虞者，即清國市場或行保護關稅之政策，遂將失此宏大無邊之貿易場。」然後指出美國、英國均自有貿易場所，不受此影響，而惟獨日本土地狹小，「所屬望者惟一清國」；今雖清國尚未施行保護政策，然「各國均將於勢力區域內施行之，殊爲可慮者也！」——從口吻上面看，這篇文章目的之一，是提醒日本商人應重視日益增長的中日貿易，指出中國市場對日本之重要；同時，該文還試圖引起中國有識階層（關注中日貿易的）注意，指出各國將於「勢力範圍內」施行保護關稅政策的可能性，並且希望中國勿傚之人爲制定「保護關稅之政策」，而使「蒸蒸日上」的中日貿易受損。從這類文章看，本報對日益擴大的中日經濟交往寄予了極大的希望。

《長岡子爵論中日應同興新業說》：〔註54〕「按語」中先介紹了東亞同文會副會長長岡子爵，是首倡「東亞永固相保之義」，爲『我中國』力圖保全的倡議者；該文係友人寄來的講稿，意爲：中日兩國應將商業、工業振興作爲「提裘振領」、富強之要政。該文開篇即以激揚口吻言說：「余欲使太平洋面

〔註54〕《順天時報》第三號，光緒二十七年十一月八日。

中日兩國商旗往來如歐人之出入地中海焉！余欲日中兩國工藝日進商業日崇，於萬國賽會首屆一指焉！」

首先，通過作者親身經歷（「泛舟東溟，入揚子江口溯流而上，至鎮江、九江以至漢口、武昌，由由上海至吳越」，並與中國士大夫交遊、「把酒言歡」），指出：揚子江一帶達紳之士，「觀其文聽其言，上下古今縱橫、中外之識概皆知此為商戰之時代矣！慨然有維新之志，非歐人所論頑冥不化」；進而作者認為：中國東南沿海（尤其長江流域），工商業的繁盛和風氣的開化已經呈現端倪。

接著，該作者呼籲日本工商人士，應關注對華貿易：長江貿易貫通腹地，瀟湘、漢口、吳越之貨物流通無礙，因此，各國不遠萬里來揚子江流域經營商務貿易；反觀日本，則投入力量不足，開駛輪船來者，只有大阪輪船公司和大東汽船公司，「惟惜規模狹小，未能於腹地貫注流通，俾我兩國貨物常能相接濟。」指出，日本國人始終知曉與支那唇齒相依，日以興學校、開民智為苦口陳說；但卻忽視了工商業為本圖，「若能聯合辦理，俾權力一旦伸於歐人之上……能講求製造、開導利源，令支那人研習於工藝，則新業之日盛，而兩國富強之業益以鞏固！」並指出除了運輸貿易外，製造業、金融匯兌自然隨之興盛。

最後，作者認為，此時機最好，因「華人情志所向，有結我日本之心；我國辦理工商諸務既有熟手，可資協力相謀；機不可失，望我國商人發憤從事也！」並且大聲疾呼，「先人者制人，後人者制於人，當此華域維新之際，若退縮不前，則他國必將為我所難，悔何及矣！」——此處的「人」，當然是指先日本一步來中國擴展貿易活動歐美各國，該報力圖喚起日本國內工商業者後起直追，急切之情，溢於言表。

二、《順天時報》初期的言論主張

（一）痛抵庚子年浩劫，反思積弊，激勵變革

對於 1900 年的義和團運動，該報一直以「拳亂」、「拳匪」、「國之浩劫」指稱，並力促朝野上下及時進行了深刻反省。除了在京師新聞中時時關注「劫後餘生」的民瘼之外，該報對於朝廷今後的改革動向給予極大關注。光緒二十七年十一月二十二日，是兩宮即將回鑾前的幾天，途中迭降明詔：以「朝廷用人不當」深自引咎，並且勸諭大小臣僚「勤儉自勵、軫念民艱」。該報翌

日即發表了《讀十一月二十二日上諭恭祝》，以感慨的口吻說：「普天之下率土之上，讀斯詔者有不感激涕零、忠義奮發以圖一日奮起自強者乎？！」作者以外邦人身份直接對當政官員發問：「吾輩異國之人，罔識忌諱，第欲進在廷王公大臣曰：『上以用人不當深自引咎，抑公等何辭以對？』又欲問：用人不當四字足致倉促禍亂幾至危亡，有如是之迅速悍疾者乎？」──言外之意，即當年義和團興起後，盲目助長排外之守舊大員，難辭其咎！作者直截了當地將矛頭指向這些人，說：雖此次上諭無一字責難臣僚，但「子曰人不可以無恥，未知尸位庸愚及迂謬膠執之人，其抑愧而思退乎？抑深自引罪、力破舊習以圖改良乎？」

可見，該報認為庚子之亂絕非偶然，朝廷上下愚昧守舊積重難返是主因。若真欲挽回狂瀾於未倒，必痛改前非、勵精圖治，實行維新。而對於清廷屢次下詔罪己的誠意，該報似乎還是肯定的，只是對大批舊官僚能否「改弦更張」頗為疑慮。但是，該報以熱情地口吻激勵全國「英明卓識」之士：「人之熱力係不倦者，尚有一分愛力為之鼓蕩。所願四萬萬同胞，擴充其愛力而以愛身者愛上，以愛家者愛國，庶幾人人思奮力改革興盛。匹夫有天下之責，朝廷無缺才之歎，又安知不凌駕於六洲之上耶？！」

總之，面對庚子亂後「創痛巨深」、國將不國的危急局面，該報給予了言之切切的關注；鑒於當時清廷威信尚能維繫全國人心，因此，該報熱切地呼籲清統治者及時改行新政、挽回頹勢。

（二）對清廷回鑾後新舉措的建言

清廷經過一年的「西狩」，在 1901 年 1 月終於議和完畢返回紫禁城。此時，百廢待興，各項先前罪己詔承諾的新舉措有待實施。首先，鑒於舉行「新政」人才匱乏，清廷擬用外國人協助指導。該報立即在「論說」中發表了來稿：《論清廷登用客卿之關係》。其對朝廷任用客卿給予了有限度的肯定，並指出應注意之點。該文肯定「我友邦支那悔過、厭亂，銳意更張，與病疾尋醫同，乃積極之舉」；而對於舉客卿一事，提出，「聞立憲國於外人執國務禁之甚嚴，必其人與國將有連結之統系、密切之利害始能委之以扶持之任」，認為中國也應慎重。接著，該文提了兩條建議：一是選人，「似宜首取最近唇齒之國」（即日本），認為其因這樣的國家榮辱與共（我敗則於彼無益，我勝則於彼益強者也）；「次宜取遼遠不相關聯之國」，（無圖於我，不妨忠於我）；二是注意拔擢人才（或訪學校俊良、或聘辭職巨人），均不應與彼國政府相干涉，

這樣才能「進不由其推，退無用其把持，而後甄拔之權在我。」

從該文看來，日本報紙的立場很明顯，力圖影響清廷的人事政策。

類似的還有《政務處開設經濟特科》（該報 63 號），〔註55〕針對的是清廷回鑾後的重大舉措——開設「經濟特科」選拔人才（瞿鴻禨就是此次考試脫穎而出的人才之一）一事。

（三）關注並闡釋俄國動向，提醒中國重視國際形勢的變化

《概觀辛丑歲外交事件》是農曆辛丑年（光緒二十七年）該報第一篇「論說」，它對辛丑年中國面臨的平亂後的國際形勢進行了概括總結：「自上年平亂之事，以懲匪首、定償款（庚子賠款）兩端為最難，現已大致了結；至通商一事依以往條規辦理即可……然唯有《滿洲條約》未了結……」。〔註56〕文章回顧了俄國因拳亂佔領滿洲一事，指出各國撤兵後，獨爽約不撤兵，「意於滿洲獨專權利而不與列強共之，如此則我主權將俄侵蝕矣！」同時指出：「現大局有定，則應履行此言」。作者還特別以「列國公論」為題，分析了國際形勢以及英、美、德三國在此事中的立場，指出，德英必無聯盟之可能，而英國意圖聯合俄國以穩定東亞（抑制日本——筆者）的意圖，因此，滿洲前途實堪憂慮。而值此之際，恰逢善理外交的李鴻章逝世，由慶親王奕劻主持此交涉大計，該報不無憂慮的向中國「當道」建言：「此時尤宜慎重以促安全。今若小誤於事，則於東省大有關係，而不知到何境結局！」

三、從內容和言論看初期《順天時報》的立場

關於「開通風氣」的志趣，前文已在中島初創原委中述。而「提醒防俄」這一點，雖然中島真雄沒有明確說，但是，從《同文滬報》開始，同文會的報紙就無日不將此作為重點；《順天時報》也不能例外。從 1903 年 11 月 14日（該報第 555 號）的一篇論說，可以明顯看出這一點，題為《遙祝大日本帝國之新禧》。該文是一篇祝賀日本明治三十七年「三元良辰」的祝辭，在這篇祝辭開篇，作者呼籲「我四萬萬同胞披滿胸之熱誠」以慶祝「最惠至親至善之友邦」的新正之喜。接著，作者對東亞的國際局勢進行了描繪，認為此時是一個表面和睦、蘊藏危機的時代：「所憂者外交之事至重至難：列邦

〔註55〕《順天時報》第 63 號，光緒二十八年三月二十七日。
〔註56〕《順天時報》第 23 號，光緒二十八年正月初六。

情僞難辯,昨友之敵,朝不計夕、笑裏藏劍」,指出「列強炎炎駸駸,勢力集中於亞洲一隅」的新局面;「海外各邦考利害情形,約縱連衡、保權持均、周旋拮据、惟日不足。」進而設問,中國應如何應對這列強環伺的局面呢?——「當此之時,閉關自守已非時局所容,離群孤立亦非事機所宜!」

接著,文章又指出東亞局面中一個危險因素——俄國:「又有奸雄強霸,包藏禍心,俾倪宇內,凌強壓弱,斃衰吞小」(即指代俄國借庚子之亂爽約佔據滿洲一事)。由此,作者引出了本文的關鍵:「若立國於亞洲而無得一可親可賴之邦,援爲唇齒、爲輔弼,聲氣相通、緩急相救,則所以免於弱肉強食之禍者,其與能幾何?」即中國應當尋求與鄰國的合作互助,來共同抵制西方列強。那麼,爲什麼是日本呢?「按亞洲列國,獨此日本於我最親、通好最久;最近國勢新張,似雄獅跳躍、孔武有力。其軍政足以與俄決雌雄,其商足以與英爭輸贏。此誠天生之羽翼,人身之唇齒也!」——即日本首先與中國休戚相關;其次,其力量已與前此不能同日而語,足以作爲一個強大的夥伴。作者還舉了八國聯軍撤退京城的例子,說明日本施加的壓力是促使俄國退還平亂的原因,感歎到:「實我友邦有功焉!」

最後,作者還解釋出於獨立觀察的言責:「吾人待罪報館、嚴責在身,乃陳微詞」,呼吁,「我四萬萬同胞」,「捧滿心之熱忱恭祝大日本天皇陛下萬歲萬萬歲!大清國皇太后、皇上陛下萬壽無疆、萬歲萬萬歲!」

這篇文章是《順天時報》之使命的自我表現。除了「敦睦中日情誼」之外,該報後來又突出了「輸入文明之政法」、「促中國之維新」的目的。

> 我順天時報開辦以來,以保全東亞之和平,敦厚中日兩國之睦誼,輸入文明之政法,疏通中外之聲息爲宗旨。……宗旨所在,必外通列邦之聲息,内促中國之維新,並合京師士庶,以報章爲鴻實,人手一篇,爭相傳誦。〔註57〕(《順天時報改良》)

可見,該報創刊的最初目的,主要是爲了在東亞變局中,與中國聯合感情、「棣通兩國聲氣」;而此相關的另一個主要意圖則是,遏制俄國——所謂滿洲問題,正是俄國在《辛丑條約》後勢力進入東北三省後帶來的日俄勢力均衡被打破的問題。所謂「抱定東亞大勢,提倡輿論」,則是提醒中國,重視俄國對滿洲的野心之謂。

〔註57〕 《順天時報》第930號,光緒三十一年三月一日。

四、初創時期的《順天時報》的特徵分析

（一）處在初創階段的報紙，對讀者群的定位尚不明確

報紙最初內容取向，一方面，爲在中國從事商業活動的日人提供各種信息、建議；另一方面，也顯露出影響中國改革派官紳階層的意圖。可以說，顯示出讀者對象的不確定性（過渡性）。

從口吻來看，有時用「我日本」三字，面對本國人說話；但在對中國問題發表看法時，又經常採用的則是一種鄰邦友人的口吻 —— 「吾輩異國之人」 —— 旁觀者的語句，極少時候用「我同胞」這樣的語言。原因與特殊創刊環境有關，當時的《順天時報》並不掩飾自己的鄂「洋報」身份，並從一開始就定下「旁觀友邦」的發言立場。

從內容上看，則很多內容是服務於清朝在朝、在野關心時事的官員的。該報初創時，清廷尚在西安，可以說諭旨等來源不暢，但仍然從第一號起即登「諭旨恭錄」，雖時多時少，從未間斷。而第四號起則開設「順天府轅門抄」，這些都是發佈政府信息的。該報第二號至第五號特別登「告白」：「因排印窒礙不能刊送『本日諭旨』，致爲閱者所短，本館深以爲憾。現定於回鑾後（庚子年農曆十二月初 —— 筆者）加送《本日上諭》及《緊要奏摺》，另爲附張不取分文。」 —— 其稱「閱者」無疑是指官紳士大夫。

這一特殊的現象，從「論說」一欄的文章可看出。雖論說的都是中國問題，但是，最初的《順天時報》的論說，經常採用日本名家的「來論」；即便是本社文章，其「非本土」的風格也一望而知（文言的色彩，沒有以後日俄戰後那麼重，引經據典也並不如後來那樣比比皆是）。總之，最初其預設讀者是兩國人士，因此口氣尚不十分「中國化」。後來，隨著報紙逐漸將清朝上層開明官紳（「有影響力的階層」）作爲主要讀者，其本土化的趨勢越發明顯。

（二）消息來源之特殊

從許多跡象來看，該報的消息來源，似乎很多與清廷在朝官員有關。表現之一是在「兩宮回鑾」的報導，該報對確切的途經地、日程，掌握十分詳細（該報第二至第 20 號）；甚至當時較爲保密的、外間無從揣測的鑾駕抵京日，該報也獲得了獨家消息（見該報第《回鑾確信》：「據探得確信……」）如果沒有可靠的消息來源，該報的報導不能如此獨到而迅速。又如：西狩途中以及回鑾之後，內廷召見大臣的消息，由於當時官報尚未開設，很多是沒有

公開發佈的，但該報也及時地獲悉。例如：《大臣忠告》『我母子遭難光景如此，還要怎樣節儉？』的描述，確定、直接地描述慈禧當時困窘難當的情態和語言——絕非一般「訪事人」所能獲得的情節。

此等消息的來源，該報有時簡略地以「探得」帶過，但有時為了顯示其消息的確切可信，也透露了些微線索，如「傾有自行在來者言」（《大臣忠告》）——意為與報社有日常交遊的人透露；「茲有隨扈西去之友人」——則甚至明指，在清廷西狩的朝廷大員中也有《順天時報》社（中島真雄）的朋友！

這其中，時任順天府尹的陳璧，就是一個例子。在最初的對內廷官員的許多報導中，該報的消息來源是這位「陳大京兆尹」。比如吏部書承借舊卷高下從中漁利的事情，此事尚在陳「擬奏」的腹稿中時，就在該報「京師新聞」頭條披露，〔註58〕足見該報同當時陳璧這一改革派官員的私人關係十分密切，後者很可能是該報政府消息的重要提供者。而另一方面，對陳璧這樣的改革派官員，該報也給予了很多正面報導。如稱讚其勤於奉公、督促工程的「每日五點鐘率同隨員等親赴指揮，辦公認真、毫無官場俗套」（《立政務處》）；在報導陳璧置辦棉衣散放窮人一事時，竟稱其為「萬家生佛之祝」（《施放棉衣》）。

（三）政治性大報的色彩尚不濃，仍介乎大眾報紙與精英報紙之間

該報的政治色彩在初期尚未完全顯露。表現之一是：將商人作為重要讀者群——這一點從其創刊的告白可見：「本館於北京商務中特設訪事，凡貨物之行銷、市價之漲落，何者暢旺何者遲滯，何者亦立刻創辦，何事當計日興隆，無不搜採。」起初這類信息登載在「京師新聞」中，從第四號起單列，增設了「商務」一欄，專門報導京師市面浮動（如《絲棉贈價》、《酒行須知》、《牛皮貨價》等等）、行情。篇幅大致相當於全部新聞的四分之一。

表現之二是「時事要聞」尚未出現，只是作為少量內容併入「京師新聞」。而京師新聞內容較雜，其篇幅很大一部分是關於北京地方的。也就是說，除了政務消息外，各類社會、市井新聞佔了一大半。社會新聞有如：《錢肆被劫》、《假冒宜懲》、《為害行旅》等，屬披露社會治安的負面報導；又如《市有餓殍》、《民間疾苦》、《遺失孩童》等則是報導亂後京城百姓生活的；《落花墜恫》、《鶯飛燕散》、《雌雄莫辨》、《有美人戲》、《孳孳為善》則是帶有很「市井」

〔註58〕《順天時報》第二號，光緒二十七年十一月初八。

色彩的市井新聞，能夠吸引普通讀者的興趣。

但另一方面，該報的「論說」則從始至終，一直關注最新、最重大的清廷內政和外交事件（見前文）。其讀者對象無疑是關心朝政的上層官紳。同時，該報不顧初創規模狹小，竟堅持每日用一欄（四分之一版）來報導國際新聞（「譯稿」）。可見其力圖保持政治大報色彩的意圖。這一點從其初期告白中可以看出：「本館譯錄各國時事，皆最新最重要之政策，廣選精譯以飼讀者；批閱他報尚未如本報之廣博。凡憂國之士、力學之儒欲購本報者，請至本館或待派處面議即可。」──「憂國之士」、「力學之儒」，且能關心國際形勢的，在當時無疑只是少數朝廷要臣。

以上種種說明該報創辦伊始，對自己的角色定位尚不十分明確。一方面給日本僑民看，另一方面要立足北京輿論市場；一方面試圖對國政朝綱發佈影響，另一方面還要兼顧普通市民。這就使初期的報紙帶有明顯的「過渡」色彩。「政治化大報」的特徵尚未完全顯露。

第四節　日俄戰爭前後報紙的沿革

一、1904 年以前《順天時報》的版面

該報版面編排曾經數次刷新，內容日益充實。如前文所述，《順天時報》自 1901 年創刊後不久的 64 號起（1901 年 5 月 18 日）起即改為日報，除了每周星期一休刊外，如遇有中日兩國重大慶典和節日，例如光緒帝、皇太后生日和日本天皇的生日，元旦、春節、中秋節、端午節、國喪等，也都一律休刊以表慶賀或者哀悼。

從版面上看，初創時期的《順天時報》每天刊行一大張，分四個版。但是，在日俄戰爭期間，該報版面發生了較大變化，除了擴成對開四張八個版外，還贈印「附張」。以後遂成定制，附張每天刊行兩大張。自創刊以迄光緒三十一年三月一日（1905 年 4 月 5 日），每日一大張，分八版，即每面有兩版。與此同時，內容也較最初兩三年有了很大的變化，逐漸豐富了起來。

第一版是論說和廣告。其中日本的商鋪的廣告佔了絕大多數，（尤其在初期的報紙上幾乎見不到中國商業廣告），如橫濱正金銀行、日本郵船公司、東京古河洋行、三井洋行、山本照相、大學眼鏡、輕快丸等等。第二版為「論說」、「雜俎」、「專件」等，是該報發佈言論最重要的版面。「論說」全部是

由報社撰稿，對重要問題發佈看法，早期的論說以文言爲主，反映了該報讀者群之文化層次。「雜俎」乃轉載或譯登中外各著名報章雜誌的散文、雜文佳作。唯獨在808號以後，本版也開始刊登廣告，前述「論說」、「專件」則移到第三版上。第三版、第四版依次爲「本社告白」（篇幅很小，有時沒有）、「宮門抄」、「上諭恭錄」、「東電公報」、「東京特電」、「路透電報」、「時事錄要」、「京師新聞」等。一般新聞標題和內容的字號相同，兩者之間空一格以區別；緊要新聞則頗能善用鉛字，標題常以醒目大字排印，以引起注意。其中「時事錄要」以刊載中國中央及地方政情爲主，「京師新聞」則包括朝廷動態及北京地方消息。第五、六版是「本社特信」、「各國新聞」和廣告。「本社特信」如同今天的獨家報導，是由該報在天津、保定、漢口、四川、雲南……各地的訪員所獨家採訪到的消息，經常能發佈一些不爲人知的地方重要消息。本版廣告則以刊登圖書、教育、私人聲明啓事、投稿、謝啓等爲主。第七、八版爲各種廣告，多半是規模較小或非短期性的廣告。「附張」上欄注明「本期×大張，不取分文」，最初分六版，第一、二版爲「戰報餘錄」、「雜報」、「專件」、「廣告」等。從第888號以後，該「附張」版上漸有「變雅小集」、「文苑」等文藝性文字專欄，以刊登詩詞、小品文字爲主，於是有如今天的「副刊」。其餘各版均刊登「奏摺錄要」，這是清末主要大報共同的專欄。

其中，主要值得重視之點，其一是新聞內容：由單純的「京師新聞」和「譯稿」，增加了單獨的報導軍政要事「時事錄要」，更加具備了「時政大報」的特色。其二是增添了「雜俎」這樣的副刊性文字，附張上也增設「變雅小集」、「文苑」等。其三是增添了戰爭的附張——「戰報餘錄」；四是廣告的篇幅與報紙篇幅一樣擴充，至增加了一倍。這種變化，除了日俄戰爭的背景，成爲報紙新聞的重要對象外，還與報館經過三年的發展、物質基礎逐漸積纍增添有關。

二、1905年後《順天時報》的版面變化

1905年，日俄戰爭結束，該報受到日本當局的重視，改由外務省接辦。此後由於報社經濟財力有了很大增長，添購了新式印刷機、增派記者、加強內容，版面也有了較大的更新和變化：

（一）首先，刊登了推廣告白

本報創於光緒辛丑，迄今已閱五星霜矣！郵電迅速，紀事精確，與

公論輿情相符合,故蒙閱報諸君子獎譽有加,而報務銷暢,遍於中外,聲名之遠普及四方。惟是本館同人益當自勉,精益求精,以副閱報諸公之厚望也。茲特購新式印機、嶄新鉛字,已經運達本館,定自華曆三月初一日起,添聘記者,改良報界。茲將擴張要點開列如左:一、添聘專員,專駐上海、東京及其他中外要地,採訪時事要聞,隨時電達以期記事日速。二、將本報表面重新組織,以期刷印精明,光彩悅目。三、將本報內容一律改良,於論說益主張倘論,於雜組益增美材料,於中外新聞益以「速、確、要」三字為宗旨,以期刷新國人之精神而補朝政之不及。四、特請中東碩儒編錄詩文登報,一供閱報者閒時瀏覽之有趣味,一可以藉中東之詩文徵中東人士興趣之同而益敦睦友誼。〔註59〕

(二)版面變更的背後,內容也更加充實

外務省接辦以後,該報在主旨雖未有改變,但在言論上更加重視,增加篇幅,觀點鮮明直接。並且新聞消息上更加追求迅捷、準確精要。從其目的上看,一是「刷新國人之精神」,二是「補朝政之不及」—— 可見,該報以公共輿論的代言者自居。同時,該報對溝通「中東」感情更加注意,此後在「雜組」中刊登大量深諳中國文化的日人所作詩詞歌賦,從而在文化上擔當橋梁。

該報改革後的版面,最初分十四版,後改為十六版(其中「附張」仍占六版)。第一、二版全是廣告,而特別的是一版上端欄外始印中國年號、華曆日期及本期刊號,而日本年號、日期則印在第三版的欄外。第三、四版大多照舊,另增加了「德京電報」、「中外彙報」、「時事短評」等,但「時事短評」不久即中斷。第五、六版改為「時事要聞」、「京師新聞」、「直隸新聞」、「外省新聞」、「市井瑣聞」等,有如今天的國內新聞版。空白處也刊登廣告、啟示等。第五版欄外注明「公元」年月日,這一點是以前沒有的。第七、八版仍為廣告。「附張」第一、二版刊登「變雅小集」、「東海詩潮」、「白話」、「文苑」、「專件」等。每篇詩詞之後均附有幫助讀者欣賞的短評,署名是蒼公度、亞雄等編者。版面中央偶爾有風景畫、名人照片、世界風情等,儼然已經具備了現代副刊的雛形。其餘各版則為廣告及「諭摺錄要」。值得一提的是,從這時起,該報開始有選擇地刊登一些諭摺奏稿的原文,並定期加以

〔註59〕《順天時報》第886〜892號,光緒三十一年一月十一到十八日。

裝訂。每日刊出之諭摺均預先編定頁次，至月底重新將宮門抄、上諭編排印後與諭摺錄要彙訂成冊，訂戶如果想裝訂則將附張的「諭摺錄要」剪下，交送報館，每冊另收裝訂費四分〔註60〕。該報於1905年的全文刊登諭摺，大概與該年清廷實行預備立憲有關，與以往空疏浮泛之風不同，五大臣出洋考察前後時期的諭摺奏稿，很多是涉及官、農、工、商政的討論、建議和決策，有很高的參考性，而且實效性高。《順天時報》作爲政治性大報，自然不能不加以很大重視。

《順天時報》從光緒三十二年十二月十六日（1907年1月29日）的1479號起，再一次刷新版面，兩大張分成八版，亦即將過去的一面兩版改爲一面一版，此後各版面性質未再有大改變。第一版爲各種廣告，第二版爲「本館告白」、「宮門抄」、「諭旨」、「閣抄摘由」、「論說」、「路透電報」、「德京電報」、「中外彙報」、「雜錄」等。民國以後則簡化爲「論說」、「漫言」、「國內要聞」等。第三版亦爲各種廣告，民國以後增開「國外時事」及「時評」、「暮鼓晨鐘」等。第四版爲「懸贈徵文」、「法政淺說」、「各省要聞」、「小說」、「文苑」、「瑣事雜錄」等。清廷宣佈預備立憲後，「法政淺說」改爲「各省預備立憲彙報」；「小說」大多是連載的偵探或武俠小說，「文苑」仍以詩詞爲主。民國初年仍舊，後改爲經濟版，專報導金融、商情等經濟消息。第五版爲「奏摺錄要」、「消閒錄」、「廣告」等。「奏摺錄要」係選擇臣僚們的重要奏摺，全文登載；「消閒錄」刊登梨園消息和戲劇，類似今天的娛樂新聞，不過作者經常是報社內外固定的幾個。民國以後專登讀者來稿及梨園消息，如「社會小說」、「藝林」、「檀板綺聞」、「燕市（都門）菊訊」、「章臺絮語」、「舞臺大觀（劇院廣告）」等。第六版爲各種廣告，以出版、招生、啓事等廣告居多。第七版爲「時事要聞」、「京師新聞」、「行程日表」等，類今日之地方版。民國以後大多刊登地方社會新聞，及教育、體育消息等。第八版爲各種廣告。

從該報不斷刷新版面，充實內容，善用鉛字及輔助文字的圖畫符號，考究報目、題額、欄線、騎縫等，足可看出從一開始，該報就非常注重報紙的編輯滿足讀者需要，講求經營方法，頗能利用新的新聞思路。此外，該報廣告也是一大特色，據統計，每天廣告占全報面積的五分之三以上。其中以醫藥廣告爲最多，幾乎占到廣告總數的一半以上，其次是「經濟類」的，約占五分之一。〔註61〕這種廣告比例在當時各大報中是較多的。

〔註60〕《順天時報》第885號，「告白」，光緒三十一年一月八日。
〔註61〕東亞同文會編：《民國十五年中國年鑒》，臺北天一出版社，1975年影印版。

三、日俄戰後《順天時報》的「民間化」嘗試

大致在 1905 年 4 月以後，《順天時報》有了一次明顯的「民間化」嘗試——其最明顯的表現是，以一張政治化大報的身份，獨家開設附張。而在1906 到 1907 年的上半年，這類內容非常豐富，民間化取向明顯。此時期，該報每日單送「附張」，共兩版：第一、二版合爲一頁，內容一是「變雅小集」，如該報 1046 號上「變雅小集」登載《柏堂落成》；二是「白話」（如《嘉興命案》）；三是「日俄戰畫（如照片《陣中餘興》，拍攝的是日本士兵在戰場空閒時摔跤的場景）」。第二頁就是以前的「諭摺錄要」了，占兩大版。〔註 62〕從這些內容看，報紙有明顯的民間化取向。

這裏，「白話」欄目是重要內容。它幾乎成爲每日必登，且佔用一個版面的篇幅。「白話」文字淺顯，面對的是文化程度不高的普通讀者。至於其涉及的內容，則十分廣泛，凡與百姓日常生活有關的內容，有的是道聽途說的新奇趣聞、有的則是確有其人的事情，均用白話演繹出來。如：《奇騙記聞》、〔註 63〕《強項令》、〔註 64〕《泰西婚禮記略》〔註 65〕（連載七日）、《奇丐絕技》〔註 66〕等。

在「白話」欄目中，該報對下層民眾，側重於啓迪新知、開導視野。主要分以下幾類內容：

一是說理性文章，如《警察辦好便沒教案》〔註 67〕、《告山左愛國人》。

第 1421～1422，該資料引自清華大學一學生調查報告。其報告中將《晨報》、《益世報》（天津）、《順天時報》、《東方時報》、《申報》的廣告面積做了比較，其統計結果：

名　　稱	全張面積（平方寸）	廣告面積（平方寸）	百分比（%）
《晨報》	2907	1174	40
《益世報》	4827	3025	63
《順天時報》	2183	1111	61
《東方時報》	4602	2002	44
《申報》	6159	3307	54

〔註 62〕 《順天時報》第 1046 號。
〔註 63〕 《順天時報》第 1163 號，光緒三十一年十二月十七日，1906 年 1 月 11 日。
〔註 64〕 《順天時報》第 1178 號，光緒三十二年正月初十，1906 年 2 月 3 日。
〔註 65〕 《順天時報》第光緒三十二年正月二十二日。
〔註 66〕 《順天時報》第 1286 號，光緒三十二年閏四月十八日。
〔註 67〕 《順天時報》第 1245 號，光緒三十二年三月二十九日。

後文是對山東一讀者來信做的反饋，文章不僅動員民眾閱讀白話報、進蒙學堂提高文化，並且指出白話報的功用；最後解釋「國民捐」運動的來歷：

> 前見兒，接到恁信，告知祥字號孟家，在濟南府章丘縣九景村，恁既是山東人，自謙稱也是個糊塗人——愛看報、知愛國，斷不是糊塗人；糊塗人他不肯看報。所說的看報二字，不一定是非看我們順天時報，什麼報都可以看。肯多看報，自然就成明白人了。現在閱報處很多，有閒工夫，與其聽說書，不如到閱報處去，多看幾張報紙。看報可以明白事理、時勢，多看報真是有無窮的益處。現在白話報很多，大可以看。

可見，這位孟姓讀者是山東一村民，以前不肯看報。文章作者鼓勵他們要看報，當「明白人」——通達時事之人。接著，作者認為，這樣的讀者之所以能看順天時報，這說明白話報的力量很大：

> 山東孟家祥字號這封信，可見他看報的細心，並可見白話報文理淺近，所以愛看的很多。白話報的動力，已試驗出來了。恁既然愛看白話報，就可以學做白話文章，不必學那深難的文理了，白話寫信，也很便當。深奧的文理本是難學，非下十年八年的功夫不能精通。
>
> 恁既然有志要入學堂，可先入小學堂，淺近的文理還容易學。程度提高了，自能由小學堂升到中學堂，不必恨，有志必成，人一己十，人百己千，愚必明，柔必強。

這是作者建議下層讀者如何由白話文入手，逐漸提高文化程度，和對國家大事的瞭解：

> 山東本是好地方，孔子孟子都在山東一省，況且山東人團結得起來，擅做買賣的也很多。但是庚子以後，被義和團惹下禍來，德國人便趁勢占租膠州灣，鐵路權煤礦權等等失去了不少，想來真是可歎！這都是被那義和團鬧的。與外國人爭，便用學問來爭，一點兒學問沒有，把肉身子和槍炮去鬥，白白的送命，還給國家惹下許多賠款，不怕恁受驚，庚子賠款四萬萬五千萬兩多銀子呢！現在的國民捐，各家拿出錢來，就是為這個賠款，好重興起中國來。此外如鐵路、礦物，有錢的人，都可以集股自辦。現今最要緊的，第一是蒙小學堂，恁遇見有錢有志的親戚朋友，何妨勸勸呢？這是為國家大局起見，並不少為恁一個人，也不是為我一個人，恁想這對不對呢？

在這裏，作者對讀者說明在各地的「國民捐」運動的原委：庚子賠款數額巨大、國家創痛巨深；全國的人民納捐還債，進而興辦鐵路、礦山、蒙小學堂，這是挽救國家危亡的急務，與每個人息息相關。文章動員讀者，說「也不是為我一個人」，倒也言之有理。

除了這樣的鼓勵性、動員性的文章，「白話」中還有大量的推廣新知、開闢風氣的內容。如1193號的《演說王立才通信徵婚法》，是借前幾日連載的《泰西婚禮記略》，介紹上海王立才通信徵婚之事，這對1906年的清末社會來說無疑是非常新鮮的事件。

> 泰西婚禮連說了七天，有志改良婚禮的，必定觸動感情。但是怎樣改良呢？卻有一個志士王建善，上海人，有一個文明妙法，叫做通信訂婚法。上海《時報》上登過，日本東京《新聞報》上也登了，今用白話演說出來……外國人常說，中國男女婚配，如同牛馬聽人牽弄，這話說得真刻。但我國學堂尚未遍立，教化幼稚的很，乍然間另男女自由結婚，或鬧出許多笑話來。所以，有識見的人發明了這個方法。〔註68〕

另外，像《夢遊金星歌》這樣的文章，則是介紹自然科學知識的，借助「燕少年」的夢境，描述英國天文家最新發現的火星：「異想天開燕少年，狂吟夢遊金星歌。金星本是太陽系，第二軌道繞日過。英國天文家，用三十七萬磅天文臺上，架起三十五萬磅之天文鏡，測得金星球上生氣蓬勃而包羅，從此名譽永不磨……高山峻嶺奇而險、並有湖海與江河。」還有類似的《最有趣味的新知識》（「雷錠光線」、「火星黑影」、「人身元素」、「肥料電氣」、「水質通信」、「製造陸地」、「植物呼吸」、「欠伸助健」等等）。〔註69〕

《中國地理大勢》：「地球上國家各有各的地勢，完全無缺的唯有中國，真是天然大一統的形式。中國地方面積，比日本國大十五倍，把這歐洲列國合成一處，僅與我中國的面積相等。」——這類介紹科學知識的文字，初衷儘管是好的，但從當時的下層民眾程度來看，其讀者影響值得懷疑。

「白話」還有一類內容是非常實用的，就是對京師地方政府，推行的種種新政舉措進行白話演繹，如《演說順天府尹提出樹藝告示並章程十條》：

> 要富國必先講實業、要講實業必先講樹藝，樹藝就是栽種樹木，實

〔註68〕 《順天時報》第1193號，光緒三十二年正月二十八日。
〔註69〕 《順天時報》第1203號，光緒三十二年二月初十。

在是頂頂要緊的。昨見順天府衙門，出了一張大告示，全是文話，文理淺的恐怕看不大懂。這告示既是對著順天府屬二十四州縣的人說，總得人人明白才好呢！本報是《順天時報》，顧名思義，理宜盡向導的責任。本記者又是順天人，同鄉密切，更宜盡勸告的義務。因此把那告示從頭至尾演說一遍。同府同鄉同胞，坐定細細看呀！……

可見，鑒於官方行為與下層社會的天生隔膜，《順天時報》的「白話」欄目，主動擔當了「溝通者」和「橋梁」的角色。這類的文章還有《刑法名義淺說》，〔註70〕是用白話解釋新定《刑法》的，還有《演說倫理並引》等。

除了「白話」以外，在「雜俎」等欄目中，《順天時報》獨家開設了「劇談」〔註71〕（是北京報界最早的「戲評」）欄目；此外，還有「花春秋」欄目，是對北京上等名妓院的「群花」的評點。這類內容顯然不是登大雅之堂的，但是卻與京城中下層市民的休閒生活較為契合。

這種「民間化傾向」背後的原因較為複雜，但一個重要背景是，此時期《京話日報》等的成功：義和團運動之後，在廣大開明的地主階層，普遍產生了一種痛定思痛的「反思」潮流，而反思的結果是民眾的愚昧、落後——將對列強的反抗建立在虛妄、無操作性的「怪力亂神」、盲目排外途徑上。這就影響了北方的輿論界，「民眾啟蒙」成為知識階層首要的任務，這一時期《京話日報》的成功，說明了此時期報界的主流。而這種氣氛一定影響了《順天時報》。況且，在中島眞雄來北京辦報之初，其的確也有開通北方風氣、以避免義和團的慘劇再度上演的意圖；如果能夠在影響上層政治層的同時，啟蒙下層民眾，這是該報不會反對的。

然而，很多事情不能遂願。這種途徑很快被證明行不通。因缺乏相應的資料，無法證明。但可以斷定，首先是該報的主要宗旨，決定了內容上政治化大報的風格占主流，因而與下層民眾有隔閡。儘管「附張」等內容的確有的符合下層民眾需要、開闊視野、白話亦好懂，但是，難免有前後兩層皮，「陽春白雪」、「下里巴人」難以同時並舉之憾。另一方面，此時，清末京師報界剛剛萌芽，北京的民眾對這種近代樣式的新聞紙尚不能接受。如同《京話日報》所言「獨北京地方，風氣不開，商民鋪戶，不曉得看報，無論各種

〔註70〕《順天時報》第1308號。
〔註71〕《順天時報》第1138號。

新聞，都把他叫做『洋報』—— 無疑，《順天時報》這類報紙被歸類為「洋報」而受到排斥（可以理解，義和團「排洋」之社會思潮並非一朝一夕、煙消雲散的）。所以，儘管《順天時報》在 1906 年前後有過「民間化」的試驗，但曇花一現，很快又走向了政治大報的「正軌」。

總之，從 1906～1907 年的《順天時報》副刊內容看，有明顯的民間化取向。體現了該報開始逐漸重視擴大在中下層民眾中的影響力的意圖。

第五節　小　結

縱觀初創時期（1901～1905）的《順天時報》，它主要以文言、政治大報的面目；關注的是北京政壇大事動向、國內外關係的走向等等；其發表的見解、看法多針對中國當時的最「切要」政治事件，目的是影響閱讀報紙、關注時事的上層官紳和知識階層。

首先，初創於「庚子拳亂」後的《順天時報》，一開始就定下了「開通風氣」的宗旨：創刊伊始，就立即總結「庚子之亂」的教訓，以「友邦」的口吻，對當政者提出「力破舊習以圖改良」的呼籲；同時，針對對華北信息閉塞的局面，大力闡發國家形勢，破除民眾愚昧。應當說，該報這種主張，與「義和團」事件後，舉國上下「痛定思痛」、感國家於危亡的總體潮流是一致的。因而，該報這些言論應該比較能夠得到讀者的認可。

其次，該報身處清朝朝野政局轉折點，對於這一「大變動」十分敏感，緊密報導清廷政策動向；對於官員的升降關注也較多、并發表評論。從這兩點來看，《順天時報》的觀點基本上與當時有識之士的看法相一致 —— 當時舉國上下無不有感於「庚子之亂」造成的危局，對保守、頑固勢力展開大力批判，並且對戊戌政變以來的反動、倒退進行反思。《順天時報》作為當時華北地區為數不多的「政治大報」，這樣的輿論無疑對當時人們產生了一定影響，促進了風氣的轉化。

除此而外，《順天時報》在這一時期，還有兩大特殊內容：面向中國人提醒俄國對「滿洲」的野心和威脅，同時大力「敦睦中日友誼」。這實際上是該報一個更為重要的使命～1900 年庚子事變後，俄國對「滿洲」的覬覦，是日本朝野心腹之患；《順天時報》自然不能坐視不管。其不斷提醒中國人注意，目的喚起輿論對於「中日提攜」防範俄國的關注和認同。

　　總的看，該報最初五年間，一面關注中國朝政走向，一面引導朝野輿論
關注國際局勢——體現了該報初創即立定的旨趣：一、「開通京師風氣」；二、
「防俄」、「敦睦中日關係」。此後，這些表現貫穿了該報的始終。但是隨著時
局的演化，宗旨的輕重有所轉變：1905 年，日本戰勝俄國，在遠東地位迅速
增強，該報「防俄」的論調隨之降低，轉而倡導中國審時度勢，「維護和局、
充實國力」；同時，隨著 1906 年「預備立憲」的開展，該報將言論的重心轉
向了大力推進「立憲改革」進行上。

第四章　預備立憲初期的《順天時報》
（1906～1907）

　　在朝野上下「立憲」輿論的壓力之下，1906 年慈禧太后終於派五大臣出國考察憲政，並於 9 月 1 日頒佈了《預備立憲詔書》。此詔一下，引起國內輿論界、報界一片歡騰，立憲派和紳民張燈結綵，熱烈慶祝。對此，《順天時報》的態度是十分歡迎，它這樣評價《預備立憲詔書》：「非我朝二百餘年未有之盛舉，抑我國歷史以來五千年未有之盛舉也。何以故？以數千年專制政體，將從此爲根本之改革故。」

第一節　「預備立憲」上諭的讚賞和期望

　　1906 年 9 月，《順天時報》給予了「預備立憲上諭」以很高讚譽：「偉哉此舉！循政治改革之先務，朝廷以實行變法之意，宣佈於天下」，「今考察政治之故，特命重臣出洋，朝命甫下，後效人人意中，皆大有希望在前，本報以爲年月之間，必將有大改革以隨其後，人心思奮，朝野氣象一新！」可見，該報對清廷此舉的贊成，它指出，清廷將「立憲」列入步驟，政治體制的「大改革」將不遠了。

　　實際上，早在 1905 年「五大臣考察」之前，當上海的《時報》、《申報》、《東方雜誌》尚在停留在爭論「開明專制」與「中國政教」是否相適合時，﹝註 1﹞《順天時報》就開始了「立憲」的鼓吹。刊登了如下文章：《各國官

﹝註 1﹞ 1905 年當時國內的立憲派一些刊物，對於中國走「君主立憲」的道路還只是

制議》、《立憲私議》、《問各國憲法異同得失策》、《中國今官制大弊宜改論》（官制議篇六）、《存舊官論》、《敬告新政中人》等等共59篇（占此期間「論說」、「雜俎」總數200篇次的十分之三）。〔註2〕到1906年，五大臣回國後，清廷感於「立憲「已是朝野一致的要求，於是年七月十三日下詔預備立憲」。此時《順天時報》以「彰顯文家之名譽，鼓吹憲政之思想」爲號召，特舉辦《論中國憲法應如何制定》徵文比賽（計收到稿件200多篇，經評選前三名及佳作九篇陸續登載）。〔註3〕—— 由此可見該報對立憲運動之支持由來已久，對清政府之制定憲法頗有讚賞之意。

但是，朝廷守舊派官員力量也很強大，如鹿傳霖、王文韶就是反對派，他們認爲「此次變法比戊戌年變政更爲擾亂，不可不慎」。〔註4〕針對中央守舊派官員對於「預備立憲」上諭的懷疑和阻撓，《順天時報》進行了認眞分析，並指出「國民程度不高，難以行立憲」的說法觀點之謬。在一篇題爲《論行政宜速定方針》〔註5〕一文中，說：「民之望改行立憲也，亦可謂切至矣！即曰國民資格未完全，智識亦未甚開通，猝以憲政施行之，恐不免有所妨礙—— 獨不念天下事，凡因勢利導者，舉可以成大功？」並舉了日本明治維新的例子說明立憲沒有一蹴而就，都經歷「從無到有」的過程：「日本立憲之盛，亦改良數十年始能至於此極也。向使日之君若臣，不知務乎本較長，但以『目前之國勢謂未足』，恐因循苟且至於今，民智仍不能開也！」因此，中國人應該勉力爲之，「我中國決心思奮，猝願將國勢振興，與各列強相併；獨怪夫當道者，何竟昧然於茲，而不思邁進乎？非特民不知其何心，想各列強對此，未有不啞然笑者也！」

在清廷內部醞釀立憲上諭的時候，《順天時報》就站在堅決支持的一邊，並且對守舊觀點予以認眞的批駁。這是其對日後變法能否順利進行的擔憂所致。《順天時報》的言論，體現了它對清廷實施立憲改革之誠意的信任。

公開宣佈「仿行憲政」，這對一向虛驕狂妄頑固守舊的清政府而言，如

停留在設想階段，尚沒有旗幟明確的提倡之：《東方雜誌》在1905年5月還發表文章認爲，中國「即專制之政教，而以爲功」；梁啓超的《新民叢報》1905年前則主張由清王朝實行「開明專制」。

〔註2〕 《順天時報》763～841號。

〔註3〕 《順天時報》，第1467號，光緒三十二年十二月二日。

〔註4〕 侯宜傑：《二十世紀初中國政治改革風潮》，第72頁。

〔註5〕 《順天時報》第1771號。

果沒有絲毫的誠意，是決然辦不到的；雖然這是被迫的（保全大清），但不容否認，能承認這一點表明執政者開始意識到，若想在弱肉強食的世界漩渦中求生，必須拋棄舊的制度，向西方看齊（這也是「庚子之亂」提供的深刻教訓）——這是其一。其二，應當看到，當時從清廷到各省，確實有一大批官員決心把新政推行下去，如張之洞、袁世凱、奕劻、張百熙、趙爾巽、端方、岑春煊等人，通過屢次上奏或者推行實際的改革措施，使得「立憲」成為必行之政。——這些構成了《順天時報》上述信心的基礎。

第二節　「論立憲宜借鑒於日俄」：立憲途徑的建議

立憲上論既頒，「大權統於朝廷、庶政公諸輿論」——說明清廷準備採用日本預備立憲時期開明專制的道路，逐年「籌辦事宜」。對此，《順天時報》極為認可，發表了《變法宜借鑒於日俄》〔註6〕（勿用子稿）一文。開篇，即直言不諱地表達了對日本明治維新成功的自豪感：「當今東亞之強國，以變法而稱雄者，惟日本為最，全球莫不仰視之，概謂能挫強俄，誰則敢或抵制？」但是，作者並不是藉此貶低俄國，相反，其著意指出，中國不應因日俄戰爭而蔑視俄國，相反，應從俄國的輝煌歷史中汲取營養：「抑思俄非弱國也，雖為日所敗，而其競進之心，仍有加而未已，故其變法圖強，皆足為我前鑒」，回顧俄國改革的歷史，「自彼得即位，覽歐西製作，恥己之不能，不僅發憤稱雄，遷都而改軍制，派遣門閥子弟，赴各國傳習諸術。由是大開工廠，務耕種立學舍，令民通各國，參西律以訂新法，一時國務軍政，俄皇皆親理之。將舊黨盡除之，君臣咸有一德，以雄略震遠方通波羅的黑海，威及於太平洋⋯⋯」文章就此提醒到：「中國有心人，諒莫不聞知，詎得以其戰敗於日，遂蔑視之哉？」——可見，其認為俄國雖敗於日本，但其彼得大帝改革的輝煌成就，足應為中國「有心人」重視，忽視這一點，貽誤甚大。

說完俄國，文章列舉日本明治維新的成就：「⋯⋯其天皇乃與公卿誓曰『萬機決於公論，上下一心，文武一途，一洗舊習，一從公道。』不三四十年間，卒至挫俄強鋒，通電線於太平洋，競商務於歐美大洲。駸假扼全球之吭，以爭霸於天下。」

它認為，就中國而言，中俄兩國都足以引為借鑒；而其中日本「尤我中

<hr>

〔註6〕　《順天時報》第1744號，光緒三十三年十二月初六。

國輔車相依，學之而不可難者也」。原因爲何呢？「亦思夫日本者，據海中三島，無論土地人民物產，俱遠遜於中國。然而強弱異勢，功業相反焉。豈天下之不愛中國哉？中國與日本同洲，又與俄爲鄰，既不能憤與爭衡，獨不念彼之所以與，歷考其制度，則而傚之乎？」從對比中得出中國應力爲借鑒的結論。文章最後說「且我中國言變法圖治已久矣，綸音之所頒，或云臥薪嘗膽，或語創巨痛深，而養尊處優者自如……時而民氣鼓舞，當道者恐其振與，攘奪己之權利，即冒然援天威以嚴制之，不知將變成何等怪象也。苟切實自思，雖難猝言爭衡於列強，曷近考日與俄之變法史。」意爲，既然已經下決心，就不應該前怕狼、後怕虎，甚至摧殘民力、演變各種「怪相」，建議當道者引鄰國之例，反省自勵、痛下決心。

該報總結了中國自洋務運動以來改革不見成效的原因，指出關鍵在於「政體不立」，應該學習俄國和日本的經驗。特別是，該文在舉典範的時候，將日本的「宿敵」俄國與日本並列，對俄國彼得大帝改革加以讚賞——其意，大約是意在表明：立憲無國界之分，成功者均符合歷史潮流。這裏，應該也是俄國改革的形式也是君主立憲政體的原因。

《順天時報》明確提倡中國走日本「明治維新」式的二元君主制道路的原因，可以略做分析：

首先，中國的預備立憲，是走歐美的「共和政體」、還是日本的「立憲政體」？這一問題，實際早在戊戌維新前後就顯現端倪，康梁等人建議光緒從「師法西方」轉到「以日爲師」的道路；而 1905 年日俄戰爭結果一出，舉國上下無不看到「立憲」的好處：日本明治維新的成功經驗，證明「同文同種」、語言類似的中國也能成功地走這條「二元君主」的道路。以《東方雜誌》、《時報》爲代表的國內資產階級報刊，無不「奉日本經驗爲圭臬」。《時報》說「我國立國東洋也，與日本同；我之閉關也，與日本同；我之迫受外侮也，與日本同。然日本變政三十年，逐綱舉目張國勢勃興，近且蹴俄定霸，雄視亞洲；而我國變法三十年，政治馳敗日甚一日，何也？日本之國是定，我國之不定也！」——要求清政府「仿日本之事，先行下詔，期十年立憲。《東方雜誌》也發表了類似文章。這種觀點代表了 20 世紀初朝野上下除革命派以外的一致意見。因而，從中國當時的變法輿論來看，無不欽羨日本變政的成功經驗；而另一方面，與清廷意思不謀而合：在五大臣考察西方政體回來之後的詔對，也與此意見一致——君主立憲政體符合「大權統於朝廷」

的期望。因此說,《順天時報》所倡導的「借鑒日俄」,是符合中國朝野當時的意願的。

　　但是,應當看到,《順天時報》對清朝改革走「二元化君主」道路,也是懷有自己私心的考慮——將來自己作爲「導師」,無疑會影響未來中國新的權力和實力階層。

第三節　1906 年官制改革中的《順天時報》

一、「立定方針,雷厲風行」——對官制改革的建議

　　預備立憲工作複雜艱巨,非一朝一夕能完成,必須分別輕重緩急,統籌安排。清廷確立的第一步任務,是進行中央和地方的「官制改革」——因為立憲政體下,封建的六部、軍機處顯然不適合。當初載澤、端方等出洋考察大臣回國復命之後,召對的時候均極言立憲規模宜效法日本,並論「官制改革」的切要。謂:「循此不變,則唐之藩鎮,日本之藩閥,將復見於今日。」這雖是冠冕堂皇的話,但是很切於當時實際。因此,9 月 2 日,清廷就頒佈了改革官制的上諭,其三個原則性的方針是:一、大體效法日本;二、改革各省督撫權限,財政、軍事權限收回於中央;三、中央政府組織,應與日本現制度相同。令載澤、世續等軍機大臣和袁世凱、張之洞、瞿鴻璣等人參酌擬定方針。

　　作爲立憲改革的「破冰之舉」,官制改革是一項巨大的工程,事關重新調整各級國家機關的設置,劃分職權範圍和人事安排等重大問題,無疑要面臨極大的考驗。《順天時報》認為,這一環節應「立定方針,雷厲風行」,即於新政舉措開創之際,清廷當以中央權威迅速堅決地推行,以免貽誤時機:「吾以爲改革云者,介於守成開創之際,苟方向不定,則紛擾滋甚,其弊與委靡同。故一旦豪傑憤與,確見夫時事如何,必立定方針於不移,昭然指示其所在,以動人之觀感。而又恐其積久生變,特作迅雷不掩耳之勢,強制其改革,實行其政策,令以下同此步焉,迨至推行無阻。」即爲以後推行其他措施計,也應當「強制其改革」。後來的結果證明,它的這一考慮是十分有預見性的(待後文)。

二、支持「責任內閣」——對中央官制改革的意見

　　中央官制改革交由載澤、袁世凱、奕劻等人擬定一個月,出臺了《草案》,

主要內容：廢除軍機處，設立中央責任內閣（各部尙書改爲內閣政務大臣，參知政務，對內閣負責）。按理說，遵照「三原則」這個方案基本是符合立憲政體要求的。然而，一出臺，就在統治集團內部引起軒然大波，其焦點則集中在提議設立責任內閣的袁世凱等人上，一時間抨擊奕劻、袁世凱擬趁機攬權的奏摺紛紛上遞（「姦人」、「權臣」、「一二當道」等詞語不斷出現）。最終，慈禧害怕「君權潛移」，拒絕了中央設立責任內閣的方案，另擬了一套中央改革的方案。

《順天時報》一貫主張中央力行改革，尤其對於責任內閣的設立，持堅決支持的態度。

首先，它指出官制改革對立憲大局的「肇端」作用，「自改定官制之詔宣佈於國中，而實行立憲之之端，即肇於此」，並鼓勵「新官制」的制定者堅持貫徹方針。千年政體一朝宣佈「立憲」，這乃千載難遇的一大轉機，而官制改革不可不貫徹始終。從總的立憲規劃上看：立憲必改官制，改官制第一步必從設立責任內閣始──此爲第一步，否則一切爲空談。

其次，在「設立責任內閣」的問題上，替袁世凱、載澤等人鳴不平。發表了《革新弊政之要》〔註7〕的文章，說：「袁督所奏責任內閣之數理，蓋急先務也。其一將軍機處歸併內閣，廢大學士等，而以新任責任內閣總理大臣負荷全國重責；軍機與各部尙書均入內閣會議，此據表面論之，亦似行『入爲內閣大臣出爲各部長』之實，然究之良相可摸，而精神不可貌襲……若不組織新內閣以定官制，則『責任』之實不能行；而改革政治之事，將伊胡底方能奏效？」論述組織責任內閣是立憲必不可少的第一步，接著，就7月28日，袁世凱密奏的十條建議做了評析，主要是爲其奏設責任內閣作贊成之語：「竊聞袁督密陳以政務處歸併內閣，而不見採納，由是心焉惜之──何其精神不振、果斷不決哉？仍事敷衍，雖表面全改，而無益也！」表達了對袁世凱等奏設責任內閣未見採納的惋惜、對「仍事敷衍」的切責。

《順天時報》支持「設立責任內閣」，表面上看，其似乎沒有窺破朝廷派系鬥爭的實質（深悉官場內幕的《順天時報》不可能不知曉）。但是，就一種政治體制而言，改革的目的不在於歸併裁撤，而是要改變專制的行政體制。因此，《順天時報》認爲，如果中央官制不設立內閣，則「綱不舉」，目不張。正如其建言：「夫官制之改訂與否，吾輩不得與知，但以京內外省顧然著其紛

〔註7〕 《順天時報》第1675號。

歧，則官吏之相與，自生其惡感耳，至究其所以中止之故，京內官制未定，猝然改正中止，其所關非細故也，夫亦廣大矣哉！使不計其廣大，而圖苟安於目前，難矣！」其次，該報一直對袁世凱、奕劻、載澤報以好感（在清廷大員中，這三個人是庚子之亂後力排眾議、奏請立憲的人）。正是從這兩個立場出發，《順天時報》對設立責任內閣予以堅決支持，並為其盡力解釋、試圖引起輿論支持。

　　然而事與願違。慈禧不願放權；在滿族親貴的操縱之下，中央官制改革「雷聲大，雨點小」，上海《時報》評論說：「此次官制改革，不過換幾個名目，淘汰幾個無勢力之大佬而已，絕無其他影響。」〔註8〕更最令人始料未及的是，在新授各官中，「滿七漢四」，激起漢族官僚的大不平。揭開了最高統治集團內部「滿漢」權力鬥爭的序幕。立憲派人士均感到失望，紛紛稱之為「偽改革」，「徒為表面之變更」〔註9〕。

　　《順天時報》也表示不解，說：「一朝之內，滿漢畛域，難免貽誤大局」。它先後發表了《論滿族對漢族之感情》、《論漢族對滿族之感情》等幾篇文章，力勸消除「滿漢畛域」，以推進行政體制改革的下一步進行。

三、「收督撫之權」——對地方官制改革的意見

　　中央官制改革不了了之，接下來是地方行省的官制改革。為了防止地方意見不統一，清廷擬定兩條徵集意見法：一種具有削減督撫權力，加強中央集權深意；另一種是劃清權限，以專責成的。但是，立即遭到了地方督撫的強烈反對。無奈之下，清廷的親貴於1907年5月，發佈了一個所謂的「外官制」，將各省按察使改為提法使，增設巡警勸業道，裁撤分巡分守各道。又分設審查廳，統限十五年一律通行；但於地方督撫的軍事、財政兩權，實際上絲毫未動——地方官制改革實際陷入了僵局。

　　（一）《順天時報》發表了相關評論，一方面，對改革不能速成的困難和掣肘之處表示理解；另一方面，批評了一些阻礙地方官制改革的力量。

　　《論改革官制之難》中，它對官制改革的「舉步維艱」進行了分析，認為地方督撫集權不放是主要原因，質問說：「既身任封疆大吏，自宜心存報國，苟心無異志，安有所畏忌乎？」對清廷不敢下決心推行地方官制、反而

〔註8〕　李劍農：《中國近百年政治史》，228頁。
〔註9〕　《論中國今日時局之危》，《申報》，1906年12月6日。

姑息優柔進行了批評：「吾輩關懷世局，願茲中國大勢，慨然欲有所言：改革政體之先，必自改革官制始，乃今觀政府之中，對茲地方官制事，兩宮已知其義意；欲驟中以變更，而又不能大為變更焉。則是於預備立憲事，欲憲行之迅速，而又不能迅速實行也。昨讀前日欽奉諭旨，明謂實行憲政之預備，而於改革地方官制事宜，僅惟是姑息悠柔，稍露其變態之狀。有若恐數典忘祖，不忍改革者然，何畏首畏尾之甚也？」質問了主持者「姑息優柔」，進而指出這篇上諭中「尤可異者」—— 諭令地方官制「須由各督撫體察情形，分年分地、請旨辦理，統限十五年，」始一律通行，如此拖沓，該文質問道：「獨不思官制作行政之準，改革官制之要，實為預備立憲地，非即實行立憲也，若改革官制限期遲至十五年始定，而立憲之改行，將盡至數十年乎？抑或遲之百年之世？真令人仰之不盡！」

後來，中央地方官制改革難以推行，遂做「中止之想」，《順天時報》及時指出，地方官制改革如果在此時中止，將前功盡棄：「一則示立憲之不能實行，而轉弱為強之莫由難，再飾言變法圖強，其誰信之？—— 獨不思輿情之向背，即治亂之原因乎？一則示中央政府無實力；一則失信於中外，令他人謂我謀國者，視議政如同戲謔，使通國之民生疑。」

（二）支持中央集權 —— 與國內立憲派不同：

在地方官制改革的問題上，《順天時報》的觀點與國內立憲派報刊《時報》、《東方雜誌》等有所不同 —— 後者發表的文章，如《論政府中央集權之誤》、《論國朝政府之歷史》中可見立憲派態度之一斑：「地方官制改革，無非塗飾耳目，不過舉外省之兵權、財權，悉歸政府而已」，而「夫兵權財權，圖治之具也。今悉奪之，俾其赤手空拳，而曰吾欲云云，豈不難哉？」《論中央集權》強調說「顧今何時乎？列強八九，眈眈環伺，外患之殷，時時蠢動……一旦風聲鶴唳，疆臣不敢為份內之謀，樞臣囿於見聞不及，始於兩相推諉，而天下大勢已去矣！」—— 不難看出立憲派對清廷進行官制改革的動機和實質的認識（認其為清朝中央政府借機中央集權）。平心而論，這一說法不無道理 —— 當時朝廷內部很多滿族貴族確實有借改革而排漢（漢族政要和疆臣）的目的，因此，地方督撫拼死反對，而當時立憲派在總體上和督撫保持一致。

相對國內報紙的「洞若觀火」，《順天時報》對此一特殊「內情」，是後來才認識到的。此時，其純屬站在立憲步驟的角度看待這個問題的。它認為，

地方官制中的督撫問題，是清朝政府體制一個最難解決的問題（這與太平天國後，督撫權力膨脹、與國家分庭抗禮有關），因此，「欲決清廷制立憲問題，不可不決督撫制度之存廢。今之督撫，事實上爲副王，此制不廢，中央集權之事不得告成功，則不外模仿聯邦制度而已。鐵良與袁世凱之相爭，即爲關於此根本問題，若此問題不決定，則雖宣言立憲形式取法日本，然其實際尤不可同日而語。」〔註10〕

應當說《順天時報》關於「清廷欲在中央統一政體、實行立憲，則地方督撫之權不得不抑」的論斷，基本符合當時西方各國對此問題的看法：由於清廷進行的是英國、日本式的君主立憲；而參照日本明治維新的歷史可知，地方藩鎮必撤方能繼續推行改革──這決定了《順天時報》對地方督撫改革的急切關注和「力主推行」的態度。因而《順天時報》的看法亦有道理。──關鍵是，作爲決策者的清廷，在操作中能否杜絕「滿漢傾軋」，以立憲政體爲目的進行改革（結果證明清廷沒有做到）。

半年後，在地方督撫的全力抵制下，地方官制改革未能收效。《順天時報》表示極爲憂慮：「苟及時不圖，尚有待於何時哉？夫自宣佈立憲詔後，於今已半載有餘，而中央官制各等，始見頒發明文……近以改訂外省官制之無聞，遂群相語曰『外省之改訂官制中止，即實行立憲之法無期』，在旦夕圖安之輩，固以免於滋擾，而適覺其欣然，志切遠謀者，不僅因而滋戚矣！」外省官制遲遲不動，正中某些「旦夕圖安之輩」的下懷，而於立憲前景十分不利。

四、「方針不定、遇阻思退」──官制改革的批評與總結

清廷的「官制改革」，僅僅兩個月就結束了，最終因滿族貴族的集權私心，而不了了之；同時還激化了統治集團最高層的矛盾。

《順天時報》對此，表現惋惜：它深刻剖析了一年來官制改革失敗的原因──所遭遇到的阻力：「望治者方殷，而致治者漠然，有若自治之道，特利於百姓，非惟無益於官，而且損其權勢者，是以諸多阻撓，而贊成者少矣。」（《立憲不可中止》）〔註11〕當然，該文也對清廷中央決策層自己的苦衷表達了一定理解，所謂「政府王大臣，既首倡於前，而踵其後者，皆力爲破壞之，

〔註10〕李劍農：《中國近百年政治史》，第229頁。
〔註11〕《順天時報》第1537號，光緒三十二年二月二十八日。

內遭言官之反對，外被督撫之脅迫，能無進退維谷、暫爲權益乎？」

　　該報希望清廷吸取教訓，今後改革方向必須確定不移，才能不爲外力所阻礙：「必方針有定向，而後能奏成功，必請識力有恒心，而後能熙庶績也！如謂人不我與，而即作變圖，以苟且畢乃事，試觀外洋列強，有一若是謀國者乎？」敦促中央層應「定方向」，勿作「變圖」。

　　《順天時報》儘管對立憲第一步——官制改革的總體效果不滿意，但是，這並不意味其放棄了對清廷今後立憲的希望。這一點，與國內立憲派則不同：《時報》等報紙在 1906 年底到 1907 年初，發表了激烈的言語：「預備立憲、預備立憲，其預備第二次新舊、滿漢之大衝突乎？……自今以後其預備實行專制之時代乎？集兵權，斂財賦之端已開矣！」《順天時報》則認爲，「縱此次改革成效不顯，然觀朝廷立憲決心仍定，望吸取教訓，勿將成果付之東流」。

第四節　1907 年：「丁未政潮」中的《順天時報》

　　1906 年的官制改革，非但沒有實現當初方針，相反卻激化了「滿漢矛盾」。清末立憲改革之初，儘管障礙重重，但最大的阻礙是「滿漢大員」之間的暗鬥。雙方對改革的動機各有打算：滿族貴族不外「排漢的中央集權」——假立憲之名以排漢之實；漢族官僚則是借立憲之機，打破滿族的政治優越勢力，免除凌壓。〔註 12〕於是，1907 年春夏之間，清廷內部遂發生了一次政治傾軋——「丁未政潮」。係由著名的「楊翠喜案」（由載振——奕劻之子受賄）引起的朝臣兩派權力之爭（瞿鴻禨、岑春煊爲一派；袁世凱、奕劻爲另一派），結果以瞿岑一派不敵袁奕一派告終。剛剛出任尚書的岑春煊，被御史誣陷聯絡康梁而遭罷免；而瞿鴻禨也因「暗通報館、陰結外援」（汪康年《京報》案）被開缺。奕劻以退爲進、大獲全勝。

一、反對滿漢傾軋：兩派之間的態度傾向

　　《順天時報》一向反對「滿漢傾軋」，在歷時幾個月的「丁未政潮」中，《順天時報》進行了跟蹤的報導和評論。早在「丁未政潮」之導火索階段，《順天時報》就明白表示了對載振借父權納賄的不滿，對此事多有揭露：

〔註12〕李劍農：《中國近百年政治史》，復旦大學出版社，第 230 頁。

其一，在御史楊啓霖奏參段芝貴以楊翠喜行賄載振之前，京中已經有「一美人換一巡撫」風傳，沸沸揚揚。《順天時報》立時在「來稿」中登載了署名「雨亭」的寄稿《閱某報載某大員以津楊翠喜獻某貴族感言》的稿子（「某報」指汪康年主持的《京報》——筆者）：「雖未明揭某貴族之名，然不獨官場社會耳熟能詳，即稍具眼光、粗知花界歷史者，均能知其爲誰……某大員於某大老以銀十萬兩、貂皮五千張爲壽，舉國皆知！」以十萬兩做壽的「某大老」，無疑是當朝重臣奕劻——這種揭露無疑大膽的。

其二，楊翠喜案暴露後，因查無實據，奏參者趙啓霖被罷免，但被奏參的農工商部尚書、奕劻子載振迫於壓力引咎辭職，《順天時報》發佈了不冷不熱的《論振貝子懇請開缺事》，警告時人其行爲有「博世人同情」的意圖：「（載振）以親貴之尊，負權勢之重，忽被言官參劾，雖云『查無實據』，然能勿自愧責乎？……今將彼所有官職懇請開缺，於大丈夫進退之義亦有適合，而博海內外同情，則不可」，最後該文還不忘勉勵其知錯悔改，「勉於修爲，研究經濟學問，他日做中國柱石」。〔註13〕

1907 年 6 月 1 日，剛剛上任一個月的郵傳部尚書岑春煊，突然接旨「簡派他職」（此職位由順天府尹陳璧接任〔註14〕），不久竟然被開缺（實際是奕劻等人參劾的結果）。《順天時報》於此大表不解，翌日發表《論任用大臣不宜無常》的文章，批評「政府更迭大員如奕棋」：「一人保奏之，忽擢爲巡撫爲侍郎；一人參劾之，旋又罷黜革職——榮辱禍福之歧，其間不容毫髮。又怪夫岑尚書者，本外省督臣也，以陛見奏封稱旨，特置諸郵傳部堂，中外咸仰爾宮依重之厚……乃旬日之間，部務未及經理，孰料風行自北，瞬息忽轉而南」。文章表達了對中央朝令夕改的不滿：「當大廷廣眾之地，猝將前命收回，取其新與之權，仍復其督臣之酋，聞者莫不駭然？異哉！其可怪也歟！」指出，當此「國事需人孔急之時，現又啓更動大臣之弊端，於立憲大局不利！」在對兩派的立場上，《順天時報》爲瞿鴻磯等人鳴不平。

鑒於慶親王等人在朝內外權勢極大，該報批評不敢過於激烈，但是，在《瞿樞臣被開缺》、〔註15〕《被參劾樞臣通報館事》、〔註16〕《親貴宜爲國家

〔註13〕 《順天時報》第 1570 號，光緒三十三年四月初八。
〔註14〕 見十八日諭旨。
〔註15〕 《順天時報》第 1586 號。
〔註16〕 《順天時報》第 1597 號。

長久計》〔註17〕，隱晦地抨擊了奕劻父子的借機報復的卑劣行為：

「瞿鴻璣身膺軍機重任、職司務大權，其一身去留與國家休戚相關」，「猝因學士一言（指御史參劾其私通報館），屏諸數千里之遙（指的是被罷歸鄉），是真晴天霹靂，中外人士聞之，孰能不詫異哉？」「雖曰事出有因，必衡其輕重以定罪名……以是知廟堂之內必有不容瞿軍機者在」，實則暗指了奕劻等人，只不過不敢明說，遂借「外間」之口道：「慶邸與瞿意見不合、各行其是、勢不相下」，「果然如此，則瞿之被開缺，弊根或由此乎？」「實行立憲要政，或由是而均擇其腹心之輩、使之羽翼乎？」——對奕劻等人表示了嚴厲譴責。

相對於當時南方報紙而言，《順天時報》對「丁未政潮」的報導極為詳細、迅速，批評也極為大膽。這體現了該報地處京畿和日本背景的優勢。

二、「朝政不振之由」——「丁未政潮」的批評

本來，如前文所述，《順天時報》對奕劻、袁世凱的印象頗佳，但是，在「丁未政潮」中《順天時報》的態度卻是堅決抨擊內閣總理大臣奕劻結黨謀私、排擠重臣；而對於瞿鴻璣的被罷免，持非常不平的態度，為之伸冤。這種立場可能並非出於該報的私人愛憎——事實上，袁世凱雖屬與奕劻關係密切、然一直受到該報的推崇（認為其有實心立憲改革）；而瞿鴻璣一邊的岑春煊以「護駕有功」而卓拔至中央一事，卻則始終未得《順天時報》的讚賞。可見該報評判角度乃出於對立憲變法的利弊。

《順天時報》認為，朝廷內部滿漢大員之間的暗鬥，直接導致官制改革遲遲不能奏成效：「今中國朝政之不振，紀綱之不飭，固難與列強爭衡矣。非由於輔弼王大臣，各持其意見之私，而不同其宗旨乎？」將朝政不振（改革不能推行）的矛頭直指「各持意見」的輔弼大臣（即奕劻等朝中元老）。接著，指出自官制改革以來遭遇的困難，皆由於「大員暗鬥」而來，「即如中央官制之改訂，發於朝章，而其實行諸要務，尚多所窒礙——立憲之難，可見其一斑矣！至於外省官制，甫經數月議定，而寂然聊聊焉——是蓋立朝王大臣等既不同其宗旨，各私其主之結果也。現聞某大臣（瞿鴻璣——筆者）與某權貴（奕劻——筆者），兩官皆深倚重之，彼二人苟公忠體國，宜相與親善無猜，行畫一之政策，斯上可以致君，下可以澤民。乃至黨羽各樹，列朝班之上位，

〔註17〕《順天時報》第 1598 號。

自相彈劾於闕廷，其矣其可怪也歟！」從表面上看，對列爲朝班的瞿鴻璣、奕劻二人不能躬行立憲大業、反而結黨營私，給予「各打五十大板」的批評；實際上，該報矛頭主要指向擁權自重的奕劻(《朝政不振之由》〔註18〕)。

　　總之，在官制改革不久後接連的「丁未政潮」中，《順天時報》逐漸看到清廷中央層體制的深層弊端，對此感到擔憂。

第五節　對改革派大員的期望和策勵

　　儘管1906年下半年的官制改革，效果不彰；1907年又掀起了「丁未政潮」，暴露了清廷內部複雜的派系矛盾和滿漢之爭，使得「官制改革」大改初衷。然而，《順天時報》卻仍然沒有放棄對「立憲改革」的希望。原因是，本年底，一批一批改革派官員受到中央重用，這給了《順天時報》以很大期望。

一、對朝廷要臣袁世凱、張之洞的希望

　　1907年，中央、地方大員頻繁更調，其中最大的一件事，9月的袁世凱、張之洞兩位封疆大吏同時「入主軍機」。此事一方面是中央滿族親貴(鐵良、容慶等人)借官制改革之機，企圖收地方漢族督撫之權的重大舉措；但是另一方面，拋開滿漢對立不談，從立憲改革客觀需要的角度，可以認爲這也是中央行使集中領導權力所必須的。

　　《順天時報》從「一日不組織新內閣，即立憲不能一日實行」的角度，認爲此二人係最有威望任內閣總理的人物，因此，於袁、張進京一事，先後發表了三篇有分量的「論說」：《袁張兩大臣關於國事之重》、〔註19〕《政府望袁張兩大臣來京》〔註20〕和《張袁兩大臣併入軍機》〔註21〕。

　　它高度評介二人：「一則出身藝苑，歷掌文物權衡，由內閣而外簡封疆，迄今督篆久握，經濟學問之盛名爲海內所稱最(指張之洞)；一則步履宦途，於學問文章有欠，於經濟亦無大謀猷，但其志氣才能，有卓異於庸流者，歷封疆之重任，所在靖難禦侮(約指袁世凱處理朝鮮甲申政變一事——筆者)，

〔註18〕《順天時報》第1571號，光緒三十三年四月初八。
〔註19〕《順天時報》第1644號。
〔註20〕《順天時報》第1658號。
〔註21〕《順天時報》第1663號。

人亦當贊稱之。」鑒於外間流傳的袁、張二人性情異質、彼此素懷不滿,《順天時報》分析「其出身也異,其任事也不同,其性情之間,所由不免懸殊也」,對此表露了對二人「同室操戈」的擔心和警示:「設意見各執,勢立於兩不相下……則貽誤大矣!」

《順天時報》對袁、張二人的肯定和希望可以從下文看出:「吾如張袁二公,素以中國大政治家名,有猷有為之智畧,夫固為人所稱重。而其章奏摺疏,具見所以蓄積者深……萬不可周章觀望,但自便其私營,與人以口實也。甚且內政之急宜整頓,外交之不可貽誤,無一非分內事,使仍瞻循情面,將誰與兩官圖治乎?若各樹其黨羽,而不計及宗廟社稷,就令保護者盈朝,亦何補於家國哉?」〔註22〕袁張二人進京,對設立責任內閣之重要一步,「然其忠君愛國之心,自無難降以相從,並作國家之柱石,組成一新內閣,使憲政之施行,得由茲暢然也!」

二、密切關注官員升降

郵傳部是新政改革後新成立的部門,其掌管全國交通命脈,關乎國家財政大計,因此郵傳部尚書位高權重(經歷了一番明爭暗鬥),1907 年 5 月初,新成立的郵傳部任命岑春煊為尚書,鑒於此事至關重要,《順天時報》翌日發表了《論簡郵傳部尚書事》〔註 23〕的「論說」:「吾中國官制所定疆臣受任極重,然使把持已甚勢必硬命而後止,固謀者所深慮也。異哉岑尚書,以督臣轉調數次,均未適如其所願,而即抗不履新,其意向蓋別有在。乃於陛見來京,儘其運動力,而願始足矣。彼與政府消息,聞知者難鮮,由官紀上論之,殊難語於美善,竊恐自今以往,弊更由斯業生也……」事實上以往政府刻意避免疆臣擁權一方,而此次岑春煊調任,恐怕於此有關。接著,該作者指出,新政「需人孔急」,郵傳部如能得人(如岑春煊),則倒是好事:「試思新政之行,非得其人不可,而況新署之建,尤必需才幹之士,興之以名位,始難勝任而愉快也。苟不論其謀略,不考其恭猷,而遽以名拖拉興之,謂之能官人可乎?一切新政之行,安望庶績咸熙哉?然當此需人孔急時,得才力超群之英、志氣果剛之輩,如今督其人者,委之管理該部,由政府諸公觀之,其為合宜也無疑。」語氣中帶有不確定。

〔註22〕《順天時報》第 1663 號。
〔註23〕《順天時報》第 1559 號。

　　該報不忘提醒岑春煊，希望汲取在廣東督辦鐵路引發風潮的教訓，謹愼任職「竊念岑尙盡任粵督之際，關於粵漢鐵路事，其辦理之政績，未能適於人意，因而風潮大起，無論朝野上下，莫不聞知之矣。於是以爲口實者有之，然究其風潮所自，所有各種情實，大抵由感情而生，使慨咎岑督之辦事不良，吾知其不可也。」

　　該報還對這位新任郵傳部尙書所必須面臨的任務進行提醒：「然據今日最要之事，爲極重大之問題者，必如何辦理之，始能得其效用，無令他人譏我也；再則曰京漢鐵路，其權掌自外人之手，將如何設法贖回，斯可以無貽誤，令我中國挽向利權也則路線之延展爲最急……電線亦急務也：中國今日，雖設有電報局，然未能普及內地，何以便來往？……若夫航業之興商務尤相需而不可離者，吾中國力未擴充，是以利權盡失，而莫可挽回也。然苟欲商貿之振興，非惟廣航業不可，故列邦咸競爭之，今郵傳部既設，統數大端以持論，無一可緩圖之事……若此爾大問題，盡人意中之事，鮮有能決者。果能辦理合宜，不惟人皆信之，實我中國之福！」——既然如此，岑春煊任重道遠，「任茲郵傳部者，既專其責成，由是竭情盡愼，冀收效於將來。則雖路權已失，無不可恢復也；海權之重，無不可擴充也。抱大有爲之志者，以清廉潔，勵其操，則凡事功之發達，決非尋常之可比。岑督蒞任該衙門，其平生之技倆，已自負於中懷，試驗其如何憂，正惟其時矣！有心人諒共鑒之。」〔註24〕

　　實際上，從文章看出，《順天時報》素來對岑春煊不是很看好（其人督粵時措施操切不當），雖然如此，該報並未明確對岑春煊本人提出有傾向性的評論；而是以列舉郵傳部職責之重、問題之難的方式，向未來的「郵傳部尙書」提出了要求與希望——其暗中施壓意味明顯。

　　時隔半月，由於載振以賄賂案辭職，「壯年派」親貴、曾出洋考察憲政的載澤，「臨危受命」，出任度支部尙書，《順天時報》又立即刊發了「論說」，熱忱地期望在此「改革勢力已見其稍挫」之時，這位青年大臣能夠有所作爲：「世之仰望我公深矣！爲出洋大臣返而倡言立憲之利。當官制改革之際，新政實行，各大臣分職授權，列各尙書，渺無我公之跡（僅僅派載澤管理火氣營——筆者），朝野上下，爲之惜矣！」〔註25〕接著，指出度支部實在是最難

〔註24〕　《順天時報》第1559號。
〔註25〕　《順天時報》第1573號。

辦理、又至關緊要的部門，但是切望云：「雖度支部艱巨困難，然以澤公之卓絕，精力超群，必能當此重任」，鼓勵之餘，寄與「厚望」。

受到《順天時報》關注的官員還有很多，如前戶部尚書、後調任奉天將軍的趙爾巽，也受到《順天時報》的讚賞，雖然，有人指其任奉天將軍時以辦理交涉「過於嚴厲」，而與日本「互起衝突」，但該報對趙本人的能力十分肯定，說：「趙辦理財政尤為稱善，迄今卸任時，尚收存七百萬餘金，貽之繼任其後者，徐世昌等藉此重資得以辦理東省新政……」，因此，對趙留部任職給予了熱切希望。

總之，對於一些確有才能的官員的升調，《順天時報》均密切關注，鼓勵之、建言之。之所以該報如此關注中央、地方官員的升調，並對有作為的改革派官僚如載澤、趙爾巽、袁世凱、張之洞等人及時給以肯定和策勵，這應該與它一向主張「人才乃立憲之本，權臣不可一日而有，而重臣不可一日而無」〔註26〕的觀點有關。從日本明治維新的經驗來看，「一切變法圖強事，在下者仰其設施，在上者資其智囊，非素號大政治家不能任其責」（如伊藤博文、大隈等人）——既然清廷所進行的也是自上而下的君主立憲，則相關部門的人選即無疑為成敗的關鍵。這裏面固然有「英雄主義情節」，但是與日本人的歷史觀不無關係。

第六節　由熱情到冷靜：1907 年底的《順天時報》

1907 年 7 月到該年年底，《順天時報》對立憲態度發生了一次「由高入低」由熱情到冷靜的轉變：本來，「丁未政潮」時已經表露對朝政混亂的不滿，但是還未灰心（對中央的載澤、地方的袁世凱和張之洞等人，還報有很大信心，這從該報懸賞徵文題目《論袁張兩大臣於國是之重》可看出）。然而，事與願違，在積重難返的官僚體制內，袁、張二人和載澤等人並沒能大刀闊斧地施展。結果，1907 年下半年很快過去了，所謂「推進立憲」的結果，令朝野人士感到十分失望。《順天時報》逐漸感到，「中國政體之弊端深重，非一二改革派大大臣所能力為扭轉」。

一、「政體不能速立」的焦急

《順天時報》指出，「中國改革不能奏良效者，何也？非不欲變法維新也，

〔註26〕《順天時報》第 1596 號。

政體未立而已」，即認為之所以「立憲上諭」頒佈一年而改革無效，原因是僅僅宣佈「預備」，而不確定採取何種政體。「以政體尚專制，而揚言『預備立憲』，就令堯舜禹湯文武周公興，其能措置裕如乎？故一年來朝旨所頒、執政所謀、疆臣大吏所規畫，總不外興學、練兵、理財三大端……」《順天時報》這種觀點來源於：日本明治維新，之所以能夠雷屬風行，原因是起初就宣佈「定國是」——確立政體。而清廷的立憲改革，一開始就沒有宣佈這一點，而採取了「摸著石頭過河」的態度。〔註 27〕因此，中國欲使改革不再局限在洋務派式「彌縫補漏」的模式，必須從政體改革入手。

　　1907 年 11 月，在一篇《論政體急宜改良》〔註28〕的「論說」中，《順天時報》清楚地指出，「當道者」之所以遲遲不能「宣示政體」(定國是)，無外乎擔憂民權借機而起，其自身利益會遭受剝奪。因此，發表了如《憲政以統一主權為要》〔註29〕這類文章，針對這種擔憂進行疏導；其提出的方案是——變法自主、「權力在我」：

> 現中國因專制政體，積弱已連於極點，加以強鄰逼處，外侮勢不能自禦。凡我友邦諸君，亦多代為之太息；而且海內同胞，鑒於災害之並至，倍以亡國之禍為尤，不禁勃然發憤，驟願改良政治，以轉弱而圖強。故迄今「預備立憲」，詔已頒於各行省，有心人咸為慶祝。無如王公大臣等，自恐利權之失，不能蒙上而欺下，特以民權過重為慮。謂「『民權重則君權輕，苟迅速改行立憲政體，國家朝廷之尊，猶能適然不移乎？內亂之滋擾，將愈無已時。』」噫！果若人言，則立憲亦虛議耳。竊為之反覆思維，中國今日大勢欲制治於未亂，保邦於未危，捨立憲無他良策。如以失主權為隱憂，何取日本憲法讀之乎？審是日本之立憲，已可謂導我之前途，我能步其後路，則戡亂致治，國勢之振興，夫何有難言者？」

可見，其以日本為例，力圖向阻礙變法的諸公證明，清廷對民間力量的興起會剝奪政府原有的權力的擔憂，是多餘的——如學習日本天皇、主動變法，則「主權在我、萬世一統」。(實際上，民主政體必然損害清廷固有利益集團的切身利益，因此，該報的這些論述，是否有用值得懷疑——筆者)。

〔註27〕侯宜傑：《二十世紀初中國館政治改革風潮》，第 74 頁。
〔註28〕《順天時報》第 1720 號，光緒三十三年十月六日。
〔註29〕《順天時報》第 1727 號，光緒三十三年十月十九日。

類似的文章還有：《國勢進退之由》〔註30〕、《中西立國之異》、〔註31〕《政體宜因時裁制》、〔註32〕、《實行立憲入手之始》〔註33〕（其中最後一篇是該報的懸賞徵文第一篇，署名爲龍有山君的來稿，連載四日）、《要政宜公佈示眾》〔註34〕等等。

二、策勵和建言

儘管現實促使《順天時報》逐漸由熱情轉向冷靜，但是，它還是持續地對立憲改革發表鼓勵、激勵性的文字。1907 年 8 月，登出一篇《變法要貴自主》〔註35〕的論述，將清廷的改革比作「轉巨石於危崖」：「人不能以我務安靜，而事變遂以不來。觀大勢之所趨，如轉巨石於危崖，非達其所至之地，則不可中止。動之機一發，旋轉不可復靜，誠如時勢之不可終逆、而改革之不能幸避也。故識者爲之先機措置，以待事變之來，迎其機而利導之」，指出「當道者」應「提前措置」方能應付；如果事事應付、被動處之，則「恐有難以應付之一日」。

該文舉了如下例子：

海禁大開以後，清廷不知道變消極防禦爲積極主動，謀自主通商，與列強簽訂平等的條約，遂至「鎖港絕市之論，至兵艦東來，每一交涉必受損之，以擾我粵東、柔我江浙、破我京津，拒之無可拒」——不能積極應對的害處，是坐令外人操縱，後果嚴重：「三十年來之外交，所在皆被人動搖也：彼出令而我受命，彼刀俎而魚肉，我無自主之動力，以至利權盡失，言之殊難痛恨，而將誰怨乎？」其中鐵路、利權是明顯例證，都是外人倡議我不理，待人盡奪時方謀自主，時機已晚：「即如鐵路之修築，必外人覬謀利權，群議代我興築之，至是鐵路始不能不修，而其權則盡人攘奪矣，我有何辭乎？理財亦我國內政也，任幣制之紊雜，曾不少措意。外人藉口於通商不便，起而要我改革之，至是幣制始不能不變，而財之權爲人所覬覦甚也，我將何謂乎？」

〔註30〕《順天時報》第 1493 號，光緒三十三年正月初六日。
〔註31〕《順天時報》第 1496 號，光緒三十三年正月初十日。
〔註32〕《順天時報》第 1528 號，光緒三十三年二月十八日。
〔註33〕《順天時報》第 1686 號，光緒三十三年八月二十五日。
〔註34〕《順天時報》第 1728 號，光緒三十三年十月二十日。
〔註35〕《順天時報》第 1650 號。

文章認為，歷史已經證明，中國非「至迫於萬不獲已時，始強起應之」，這是喪失主權的主要原因。不信，「考之明治初年，日本受外人之迫，亦不後於中國，然彼都人士，深懼國之不競，而能力求爭先，凡事自為動，不數年而遂以強立……」則日本是典型對照。

　　此時舉國上下興立憲，應吸取以往教訓，不能坐等時機喪失、國將不國之時，由外人代我主持變法。

　　　　……我中國雖未能驟足語斯（指像日本維新一樣速見成效——筆者），然亦何可以堂皇大國，甘為他人之傀儡哉！迄今時事又亟矣：政府因迫於公議，遂日言改行立憲，然大張其觀望之勢，獨不思前此大敗之原因，無一不由於周章乎？若再俟他人強我，始實行立憲之法，患恐不可勝言也！要惟善自主謀而已！

三、失望之情流露

　　光緒三十二、三十三年，兩年間清廷的改革的流於形式、決策遊移，令國人感到懊喪。本來，自 1906 年以來，《順天時報》從沒有直接對朝政、尤其對當朝官員作如此嚴重的批評（出於各種原因，如初期對朝廷改革上諭的期望，以及各王公大臣尚未表露反對意見），但是，從 1906 年下半年的官制改革的「雷聲大，雨點小」，地方官制改革的擱淺，到 1907 年又發生了大員暗鬥（「丁未政潮」）。《順天時報》經由此一系列事件，深深感到，以昏聵無能的一班滿貴族大僚充任內閣，其立憲將遙遙無期。《順天時報》逐漸發表了嚴肅的評論——可見失望之情逐漸流露。

　　該報在 1907 年 7 月底，發表了題為《處變世宜爭自存》〔註36〕的論說，對中國改革的頑疾——「滿漢畛域」——給予了嚴厲的抨擊：「我中國社會，以宗法為首重，以種而不以國……今日變態百出，黨派之分歧，此懷抑漢之志，彼主排滿之說，冰與炭火，格格不入。列強以帝國主義爭路，而吾黨以民族主義自恃，竟實行其鋤種手段……無論其一群既渙，人之統治無權，就令分治有序，而少數種人，敵多數之軍國民，何異操一葦以障狂瀾？」這篇文章一語雙關：既批駁了「鋤種主義」——主要指的是革命派之主排滿主義；但同時也批評了「以少數種人敵多數之國民」的滿族統治者。

　　《順天時報》的「失望」，是由一年多的現實中得來的：早在「丁未政潮」

〔註36〕《順天時報》第 1630 號。

接近尾聲時，它發表了一篇名為《親貴宜爲國家長久計》的「論說」，將中央內閣的安排列舉一遍：慶親王任軍機，載澤、紹英任尚書侍郎，近醇親王又任軍機，這樣一來，「所有軍機處、各部院府，無不爲貴族充斥。如此，真世界之奇觀也！故有人言：『今日之政府，蓋滿洲之政府也；試進而論之，今日滿洲政府，實宗室親貴之政府也』……以其言以思其事，夫豈虛語哉？」借「他人」之口，說滿洲政府乃「親貴政府」。這種言辭激烈程度，幾乎與《神州日報》等革命報紙相仿。該文也沒有將滿族大僚一棍子打死的意思，因爲接著的它將「在朝諸公」做了品評，「慶王老成練達，坐鎮政府綽然有餘；醇王德誼品性；澤公（載澤）通達世局，勵精圖治，非易獲之才；肅邸當代之英雄，以視他朝臣工，夫何有遜色？」對載澤、肅王的評價出於真誠，而對奕劻者流，實際是不得不爲之的反評語。最後，明白地發表看法：「以親藩貴冑，列於同朝之班，掌政權之要，吾輩不能表贊成」──原因是「特恐違背立憲精神，令天下有孤杜之虞也！」並直言提出各王公應速將重要之權歸之政府。

在 1907 年接近尾聲的時候，鑒於中央官制改革勉強通過，地方官制遙遙無期，《順天時報》表達了它的擔憂和失望。它「以病入膏肓」爲隱喻，對 1906 年「立憲諭旨」頒佈後，到 1907 年上半年告一段落的清「政體改革」阻礙重重、徘徊觀望的狀況，表達了失望、痛責之情。發表了《論中國政務之病根》（1907 年 12 月 17 日）〔註37〕、《國事進退之由》這樣的牢騷文章，對「當道者不思邁進」表示失望。

在署名爲「勿用子」的《論中國政務之病根》〔註38〕中，指出：一國之患病與一人身體之患病同，如其病根不除，則「一動而作顛覆、一呼吸而作氣喘」，何談勵精圖治、改革變法？「中國受病最深者，已非一朝一夕之故，其患消極病，而消極病之所激，或作反對狀、或見抵制形」──中國病根在「消極」，因此舉一事群起反對。文章舉了教育「好古爲要」、商務「投機取巧」的例子，那麼政治界的病根則是「因循敷衍」：

> 所在峨冠博帶者，不得謂無人，而制度之腐敗，綱紀之廢弛，令人
> 不堪直視，儼然病莫能興也！……現既知維新之要矣，而數百年來
> 之積習，非惟不能痛除，而且流弊滋深甚，所惜者大政治家，亦自

〔註37〕《順天時報》第 1750 號。
〔註38〕《順天時報》第 1750 號，光緒三十三年十一月九日。

安於暇逸，而無日求進取之勇，雖以補綴破綻爲務，究何補於實焉？……君不見謀一事興一策，即或偶有變動，而反對者競起，或以營私爲得計，而不顧其後，故曰中國政治之消極，其病勿能諱之哉！

中國人之性質，每注重老成之謀爲，且富於兩相觀望。無論事之鉅細緩忽，而概以漸進保守爲主義。此其故在放棄個人之責任，而運之以自私自利之精心。以爲事非切於己身，成之不能獨擅其英雄造世之大名，敗之或足以株連於不可思議之奇禍。又況胸無成竹，萬事茫然，曷如任當局者之或成或敗，而退處於中立之地位。視其風之順逆剛柔而左右之，以爲保全花翎紅頂、津貼廉俸之不二法門。

〔註39〕

縱觀從 1906 年 9 月「預備立憲」上諭頒佈，到 1907 年官制改革、「丁未政潮」這一年半《順天時報》的言論，可以清晰地看出：它對清廷自上而下的這場行政體制的改革，從最初的充滿希望，到中期的遺憾和批評，直到後來對改革派漢族大員都感到有些灰心。此後，《順天時報》同立憲派的要求逐漸一致，「吾民自任憲政」——「請速開國會」來推動立憲改革。

第七節　本章小結

　　1906 年 9 月 1 日的《預備立憲詔書》，獲得了舉國上下立憲派的一致擁護，海外康梁等欣喜若狂，國內立憲派人士也紛紛成立預備立憲公會等組織。當時全國報壇，充斥一片歡呼聲。上海《時報》、《中外日報》、《南方報》、《申報》、《同文滬報》五大報甚至聯合舉辦「報界慶祝立憲會」以示支持。這種情況，表明清廷立憲改革是順乎日俄戰爭以後的全國「民意」的。而《順天時報》也對「上諭」給予了高度讚賞和支持，認爲「中國前途大有希望」。在立憲派報紙沉浸在一片「歡呼雀躍」時，該報率先刊登了「憲法要義」、「各國官制」之類的專題文章，並且展開「中國應立何種法律」的討論，喚起人們對如何推行「立憲」的關注和討論。

　　《順天時報》在立憲改革初期，對於「官制改革」給予了最多關注。該報從「提裘振領」的考慮出發，認爲中央官制改革當雷厲風行、以免後患。

〔註39〕　《順天時報》第 1951 號，《論政黨與國會之關係》。

該報贊同載澤、袁世凱等人成立責任內閣、贊同中央集權。應當說，這兩個建議與國內立憲派的要求有所不同，如《東方雜誌》就明確「政府中央集權之誤上」，反對中央集權。但實際上，《順天時報》並非忽略了「官制改革」背後清朝上下矛盾利害之爭，而是從「立憲大局」總體規劃上考慮，而發表建議的。

到 1907 年上半年，「滿漢之爭」凸顯，在「丁未政潮」伊始，《順天時報》就大力抨擊滿漢大員的暗鬥，指出其為「朝政不振之由」。經過 1907 年上半年的觀察，該報發現了清廷「滿漢畛域」的弊端，開始從初期的「熱情」走向「冷靜」。

但這時該報仍報以很大信心，從日本明治維新的經驗出發，他期望載澤、袁世凱、趙爾巽、岑春煊等改革派大員能夠成為「伊藤博文式」的人物，引導立憲成功。另外，《順天時報》還提出「立憲當借鑒於日俄」。

總之，在立憲改革最初的一年裏，《順天時報》不遺餘力地對剛剛啓動的這場「政體改革」進行策勵和建言，目的是推動其進行。該報對朝政的建議和論說，應當說是比較中肯的；同時，反映了朝野上下趨向立憲的主流輿論。載澤等人後來奏陳的「立憲步驟」，從內容上看實際是「取法日本」的。這雖不能說是《順天時報》的影響之功，但至少反映了該報言論與時勢的契合。

第五章　從創設諮議局、資政院到籌開國會：1907 年 7 月到 1908 年 8 月的《順天時報》

　　在前一階段（1906 年 9 月到 1907 年 7 月）近一年的時間內，清政府的「籌備立憲」工作主要是改革官僚體制，其他方面則進展十分緩慢。而由於朝廷「滿漢之爭」，官僚體制改革實際收效甚微，甚至引發了內爭。對此，不僅國內外對改革給予厚望的人們（包括張謇等人）開始逐漸失望；就連光緒帝本人也對第一年的進展十分不滿意，頻頻斥責各級辦事人員不實力爲之。而在 1907 年 7 月，南方發生了徐錫麟刺殺安徽巡撫恩銘的一事。此事對清廷上下「振悚頗大」——據說「（奕劻）聞恩銘被戕警耗，大懼，意爲速行預備立憲，庶可免暗殺之患」。〔註 1〕爲了消弭革命，清廷從 1907 年 7 月起，籌辦立憲的工作也被迫加速。7 月 8 日，諭令「官民條議預備立憲之方，務必使事事悉合憲法」——顯示了允許人民參與議政的跡象。

　　1907 年 9 月，正式宣佈成立「資政院」，「合上下兩院之制」，作爲設立議院的基礎，派溥倫、孫家鼐充任總裁，詳細擬定章程。不久，在民政部的迭次督催下，一些省份開始籌辦地方自治；10 月 19 日，鑒於資政院設立後「亦應有採取輿論之所，」朝廷又頒佈一旨，通諭督撫設立「諮議局」。這樣，在 1907 年下半年，朝廷立憲舉措有所進展。

〔註 1〕　《皖變始末記》，《辛亥革命浙江史料選輯》，第 444 頁，浙江人民出版社，1981年版。

對於設立諮議局、資政院這兩個重大舉措，國內立憲派起初反應比較冷漠。因為，1906 年官制改革的有名無實，使得國內立憲派對清廷的誠意產生了懷疑。梁啓超就說，「此次改革，不厭吾輩之望，固無待言。釐訂內閣官制結果，但有名無實，不厭人望。」〔註 2〕因為，官制改革，不僅僅是政體形式的變革，它更意味著推動立憲的知識分子和資產階級在政權中擁有一席之地，參與到統治集團中去。立憲派此後逐漸認為，清廷並沒有立憲的誠意，其態度也開始發生改變。因此，當清廷在 1907 年 7 月宣佈「諮議局」、「資政院」時，國內報刊如《時報》、《東方雜誌》等的言論，並未作出先前一樣的激動反應；它們認為，「諮議局」與「資政院」，此兩者無關痛癢，關鍵問題是召集國會。很明顯，立憲派從對中央頑固保守派的認識中，得出了不能指望中央能夠主動推進變革，而應當自下而上進行施加壓力的認識。「民選議院之設立，非有國民運動足以脅迫政府必不可得」，主張「吾民自任立憲」——從主張「立憲之本在政府」到「吾民自任立憲」，他們的途徑是——請願開國會。

然而，《順天時報》的態度稍有不同，它對朝廷設立諮議局和資政院的決心，給予了讚譽；並且從一開始就報以很大關注。同時，不斷髮文解釋政府的初衷：認為二者均是必要的開國會之基礎。但是另一方面，《順天時報》也吸取了前一年的教訓，對這些朝廷嚴屬的諭旨，能否得到下面官員的切實貫徹，表示疑慮，發表了很多文字進行警告和監督。

《順天時報》一方面提醒國人重視資政院、諮議局；另一方面，對「國會請願」運動報以「理性的支持」態度。

第一節　對朝廷推進立憲的支持

一、「使國民與聞政事」：支持朝廷設立資政院、諮議局

本來，光緒三十二、三十三兩年清廷的毫無作為令國人感到懊喪，連《順天時報》也不禁發表了《中國政務之病根》、《國事進退之由》這樣的牢騷文章，對「當道者不思邁進」表示失望。但是資政院的籌設，給了它很大的鼓舞，精神為之「一震」。

〔註 2〕 丁文江：《梁啓超年譜長編》，第 368 頁。

　　《順天時報》發表多篇論說，替清廷設立資政院的原委做解釋：「立憲政體，取決公議，上下議院，實爲行政之本。中國上下議院，一時未能成立，亟宜設立資政院，以爲議院基礎。」〔註3〕表明其對資政院作爲議院基礎這一看法的認可。

　　作爲「政府採取輿論之所、輔贊地方行政」的諮議局，是清末立憲進行到第二年後（1907 年底）的一件大事。作爲地方官制改革重要內容的諮議局，不僅是培養民眾自治能力的部門，也是將來設立國會的基礎——因此受到朝野立憲派的關注。而早在 1907 年初，袁世凱、岑春煊兩位重臣都陳請慈禧立即設立諮議局，以樹立憲之名。於是，光緒三十三年九月十三（1907 年 10 月 19 日），清廷下令各省設立諮議局。諭旨說：「著各省督撫均在省會速設諮議局，愼選公正明達官紳創辦其事，即由各屬及格紳民公舉賢能作爲該局議員……俾其指陳通省利弊，籌計地方治安，並爲資政院儲才之階。」〔註4〕

　　從 1907 年 11 月開始，到 1908 年上半年，《順天時報》除了在「各省要聞」版給予各省諮議局極大關注外，還發表了二十幾篇關於諮議局的「論說」。在《諮議局宜速開辦》〔註5〕、《宜籌備開諮議局》〔註6〕這些論說中，反覆解釋諮議局作爲「立憲之基」的重要地位，並且，提醒地方督撫和各級官紳，不要以政府財力不夠、民眾能力不足等原因推諉之、拖延之。

　　爲了引起地方官紳民眾的重視，《順天時報》對中央的決心進行了分析：

> 兩宮顧全大局，不憚宵衣旰食，屢次頒發諭旨，詔諭海內各直省，先行力圖自治、設諮議局以討論之。具見勵精圖治之心，倍切於臣民矣！夫民之庸愚者無足論，苟非大庸愚之輩，誰則不關懷身家、願託於長治久安以爲快？由是而言設諮議局，以考究各地方利害。是謂至要矣！……祝有心人，鑒於直隸諮議局籌辦之章程，亦接踵而興也可！（《諮議局宜速開辦》〔註7〕）

作爲京畿要地的直隸省，是最早設諮議局的地區。《順天時報》對其熱切關注，在評論中說：「近直隸地居畿輔，爲此諮議局之設，既籌辦創始，以作其先聲，就預備立憲言，最屬適於機宜」。並且由此發抒，揭示諮議局乃是

〔註3〕　《光緒朝東華錄》第 5736 號。
〔註4〕　《著各省速設諮議局折》，《籌備憲政檔案史料》，第 667 頁。
〔註5〕　《順天時報》第 1768 號。
〔註6〕　《順天時報》第 1978 號。
〔註7〕　《讀六月二十四日上諭謹注》，《申報》1908 年 7 月 25 日。

未來的中央設立資政院（相當於預備國會）的基礎：「資政院之根本，即於諮議局，何也？諮議局不立，則各直省代表，俱無由而派，雖資政院已設，其如不能組織何？既組織之不成，則資政院之名，徒爲人所仰視！」

總的看，《順天時報》在對待清廷這兩個章程頒佈的態度上，與國內立憲派輿論稍有不同。它認爲這種朝廷主動推動地方設立諮議局的舉動，乃「將欲施行中國數千年未有之善政。」這是因爲，從日本明治維新，大力舉辦地方自治的經驗來看，諮議局與國會同等重要：這是養成將來國會議員參政、議政的基礎；如果地方民主政治未養成，則國會即使提前開辦，民主政治難免流於空文。

二、「官民宜互相策勵」──對地方督撫的督促

（一）諮議局的設立，對地方督撫的權力無疑是一個限制，特別是財政和行政權力。因此，「兩諭」頒佈後，有的地方督撫「置諸度外」，有的則「視爲無關緊要」。《順天時報》對這種「彼也觀望周章，此也苟且塞責，不以爲籌無的款，即以爲事可徐圖」的做法，進行了嚴厲批判。

《順天時報》認爲，諮議局諭旨頒佈後，地方應籌備事務繁多，因此應向有關方面（主要是地方督撫）提出警告：「然明詔各省督撫，限一年一律辦齊……限期選舉議員……由本月至臘月，五個月之內，所有預備選舉事。城鎮鄉邑之戶口，不可不先期調查也；選舉人被選舉人之名冊，不可不先期籌辦也！事關創垂之大，一切庶務殷煩，倍形其困難，非可以無關緊要目之者……不能一日置爲緩圖焉！」其目的是警告地方督撫應切實下決心辦理。它還說道：「各省督撫處其間，宜如何籌備整齊？若至限期將滿，再藉口『預備未完』，或『選舉未辦』，奏請緩開咨議局，其可乎？……若果故爲因循，民之望亦失，立憲之明詔，亦虛懸而無補。」即朝廷此舉意爲良善，但能否切實辦理，還要看地方督撫的實心程度了──這是事先提醒的意思。可見，《順天時報》看到不少地方督撫對諮議局事「陽奉陰違」，態度消極，因此對地方腐敗官吏不能十分放心，它於是警告：「行政長官或將挾私心以妨公益，或逞意氣以紊成規，或見事太易，而議論涉於囂張……是皆中國習尚之弊也。若官與民交相責備，而不自引咎，何以副朝廷望治之心？」〔註8〕

（二）《順天時報》還敏銳地看到，除了督撫對諮議局的籌備應負起責

〔註8〕 《順天時報》第 2015 號。

任；另外，民間的認眞參與、籌備也是必不可少的。鑒於國內立憲派士紳多將注意力集中在「開國會」上，《順天時報》發文指出，應當「雙管齊下」。

在《官民宜互相策勵》〔註9〕一文，指出，諮議局預期一年開辦，朝廷決心很大，各省紳商、士民不應視爲無關緊要。對於紳商士民，則鼓勵他們當「以當初請速開國會之心，切實辦理地方政治」。

> 詔行各省開辦咨議局……自奉到章程之日起，限一年內一律辦齊，屈指日月幾何？當道者返而自問於心，誰則實力奉行乎？……而且明詔之曰，『朝廷軫念民依，將來使國民與聞政事，以示大公。先於各省設咨議局，以資歷練。凡我士庶，均當共體時艱，同擴忠愛，於自省地方應興應革之利弊，切實指陳』。民而果足與有爲也，奉明詔至今，將必於應盡之義務。不然，恐一年限滿，又不知展限幾年耶？

地方官民應該盡力而爲，將諮議局辦好。除了地方督撫外，民間士紳的角色更加重要——這是立憲國民不能推卸的「份內之事」。「以中國之民，而不能自爲籌，相與協力督飭當道者，將開辦咨議局事宜，迅速籌劃，但切切爲計較開國會年限，欲請縮短其期，群相誇張曰「國民之思想競進」，亦何弗先計及開設咨議局，以立其本乎？」認爲，國會之開在九年，有識之士目前不應該計較其限期之長短，「特以光陰之虛度爲慮」，而切實先辦好地方民主第一步。

三、「仍係敷衍塗飾之故智？」對朝廷舉措的評析

對清廷籌設諮議局、資政院，當時一部分國內立憲派認爲：「仍係敷衍塗飾之故智」，「延宕議院之開設，搪塞國民之要求」〔註10〕。清廷設立諮議局和資政院，是否「虛與委蛇」之舉？——《順天時報》是這麼看的：首先，如前文所述，清廷是在革命活動的深刻刺激下有此舉；其次，這是清政府早已擬定的「循序漸進」的預備順序決定的，所謂「先普及教育，然後辦理地方自治，然後視國民程度而定」（當然，立憲政體最重要的機構——國會，是否在其考慮範圍之內，另當別論）。於是，它全文刊登了朝廷的「諭旨」：「朝廷軫念民艱，將來使國民與聞政事，以示大公，因先於各省設諮議局，以資

〔註9〕　《順天時報》第 2015 號。
〔註10〕　《讀六月二十四日上諭謹注》，《申報》1908 年 7 月 25 日。

歷練。凡我士庶，均當共體時艱，於本省應興應革之利弊，切實指陳……勿挾私心以防公益，勿逞意氣以紊成規，勿見事太易兒議論稍涉囂張。」〔註11〕──這道上諭用意不能說是虛偽，語氣也屬於正面引導。

客觀地說，與西方相比，雖然諮議局缺乏「議案」強制督撫執行的機制，但也絕不是「點綴民眾的機構或者御用捧場機構」，從其職權和規定來看，不僅有地方立法權，還有監督財政和決議地方興革大政的權力 ── 這已經有立憲國家的地方議會相接近，而不是封建政權的「咨詢機構」能比擬。諮議局議員幾乎每個人都意識到使命重大，在開議後，提出的議案「糾舉不法官吏、澄清吏治」、「收回利權」、「發展各項實業」、「剔除弊政、減輕人民痛苦」等等都非常切合地方實情，「一掃地方官場之黑暗」，對地方督撫的權力產生了很大的制約。連《泰晤士報》記者莫里循都說：「代表們那樣從容不迫地履行自己的職責，那樣有序地討論問題……試辦省諮議局顯然是一個成功之舉」〔註12〕。

事件的發展後來證明了《順天時報》的看法，果然，在 1908 年初，諮議局從「計劃」進入進入籌備階段。各省的立憲派官紳、商民開始積極地投入到諮議局的選舉工作中，以盡力爭取一年內全國諮議局一起開會，從而發揮對地方政治的參與權，進而為中央資政院的開會做準備。

而從各地選舉議員情況看，主流是好的，「當時議員差不多完全是人民的意志認為優秀可靠，就選他出來，勢力和金錢在那時竟沒有人運用，也沒有利用的人。當選的議員，也人人自命不凡，為代表民意爭立憲而來，拿所有心思才力都用在這責任上邊」。〔註13〕到 1909 年 10 月 14 日，全國 21 省諮議局如期籌備完成，一律開議。〔註14〕這一天是中國有史以來值得慶賀的日子，立憲派和紳商學界「為我國人民有獲得參政權之第一日」〔註15〕而歡呼、祝禱不已。《時報》第一版以紅色印刷，並且全版篇幅刊登「敬祝各省諮議局開局紀念」紀念畫；《申報》也以紅色印刷版面；《大公報》把諮議局的成立看作「否極泰來、上下交通之氣象」，而加以謳歌。〔註16〕可見，一年來的諮議

〔註11〕 《清末籌備立憲檔案史料》下冊，第 684 頁。
〔註12〕 莫里循：《致瓦·姬爾樂》，《清末民初政情內幕》第 641～643 頁，上海知識出版社 1986 年版。
〔註13〕 張孝若：《南通張季直先生傳記》，第 141 頁。
〔註14〕 只有新疆因故奏請緩辦。
〔註15〕 《預祝本年之九月》，《時報》1909 年 10 月 14 日。
〔註16〕 《祝諮議局之前途》，《大公報》1909 年 10 月 14 日。

局籌備工作進行的相當成功，並且顯示出即將對政治生活的巨大改觀——這大大出乎了當初立憲派的設想。

對此，《順天時報》則沒有太多驚訝——因為早在《諮議局選舉法》頒佈前後，它就對這個結果抱有很大信心：每日在「各省新聞」中開闢專版，報導各地諮議局籌備的情況、預備會議討論的議程。後來的事實證明：正是諮議局的正式成立，使得地方民眾、立憲派有了集體活動的舞臺，為下一步的「國會請願」打下了基礎。

第二節　對立憲派組織的國會請願的態度
（1908 年 1 月～1908 年 10 月）

一、立憲團體的產生與國會請願的來歷

儘管諮議局、資政院的籌設，對於政治局面的開通，起到了很大的改觀。但是，隨著國內大批立憲團體的產生，到了 1907 年底的時候，以這些團體為基礎，資產階級開始要求將「開國會」作為首要目標。他們的看法是：首先，前一年半的立憲之失敗，——在於官制改革不徹底；而只有國會成立、憲法頒佈，然後新的對國會負責的「責任內閣」才能產生——而只有這樣，才能改變封建官制的弊端。其次，去年政府中改革派孤立無援，也正是因為沒有外部的支持，只有國會開了，立憲派的聲援才有了基礎。於是，1907 年底，到 1908 年上半年的一年時間裏，一場由各省立憲派主導的「請開國會運動」轟轟烈烈地展開——史稱「光緒朝大請願」。

早在 1907 年 4 月，楊度就聯合梁啟超倡議國會請願，在楊度的倡議下，《時報》等群相鼓吹。到 1908 年初的時候，已經是「國會國會之聲，日日響徹於耳膜」。〔註 17〕不久，清廷成立地方諮議局的上諭，極大地鼓舞了地方立憲派，尤其是 1908 年 7 月 22 日，清廷批准頒佈了《各省諮議局章程》和《諮議局議員選舉章程》，並下諭要求各省督撫奉章後一年內一律辦齊〔註 18〕之後，各省立憲派組織了各種立憲團體。如江浙的「預備立憲公會」、湖北「憲政籌備會」、湖南「憲政公會」等。其中以張謇等人組織的預備立憲公

〔註 17〕《時報》1908 年 2 月 26～27 日。
〔註 18〕《諮議局及議員選舉章程均照所議辦理著各督撫限一年內辦齊諭》，《憲檔》下冊，第 683～684 頁。

會最爲活躍，其集中了江浙閩的三省名士、實業界頗有聲望的要人，影響很大。這些團體各自分別組織本省簽名，上書都察院，要求「國會早開」，有的要求「兩年即開」，有的要求三年……之後，各省的上書請願活動如火如荼地開展起來。

在 1908 年 6 月，由上海預備立憲公會聯合各省組織了一場規模浩蕩的、聯合全國立憲團體力量的「國會請願活動」。1908 年 7 月，各省代表齊集北京，向都察院遞呈《請願速開國會書》，要求「決開國會，以兩年爲限。」〔註19〕都察院代奏；北京八旗市民也參與之。此舉表明，清廷的立憲步伐拖沓，地方要求立憲的呼聲越來越強烈——而「開國會」成爲其促使政府實力立憲的途徑。

雖然《順天時報》看到了「預備」工作的繁複、艱巨，因此在「一兩年召開國會」問題上態度有所保留，但總體上，對於國內立憲派的這次請願活動，《順天時報》表示了鮮明的支持態度。

二、「集合群之力」——對請願開國會運動的支持

早在官制改革之後，該報就認爲：清廷立憲與日本明治維新最大區別在於——「國是不定」。所謂「國是」就是憲法，而「民選國會」是制定憲法的最佳步驟。於是《順天時報》對立憲派的活動，給予了大力報導，爲之擴大聲勢，以影響清廷決策；同時，爲了讓團體提出的要求容易爲清廷接受，它對於請願者們提出了具體的建議。從 1907 年底到 1908 年下半年，它發表了《請開國會理由書》、〔註20〕《原國會》、〔註21〕《論請願國會之運動》、〔註22〕《國會以早開爲宜》、〔註23〕《再論早開國會之利》〔註24〕、《政府宜速議國會》、〔註25〕《論詔定國會年限》〔註26〕等七篇論說。

（一）該報努力從西方制度的理解出發，解釋國會的內涵、意義；尤其是站在清廷的角度，反覆申說對正在開展的立憲措施，國會有利無弊——實

〔註19〕 孟森：《憲政篇》，《東方雜誌》第 5 卷第 7 期。
〔註20〕 《順天時報》第 1790 號。
〔註21〕 《順天時報》第 1893 號。
〔註22〕 《順天時報》第 1902 號。
〔註23〕 《順天時報》第 1912 號。
〔註24〕 《順天時報》第 1914 號。
〔註25〕 《順天時報》第 1959 號。
〔註26〕 《順天時報》第 1960 號。

際上是有意對清廷演說，以作爲對立憲派請開國會運動進行的「聲援」、幫助他們製造開國會的興論。

　　該報認爲，「國會合上下議員，以民選議員代表國民，內之集合國民之心理，外之發展國民之勢力，以捍禦外侮、振綱紀、固國本，莫重此乎！」並對清廷統治者論說早開國會有「諸多利處」：「一欲整理財政則國會不可緩；二欲振興教育則國會不可緩；三欲擴張軍備則國會不可緩……」（《請開國會理由書》）。

　　1908 年 6 月，該報刊出《論請願國會之運動》一文，對此前的國民運動進行了總結：首先肯定了自宣佈立憲兩年來的國民運動「漸次發達」，民權得以伸張的巨大進步，但轉而又指出，早先這些運動所關切的無非鐵路、借款、礦權幾方面，而對於關乎「立憲全局」的國會，卻不十分重視，這是不應該的。

> 今日之中國民，雖侈談政治，而政府不得禁止也。雖結社立論，而
> 政府不得抑制也。雖開公會，議政法，徒聚日衆，籍合群之力，以
> 追促政府，而政府不得解散也。夫政府不得禁國民之運動，而國民
> 復有發表政治之意見，振作公議與興論之責，誰則能間之者？……
> 竊以中國民政治上之運動，以蓬勃而起矣！然其後將及二年，杳不
> 見政治上之運動焉？所有運動者，曰鐵路問題也，曰借款問題也，
> 曰礦權問題也，此不過一地方一部局之事耳。至中國全局之問題，
> 關於天下一家者，其運動寂然無聞。

這說明了該報對 1908 年國會請願的支持來由 —— 召開國會是中國政治轉機必須的途徑。

　　（二）《順天時報》通過日本明治維新的經驗來說明：之所以國民應主動自下而上地請願，原因是在於，通常掌權者不會非常主動、快速地下放權力，因此，需要民間力量推動，這就爲國會請願提出了必要性。

> 日本之立憲也，當其初，亦有請願開國會之舉……以數十萬合群之
> 力，連名要求開設國會。於是朝廷上，遂有定期十年後，開設國會
> 之明詔。迨明詔一頒，請願國會之運動，亦而爲組織政黨之運動
> 矣……請願開國會之運動，果短縮其限期與否，未可知也；組織政
> 黨之運動，果適乎時機與否，亦未可知也。但此運動而後……全國
> 各都邑，政治書籍流行，演說日形其無間……人民政治思想，既形

其發達，而立憲之眞意至味，浸漬於腦筋者久。

中國今天的情形和日本類似，說明國民程度大有希望，國會請願成功不是久遠之事：

> 觀今日之中國，各直省……有知效日本之運動者矣。爲此運動之
> 人，果能推極其熱心，歷百折而不屈，以次鼓舞全國民氣，使各
> 州省各行省……化合其意見，合數萬萬之人，聯數十百種之結
> 社……隨時開演說會，申明請願之主義。又何請願之目的，不能
> 必達哉？蓋振作人民之志氣，養成立憲國民之資格，自有可期而
> 俟者……政府諸當道……猶得謂民無智識，俱可蔑視之乎。熱心
> 人想共鑒之！〔註27〕

三、對「早開國會」的現實性建議

1908 年 7 月，政聞社、立憲公會等團體聯合請願達到了高潮，它們紛紛公開要求清廷 ── 在兩三年之內開國會。這一要求顯然超出了清廷能夠承受的範圍。起初，清廷不以爲然（過去對召開國會完全沒有思想準備），後來，資政院總裁溥倫目睹各省請願聲勢之大，上奏說「不開國會難以發民氣」，於是，緊急召集軍機和內閣總理大臣御前會議，討論國會事宜。結果：張之洞、袁世凱等人意見「早開」，但認爲「三年過短、籌備未齊」；會議中大臣有主張 8 年、10 年、20 年後召開的，一時間陷入僵局。

1908 年 7 月 2 日，政聞社公開致電清政府的「憲政編查館」，要求 3 年之內召開國會，電報說：「開設國會，『中國存亡所關，非宣佈最近年限，無以消弭禍亂，維繫人心。且事必實行，則改良易；空言預備，則成功難，』乞速宣佈年限，期以三年召集國會。」〔註28〕預備立憲公會也積極請願，4 月間召開董事會議決定上書政府，6 月 30 日會長鄭孝胥、張謇、湯壽潛等代表會電憲政編查館說：「今日時局，外憂內患並發……切望決開國會，以兩年爲限」，7 月 11 日再致電，提出同樣要求。

對此，《順天時報》基本持肯定態度，鑒於國民參政意識的高漲，認爲國會早開有助於發揮民氣，因此，積極地讚賞立憲派領導下的國民參政運動。

〔註27〕《順天時報》第 1902 號。
〔註28〕《社報》，《政論》雜誌第 5 期。

　　它發表了《論國會以早開為宜》的「論說」，針對的是朝廷會議國會莫衷一是，不熱心開國會者以拖延為務，批評了清廷內部分保守派官僚，對國會不真心贊成、認真擬定日期（如大臣高種竟然說「20 年開尚早」，其意在拖延）。

> 所謂開設國會者……廟堂諸公，擬決而未能決者，開設國會之限期云爾，異哉此誠能決之問題矣。夫限制開設國會之期，或以三年為便，或以五年為可，或以十年二十年為宜，其說各執一是……然以吾儕觀之……不熱心國會者，利在遲遲開設也……夫預備即預備也，非實行也。若曰預備矣，而不思實行，則預備將何有窮期。天下立憲之邦多矣哉，然為預備開設國會一事，費十年二十年之歲月者，蓋未之聞也！……故人民望開國會之時，必其程度之倍增。能任茲開設之重也，即其要求立憲之際，亦必智識洞開，正堪運用憲政之大也！——噫！愚弄國民，莫此為甚！

可見，該報一針見血地指出「拖延派」其無視國民望治之心，實因私利所然。此後，該文以「婚姻」做比，反駁清廷「恐籌備不周」的理由。

> 故婚姻者人之六倫，必備其禮整其儀，至於盡善盡美，以完全為主義，常道也……若以不能備典禮之故，即荏苒其婚期，而不為之早定，竊恐婚期已逝。內則有怨女，外則有曠夫……開設國會之影響亦若此。夫預備開設之事，期於完全無缺點，其理宜也。然時勢至今，非開國會，以實行立憲，不能策治安，及早圖之可矣。若猶荏苒時日，謂須預備完全，方能語實行，得不慮預備已成之際，運會將至於終絕乎。

意為國會、立憲恰如人生婚期，若以為準備不周、籌備未全，做拖後之想，恐時不我待、將來氣運喪失。

　　同時，該報對立憲籌備之程序繁多表示理解，認為當精心籌劃、步步推進：

> 且開設國會之必須預備者，不一其事。憲法之制定也，選舉法之裁度也，議院法會計法之編纂也，無在不需乎先時。他如中央官制之改革，財政幣政之統一，行政司法之分立，地方自治局之組織，集權於中央，與地方分權之劃界，亦皆俟功成完備，而後開設國會，似能無窒礙者。

所有中國人民，見中央政府之混濁，欲於百年未清之間，投以輿論之藥科，開國會以清其源頭。而政府當道者，反語人民曰，源頭未清，遲之久而後可。誰其帖然心服哉？且中國之危急存亡已見矣，朝野上下諸同胞，正當協力同心，速籌補救之藥，勿拘泥故常，勿墨守舊習，銳意於進取……

完全之國會，既不能急開，不完全之國會，亦無不可開者。但示其有利益斯可矣。前年詔行預備立憲，所有預備者安在？迄今仍曰「預備」焉──吾不知其預備者，果成於何時耶……詎得謂其假國會以營私哉，主上聖明洞鑒，諒不至有所蔽，敢以質之忠於謀國者。

文章向清廷指出：「預備」不等於「不開」；欲實行立憲，必須先開國會，「非開國會，不可以籌立憲」。雖然國會之開始前需訂《選舉法》等籌備事項，但是，期待完全準備好再開國會，恐怕時機貽誤、國事已亂。

另一方面，鑒於一兩年開國會無法實現，「立憲」有流產的危兆，《順天時報》提出了折衷辦法──建議提前開「不完全之國會」，使得立憲不流於空文。〔註29〕7月8日清廷，資政院擬定的《資政院章程》前二章發表，《順天時報》雖然贊成，但是它在《對資政院章程之議論》中說：「觀資政院之選舉章程，宛然是京官與鄉紳之會議處，代表民論之議員，決不能列坐──即資政院開辦而為新政之阻力，亦未可測也！急開國會之運動者若悉此情由，則其運動倍加熾烈可想而知，記者竊聞其語故記之以質高明……」〔註30〕並且對清廷當道者說：「勸政府勿欲以資政院，他日抗拒下議院之開，以此遏急開國會之風潮」〔註31〕（《入奏〈資政院章程〉說》）──可謂切中朝廷部分守舊派大員的要害。

總之，在 1907 年下半年清廷有了推進立憲的舉措之後，《順天時報》吸取去年教訓，採取了「促其切實籌備」的態度；對國內立憲派倡議召開國會的活動，給予了有限度的支持。顯示出該報逐漸認識到：不能完全依賴清廷本身進行改造，而應以國民參政為途徑，促使國會早開、憲法早立。

〔註29〕《順天時報》第 1912 號。
〔註30〕《順天時報》第 1922 號。
〔註31〕《順天時報》第 1920 號。

第三節　對《欽定憲法大綱》和《逐年籌備事宜清單》的看法（1908 年 8 月）

在各省請願國會運動的壓力下，各省督撫和出使各國大臣多數開始贊成宣佈召開國會年限。清政府中雖有鹿傳霖等人聲言「不願生見國會成立」〔註 32〕，但是絕大多數大臣認爲「此次各省請願，時下名流主張其事，與從前純由少年志士鼓吹者不同；若不從速將國會期限確定，人心一失，隱患愈深」，〔註 33〕——宣佈國會期限已經刻不容緩了。尤其是奕劻等人上奏慈禧的話，讓「兩宮」下定最後的決心，他說「萬一人心不固，外患愈深，陷中國於朝鮮地位，臣等不足惜，其如太后、皇上何」！慈禧大爲動容，當即答應宣佈立憲年限。奕劻還說：「大詔一下，即須實行。惟實行憲政利於君利於民而不利於官，將來不肖官吏恐不免尚有希翼阻撓者。請聖上十分決心，然後可以頒佈，否則將來稍有搖動，恐失信於民，國家大局必壞於阻撓者之手。」慈禧同光緒「毅然俞允」。〔註 34〕

1908 年 8 月 27 日，清廷終於頒佈了《憲法大綱》，宣佈九年立憲預備期，期滿即召開國會、選舉責任政府。九年之期與立憲派「兩年開國會」期望不符，《憲法大綱》差強人心，但儘管如此，一部分立憲派認爲「數千年之獨裁政體既能一變而爲立憲政體，則立憲政體之自乙而斬於甲，可立而俟矣！」既然宣佈期限，加快準備，自然能使憲政進入高級階段。

8 月 27 日，憲政編查館和資政院將《憲法大綱》、《議院法要領》、《選舉法要領》及《逐年預備事宜清單》上奏。《憲法大綱》規定了「君上大權」及附設的「臣民權利義務」；《逐年籌備事宜清單》則分年排列，每項事情均指定了主辦單位，開列了進展速度，基本要求如下：地方諮議局 1908 年籌備、1909 年一律開辦；資政院 1909 年制定頒佈章程、1910 年開院；地方自治，1914 年辦齊；修訂法律，1915 年前實行民律、商律、刑事民事訴訟律；憲法 1916 年頒佈；議會，1916 年頒佈議院法和選舉法，進行議會議員大選……

對此，《順天時報》刊登了《論詔定開國會之期限》〔註 35〕、《論逐年應

〔註 32〕《中華新報》1908 年 8 月 21 日。
〔註 33〕《時報》1908 年 9 月 6 日。
〔註 34〕《時報》1908 年 9 月 6 日。
〔註 35〕《順天時報》第 1960 號。

行籌備預備立憲事宜》〔註36〕、《論〈憲法大綱〉之頒佈》〔註37〕及《大清國紀念日》（牟樹滋）〔註38〕、《論召集國會以九年為期限》（牟樹滋）〔註39〕五篇長篇「論說」。其總的觀點是：1908年這批這批方案的公佈，清廷是下了很大決心的；認為《逐年籌備事宜清單》是籌備立憲的總體規劃方案，有主辦單位、有進度要求，責任目標都很明確。有了它，清政府的籌備工作可以擺脫過去「摸著石頭過河」的盲目性，各級官員也有了著手之處。如將來國際、國內環境允許，而將來的正式《憲法》和國會能夠差強人意的話，這將是一個有步驟、有秩序，以短短 9 年時間，用和平不流血的理想方式，把中國演變為君主立憲國家，實現一場艱巨的「社會革命」的宏偉計劃。

　　《順天時報》的這種看法也是與表示贊同的立憲派相一致的。1907 年初，《東方雜誌》即專門印行了臨時增刊《憲政初綱》，說「自古立憲之遲，莫如中國，自古立憲之易，亦莫如中國。後奮起，早成就之說，不其信耶！此中國之可一雪友邦之謗者也。」〔註40〕

第四節　創設政黨——由「封政聞社」引發的倡議

　　在國會請願活動中，對於國內立憲派的請願活動，清廷雖不願意面對，但是也不便直接壓制——不論怎麼說，國會是遲早要開的，召開的期限也是要宣佈的。但是，對於海外康、梁等組織的政聞社的一再活動，清廷極為反感，尤其得知政聞社與密謀「撤簾歸政」有關的傳聞之後，更加無法容忍。1908 年 7 月底，發生了關閉政聞社一事。

　　政聞社是梁啓超在海外為倡議立憲成立的第一個公開組織，它的「四大綱」是：（一）實行國會制度，建設責任內閣；（二）釐定法律，鞏固司法之獨立；（三）確定地方自治，劃清中央與地方權限；（四）慎重外交，保持對等權力。1908 年 7 月 25 日，朝廷忽然頒發上諭：「政聞社法部主事陳景任等電奏『請定三年內開國會，革於式枚以謝天下』等語。朝廷籌備立憲頭緒紛繁，需時若干，朝廷自須詳慎斟酌，權衡至當……政聞社內諸人良莠不齊，

〔註36〕　《順天時報》第 1961 號。
〔註37〕　《順天時報》第 1962 號。
〔註38〕　《順天時報》第 1964 號。
〔註39〕　《順天時報》第 1973 號。
〔註40〕　《立憲釋疑》，《東方雜誌》第三卷臨時增刊《憲政初綱》，「社說」。

且多曾犯重案之人，陳景任身爲職官，竟然附和生事，著即行革職」〔註 41〕。
此上諭一出，輿論譁然，南方各報紛紛評論說：這簡直是「揭其假面目與天
下、相見以干戈矣！」「政府之用心、之手段，肺肝如見矣！」〔註 42〕（《二
十年內無立憲之希望》，見《申報》論說）

　　此事關係重大，清廷的處理方式使自己的威信瞬間一落千丈，南方立憲
派報刊的批駁愈加無所顧及。《順天時報》此時認爲：清廷的行爲，是非常不
明智的，因爲這無異於把本來「支持立憲」的勢力推到對立一面。翌日它發
表了《懲辦「政聞社」事》的「論說」：

> 讀十七日之上諭曰，近聞沿江沿海，暨南北各省，設有政聞社名目，
> 內多悖逆要犯，託名研究時務，以借茲煽亂。若不嚴行查禁，恐將
> 敗壞大局。

> 若忠誠憂國之士，從事於其間，究其倡導主義，日期於實行立憲也，
> 將以化除滿漢之界，融和於無間，而使國勢振興也。以視眞國事犯，
> 如孫汶之革命黨犯，固冰炭不相容也。概行懲辦之可乎？即間有憤
> 激之徒，時弄不諱之言，誤觸於當道，如陳景仁者，政府亦宜恕之，
> 使相與盡力預備立憲之實，而不之罪也……懼其勢力之潛長，先以
> 威力強壓之。如是則彼無所告愬，不得已改變其方針，將立憲主義
> 之政聞社，轉而爲孫汶之黨，亦誰敢執其咎？……有人曰，政府之
> 強壓政聞社，非眞強壓政聞社已也。觸怒政聞社之黨名，想國民之
> 政治運動，各省之請願開國會，俱作如是觀者……若政府已宣佈實
> 行立憲之旨，而又強壓國民之政治運動，則是上之令下也，如主之
> 供客以珍膳，謂客當努力加餐；及食之，而主人扼其喉。

可見《順天時報》認爲：清廷將「忠誠憂國之士」與「孫汶之黨」相提並論，
十分不明智，這將「驅立憲主義之人一入而與政府作對」；政聞社無非是主張
提前開國會，其對清廷的立憲活動是支持的，而激憤之情值得原諒。

　　《論黨禍不可激》〔註 43〕一文，更明白地說明，如果清廷不顧民間立憲
團體的呼聲，儘早決定國會日期，相反卻壓制之，結果必是「必逐二十二省
之學界商界紳界，諸仁人志士，盡作死敵於政府」：

〔註 41〕《德宗景皇帝實錄》卷 593，第 15～16 頁。
〔註 42〕《申報》1908 年 7 月 28 日。
〔註 43〕《順天時報》第 1974 號。

甚矣！黨禍之不可不分別懲處也……現如倡革命主義，有孫汶之徒，中國政府王大臣，視之爲死仇敵，必欲食其肉寢其皮，而後甘心焉……人皆曰康梁與孫汶黨則同也，抑思倡導立憲之説者，非康與梁乎？與革命黨主義，蓋實相反也。今中國政府，以其先爲國事犯，遂視同孫汶之徒……彼康梁亦不得被立憲之恩澤。是能勿驅之孫汶黨中，令其常爲中國政府之死仇敵乎？……

因而視請願開國會之徒衆，曰是殆將開會結社，難保無康梁爲之主謀也，如是薰猶莫辨……勢必逐二十二省之學界商界紳界，諸仁人志士，盡作死敵於政府。其禍之結果，又可想而知也……甚哉！黨禍之宜治，而激之則生變，是勿可以不防。

《順天時報》對封閉政聞社的結果進行了深刻的反思，它在此事過去一段時間後，發文向國內立憲派提出「公開組織政黨」的問題。連續發表了關於政黨問題的「論說」《組織政黨之必要》〔註44〕、《政黨與國會之關係》〔註45〕等，在這些文字中，它指出，「國會之成，成於議員，議員之起，起於政黨」。首先，作者回顧了當初宣佈立憲之時，召集國會乃確定之語，舉國歡騰；繼而批評了清廷動輒以封閉民間結社事件，來滅減開國會的熱心；最後得出「我中國不將於光緒三十九年召集國會乎？果欲召集國會，能不先爲組織政黨乎？」這樣的結論，文曰：

恭憶我皇上宣佈立憲之明詔有曰，大權統自朝廷，庶政公諸輿論。煌煌十二字，直欲舉山河並壽，日月同明。凡我四萬萬有餘之士庶工商，自非涼血物，罔不拜手稱慶……嗟！我支那，向爲外人詆之以東方病夫者，今將醫病夫而強壯之。向爲列強目之爲老大帝國者，今將起老大而少年之。公等不曾讀六月二十七日之上諭乎？明明表彰之曰：「召集議會，爲將來必辦之事」。

獨是一國政治之進化，恒視在朝黨與在野黨決戰之勝負，以爲民權之比例差。在朝黨勝，則政府勢力進一寸，而民權之縮力亦進一寸。在野黨勝，則政府勢力高一寸，而民權之漲力亦高一寸……使其民而有國家思想，與夫政治知識，則政府之舉動，稍有不利於社會，必將觸發其感情，協力奮鬥，務必要求政府，使不得行其豪虐之手

〔註44〕《順天時報》第 1905 號。
〔註45〕《順天時報》第 1950 號。

段而後已。

> 在朝黨與在野黨，愈安靜，愈調和，而其朝治亦必愈而愈不能振。
> 然則欲觀政治之進退，不可不先觀一國政黨之有無也已。立憲政體
> 爲國民自由思想發達之機關，其機關實掌握於多數國民意見之國
> 會。國會之成，成於議員，議員之起於政黨；政黨者，必心有一定
> 之政治主義，而其方針不外計劃國家全般實際之利益。故政黨者，
> 實有督策政府改進政治之魔力。國會未開，固不肯惜其一己之生命
> 財產，而以隨風起伏之方法，引爲平生進止之機關。國會既開，更
> 必熱心計劃，以增進國家之幸福。然則政黨之關係於國會者，豈淺
> 尠哉！〔註46〕

「結黨」在中國歷史素有惡名，因此國內各報尚未有直接關於政黨的議論，《順天時報》的這種主張開國內各報之先河的。

總之，《順天時報》屢次提醒清廷統治者注意：「請願開國會」的立憲團體，其根本立場是支持清廷的預備立憲的；與清政府屬於同一目標，而與孫中山的革命黨有本質區別。是以不可用「黨禍」論之，進而壓制——全國紳商、學生有可能被迫與政府離心，轉向革命道路（無異於自毀立憲大業）。值得注意的是，雖這些「論說」對正在壯大的「革命黨」持否定態度，但並無太多指責、貶損的文字，而僅僅將這種現象作爲敦促清廷變法、改變對立憲派態度的事實。

1907 年底到 1908 年，全國「國會、國會」之聲不絕於耳，對此，《順天時報》有一個總體的辯證的態度：既認爲國會是立憲之基礎，有國會才能定憲法；對組織政黨的看法也源於此；另一方面，它也認爲，不能以開國會爲最終目標，而應切實著手進行各項準備工作（包括地方民主的訓練——諮議局）。否則，國會即使早開，亦有名無實。不能否認，該報在光緒三十四年間這些「大事」上的看法，是較爲卓有見地、審慎而務實的。

第五節　光緒帝的逝世與《順天時報》的痛惜

「九年立憲詔旨」頒佈之後，朝廷督促各省加緊籌備，並於 1908 年 10 月 23 日命令中央各部院分別制定本部門的籌備計劃，限半年內奏明。正當籌

〔註46〕同上。

備工作加緊進行之際，光緒皇帝的病逝突然轉劇，慈禧太后也身染重病。

《順天時報》一直以來對光緒皇帝非常關注。早在 1907 年 9 月下旬，光緒皇帝突然身體出現問題時，在國內各報尚未知曉的情況下，《順天時報》就極為重視。9 月 22 日的「京師新聞」頭條中，刊登《聖躬違和恭記》一文：「上海某報紀，皇上手諭脈案，有洋醫某君閱看後曰『果係皇上手諭，則病入膏肓，精神因疲已至極處，若今不加意調養拔其病根，恐有意外之虞！觀中國醫學不明，樞臣前寄電南省督撫保薦名醫，雖華佗復生恐難挽回，不如延西洋醫試按脈用藥云』……」〔註 47〕公開表達了應延聘西醫參與診治的態度。

四日後，又在「論說」中，發表了《聖躬宜慎重醫治》〔註 48〕一文，表達了對光緒健康狀況的「焦灼」之情，力請朝廷方面及時診治，它說：「我皇上撫有社稷，念切於勵精圖治，當此變法之時，海內外萬萬同胞，未有不為聖躬違和而隱憂者！得勿勞之過甚歟？抑醫之未善其方？……當今實行立憲時，聖體健與否關係國家之休戚者大！」並且直言不諱地批評延誤病情，要求列位大臣應奏請太后大膽採用西醫診療，「夫王公大臣有病，迅速託洋醫療治，獨至皇上患病，拘泥舊法，不為奏請，袖手旁觀，抑何忠於身家之事，於皇家之事則不忠矣？！」

然而，事情往往不遂人意。新政大計剛剛有進展之象，光緒皇帝卻天不假年，撒手西歸。11 月 13 日，慈禧授載灃為攝政王，命其 3 歲的兒子溥儀抱在宮內教養。14 日，年僅 38 歲的光緒帝去世，留下一紙遺詔，申告立憲為其畢生之志，命文武百官「破除積習，恪遵前次諭旨，各按逐年籌備事宜切實辦理，庶幾九年以後頒佈立憲」〔註 49〕。慈禧立即宣佈：立溥儀為嗣皇帝，入承大統；攝政王載灃監國，所有政事悉遵其裁定。次日，慈禧亦病逝。—— 兩日之內，兩宮「晏駕」，天下驚疑，引起種種猜測，京師市面一度波動，11 月 19 日發生了安慶新軍起義，但都很快平息，北京政局平穩過渡。

從《順天時報》的反應來看，對光緒之逝世十分驚訝，而後「扼腕痛息」之情，溢於言表。1908 年 11 月 15 日（光緒逝世次日）即出第一期《號外》，第一版上無任何廣告，內容有「本館喪啓」、「宮門抄」、「示諭」、「閣抄摘由」。

〔註 47〕《順天時報》第 1677 號。
〔註 48〕《順天時報》第 1681 號。
〔註 49〕金毓黻：《宣紀政紀》卷一，第 2 頁，遼海書社 1934 年版。

本館喪啟說：「二十二日恭讀上諭，悉大行皇帝龍馭上賓，中外之人無不痛泣；本館特停送報三日，至二十七日再行送報，以至哀焉」；而第二版，則史無前例地留整個版的空白。該日該報撰寫了特別「論說」——《光緒昇遐哀辭》，其文曰：「天不恤我中土，竟奪我聖皇之年，使乘六龍以大行，遽殃及皇太后……以大行皇帝之喪，悲不能自勝……嗚呼哀哉！號泣於彼蒼，而應者無聞，哭告於后土，而寂寥者猶是。曰：茲時事孔艱，海內匹夫匹婦，苟非極殘忍之輩，忘情於家國，有不為之傷悼者乎？大行皇帝遺詔有曰：『爾京外文武臣工，其精白乃心，破除積習，恪遵前次諭旨，各按逐年籌備事宜，切實辦理。庶幾九年以後，頒佈立憲，克終朕未竟之志……』上念兩宮之威靈，真有難於自暇逸者。」其哀痛之餘，表達了朝野上下應秉光緒遺詔、實現立憲大業，以「慰先帝上天之靈」的願望。

　　從《順天時報》對於光緒皇帝之逝世的態度，可以看出該報對於這位「操心危、慮患深」的皇帝，是曾寄託了很大的希望的。尤其是在 1907 年下半年以來的立憲呈推進之勢，《憲法大綱》也已經頒佈，各項立憲舉措逐漸進入軌道之時，這位年輕、進取的皇帝的逝世，令《順天時報》感到十分遺憾。該報對慈禧的死，也以驚訝之筆，登載了消息：「啟者，又悉大行皇太后昇遐，薄海臣民無不痛泣，特發佈號外一張，以致哀焉」；但是，沒有發佈《哀辭》——可見對二人的態度還是有區別的。其對光緒皇帝的悼念文字並非出於禮節，而是有感而發。時隔兩個月後，還念念不忘；在光緒三十四年（戊申）年將盡之時，《順天時報》在《送舊歲序》中，仍對光緒皇帝之死表示哀痛和遺憾：「人之不忘情於先德宗皇帝者，每一言及光緒三十四年，即為之涕然悲，何也？過此以往，前途茫茫，不惟三十四年之月日亡，而『光緒』之年號，亦不能再見紀於時憲書……」〔註50〕

第六節　「以治弭亂」：《順天時報》對革命黨的態度

　　在整個清末十年，中國國內的政治勢力，實際上有三種派別：除了清廷和立憲派以外，還有此時在海外的另一派力量——革命黨。早在 1901 年《辛丑條約》簽訂之後，在日本出版的革命刊物如《國民報》、《江蘇》等就開始大力沉痛陳述帝國主義滅亡中國的危局，並且宣傳清王朝是帝國主義的傀

〔註50〕《順天時報》第 2074 號。

儕，說清廷近幾十年來的行為「無一事不足以喪吾大陸」（章太炎《正仇滿論》〔註51〕），「寧贈友邦，勿與家奴」等等。對於國內人士寄希望於立憲，革命黨說「日日安坐而望滿政府，則亦日日安坐而就屠割」（《新湖南》）。1905年同盟會在東京成立，從此到1908年，孫中山門與海外康梁派大辯論，同時國內則掀起了七次屢起屢僕的革命黨「起事」。可以說，1906～1911年，這一階段是革命黨人的反清鬥爭最劇烈的年代；換句話說，清廷立憲改革自開始，就時刻伴隨著國內「革命黨」的威脅（值得注意的是，後者有時成為刺激清廷立憲加快的因素）。

《順天時報》對革命黨的態度，集中表現在1906年到1911年5月間的有關「論說」中。該報不贊成革命黨的起事，理由之一是革命會造成劇烈的社會動盪，而將難免「遭致外患」，國家分裂恐成事實；其二是，認為革命活動將破壞目前的立憲改革。但是該報主要的著眼點在於，利用革命所造成的威迫形勢，勸說清廷迅速實行立憲改革。因此，凡談及革命與立憲關係，必然將清政府連帶敘述，目的在此。

一、以「眾怒難犯」相警戒：對革命派的早期態度

在1906年9月，「預備立憲上諭」頒佈後，面對國內革命黨的屢次起事，《順天時報》以「邪說」稱謂「革命黨羽事」，「一二人倡其先，恃鼓簧之邪說，以煽惑未群徒，附和者雖有之，究不若憤恨者之勢，亦如火之方熾然，其去燎原也遠矣」，認為不能成大氣候。

該報以勸誡口氣對革命派發表看法：

> ……奚慮其顛覆大廷社稷，易我清朝之天下，再造一自由共和之國哉？其能力無難預計也……蓋全國之人民，以革命為可畏可忌之事，而官吏與軍士巡警，尤以革命之端，畏可惡可排之至。苟能同心協力，屏斥其黨羽，雖彼如何幾秘其跡，如何宣佈其邪說……至於無地可容，詎能釀革命之機，而得以發動哉？……其所敵視者，據要津之官長也，攬權勢之滿人也；然其行動所至，漸將舉通國之人，咸與之為公敵，所謂自詒伊戚者……古人有言曰：『眾怒難犯，專欲難成，』彼革命黨羽，亦思此否乎？……（《論革命黨羽》〔註52〕）

〔註51〕《辛亥革命前十年時論選集》（一卷上），第10頁，生活讀書新知三聯書店。
〔註52〕《順天時報》第1504號。

1907 年 7 月，徐錫麟安慶起事，《順天時報》頗不以為然，表示對於孫中山領導的革命黨的方針，極為不贊成。它一面批評革命黨暗殺手段之野蠻，一面指出「昧於世界大勢」。從一篇題為《革命說》的論說可見一斑：

> 革命黨之宗旨，吾不知其何所在，革命黨之氣焰，吾不知其何所及，革命黨之羽翼，吾不知其何所為？異哉！此革命黨者，上真為國計思乎？下果為民生慮乎？抑或欲旋乾坤乎？其將作混世魔妖乎？否則爭野蠻文明之界乎？且為是專制立憲之未決乎？夫立憲之詔，既明言預備事宜，令上下聯為一氣，方足以力行實際。若輩深憂實行立憲，則革命無成功之一日，遂犧牲性命，憤怒以圖之。乃忽而運軍械，忽而施炸彈，忽而造謠言……令人莫測其端倪。事之成無所期，心之惡實難掩矣！近聞皖撫恩中丞（指恩銘——筆者），突被革命黨暗殺，罪固不容於死，而欲其禍根之絕，則又無從殄滅之……意竊謂政尚專制，則君民扞格，有患殊難預防；果能實行立憲，朝野之休戚相關，小民雖曰無知，詎能坐視其長上之死而不救？並身家之患難、亦淡然忘之哉？夫以革黨之勢力，與官吏相較，似暗占優勝地矣；海內國民等，受憲法之統制，盡與為公敵，恐其勢力猶孤也——革命者宜自思之！〔註53〕

可見，該報認為立憲改革正在進行時，革命黨破壞活動「大不解其意」，無非是破壞已經開始的立憲大計，徒為亂而。但同時也提醒清廷，此時民心尚沒有趨向革命黨，如果能早日立憲，則群舉革黨為公敵也。

《順天時報》以切責之口吻對革命黨說，以為為國犧牲，「豈知非不足以致治，而實則自兆其亂也！？雖痛積重難返，念切憤發以圖強，然當此外患未作之時，禍變先自內生，即謂犯上之罪，甘自蹈而不悔，抑自思果能聯合同志，令在下同胞種族，欣然雲集響應，出死力以抵抗乎？其大逆無道之罪，人心有所不容誅。」（《論立憲為御變之方》）〔註54〕即在外患未起之時，革命黨之造亂，乃違背人心。

總之，這一時期《順天時報》以「觸犯眾怒」稱革命黨，其堅決的反對態度，認為是「人民之公敵」。這種看法，應當說，在 1908 年以前，代表了國內輿論普遍的傾向：在 1906 年清廷宣佈「預備立憲」、將戊戌維新時的計

〔註53〕《順天時報》第 1613 號。
〔註54〕《順天時報》第 1615 號。

劃付諸實行後，國內外輿論普遍對此報以希望，認為是「政治轉機」的開始（儘管批判其遷延敷衍）。因此，這一階段，革命派的活動，受到的阻力、譴責比較大，如孫中山自己所言：「當此之時，舉國上下，無不目孫（汶）為亂臣賊子」。〔註55〕

二、1907 年之後：提醒重視革命黨

　　1907 年後，隨著革命黨起義屢次發生，《順天時報》對革命黨的活動愈加重視，它看到革命將有招「禍端」的危險；開始大力建議清廷應立即採取「本途」——加快立憲。

　　清政府宣佈立憲以後，海外的革命力量並沒有因之放棄推翻滿族政府的目標，相反，清廷越是表示推進立憲，革命黨進行的活動就越發頻繁。從1907 年 5 月到 1908 年，孫中山直接領導同盟會在華南地區發動了六次武裝起義〔註56〕，而光復會在 1907 年 7 月進行的安徽新軍起義，則對朝野上下產生了很大振動（此前，革命黨的行動尚未引起全國範圍的重視）：此次起義領導人徐錫麟採取了直接暗殺的手段、刺殺了安徽巡撫恩銘，被捕後徐慷慨就義；而紹興大學堂秋瑾（素稱「鑑湖女俠」）也因之牽連，被誅殺於紹興軒亭口——因徐、秋二人係江南望族紳子弟，時論曰：「慕義之士，聞風而起，當仁不讓，獨樹一幟以建義者⋯⋯如徐錫麟、秋瑾是也！」——此役最大的影響是滿漢的感情從此惡化（恩銘為滿人，滿人大小官僚自此人人自危，「排漢」念頭愈深）。

　　《順天時報》從這時起，開始對革命黨的活動加以重視。它的總體態度是：革命黨志向難測，如不防範恐有大患；但同時指出，良民子弟之所以「造亂」，根本源於「政府仍尚專制」——因此，及時「立憲」改革，是穩定人心，消弭亂事的唯一途徑。

　　首先，它向清廷指出，革命黨有明確的政治目標，因而不能視之為「草寇」。它回顧了 1906 年 12 月的廣東「萍鄉之亂」（萍瀏醴起義）、潮州之亂，以及剛剛發生的安徽革命「新軍起事」：「聞其部隊甚整齊，均為亦頗自振」，〔註57〕而且均以「革命黨」自稱——將今日之會黨與往昔咸同時期的哥老、

〔註55〕 李劍農：《戊戌以來三十年政治史》。
〔註56〕 即 5 月黃岡起義，6 月惠州起義，9 月防城起義，12 月鎮南關起義，1908 年 3月的欽州馬篤山起義，4 月的雲南河口起義。
〔註57〕 《順天時報》第 1615 號。

禮教三點等會進行了比較，前者「其志為玉帛子女是計，其黨與組織一朝夕而成，不幸則成鳥獸散」，而今之「會黨」則不同：「合百千萬之人數，積數十年之月日，蔓延於各行省之中，逍遙於域外……專事維新，於外洋之政治未嘗知其深，時而放言無忌，每援希臘自立之例、倡美洲合眾之議，以散佈於天下。其是非成敗，姑置勿論，然試問秦漢以還，二千餘年之間，所謂「盜賊」者，有若是陳義之高、托體之尊、知識之達乎？以視歐美變政之政黨幾何？視日本尊攘（尊王攘夷）之徒也幾何？」（《論會黨宜速解除》）〔註58〕—— 即：蔓延各省的會黨，與歐美、日本之政黨有類似之處。因而，如此的會黨其對中國政局影響不可忽視。

其次，指出變亂將造成的危險在於：革命黨「排滿口號」有感召力。「雖絕非湯武革命順乎天、應乎時……然其如謂顛覆現時之政府，以排斥皇室，其言甚驚人，足以淆亂群聽，令海內咸為所惑」，「且公然宣佈，名揭其宗旨，其志殊為難測也！」因此，建議政府王大臣，及時「籌備防禦之策」，雖見其黨羽已成、軍械已整，但是，目前最要害的禍患不在此，而在於「革命排滿之說，流言於海內者久，漸染於民心者深」，以至於「人心恐禍，倦怠滋擾，思亂之念將成」。因而，只有維護民心不為革命黨煽動，則大局無礙。—— 如何維護？此處沒有明說，但意思明確 —— 必須力戒「滿漢之爭」，顯示與民圖始的誠意和決心。

在徐錫麟被捕之後，《順天時報》在「時事要聞」中，連載了此次被捕的其他革命黨如孫毓筠、劉道一等人的供詞。這些少年子弟均表示：「志惟在救國……然目擊官場腐敗，不得不從此途（暗殺），欲步徐錫麟之後塵」。《順天時報》分析：「憲政一日不行，此事一日不絕。況鐵良實行排漢人政策，官制改革新案有目共睹。年少之士見滿漢終無平等之日，其心但求能去滿洲一二當道大位者……」該報就此評論：「朝廷所能奴人民者不過生死，至於熱心國事、不畏死之人，雖有嚴刑重法有何用哉？」〔註59〕可見，對於這些參與起事的青年子弟的初衷，《順天時報》是報以同情；並藉此點出鐵良等人「排漢」的危害之大。

三、「立憲為御變之方」

《順天時報》不僅站在清廷立場上，提醒其重視革命黨，並直接指出：

〔註58〕《順天時報》第 1855 號。
〔註59〕《順天時報》第 1655 號。

迅速立憲，是消弭革命、穩定局勢的唯一方法。

　　首先，《順天時報》提醒人們看到革命黨運動的初衷——「國之砥危」、朝政腐敗；因而說明朝廷不應忌諱革命黨之興，而對立憲做延緩之思。

　　「所謂『革命黨』者爲何？亦或爲國家大勢計，慮專制之難忍，慕憲法之美良，欲聯合眾志使其成城，要求於不得已乎？」「所謂弭亂之方，勵經圖治之策，就令堯舜湯文復生，詎能捨立憲之法，而復競事專制哉也？」——即使堯舜禹復生，在此狀況下，除了儘早實行立憲之外，也沒有別的辦法。「況自籌備立憲，詔明諭於各直省後，民氣已爲之鼓動，民心已爲之鼓舞，無論列革命黨者，爲此要求立憲否，即彼不爲立惑之要求，而實行立憲之時，治道能鼓舞民心，改體能鼓動民氣。誰謂革命之勢力，不其漸幾或微乎？」——即自清廷宣佈立憲以來，海內外讚揚之聲不絕，給予很大希望，因此，「當道不可因革命而思緩圖立憲：「勿以畏革命之故，並畏立憲之聖治，而不敢實行也；宜速圖之便，否則蓋難言之！」

　　其次，《順天時報》指出，革命黨並非立憲改革最大的危險，眞正的危險，在於滿族大員頑拒立憲的死硬態度。在 1907 年下半年，清廷內部也有大員意識到革命黨問題的嚴重性，不是徒鎮壓就能解決的，應當加速立憲，改變 1906 年官制改革在全國人心造成的不良印象。《順天時報》登載《某邸對待革命政見說》〔註60〕（1907 年 8 月），報導了「有獻有爲之某邸」對革命黨的政見：「倡言革命排滿之徒，初非必嫉視滿人也，惟熱心改良政治，而良法善策無所出，故出此危激言論耳」！該報評論此言說，「甚矣！夫某邸所云，其眞窺破革命之宗旨、抉出革命之隱謀、確中革命之心事矣！而謂滿漢協力，能同民改良政治，方可使革命排滿之徒，有所悔悟也。故待之以寬容，則黨自解禍自散，若酷虐之株連之，則民憤之激成，變不勝防哉。」即種族革命之說，乃由滿漢之畛域引起，因此，消除滿漢之間的隔閡，切實「改良政治」，才是根本消弭種族革命的辦法。該報提出這樣的問題：「革命者何所謂？排滿者何所爲？何一二首倡於先，而眾人士附屬於後？俱不念切國勢哉？」——顯然是政府有拂民意。因此，對待革命黨的方法：「可恕之而不可虐，可懷柔之而不可排斥，可利導以馭之，而不可禁嚴以激之也。推其實行之策，則必爲滿人者，先自除其種界之見，以維持國家宗廟社稷爲要，勿徒思保滿人之勢力，勿徒念護滿人之種族。雖曰犧牲少數滿族之利益，在

─────────────

〔註60〕《順天時報》第 1635 號。

滿人若視爲可惜；若果使漢族利益占其多數，於全國利益之大，自千百倍於斯，而排滿革命之風潮，將立見止熄也。」〔註 61〕—— 意思很明確：滿族如果固守本族利益，則種族革命之排滿主義將越加得人心，後果不堪設想。藉此，提醒清廷應迅速加快立憲步伐。

最後，它建議清廷：對革命黨不妨在防患的同時，予以寬大懷柔、促其反省，以免「才俊英傑」流失於政府之外。

> 一旦認眞緝捕，一則思患預防……夫首倡革命者，固死有餘辜矣，而黨於革命以成其羽翼者，苟甘心之不悔，亦從之如流水……才俊英傑之士，亦足以大有爲於世，特因革命者喧於旁，而迷惑於聽從，遂爲之助其蠢動。設稍寬宥之，引以自新之路，令其知所勸勉，贖前懲於末途，何難有爲之乎？〔註 62〕

該報在此提醒當道者：對待革命黨，方法宜以安撫爲主，力圖使會黨迴心轉意、爲我所用：「將見開誠心布公道，特下明詔，與民更始，擢其巨魁，啓自新之心；赦其黨類，安反側之心；彼各會匪等，內免斧鉞之誅，外受知遇之隆，諒必感激鼓舞，致命以傚忠。激萬人於勝歡，統上下而一志，數十年之隱患，未始不可猝除也？誰謂會黨之成，牢固不可破，終日甘心爲亂乎？」（《論會黨速宜解除》）〔註 63〕認爲這是令革命黨不攻自破的捷徑。

總之，《順天時報》對清廷大力言說：革命黨不應以普通的「匪亂」視之，應該認識到其起事的原因 —— 正是內政不修、憲政不舉，才造成國內人心浮動，革命黨得以可乘之機。它指出，革命黨內部的一些青年子弟，完全是出於愛國之情才出此激烈舉動，對此，應該予以諒解；如果一味鎮壓，效果肯定相反。正確的途徑是 ——「以治弭亂」，迅速將「立憲上諭」落實，改變此前的「周章觀望」、不推不動的做法。這樣才能得到全國士紳階層的繼續支持。在這裏，對革命黨的報導，主要著眼於警醒清廷（刺激其「變被動爲主動」、迅速立憲）。

第七節　「收回利權」與鐵路商辦潮流中的態度

1907 年，伴隨著「國會請願」發生的，還有一件大事 ——「商辦鐵路高

〔註 61〕《順天時報》第 1635 號。
〔註 62〕《順天時報》第 1635 號。
〔註 63〕《順天時報》第 1855 號。

潮」。實際上二者亦有聯繫:立憲派主張鐵路收歸商辦,目的在於防止清廷舉辦借洋款——他們認為在目前專制政府下,缺乏國會監督的中央決策,難免把「借款築路」附加出讓各種利權。因此,他們認為,除非召開國會,否則鐵路不能不商辦。在這一問題上,革命派報紙《民呼報》與立憲派報紙《國風報》、《時報》空前一致:「鐵路萬萬不可借款興辦」——報紙的輿論與各省的紳商民的「收回利權」相呼應。而《順天時報》在這一問題上秉持的看法,與國內各報不盡相同:一方面,肯定「收回利權」的愛國性質;另一方面,主張在不出讓附加權力的基礎上,借款築路,早收鐵路利潤;財政緩解後再一舉收回全部「路權」。——《順天時報》的這一觀點,顯得與眾不同。

一、對於 1904 年以來各省收回路權、舉行商辦鐵路情況的總結

自 1904 年粵漢鐵路成功贖回之後,作為「庚子」以後「收回利權運動」的一部分,中國各省紳商興起了一個「贖路自辦」的運動。1907 年進入了高潮:江浙各省紳商興起了爭蘇杭甬路路權之事件;後來又有贖回京漢鐵路(原歸法國、比利時管理)、廢止《津鎮鐵路路約》、策劃民間自主鋪設川漢鐵路,還有新齊鐵路等動議,一時間風潮迭起。贖回路權的目的,實際上是為了抵製鐵路由政府借款興辦,而力圖採取商民自辦。

此事自表面觀之與「立憲大計」無涉,但實際上,主持地方「商辦」的力量除了各省商民外,主要領導者是地方「立憲派」士紳。《時報》、《東方雜誌》等對「鐵路收歸商辦」報極大的支持態度:鑒於過去不平等條約附加在鐵路權上的諸多利權,它們認為:如果任由政府借款興辦,則會重蹈覆轍,「不過借西狩外債之說,純借洋款,工程管理悉與共之。」不僅《時報》、《中外日報》連篇累牘,革命派傾向的報紙更是藉此作為抨擊清廷的口實,鼓吹民間抵抗。〔註 64〕官方和民間在「鐵路」問題上的爭執持久不息、愈演愈烈,對於剛剛開始啓動的立憲改革無疑關係重大。因此,從 1907 年初開始,《順天時報》對於「商辦鐵路」運動,給予了極大的關注。

《順天時報》與《時報》、《申報》等觀點不盡相同,在「收回路權」、商民自辦鐵路問題上,它的主張是:商辦鐵路弊端叢生、各省紛雜;應由國家統一鐵路政策,採取官商合辦、政府統一管理的方式。鑒於築路所需款項不能籌足,可以不出讓「利權」的條件下、招慕「洋股」(與商股、官股一樣的

〔註64〕當時的《雲南雜誌》、《國風報》等均有大量反對官方興辦鐵路的文字。

地位），以使路事早日鋪設、收逐年之利以期完全「贖回路權」。

（一）粵漢鐵路與京漢鐵路的對比

《順天時報》集中對粵漢鐵路一事進行了分析：1907 年是粵漢鐵路收回後第四年，粵省紳商自組織了商辦公司，然而各商董爲爭奪主導權，「分節黨羽、爭執不下，路款無著」而導致「路事荒廢數年」；執股的官方、紳商雙方也矛盾重重。因此從 1904 年該鐵路鋪設權贖回後（張之洞同美國交涉），已經「徒彌數年」，而鐵路利益「未見分毫」。

《順天時報》對粵漢鐵路的官商之爭，提出了這樣看法：「中國人士，既然不願該路權操自外人之手，則其欲自辦可也，然弊端叢生，數年間徒靡鉅資，而路事荒廢。鐵路於中國何事也？若長此以往，利權無絲毫增益，而恐將來欲振興而不得也。」

該報認爲，一部分省份主張鐵路自辦的紳商，並非從全國大局考慮，而是從私利出發，希望自辦鐵路中牟利。它分析說：「昧於權宜之徒，冒然謂『借款之害不若自辦之利』。試論，借款中厲害關係，固視乎訂立合同之如何而：所有路權一切仍操自我政府之中，僅以籌借外款，助我不足，誠利之大者，安有害哉？……」《順天時報》還對地方紳士「高唱書生之論」、盲目抵制借款築路，給予了批駁，認爲：在國家財政奇缺、路政興辦迫在眉睫之時，不能審時度勢，僅僅以地方小利害出發，是爲誤國之舉。

正因爲一方面中國暫時無力自辦、另一方面民間主張「商辦」的態度也不齊，《順天時報》認爲：應綜合考慮目前中國的情況，來決定鐵路政策。它說，「現我國家興辦新政，其慮財之奇絀，而莫可籌措，則鐵路之建造，急宜相度情實，速籌變通之策，庶路政不至貽誤也！假使如湘鄂紳士，不講大局，慮夫小利害，高唱書生之論，爲誤國家大計也！……」（《湘鄂擬借款修路事》〔註65〕）

1907 年中京漢鐵路開通一週年，中國方面從中獲利甚多，《順天時報》立即發佈了這一年該路的收益，以此說明「合資辦路」收效迅速，且將來收回指日可待。

> 管理之權，一切悉委之法人、比人（其原始固無奏報）。去年一歲之
> 期，所收容客貨車價等項，凡一百六十萬元！吾中國生財之道，有

〔註65〕《順天時報》第 1576 號，光緒三十三年四月十五日。

多於如斯者乎？苟年復一處，利益隨時加增，積十年數十年之久，
將所有儲蓄之款，以之贖回路權，不可過期待之乎？（《京漢鐵路之
利益》）

意思是，中國從未有一項收效如此（京漢鐵路）迅捷的事業，可見，在不能
收回利權的情況下，鐵路的收益也能逐年增長，終究有力量充足收回路權的
一天，「十年二十年後，利益逐年加增，」待儲蓄足資本後，再一次將路權購
回——這樣是比較可行的辦法。

在事實對比的基礎上，《順天時報》認為：「夫鐵路能由國人自辦，固勝
於委諸外人遠甚；然使不能自辦，任其歷年廢業，泯利益於無有，何若與外
人合辦之為得哉？曠觀東西洋列強，凡創造大事業者，每多招股以集資，其
獲利無窮極也。」即鐵路早開辦一天，早獲利一日；與其費鉅資收回路權後
無力興辦、任路事荒廢，不如暫時採取允中外合辦的方式：對已往已出讓路
權的鐵路，按年分利潤，待以後一舉收回；對將要鋪設的鐵路，可以引進「外
股」——只要不以利權作抵押，「權力操之我手」，則鐵路利益不會喪失。

（二）統一全國路政之必要

《順天時報》認為，目前，全局性的關鍵問題，還不是「各鐵路的權利
爭回與否」的問題，而是能否擬定鐵路政策大計，將各省鐵路如期興辦的問
題：

即如中國現時，言鐵路政策者，或謂「贖回京漢鐵路宜急」，或謂
「廢止津鎮鐵路宜速」，或「策數設川漢鐵路勿怠」，或論「修建新
齊鐵路勿緩」〔註66〕。觀其所言事實亦似可謂要圖者，而究之皆
偏隅事也；其辦法又未一定。故意以為中國政府，宜先定鐵路政策
於畫一，以防流弊之萌：則曰如何選擇路線也，如何籌款興辦也，
統籌現在之建造者，與其他將來建造各路，決定畫一之辦法、確立
一定之宗旨，將見應贖回者則贖回之，應速修者則速修之……然則
鐵路政策將如何一定乎？曰：在於創立官商合辦之總公司，經營中
國鐵路之權也！

《順天時報》認為，商辦鐵路，除了資金不足、人才匱乏、管理混亂之外，
鐵路由民間辦理還有一大弊端——無法分輕重緩急，各省路線自行修建、將

〔註66〕新齊鐵路指自遼寧新民到黑龍江齊齊哈爾的鐵路，當時該路受到日本的反對。

來無法貫通：「鐵路之建造，其所在經過路線，縱橫錯出，萬一各省官紳，隨便選擇路線，各鐵路公司，任意建造軌道，要皆於全局未之籌。吾知工竣之後，失之無用不急者多，始也昧緩急輕重之分，終也負誤國病民之累」，即各省路政無法統一，將來可能造成浪費和效率奇低。因此，需綜合考量、制定同意規劃，最好成立「官商合辦」的鐵路公司。

　　1907 年由商民集資、從外國手中買回敷設權的鐵路——川漢鐵路開始興辦就是一個例子。由於此路跨經數省界內，各省商民意見紛譚、無法統一。《順天時報》發表了看法，批評了中國人凡事「分省界」、「無國家觀念」的做法：

　　（川漢）路政統屬於中國，婦孺亦得興聞知。然或擬由官辦，或擬歸商辦，意見各自條殊；至議籌款之法，或主於抽稅，或主於徵股，亦有謂宜籌借外款者，其說孰無理諭？而路線之始定，由川抵鄂之漢，故名以「川漢」云；近又有異議者，謂『由川出陝，到河南鄭州，與京漢路線接』，此亦一理論也……究之計劃紛紜，莫衷一是。

　　竊當統籌全局，為之再三思維：若是紛紜者尚無足憂，而其最可憂之端，惟省界之見未除，冥然自相牴觸耳。夫川之與鄂，皆中國土地也。生於外川長於鄂者，皆中國人民也。以中國人民，辦中國土地事，自外洋對皆觀之，猶獨之一家然，其畛域不辨而自明。獨怪夫修此一鐵路，竟各存省界之見，莫能通融辦理，外洋之於中國，其將謂我何？

　　此川漢路股，鄂人買之可，川人買之可，推之粵人晉人吳人魯人燕人，亦無不可買之。初何必特別省界，與列邦以口實？又何必私見各報，獨盡此奇策，定二十五年贖回之條款哉？倘以『我省之路工，令他省人修之，即視為侵其路權』，天下有此以川鄂兩省，受制於統治權之下，而竟妄援對付外國之政策、相與交涉而不已？——此情真難臆測也！二十五年贖回之約，其迅速廢之便，且路線之在鄂者，歸鄂人修之，在川者歸川人修之，其事固甚平允，萬一不能同時修齊，則交界之線莫接，貽誤又非淺鮮也！何如和衷共濟，視同一家之事，為之妥協商，盡力以圖之哉？……

　　故曰：議論之紛紜不足憂，可憂者惟省界之見未除耳。敬祝我中國人士，無論朝野上下，脣痛懲私見之害，宜再求公德云。

指出中國人省界觀念重、阻礙了鐵路全局；為將來考慮，應全盤籌劃、統一制定全國的鐵路政策。《論鐵路政策宜速統一》站在全國的高度，對鐵路政策「為何應統一」，做了論述：

> 鐵路為國家之命脈，吾中國人漸知之矣！特惜當道者於籌劃鐵路政策，未能確定其方針，其間雜然其紛歧，其辦理之方，所在未能一定：有純乎官辦者，如京張鐵路是；有官商合辦者，如粵漢鐵路是；有中外合辦者，如關內外鐵路……至將來擬定建造之鐵路，而尚未及開工者，如九廣、如川漢、如津鎮、如滇越、如滇緬，其辦法殊難預定。中國政府內，不能審機觀變，將鐵路政策事宜，於目前詳定之，竊恐十年二十年之後，各直省鐵路紛歧錯雜，無復聯絡統一之日，將何以收鐵路之效用哉？而利益則倍難言之矣！〔註67〕

其大意為，由於商辦鐵路各自為政，各省和地區在幹線上的統籌和協調難以解決。將來支線與幹線鐵路如何銜接，軌道如何貫通，這些重大問題，都需現在統籌全局來規劃。「必自國家全局交通上，統為之規盡、詳為之酌量，後施其工，庶幾無所貽誤也。」因此，建議清廷有關方面「應宜今茲開辦之先，擬定緊要之路線，量其勢之長短，察其利之優絀，度其商業發連之機，案其軍事交涉之關，由是漸次修造，則獲益自深也」，「如何選定路線也，如何籌款興辦也」，均應「確定一定之宗旨，決定畫一之辦法」——修築路線、組建公司，統籌辦理。

二、《順天時報》借款興鐵路主張的分析

在「借款築路」問題上，《順天時報》為何並不贊同國內立憲派主張，獨樹一幟呢？——這背後是否有為日本謀取利益的考慮？應當說，不可謂無（因為東北新奉、吉長鐵路即借日款興辦）。然而應當看到：當時，日本在各列強國中，財力和實力都是較為落後的（「四國借款合同」裏沒有日本）；而且粵漢等南方鐵路基本上也並非處於日本利益範圍。如果該報「另有打算」，它應當極力避免列強插手中國鐵路。可見，《順天時報》的這一主張，可能很大程度是從中國的國情出發：主張迅速「收鐵路之利益」，以緩解立憲改革的「財政奇絀」；待將來實力充足，再一舉收回。——從當時國內鐵路情勢上看，《順天時報》分析和主張有道理。

〔註67〕《順天時報》，第 1591 號。

1907 年至 1908 年間，政府與民間地方士紳之間在建路問題上的分歧集中在所有權：清政府認為，為了解決鐵路商辦的種種弊端，鐵路路權應該收歸國有，由國家統一籌劃，向西方銀行借貸資金，並聘請西洋工程技術人員來建造鐵路。另一方面，相當多的士紳商人則繼續主張民間自辦鐵路。他們擔心，讓洋人出資興建鐵路，不但會喪失利權，而且會引狼入室，產生更為嚴重的後果。

毫無疑問，在爭回路權的各種力量中，除了個別地方紳士動機不純以外（如湖南劣紳王先謙等，將收回路權當成一本萬利的撈取資本的機會），各省的士紳、民眾、學生都是民族主義者，他們愛國之心無可懷疑。然而，他們對鐵路商辦前景估計顯然不足，他們也並沒有針對「國有派」指出的商辦弊端（資金不足、管理困難與缺乏統籌），提出有力的措施。他們所採取的辦法，仍然是與以往一樣，僅從道義與感情上來激發民眾與商紳排斥洋款、民族主義情緒；認為只要中國每個人的良知覺悟激勵起來，有錢出錢，有力出力，修築資金是可以通過國內集資實現的。正因為對於如何籌款並沒有具體的落實辦法，結果造成「贖路之款易籌，修築之款無所取資」。

這就造成了清政府在鐵路收回國有的問題上，進退維谷陷入兩難，結果中央大員左右推諉，誰也不敢冒天下之大不韙；經過對全國鐵路進行 15 次大規模調查，直到 1910 年才基本形成「鐵路國有政策」。

事實上，從各國交通現代化的發展歷程來看，鐵路築路權國有，幾乎是後起的各國的通例。俄國、日本、德國、墨西哥均是如此。如果說，其他各項商務活動可以由民間自行經營，那麼，鐵路工程這樣的大型事業，則應該而且必須由政府來統一經營。因為只有政府，才具有足夠的權威和能力，來集中並協商使用各種資源，而且，也只有政府有權力要求私人出讓建設鐵路所需的沿途所經地區的土地。民辦公司建造鐵路，難以統一規劃。

《順天時報》正是從這些角度出發，認為在清朝這樣一個財政困難，資金嚴重不足的國家，凡是舉辦開礦、修建鐵路與其他興利事業，只要政府在與外國談判並簽定合同時，能做到「嚴定限制，權操於我」，使外人只有投資得息之利，無干預造路用人之權，在這種條件下借洋款「利大弊小」，是可行的（這也是後來主持鐵路國有政策的盛宣懷的主要理由）。這關係到，如何儘快發揮國家經濟命脈的作用；與其空談收回、築路無期，不如審機觀變，靈活務實。── 應當說，這較之某些簡單的想法和做法，要更加務實

一些，如果能夠實行得力，不失為解決中國鐵路問題的有效辦法。

　　然而，也應該看到，《順天時報》忽略了兩點因素：一是中國人對洋債素來抱有強烈的懷疑與不信任（在他們看來，任何外國商人與銀行相聯繫的經濟合同，都會被洋人利用來對中國進行經濟侵略和敲榨）；二是，清廷任職官員能否「秉公辦事」、治理好路政，這在很多新政舉措執行不利、陽奉陰違的事實中可以想見（國人對清廷的能力也存在懷疑）。因此，儘管《順天時報》主張的鐵路國有、借款興辦，從中國現實利益看不無道理，但是，真正執行之，有著現實條件種種嚴重制約。——從此一點，可以看出：與國內立憲派「身處局中」不同，《順天時報》畢竟是一份「局外旁觀」的報紙，對於國內紳商階層與清廷之間的矛盾、彼此的懷疑，估計不足；言論難免有「作壁上觀」之嫌。

第八節　本章小結

　　以徐錫麟起事為代表的革命派的活動，直接促成了清廷加速預備立憲的決心和步伐。從 1907 年 7 月起，籌辦立憲的工作也被迫加速。7 月 8 日，諭令「官民條議預備立憲之方，務必使事事悉合憲法」。1907 年 9 月，正式宣佈成立「資政院」，「合上下兩院之制」，作為設立議院的基礎——顯示了允許人民參與議政的跡象。《順天時報》對此類舉措極為關注，並且大力號召立憲派，應朝這兩方面努力。

　　1908 年的一大事件，是立憲派的「國會大請願」——要求清廷明確宣示國會日期，以「定國是」。《順天時報》從推動立憲的角度出發，對此進行了多方報導，以輿論為立憲派的活動聲援，同時向清廷進行督促和勸導。值得注意，在主張上與立憲派不盡一致：一是其對諮議局、資政院的重視程度高於後者；二是它對「一兩年之內開國會」的意見有所保留。面對雙方的僵持，該報提出了折衷辦法——建議提前開「不完全之國會」，目的是使得立憲不流於空文。在國內立憲派的努力下，《憲法大綱》終於頒佈，確立了「九年」期限，《順天時報》認為：清廷如真能夠切實準備，則此期限還是合理的。因而從各方面對清廷加以提醒、建言和督促。

　　1908 年另一大事件是各省「鐵路收歸商辦」的運動，在這些運動中，《順天時報》一方面肯定「愛國可貴」，但另一方面指出了特殊條件下，「商辦鐵

路」無法克服的弊端；主張由政府出面，在不出讓「利權」情況下借款興辦。
這種意見與國內民間報刊的呼聲相悖。

第六章　由幻想到務實：1909 到 1910 年的《順天時報》

第一節　宣統年的新希望

　　1908 年 10 月光緒皇帝和慈禧兩人同時辭世，是清朝政局的一個重要轉折點。此前，清廷的統治權威和向心力，所以尚存，很大取決於慈禧太后以其閱歷和手腕，駕馭、操縱、應付，使得內外「大小臣工」俯首聽命；而光緒皇帝的象徵和整合意義也非同一般。因此，二人逝世後，清朝的中央權力中樞發生了一次大的變動：道光皇帝之孫、醇親王奕譞之子、光緒帝異母親弟——年僅 25 歲的載灃出任攝政王「監國」。作為一個身陷危機之大國的執政者，他的負荷顯然過重：年紀太輕，閱歷有限，性格懦弱，缺乏定見，在政治經驗、權術謀略方面均嫌不足，無法與老謀深算、閱歷豐富的慈禧太后相提並論。加之特殊的地位和皇族利益，使得他在複雜的政治嬗變中，很難把握大局，將國家大政處理得當。

　　然而，相比保守的親貴大臣，載灃也有其優點：「生平喜讀西書」，年輕易於接受新思想、新事物，這又使得載灃在「預備立憲」問題上能夠與朝內外改革派有溝通可能。早在 1906 年政府「立憲詔書」出臺之前，載灃就說：「若不早定期限，誠恐灰國民願望之心，啓上下隔閡之弊。目前急宜妥定選舉規則，早爲宣誓最近召集國會期限，萬不可以『程度不足』爲詞，致事事無可舉辦。」〔註1〕因此，新任「監國」之位的載灃，也有決意完成其兄長光

〔註1〕　《盛京時報》，1908 年 7 月 21 日。

緒帝的立憲宏願。

載灃上任以後，對於各項立憲舉措，的確進行了一系列堅定而有決心的行動。1908 年 12 月 3 日，載灃以新皇帝名義頒發諭旨，重申九年立憲，說：「自朕及大小臣工均應恪尊前次懿旨，以宣統八年爲限，期在必行。斷不准觀望遷延，貽誤事機。尚其激發忠義，淬厲精神，使憲政早立，朝野又安……而鞏億萬年郅治之基業，朕有厚望焉！」〔註2〕居喪期間，他經常召見軍機大臣和會議政務處大臣，籌商預備立憲之策，特別指示他們，凡朝廷交議的有關憲政事件，要首先研究，復議不得超過 5 日。他認爲諮議局是立憲基礎，對此非常重視；還有，關心羅致憲政人才，令各大臣保薦物色人選，並經端方之請，下詔湖南巡撫陳寶箴「開復原官」。由於不十分相信各級官員能夠實心籌備憲政，載灃對官員檢查考覈抓的很緊，設立專門機構考覈督促各級衙門籌備立憲事宜，規定每六個月上報一次。而最引人矚目的舉動，是罷黜一批阻撓立憲的官員，1909 年 5 月罷免上奏斥責立憲的陝西總督升允和甘肅布政使（這是立憲以來第一次以阻撓憲政罷免總督以上官員）。

立憲派報紙《時報》等，對此感到十分欣慰，撰文說：「國民歡聲雷動，欣欣然走相告語，深感朝廷用人能與人民同其好惡，吾國不久將蒙立憲之福矣！」「吾國政界今後必大有激動，以共和憲政方面進行也！」〔註3〕《順天時報》對於新任攝政王表現出來的決心和毅力，也非常贊許，在 1908 年底到 1909 年初，發表了諸多「論說」，題目如：《攝政之任重》〔註4〕、《中國立憲之有成局》〔註5〕、《論自強之道》〔註6〕、《論人以立志爲要》〔註7〕、《記新廬生之夢》〔註8〕等。認爲載灃執政初期實行立憲的決心是很大的，態度是誠懇的。

但是，不到一年，地方吏治的腐敗，清廷皇族集權，上下阻力凸顯，《順天時報》對這些極力抨擊，力圖挽回頹勢。它一改往日溫和，嚴厲批評「肉食者流」的因循敷衍、爲個人牟利。在國內立憲派再次掀起「國會請願」運動時，該報就表示極大支持。

〔註2〕　夏新華、胡旭晟整理：《近代中國憲政歷程：史料薈萃》，第 133 頁。
〔註3〕　《論升允因反對憲政開缺》，《時報》1909 年 6 月 25 日。
〔註4〕　《順天時報》第 2015 號。
〔註5〕　《順天時報》第 2055 號。
〔註6〕　《順天時報》第 2023 號。
〔註7〕　《順天時報》第 2146 號。
〔註8〕　《順天時報》第 2213 號。

一、對攝政王載灃的期望

　　出於對載灃政府的希望，《順天時報》發表了一番肺腑之言。在《中國立憲之有成局》一文中，它回顧了中國四年前宣佈立憲、幾經波折，至去年確定九年預備，其過程來之不易，以此警策攝政王勵精圖治：「當十餘年前，計及變法圖強者，即有立憲之私議，議於私而不敢公佈。不知幾許經營量度，始明詔天下『預備改行立憲』『焉；又不知對於國民費幾何審慮，始定開國會之期，詔九年後實行立憲也……」立憲決定來之不易，對於德宗光緒皇帝的宣誓，不能不貫徹執行到底：「先時德宗景皇帝所頒立憲明詔，定期九年開國會。一切逐年籌備事宜，無論責在政府者，或責在地方官紳者，皇上即登大寶，亦莫不惟攝政王是賴。而攝政王於此，既責無旁貸。真能致其熱心，以籌備立憲事，所由民得其所望，上足慰孝欽顯皇后在天之靈，無負於德宗景皇帝之遺命也」—— 以責任之重敦促攝政王不要辜負「先帝遺志」。

　　該文也肯定了幾個月來載灃對於預備諸事付出的努力，贊許道：「現攝政王每日盡瘁事國，日與軍機大臣籌劃，又有諭立變通旗制處之舉 —— 非有攝政王監國，其孰能語於此？然則中國立憲之前途，誠有足望者！」此話有恭維成分，但是表達了對載灃的策勵之意。《順天時報》對立憲前景充滿信心：「前此數年之內，謂中國之立憲，無成議之可言，故人皆鼓吹之。至於兩宮賓天，而人又疑懼之……乃以觀之今，立憲之基於此肇，專制之弊由此除！夫以四萬萬之同胞與王大臣等，並力讚助攝政王，籌備立憲事宜，而誰其間之？謹誌之以觀其後。」〔註9〕

　　1909 年 1 月 1 日，是宣統年元旦。《順天時報》藉此時機，抒發對宣統元年的期望：一刻千金、寸陰是惜。在《宣統元年元旦頌》〔註10〕一文中說：「自來元旦之頌，每與年而俱進」，回顧日本自明治維新以來日新月異，「舉國朝野上下，有若歷一元旦，即新闢一境」，以之「增重於五大洲，未有敢蔑視之者」。中國立憲改革，應與日本一樣，「時不我待」：「籌備立憲事宜，廟謨已有定章，循其序而行之，自無窒礙之虞……時哉不可失，不能及時有為，但嫉人之我強，恐因循苟且，勢有所不可得也」！—— 不珍惜時光，時生私心，乃時勢不容。它呼籲清廷，「將籌備立憲諸要政，盡力施行之，務期聯君民為一體」。

<hr>

〔註9〕　《順天時報》第 2065 號。
〔註10〕　《順天時報》第 2075 號。

除了強調「時不我待」，該文還對宣統元年應舉辦的事業，進行歸納：「屈指內政是修，有若吏治之整頓，學校之振興，禮制之修明，財用之持籌，刑律之改訂，兵備之訓練，農工商業之研究，郵電鐵路輪船之交通，至於民政警務，又其切要者。而經理藩服事，愈不可不急求改良……」如此多的事務，「內而部臣握權柄者，則唯軍機任其重；而外之督撫司道守牧令與各地方新政……亦不能坐觀垂成，一任民之所為，漠不關心也。」

等到 1909 年過去一半的時候，《順天時報》仍然對進行中的立憲報有很大期望。6 月 30 日，發表了《記新廬生之夢》〔註11〕——這是一篇以記錄夢境的形式的「論說」。借「新廬生」的一次午間清夢（夢境是一二十年後中國「國勢煥然丕振」的情景）抒發了對朝野從事立憲改革的鼓舞、鞭策之意：有朝一日立憲成功，中國則能傲立世界列強之林。

> 日者寂坐無聊，忽而聞犬吠雞鳴。驚起視之，灰塵霧埃，蔽目侵身……孰意神官聞之而笑曰：子徒能思之乎，亦未盡厥思耶。試思中國，力何由積弱，財何由患貧。當道者既知其理由，決議變法維新，以籌備立憲為要務。專制之舊相，不久即消歸於無有。而東西洋文明輸入，與時俱進……當十數年之先，人皆諱言洋學矣。今則通洋文譯洋話者不絕於耳。先是以鐵路為毒國害民之具，今則爭言籌款自辦。

> 按照逐年籌備立憲事，實力奉行……能使內治求盡善也，外交無失策也，民政日旅行也，官吏知進取也，教育期普及也，軍實漸擴充也，禮制倍修明也。……屆期制定憲法，以頒行於朝野，十數年之後，或至二十年，國勢煥然丕振。吾正可以登高而呼，警告天下之有心人曰：中國其真能自強也，非世界列邦所能擋。

這似乎傳遞了《順天時報》的心聲：「回思夢中事，何新奇乃爾……列強既相競爭矣，我苟不欲受人之侮，盡力以圖之。更與輔車相依之日本，維持世界和平之全局，固心中事也。即日統一全球，亦未必非夢想所到者——但不知中國之精神憤發否耶？」

二、「時不我待，勿蹈亡國覆轍」：對官民進行督促和策勵

《順天時報》支持攝政王上任後頒佈的各項立憲措施，並鄭重提醒各級

〔註11〕《順天時報》第 2213 號。

官吏，不能再行因循敷衍之故伎；爲了振作立憲派的信心，它也發表了相關看法。

　　1908 年 12 月，「要聞版」內刊登了清廷內閣大堂會議實錄，慶親王對各部大臣進行督促，要求第一年應籌備各憲政事：「九月二十九日懿旨，各部院應於籌定大綱外舉辦各憲政，均於明年二月內，一律擬議填表，奏請欽定」。配發評論：「今何時乎？聽薦鼓之急催，一刻值千金之重。年前十二月內，尚有幾何日？去明年二月，尚有幾多時？惟茲憲政要務，既定期籌辦矣，不得例以展限，以爲外人口實……若限期稍失，誰敢執其咎？」強調時間有限，大小官員當盡心完成朝廷諭旨。它還說，「立憲也，國家之命脈所繫」，警告列位大臣日後勿要「坐而論道，或作而行之，詎得謂職司有殊，而互相推諉哉！」(《會議憲政說》)〔註12〕

　　1909 年 1 月 22 日，針對攝政王的三令五申的諭旨，《順天時報》發表了對執行改革官員的督促之言：「按之中國現在情勢，既決議改行立憲，定期而先爲之籌備，是眞不可因循苟且，以怠忽從事也。而百官有司，奉法以治民其可不躬行率下，但操專制之權，以籌備立憲之說，張示於街衢而已乎。至於民若罔聞知，則委罪之而竊幸之。是所望大小臣工，勿以宣上德抒下情爲空言，而不思勤求治理也，徒昌言之其何益？」(《論空言制治之無益》〔註13〕)

　　鑒於去年改革的毫無成效、目睹朝政不振、列強逼處，愛國人士發出「中國將印度也」的哀歎。對這種消極思想，該報立即進行開導和鼓勵——勸其「應趁此時機，養成實力」。

> 「乃今見中國志士者流，目擊時事之孔艱，動輒不能忍，而激昂悲憤，形於辭色，以招外人之惡感情，於愛國事實，毫無所裨補。又有甚者，自以爲發於愛國之熱誠，傷世之無可如何，甘心悼亡……」
> 「胡爲出此不祥之言，以亂人聽聞哉！？抑何不自重若此，雖曰積弱患貧至於斯極也！」「力所能爲之事，必從眞實處進取，要當據實籌劃，以期於力行，必如何能致富，必如何能競強。萬不可蹈亡國之覆轍。」

意爲，此「愛國」舉動無補於事；眞正當從實際著手，推動朝廷立憲。《順天時報》認爲，今日局勢已經與去年不同：「當今之時，中國各直省人士，已稍

〔註12〕《順天時報》第 2059 號。
〔註13〕《順天時報》第 2078 號。

知自猛省矣。不似前此之昏夢，其不能競進者，以當道之不能提倡，而實力之不知養成故也。」

對於有人言列強逼處、「將印度我也」的擔憂，《順天時報》指出，暫時還沒有瓜分之虞，應趁和平機會加緊立憲：

> 「而曰列強逼處，非我族類，其心必異。何不乘此世局和平未破壞
> 之時，先聯合同胞民族，養成其實力，以自爲抑制乎？夫抑制之方，
> 非空談所能濟者……正可爲中國官民忠告之，且試思不量力之失
> 敗」，爲此，不能輕易發出激烈舉動，以啓爭端：「各直省民士，既
> 猛自省悟，外觀世界全局，内審國家權利。何者宜持守，則盡力保
> 護之，以嘗自經營。勿或置諸後圖，輕啓外人之窺伺。如各直省鐵
> 路礦產，除列強染指者，豈眞無可營謀者乎？而且彼雖染指，我自
> 有可耳。民力果能充實，自籌辦文明事業，則官府之壓制，俱可以
> 相抗……然竊念各省州縣紳民等，何竟無一知識開通者乎？……見
> 國勢之不振，不思奮發有爲，而以悼己致哀。亦視實政之行，果不
> 能奏效乎？蓋束手而徒仰望於當道者則有間。」

總之，《順天時報》站在充滿希望的立場，批評那種不思振作、徒傷時局的態度，呼籲官、民趁九年立憲已頒、努力「養成實力」——策勵鼓舞之意。

三、對 1909 年「應行籌備」立憲各事的建言

1909 年，載灃上臺第一年，清廷推進立憲的主要活動：一是諮議局的繼續籌備；二是頒佈了調查戶口（爲議會作準備）諭旨；三是清理財政（針對地方財政混亂）。對這幾項措施，《順天時報》都極爲關注，並發表看法，抒發見解。除了自己論說外，它還在懸贈徵文活動中，圍繞這些舉措來徵集文章，足見其對清廷立憲的認可和重視。

清理財政方面，它發表了《圜法以名實相符致信用》，指出，中國財政改革的關鍵點是變革不統一的幣制，「銅元充斥，百弊滋生」〔註14〕；《清理各省財政》〔註15〕對清理各省財政提出看法；《大清銀行宜日求發達》〔註16〕全力支持清廷成立國家銀行；《書盛侍郎條陳統一幣制折後》贊成統一幣制。1909

〔註14〕 《順天時報》第 2148 號。
〔註15〕 《順天時報》第 2195 號。
〔註16〕 《順天時報》第 2155 號。

年 7 月，登載了第一批「懸賞徵文」稿子，署名「京師務敏」和「慕弦野樵」的兩篇《論統一幣制策》，連載 9 期。尤其是在《銀行宜昭其信用》中，他批評了中國商辦銀行不講信用，指出「各地銀行奏報不實，雖洋商為其矇騙，受害者實為中國人」，並為大清銀行進言：「若總辦不得人，濫發銀票，則信譽一失，害可勝言！」〔註 17〕

在調查戶口方面，發表了《慎重清查戶口》，強調了此事的困難和重要性，督促地方官切勿敷衍，以免影響日後「選舉大計」；並且建議嚴屬杜絕「藉此行騷擾民眾」之事，或者「謄錄舊冊」，認為「辦理得人」十分重要。

在諮議局方面，發表了《民族立憲之責任》（1909 年 1 月），對廣大民眾提出了責任問題，即現在國會成立日期已定，各項立憲籌備齊頭並進——此事不僅僅是朝廷責任，社會各界應該負起「民族責任」。它舉日本明治改革之初的例子，說「溯其頒佈憲法也，前後數年之間，國內各地方，一切政治運動，皆勃然而興。所有關於運用憲法及改革國政諸要務，無不為之抒其意見，以競相發表而恐後者——不知中國士民，關懷立憲之大者，其亦有此準備否？……」指出國民應重視諮議局、將其作為抒發政見、推動政府改革的機構：「曰辦理各省諮議局選舉也，曰籌辦各州縣地方自治也，曰頒佈資政院章程也」，而該報提醒，各省民眾，考量是否具備了有足夠信心和毅力？「本年應行舉辦者，惟此咨議局選舉等耳……諮議局之選舉者何人，其能盡屬官吏乎？抑官吏能攬其權乎？士民之貴，非他人所能旁貸也……」。指出應對諮議局負起責任、不應該放手於官吏。「選舉之正與不正，因人民之行為正與不正以為準。而人民之責任自重也，自棄之其可乎？記者敢竊因諮議局之選舉如何辦法，以卜中國人民之程度如何，是其至要者」。可見，該報在宣統元年對本年最大事情——諮議局的如期開辦，持有很大關注，這與其日本明治維新的經驗有關。

在治理海軍方面，載灃上任伊始，對於軍事整頓十分下力氣（一方面借鑒德皇經驗，同時也有集權於中央的考慮），原因是海軍荒廢已久，軍備不振，於國家安全危害甚大，整頓勢在必行。《順天時報》為此發表了多篇論說，如《籌備海軍基礎事》〔註 18〕，該文連載十天，詳細介紹了西方海軍的歷史、經驗，以及一些建議；此後還有《再論籌備海軍》〔註 19〕。除了自己論說，

〔註 17〕　《順天時報》第 2239 號。
〔註 18〕　《順天時報》第 2098 號。
〔註 19〕　《順天時報》第 2103 號。

還在接著「懸賞徵文」中，設立了題爲「籌建海軍策」的徵文，在 2243 號登載「正取二等」、署名「天津蜀魂」的來稿《籌建海軍策》（連載十日）。

在興辦鐵路方面，這一年《順天時報》主要是針對粵漢鐵路遲遲不能修築，表示憂慮。它發表了《元老宜自持其大體》〔註 20〕一文，對朝廷繼續委託粵漢鐵路事於軍機大臣張之洞，表示不贊同。認爲「路政……不過全國之一部分而，以一國之宰相膺其重任，蓋權宜之計，非常道之謂」，因此，應該改變郵傳部形同虛設的狀況，責成路政於統一部門。此文發表的時候，恰恰是張之洞主持鐵路最激發公憤之時，該文發表的意圖在於，其認爲此時張之洞年事已高，對於粵漢鐵路事情，已經無計可施，與其佔據險要，不如專司其人。但鑒於以往張之洞對立憲的貢獻，該文說法十分委婉，表示「爲張大臣計」：「以國之元長老者，執樞秘機軸之要，一日二日萬幾，所在政務殷煩……既授之以軍機，又使之管理學部事宜，於粵漢川漢兩鐵路，又使之兼充督辦，日爲其能統一專權 —— 如此勞神焦思，於體之康健，恐不無損傷」。建議張集中精力主持「國家大體」即可，勿要事事親躬：「爲國家求賢才，正宜將路政學政諸務，得其人而委任之；而已持其大體，以居於權要之地，事不至紛擾，則精力益以強固。」

總之，《順天時報》雖然認爲光緒帝的早逝，給中國的立憲運動造成了一定的影響，但它仍對在新上任的攝政王 —— 載灃寄予了很大希望。從多方面給以支持，提出了不少建議。

第二節　仕風澆漓：對憲政不能迅速推行的探究

《順天時報》對於載灃上臺後的期望，很快被現實所打破，1909 年下半年，中央政府政令不行，地方政府「陽奉陰違」、虛靡成風，皇族集權未減反增。對此，該報表示大爲失望。此前，它對立憲不能切實推進的指摘，主要是針對中央層面的「政府王大臣」；而在載灃執政之後，朝廷立憲決心已經顯露，中央各部實力奉行，此時推行立憲更多的阻礙，乃來自於地方。

一、對於地方官吏不實力籌備的切責

《順天時報》疑惑，爲何立憲改革在地方重重阻礙？它逐漸發現，地方

〔註20〕《順天時報》第 2064 號。

官僚制度腐敗、積弊太深是主因。於是它發表了多篇針對地方官吏因循敷衍、貪污腐敗的報導和論說，痛斥「仕風澆漓」、「爲害大焉」。

首先，通過考察該報發現，地方財政久已廢弛；而地方督撫以下官吏，於地方財政、民政弊端，不能一一革除，反倒粉飾太平，以圖保全自身——。州縣之最大弊政是財政奇絀，而這背後又有多年積纍的原因：「州縣不肖，固非止一端也，竊以爲壞於支絀、彌補之缺陷者皆是。財賦者，國之大政，夫下民之生命也，治之盛衰興廢，罔不由之，今州縣虧空之弊極矣」，既如此，地方官吏如何應付之的呢？「前此爲上司者，既不能愼杜之於始，姑息調護，釀成且壑。至於新故相乘時，各存一僥倖苟免之心：其在謹小愼微者流，日夜勾稽以免咎，而窮年有所不支；強幹者，苟且補苴以干進，而外此舉非所知焉，誰則暇計？」批評十分到位：官吏上下相襲，財政安能不亂？因此，文章認爲，「現中國仕風之惡，爲天下稱最，果有人力倡變化，將前此積習痛除之，則士與民皆知所率從，何新政之不能行，何人心之不思進取哉？」即改變地方官吏之「仕風」痼疾，是應最加注意也！

第二，中國官僚體制的另一大流弊是「——虛靡中飽」。在籌備立憲財政困難的時候，國計民生無不需要節省開支以應對，這種「官場舊例」，若不拔除，則新政各項舉措無有指望。它發表了《論虛靡中飽之宜戒》一文，說：「官場惡習之競尚，沁灌於人心久矣！奇根盤凝固，牢不可破」。鑒於有人說，欲拔弊政，則必變法維新，然後可以改觀。但是該文作者指出，如此則本末倒置：「政則曰新政，法則曰新法，而弊端重開，彼與此相效尤，擬之舊衙門所爲，有過之無不及！」〔註 21〕因此，建議清廷攝政王應嚴屬杜絕官場中飽的流弊。

第三，中國官場最惡之風——「官官相護」。在《吏治急宜改良》〔註 22〕中，《順天時報》對中國舊官僚體制發表了嚴屬的揭露和批判，指出其惡劣影響：「中國官治，府州縣上有督撫巡道，品高權重，而其所禍國殃民者，最駭人聽聞。掛其品高位尊，雖至罪至不可赦免，亦可逍遙法外。府州縣媚事之如再造父母，每有所奉贈曰『禮當孝敬』，每受申斥，曰『卑倅知罪，求憲臺大爺保祐』——此無怪百姓有冤抑事，而至上控者，大吏非不准即批回地方官詳審……——民風之不振，皆由於吏治之不修！」正因爲官場腐敗至此，「先朝不得已，勵精圖治，決議立憲，以改良政體爲本，務期尊

〔註21〕《順天時報》第 2183 號。
〔註22〕《順天時報》第 2245 號。

－121－

重民權，痛除官吏之積惡。」但是，幾年來，仍不斷有官員腐敗、作威作福之事情發生，如桂臬王之祥冤殺無辜，誣陷善類（遭御史彈劾）。該文指出，諭旨以籌備立憲之事責望官民，而官謂民「知識未開」，「至於官之智識未開，有忝於厥職而膽敢背戾聖旨以殘害生民者，各地方民，竟不敢過問！—— 無怪中國人常言自強，而積弱愈甚矣！此乃病入膏肓，將不可救藥也！」—— 可見，地方政治流弊至今不改，令人深惡痛絕，出於對此頑疾的憤慨，《順天時報》用「病入膏肓」一詞評價。

第四，官場用人徇私，因事擇人，導致新政無可用之才。當時清廷下令地方督撫保薦人才，結果未料，各封疆大吏紛紛保薦外省官員（均繫大吏原任職地方的下屬）。《順天時報》質疑到「一省之內，竟至無人可用？」一針見血地指出其內幕：「中國官場，有一人當道者，其私人不知凡幾，群相競爭於其門廳，左之右之、誰則關懷於國是乎？」「朝廷下詔求賢，無如薦牘一上，非世胄子弟、即官場潤吏，韋布則絕無一二，以是王公大臣不能禮賢下士可知之也！」該報對朝廷下令各省，「先擇本省人員錄取、不得任意奏調以為營私」，大力贊成。（《用人宜勿再徇私》）〔註23〕

在1909年，一方面是對朝廷立憲決心的策勵、鼓舞，另一方面，是對多數督撫及地方官不能「實力推行」的揭露。《順天時報》發表了《官箴急宜嚴飭》〔註24〕、《用人勿以私害公》〔註25〕、《用人宜勿再徇私》〔註26〕等一連串文章，對自中央到地方的「吏治頑疾」，發表了深刻的揭露和指責，可以說是切中時弊。縱觀整個1909年，儘管《順天時報》針砭時弊、無不盡言，但是其批判的矛頭主要指向阻撓、拖延立憲的各級官員，還未對清廷立憲的初衷及方針進行質疑。並且，它時時不忘對有心變革圖強者進行規勸：「整飭吏治，不尚侈談，要有實心。切實著手，將士氣民風、獄訟賦役、水旱盜賊諸多各項公佈之；要虛心不存成見，博採文明於外洋……」〔註27〕

二、警醒當道：「中國之患在內不在外」

1909年，在觀察到種種官場腐敗的現象及惡果後，《順天時報》開始首次

〔註23〕 《順天時報》第2317號。
〔註24〕 《順天時報》第2283號。
〔註25〕 《順天時報》第2291號。
〔註26〕 《順天時報》第2317號。
〔註27〕 《順天時報》第2264號。

表示了它對中國立憲改革能否進行到底的擔憂。它向清廷統治者第一次嚴重指出：「內政不修」不僅僅貽誤改革，其後患無窮（可能招致大亂）。

　　1909 年 11 月，《順天時報》發文指出：中國目前固然受列強環伺，且不平等條約造成利權上大有損失；然而，對中國現狀最大的隱患，卻不是外患，而是內憂——即國內新政改革萎靡不振，國家衰亡頹廢，各種動亂潮流一觸即發……。列強的侵略固然關涉國家存亡，但是，就目前來看，「瓜分」暫時不能成為事實，各國著力從經濟上進行侵略，因此有「保全和平」的共識；而內部政治不修，則危害根本大局。

> 列強欲得志於中國，事事競爭則甚難，即相競交黎於中國，亦不如合從以圖之為易也。彼列國於此，再四熟籌，不敢輕啓釁以圖之，各棄瓜分之主義，而執保全之政策以相維……非有他故，以中國人民之眾多，土地之廣大，未便以兵力分割之、而統治之也。列邦利害，交相錯綜衝突，未便聯盟合從，以共圖中國也。

而反觀中國內治，腐敗已達於極點：

> 財政之奇絀，滿漢之軋轢，官場之怪象，民氣之不振，至於今，仍無或改……既曰「變法以行新政矣」，而精神之委靡如故；既曰「改訂新官制矣」，而弊實則各自先開；既曰「練新軍以壯國威矣」，而儒弱之風，不為之稍減。即如鐵路、電信、輪船、製造、學堂等要政，所有採取歐美日本之文物，以實行於中國者，外觀亦似也，而內容之朽腐，殊令人不堪言狀。設有人為之發其覆，當道者則盡力掩飾之，飾之不已而迴護。

內政腐敗，遍及各個部門、地方；而「當道者」卻不知挽救。文章慨歎道：

> 甚矣夫！寡廉鮮恥之道，在中國官府，已沿有成例，而民則尤而傚之。「愛國」之謂何，又誰知其理解。官以『愛國』責之民，而日事壓抑；民以「愛國」誘之官，而日事委靡……

它回顧光緒皇帝勵精圖治之精神，不禁對目前表露失望：

> 先朝德宗景皇帝，決議實行立憲，而先為之備。列強加意注目，固不能代為持籌也。然使中國官與民，徒以預備立憲，為欺人之具，而積弊不能除，精神不能自振，國家之興，將待何時乎？……若國勢之振興不可期……革黨因之而動，亂象暴變，相繼接踵。至是當道諸人，將復歸咎於外患之不可禦防乎？……各列邦雖持保全和平

政策以相與，於中國內患亦無補也！（《中國之後患在內不在外》
〔註28〕）

該報就此提出警告：如果繼續下去，亂象橫生、「瓜分」不遠。類似的批評、
警醒的言論，還有《亂亡皆由自取》、〔註29〕《政府宜知立憲之責》等等。

與一些革命派報紙日日鼓吹「瓜分在即」、「收回利權」不同，《順天時報》
從「外患」與「內患」的比較中得出結論（甚至舉了義和團的例子來說明），
內政不修是「肇亂之始」，呼籲清廷應趕快著手整飭內政、掃清障礙。

三、反對罷黜袁世凱

1909 年清廷發生了一次重大政治事件──直隸總督兼北洋大臣──袁
世凱被罷免。此乃載灃鑒於袁世凱權傾朝野，十分擔憂；而朝廷內外不少人
也對袁世凱龐大、枝蔓的權力範圍報有戒心。戊戌年受袁告密的康有為，為
此特發討袁電報，而《時報》則力圖以蘇杭甬路事件證明袁「非真正主張立
憲者，欲借憲政以自為也」。〔註30〕終於 1909 年 1 月，載灃堅決地罷免了袁
世凱，此事可謂「大快人心」。然而，《順天時報》則表示不贊同，它認為此
次罷免袁世凱是出於朝廷內部權力爭鬥的結果；而這種驟然更迭大員的行
為，對立憲大局十分不利。

> 兩宮昇遐矣，謠言四起矣……不意竟有外部尚書軍機大臣袁世凱
> 開缺回籍之事。中外人士，捧讀袁之開缺諭旨無不愕然。以為，
> 袁公內居軍機之樞職，外當交涉之要衝，即其在北洋時，振興新
> 政，不遺餘力。論其威望，各國仰之；論其才能，中外重之……
> 竟因足疾，開缺回籍，此何事也……噫！是何等重大且要之事變，
> 而於兩宮昇遐孝服未滿百日之際發見乎……而決然將先朝最為信
> 用倡首立憲之重臣，倏罷黜之而不惜。其中密秘難宣之理由，固
> 必有在……必指以為中政府政權爭奪之結果，或斷以為朝廷大員
> 相傾相軋之結果，亦未可知也。不然，則內而浮言喧嚷，搖動民
> 心。外而列國懷疑，慮生他變也……故中國政府，對袁公之開缺，
> 應明白宣示其確實不得已之理由，表明決非原因於軋轢，以釋中
> 外人之疑。

〔註28〕 《順天時報》第 2322 號。
〔註29〕 《順天時報》第 2331 號。
〔註30〕 《論袁氏開缺對立憲前途有益無損》，《時報》1909 年 1 月 5～6 日。

爲中國政府謀，決非得策也。故嗣後更迭大員之最宜注意者，第一
在顧全大局。倘一波浮動，萬波胥搖，京外大員，易置如奕棋然……
故曰政局變動，最宜慎重，即不可輕率更動大員是也……王公大員
和衷共濟，不爭奪權位，祛私從公，泯雲猜嫌，顧全大局……若任
情意之所馳，快喜怒之私意，或黜舊臣，以開黨爭之禍；或弄權術，
以害列國之感情，則列強疑中國究竟不能保持平和，國民疑政府，
究竟不能實行憲政，則中國之前途危矣！（《論更動大員之宜顧全大
局》）〔註31〕

《順天時報》對袁世凱被罷免一事持續關注。後來，還在要聞版刊登《外人
對袁尚書開缺之感言》，藉此對載灃施加影響，文曰：

袁慰廷軍機開缺一節已誌前報。有西人某君，多年在京能通中外之
形勢。日昨關於此事語館友曰……專制政府之大臣宰相，一由君主
之信任，保持其地位，又藉此弄權勢威福，一旦失其信任，即失其
權勢榮爵……此吾知爲專制政府之大臣亦難矣！想將來令大臣不事
專擅橫私之行……在於實行憲政，確實大臣責任之義。得輿論之贊
成，則入爲大臣，以行其志；不得輿論之贊成，則退下於野以立其
言也。中國政府籌備立憲事宜，而未定大臣責任之義，因君主之信
任，如何禍福榮辱亦隨之，決非鼓勵臣節之道也，云云。

指出任免大臣日後應依照一確定標準，由輿論決之——如此，才能避免驟升
驟降、影響立憲進程。

　　《順天時報》在這時重提出「融合滿漢」的問題——可見它將載灃罷袁
與滿漢問題結合起來思考。它認爲，中央儘管有立憲的決心，以及官制改革
的決策和舉動，但是，「滿漢畛域」的問題始終不解決——皇族一日掌權，則
用人徇私、不能痛割弊端，各種官場流弊遂無法遏止。因此，必須根本解決
權力機構中滿漢畛域問題。

　　1909 年 11 月，《順天時報》發表了《論融合滿漢之難解》〔註32〕一文，
著重指出這個問題：「以觀中國現時內政，所最宜急先務者，莫如融和滿漢一
事。滿漢之界，一日不融和，則兩族之情誼，必各自憤激，愈形其冰戾之勢」。
清廷雖然已經頒發了「滿漢通親」之詔，也有設立變通旗制處的舉措（亦曰

〔註31〕《順天時報》第 2063 號。
〔註32〕《順天時報》第 2321 號。

爲籌辦八旗生計），但是行動之效果非常値得懷疑。文章列舉：「京內官制，則仍循滿漢之舊例，變通旗制處既設，而裁旗之政策，則未知能決……」該文建議，如果眞的有此融合滿漢之意，最根本的方法是：「使八旗弟子，勒令入各學堂，與漢族學生，朝夕觀摩，以日事親洽……並八旗各學名目盡撤之，是誠融和滿漢之第一著手處也」。提議廢除八旗子弟蔭官等特權，與漢人平等晉升。

總之，立憲改革進行到 1909 年以後，中央政策措施較之以前大爲進步；但是地方官吏「敗壞之風」不能一日盡除，這是造成此後改革無法推行下去的重要原因。而這種立憲窘境，使得該報意識到，一切源於「國是」不定：國會沒立、責任內閣遙遙無期。若寄希望於一個舊的官僚體制，自覺主動地推進變法，實乃希望渺茫；必須考慮借助外力的推動——立憲派來施加壓力。

第三節　「朝廷宜速定國是」：攝政王登基一年後的主張

一、立憲派的失望和四次「宣統朝國會大請願」

在 1909 年底，攝政王執政將滿一年，雖歷經多次「嚴飭」大小臣工，「切實履行新政」，但無奈全國吏治腐敗之深，絕大多數「法美良善」的新政決策，不能貫徹到底。政府的表現，令國內立憲派感到失望，《大公報》就表示對封建政體下的能否實行改革予以懷疑：「以樞臣之老耄，疆臣之畏葸不前，但足以亡國而有餘，絕不足以喚起陳軻，挽回危局，共臻於立憲之一境」（《論政府無立憲之能力》）〔註33〕——既然如此，就只有開國會、讓人民參政，才能監督清政府加快立憲的步伐。

1909 年底到 1910 年底這一年，立憲派掀起了四次「國會請願」運動。各省士紳一直希望速開國會，原因可從張謇的《請速開國會建設責任內閣以圖補救書》看出：形勢危急，爲了聯合全國人力「拱衛國家」、「拯溺救焚」。他們提出：1、必須縮短國會召開期限，於宣統三年（1911 年）召開國會；2、改變上次各省分請、採取各省「聯合請願」的方式。於是，1910 年 1 月，各省諮議局代表 30 多人秉著「誠不已，請願不已」的決心，到北京都察院上遞

〔註33〕《論政府無立憲之能力》，《大公報》1909 年 12 月 13 日。

請願書，聲稱爲「鞏固皇祚」而來。結果清廷以「國民知識不齊」爲理由，堅持九年預備期——「第一次請願」失敗。代表們不離開北京，電告各省紳商參加，壯大聲勢，於是，1910 年 6 月，立憲派組織了號稱代表 20 萬人的十個請願團二度「進京請願」，此次清廷則以「財政困難，災情遍地」，再次拒絕了要求。「二次國會請願」失敗之後，立憲派毫不氣餒，開始爭取各省督撫的支持，擬舉辦第三次請願。——這次時機很好，1910 年 10 月恰逢中央資政院開院，各省諮議局代表作爲「民選議員」佔據了多數，於是通過了「立即組織責任內閣，明年開國會」的議案，尤其此議案得到了六省督撫的支持，促使清廷不得不「讓步」——載灃宣佈：「縮短預備期限，宣統五年（1913年）召開國會，國會未開以前，先釐定官制，設立內閣」。——此後，立憲派內部產生了分歧，張謇、湯壽潛認爲請願已經取得成效，應尊「即日散歸」詔令；而湯化龍、譚延闓等堅持宣統三年召開國會。東三省等省份，堅持繼續請願（「第四次」）。清廷以「無識之徒，挾持官長」，對繼續請願者強行押解回籍，並痛斥各省日後再有「聚眾滋鬧事」，一概「查拿嚴辦」。

《順天時報》對立憲派的要求——提前開國會（並成立對國會負責的責任內閣），持大力支持態度。值得注意，此前該報對朝廷《憲法大綱》是基本支持的；對立憲派要求早開國會持折衷態度（而專注於督促地方諮議局的活動）。但隨著對一年來立憲成果的失望，自此以後，該報開始逐漸轉向同情立憲派、集中力量推動請願運動。

二、「樹木必正其本」：第一次大請願前後的態度

1909 年 9 月 10 日《順天時報》，登載了《國是宜速定》〔註34〕的論說，指出，「樹木必正其本，否則枝節雜生」：「泰西諸國，其所定制度、法律……必視其政體如何，先有立憲以爲本源，立國之精神以爲根。國是者，若射之有鵠、航海羅盤……國是不定，徒言《憲法大綱》無益也！由今觀之，行以新政，則開以弊端——人謂改革不善，吾謂國是莫定也！」並對比了中國與日本走君主立憲狀況迥異，質疑其原因。

毋庸置疑，資產階級的議會一旦成立，對封建政權是嚴重的制約、分朝廷之權，因而，清廷中央大員對此戒心很重，尤其是皇族成員，更是擔心由國會而失去政權。對此，《順天時報》發表了看法，建議中央政府可以先於國

〔註34〕《順天時報》第 2268 號。

會前做好準備：「若政府所宜預備者何？曰制定憲法以劃清議會之權限，使不得相干；曰整理財政之要，先設計預算之法，使議會不得嘗試以紛更；曰國防之計劃，使議會無侵犯皇上統率陸海軍之大權」（《論政府宜知籌備立憲之責》）——開導清廷，雖權力受國會制約、但也有預先限定的辦法，以釋除政府疑慮，為資產階級的立憲國會運動作鋪墊。

1909 年 12 月，全國風聞張謇等人在上海籌劃進京請願「速開國會」，《順天時報》發表了《論請速開國會事》〔註 35〕一文，對各省請願之議的原因，做了解析：「各省志士，目擊時事日非，國勢月危。或者國會速開，以振興民氣，將弊政一切痛改，其庶幾乎。若輩意想，殊為可諒」；它認為，請開國會運動能夠促進政界圖新：「現在政府當道者不可以數計，既宣言預備立憲，而熱心於實行者鮮……以空言塞責，以作偽為能，是中央政府王大臣，與各省督撫司道，並守郡牧令之長技也。以故有心者，提速開國會之議，刺激政府當道路之人……於中國政界，確見其有利益」（《論請速開國會事》）〔註 36〕該報還舉了各立憲西方國家例子：「國也者由人所積而成，故凡一國之人民，皆有保護國家之責，而國會之開，所由鄭重視之也。立憲各邦，悉不外此」……意指中國也不應例外。

《順天時報》還認為，這次請開國會運動實為替政界開一新局面：「今年各省咨議局開辦而後，各省志士，見時勢孔急……相與首途上海，開特別會議，遣代表至京，再請速開國會以救亡，意則殷矣！聞此次領銜者，為直隸孫君洪伊，並舉劉君崇祐，羅君傑，方君還，永君貞。以四人為代表團幹事，其謀畫之周到，無微而不至。其運動力，勢不可遏止。就中國政界上觀之，亦可謂開一新局面！」該報對國會請願的支持態度，無疑源於 1909 年以來，中國政界實情之觀感。

三、勿「徒爭三五年之緩急」、應「從切實處著手」：對國會期限的看法

國會請願，國內各省請願人士，紛紛擬「一兩年內開辦」為目標，約定「不達目的不歸」，國內報紙如《時報》、《大公報》也予以支持。但第一次國會請願的結果，證明清廷極難同意。第一次國會請願之後，《順天時報》

〔註 35〕 《順天時報》第 2370 號。
〔註 36〕 《順天時報》第 2370 號。

在「立憲期限」問題上，發表了與國內立憲派不同的看法：國會應該速開，但是一兩年之內開辦不現實，應從切實處著手準備。

首先，國會開辦，需要先「養成政界上之智識」、「培植立法上之才幹」，──它分析一年之內難開的理由：「然由政府之立腳處論，議開國會於一年之間，萬難辦到。非不欲辦，勢不能也。何以故？曰憲法與議院法並選舉法等，必調查精詳，方可以制定。一年之內草率從事，能漫然頒佈乎？曰財政支絀，於今已極。中央政府，集權未能，整理無方，預算案之裁制，尚莫之實行，一年內能籌備乎？……」（《論國會代表與政府之關係》）〔註37〕如果一兩年內能「萬全辦理」，則可；若不能，則有曠日持久、行同虛文的後果。「但進思開國會事，限期既定，雖欲速辦，亦必須預備數年，方可以成立也……將擬定八年後所開之國會，即改議速開，亦須在三五年之後。夫使不計及辦實事如何，而徒爭三五年之緩急，未必其畫策之善也」。建議國會代表不以「三五年之緩急」為務，應抓緊時間準備、以期三年期間立憲基礎粗具。該報問代表團：「早開國會一年，即足以救亡乎？」

其次，建議「去其名，取其實」，從資政院著手，爭取使其獲得國會的基本權限。「速開國會之運動如不能行，不如將資政院開辦事，代為運用，亦可使政界中人，識熱心愛國之勢力，最能以大有所為今之世」──提醒注意資政院的重要性。

> 資政院之開辦在邇，於此事認真籌劃，萬不容以苟且塞責，塗飾人之耳目。即能自必於收成效……且上下兩議院之基礎，皆肇於資政院是。其議員定額，半由王公世爵大員碩學通儒富豪選任，半由各省諮議局議員互選。明年開辦有期，固盡人而知之。國民之熱心速開國會者，一轉其眼光，一變其運動政策，先聯合各省互選資政議員。……養成憲政上之智識，滋培立法上之才幹，夫而後屆期莅止？蟠據資政院之公堂，討論天下國家之利害所關。評議內治外交之得失所在……國會雖不改擬速開，而其效用之實力，則固與開國會之所差無幾也！況乎速開國會之議，亦須由資政院發議，能詳審事實如何，然後實力奉行，自有端緒，而誰則阻諸？（《論速開國會事》）
> 〔註38〕

〔註37〕　《順天時報》第 2379 號。
〔註38〕　《順天時報》第 2355 號。

該報指出，請願代表們專注於國會提前一年，而對籌備資政院事則有所忽視、不太划算：議員若能協力同心在資政院裏行使權力，展開與政府博弈，則日後的該院無疑具備部分國會的效力——上以制政府、下以感召國民。

> 如開辦資政院事，非上之政府與人民參政權之第一步乎？……爲上下員之基礎，且又資政院各議員，半以各省諮議院議員互選充之，其勢力與欽選議員亦相平等也。……果使二十二省各得其人，自能協心同力，以合群之勢力，召與論之後援，與政府相抗；資政院壇上，爲國民盛吐氣焰，善以動政府之聽聞，中以制官吏之耳目，以下勵國民之競進。以視國會權限雖限狹窄也、組織雖未完備也，而即此以伸張國民之權利，亦不得謂難事之甚者也。

再次，出於對受挫國民代表日後兩級化行爲（偏激化、或放棄請願）的擔憂，該報提出應抱定恒心、有理有節；鑒於群眾基礎未發動，它提議組成「國民大團體」，堅持請願。

> 中國民之政治運動，其可加意者多矣：一則其持論者，須切實，須公正，萬不可流於偏激。一則目的既能自定，總以達其目的而後止，萬不可知難而退。當道者之明威，遂舉足而不敢前。一則運動者，須網羅地方中流以上之紳士，相與從長計議，而無賴棍徒，如前此之劣紳，決不可使群相煽惑……惟中國民今日所欠者，即國民運動之大團體……爲中國民者，苟感知此事，相與聯合各種之政治運動，作爲一大合群之國民團體，請朝廷明降諭旨，示速開國會，是爲最要者。（《論外人對於中國民政治運動之感情》〔註39〕）

實際早在第二次請願後，《順天時報》就提醒過代表團，應做好「一而再、再而三」之準備；即使一時遭拒，但能對朝廷起到刺激推動作用；因此它建議代表們應從以下方面著手，不懈努力：「第一代表於當道者，須善爲訪問，以申明其政見，勿使彼有所疑慮……第二於報界上，宜鄭重視之，以爲輿論之公地……以宣佈於天下，則群情自免於滋疑矣；第三須開催大會，相與反覆討論，按切實處指示。何以鼓勵夫民氣，何以聯絡同志諸人……第四於開催大會外，更須移檄各省，求同胞民族之有心者，以相與擬議。」（《國會代表宜知所準備》）〔註40〕又說：

〔註39〕《順天時報》第 2381 號。
〔註40〕《順天時報》第 2370 號。

> 國會速開之預備，運動則壯甚，議論則雄甚。而要不能以失之狂
> 激，亦不能以失之粗暴……諄諄相議，意見各抒。自抒己之意見，
> 以聽他人之意見。然後折衷於一是，因而結約聯盟……今年不能
> 達其目的，則須諸來年亦可，來年目的不能達，更可以需諸將來，
> 期時能達其目的而後止。如不其然，代表者欲速達目的，而政府
> 以曠日持久之策相應，則亦無如之何也！（《論國會代表與政府之
> 關切》）〔註41〕

縱觀《順天時報》的議論，其彷彿已經預見到，此次請願「一兩年開辦國會」
的目標政府難以應允。為避免談判陷入僵局（清廷置之不理），國會代表有陷
入「曠日持久」、束手無策的境地，它極力開導代表們：既要不懈努力，同時
做好從資政院著手的準備。平心而論，它所說不無道理：作為國會基礎的資
政院，按照《籌備清單》規劃、確有很大的發揮空間；如將此會控制在手，
國會早開大有希望（事實證明其估計不錯，1910 年 10 月資政院一開幕，立即
通過了全體決議、逼迫載灃將立憲期提前到 1913 年，見後文）。應該承認，
該報獨特的──「取其實」的觀點，有很大合理性：不僅僅激動於一時、準
備同政府長期博弈……總之，《順天時報》的看法既支持立憲派，又有其獨特
主張。

第四節　借國會請願運動，督促清廷加快立憲步伐

《順天時報》一方面對請願代表進行激勵，另一方面，它利用請願形勢，
來極力敲打清廷，讓其勿心存僥倖。它說，雖請願人民被拒絕，但政府如果
不因此而改進，則國家有危險。

> 去年詔定開議院期限……謂內外臣工，既同受國恩，均當警覺沉迷，
> 掃除積習，如仍泄沓坐誤，豈復尚有天良？……乃觀於籌辦預備立
> 憲事者，亦遵照先朝諭旨，每屆六個月，將籌辦成績，臚列奏聞。
> 就表面上言，亦似有成績之可觀，而按其實處，究屬具文者多也……
> 而因循苟且者自在，扶同諱飾者如故（速開國會之運動即由是而
> 起）……所有預備立憲諸要務，惟知以敷衍了事，則不當朝廷之罪
> 人也……就令不問罪於政府，而廿二省人民，因之離心離德，不以

〔註41〕《順天時報》第 2379 號。

政府爲依賴，雖有權勢，將若之何？……政府有專責，固不容或諉。屆期開國會，以擬定實行立憲，萬年有道之基肇於茲……否則「預備」者未及完全，而屆九年之期限，國會又不能不開設。受其害者爲誰？上下官民，俱莫能脫，至不利之最者，則政府是……（《論政府對於不允速開國會之責任》〔註42〕）

該報之所以有如是之憤慨，乃有原因：前三次請願，清政府雖都沒有應允代表要求，但從奕劻、載澤等中央官員對待代表態度上看，還是比較溫和的，以說服、勸導爲主。而頑固守舊大臣則不然，他們眼中的請願是「與政府爲難」，有的力主「嚴旨以震嚇，以免擾擾不休」，有的則主張下令「不得濫結黨會，如各國之政黨、社會黨之類，致啓紛擾」，〔註43〕氣勢洶洶。

《順天時報》極力促使清廷認識到：立憲派從根本目的上與政府是合作的。

即如速開國會之請願者，皆各省之紳士良民代表也……其鼓吹國民政治之思想也甚矣，爲催進實行立憲功效爲尤偉，政府而果欲實行立憲也，則此代表請願者，對於政府，最爲有力之援助，且深表同情於政府也。萬一政府之上敵視此代表諸公，不但不允速開國會，並於其愛國之盛意，毫不爲之諒，惟之塞者有空文……今茲代表請速開國會者，能勿離心政府乎？則將變其平和之手段，出之以激烈，務其達其目的而止。

建議政府，不應「敵視「代表諸公」、而當引爲自己「有力之援助」──政府如何借立憲派爲援助呢？該作者指出，無非切實加快立憲：「至語所以援助之法，要不過實行急進之政策而已。夫論預備立憲，務使其於實行。政府若執急進政策，揮其雷霆之威力，以迅速圖之，吾想七年之期限，於今尤覺短促也！」提醒政府，如果眞的能切實加以準備，則任務艱巨，七年時間內完成也很不錯了。

1910 年 10 月，資政院開辦在即，此時，《順天時報》認爲，國民運動能否成功，在此一舉。其不遺餘力地對資政院的開院、責任等進行論說，期望其能起到反映輿論、催促清廷早日開國會的作用。從宣統二年八月十二日開始，連續發表了《當局者應注重資政院之開辦》、《論借款須經資政院若諮議

〔註42〕 《順天時報》第 2389 號。
〔註43〕 《大公報》1910 年 3 月 4 日。

局之議決》、《議事錄公佈之要》、《資政院宜制定院內章程》、《資政院應提議之重要問題》，對資政院報以極大期望。終於，九月初一，資政院在京隆重開院，這一天《順天時報》出了紅報，第一版取消廣告，代之以「資政院之議事堂」大幅圖片。果然，代表們在資政院開辦不幾日，就提前通過了「早開國會議案」交政府討論。不久，在地方督撫聯名上奏、要求早開國會成立責任內閣的情況下，載灃下旨宣佈：縮短預備期限，在 1913 年召開國會。——第三次請願，果然借資政院這個合法機構，取得了部分成功。

　　總之，《順天時報》在載灃執政後，雖然對這個新的中央政府能否秉持光緒皇帝的遺詔、繼續力行立憲，始終報以審慎的懷疑態度。但其最初以很大的熱情，鼓舞攝政王、及上下國民。隨著立憲改革不斷擱淺，立憲派起來要求早開國會的運動大潮下，《順天時報》也意識到，靠清朝政權自我內部改革似乎難以奏效，應以國民參政為推動力。於是，它開始贊同國會請願。但另一方面，對於「一兩年召開國會」，它並不十分贊同；它以為，如果此次運動能夠促使清廷痛改前非，實力籌備，則五、六年的時間要辦的事情還很多，關鍵是看清廷的態度。另外，《順天時報》還非常重視資政院的開辦，認為這是一個立憲派可以切實利用的、推動清廷立憲的合法機構。

第五節　對革命黨的態度：「不失為改革國勢之一手段」

　　當國內立憲派與清廷就「國會早開期限」爭執不下之時，國內的革命黨也在加緊活動。1910 年春，廣東新軍兵變；1910 年 4 月，當立憲派準備第二次國會請願之時，「京師」發生了汪兆銘、黃復生謀炸攝政王載灃一事（此事經京師巡警破獲後，汪兆銘等被囚禁）。《順天時報》跟蹤報導並發表了評論，總體論調一改往昔（1907 年的論調）——當時還稱革命黨「罪不容於死」，並且表示「大不解」——此時，該報雖仍以其「謬於大勢」，但承認其「不失為改革國勢之一手段」。

　　它說：「如此革黨主義，專欲從事易姓而受命，已失中正之大道，是並未通觀全球之大勢也……雖然，而如革命運動，亦不失為改革國勢之一手段也！彼其首領，苟非竊冀受命，真且熱心於愛國愛民，其黨羽既能協力，果按著紀律節制而行乎？」認為革命黨也是出於愛國。該報雖始終表示不支持革命

的手段,但比起以前的嚴厲抨擊,已是「分析」、「勸誡」的口吻;它主要質疑對革命黨顛覆政府的後果(招致武力干涉),指出,列強目前都不支持中國革命。

> 本年月以日內。復有安設炸藥某府門前事。一時謠言爲之沸騰……大恐禍至之無日……但所謂孫汶,革命一派,其徒流寓他國,時常飛檄電馳,以煽動祖國少年子弟與海外各華僑,賴其多出金資以支持衣食……而抑知社會士民,一見若輩革黨之蠢動,尚不如饑民之一舉……言大謀疏,絕不能成大事也!此吳樾汪兆銘之舉,由彼黨言之,自以爲異常大快人心事,然由局外以觀,即其事奏功於一旦、目的亦達,再起視政府,所傷損者幾何?……固政府之基礎,維持國內和平之統,保茲社會安寧之軼序是其最重要者。而彼虛無黨、社會黨、共產黨之所立主義,均背違此時代之要求……且又不念及顛覆政府亂次序之結果,必至招列強之干涉,而啓瓜分之禍端,猝陷危亡之地?有可虞者,更不念列強對於中國所切望者,在保維和平全局,而對於革命之行動,非表同情也。(《論革命黨事》)〔註44〕

該報認爲革命黨不同於黃巾軍等農民起義,因爲此黨是出於「爲國家謀」的初衷:「今之所謂革命者,亦名之曰黨匪,實不能與前代倡亂之大盜同視……以世界全局,衡量國家大事……雖其籌劃之策略未基完全,究其情事,亦未始不與感於愛國」——首次肯定了革命黨是「愛國」的,這不能不說重大變化!(「……惟德國未度、力又未量,故每有所舉,即自取失敗……」)因此,該報認爲應對汪等人寬大處理,以表明朝廷體量愛國者的態度:「聞民政部拿獲革黨汪兆銘等一案,已經奏聞,攝政王查閱供詞、諒其情事,擬不加乎大辟……善夫!賢王之寬容大度!」(《論革黨宜絕其來源》)〔註45〕

但是革命黨畢竟是清廷一大隱患——政府應當如何看待、如何採取根本措施?趁此機會,該報提出:杜絕革命黨惟有一策——挖出腐敗之物(指的是封建官僚體制的弊端、以及阻撓立憲的大臣)。它說:「如彼革黨,因政治界上,有一種及腐敗之穢惡物,爲良民所不能堪者。革黨聞其臭,即從而驅逐之,又安足怪?當道諸人,素常以忠於謀國自命,苟眞欲禁止此革黨,使不復滋擾,務需將政治上極穢惡之物,痛忍刮去,則禍根自除。否則,施以

〔註44〕《順天時報》第 2450 號。
〔註45〕《順天時報》第 2451 號。

拂蒼蠅蚊虻之術，揮之以扇，毒之以藥，撚之以手，而於污穢之物不能消除！」
——所謂「扇」「藥」，指不徹底的小修小補。

　　對那種不加區分剿滅革命黨的做法，該報大力抵制。它分析了參加革命
的留學生們的選擇動機：

> 人之年少者，客氣壯旺，空想在所不免……甫至中年，客氣漸收，
> 閱歷亦漸深，自覺前日之非，而拋棄其空想者，亦不爲鮮。即如外
> 洋留學生，當在留學外洋之時，與革命黨首領往來，好爲激切之論
> 者亦有之。一旦畢業回國，考試及第，榮膺授職，則老成自重，復
> 嫌革黨之滋擾、忌之如蛇蠍者，蓋所在皆是也……若不細行分別欲
> 一網打盡，斯不但激怒於革黨，而實非收攬型人才之要道也。又或
> 論『革黨之所畏憚所憎惡者云何？』——曰實行立憲是；政府之所
> 懼者何？革黨所憑籍者何？以實行立憲事，兩持其平，可知革黨不
> 容於立憲之世。而專制政府，亦不能假立憲之籌備，欺盡天下耳
> 目……以對待此革黨，處之寬大恩典、開其自新之路，而安人心於
> 自強之基，勿令其群相效尤，甘於法網而不諱。

該報在此，可謂誠心誠意地替清廷著想、謀劃大計：革命黨的號召力，來自
於政府拖延、敷衍立憲；若有朝一日立憲成功、「軍民聯爲一體」，——革命
必然失去市場；而海外「風從革命黨」的留學生，如果回國任職後，見憲政
很上軌道、國家制治有日可待，必然不再蹈革命路途。所以，消弭革命最好
的辦法是立即早行憲政。——這樣的言說，是否能有效呢？一兩年內召開國
會，無疑意味著政權迅速轉向立憲派手中，這是從載灃到皇族權貴所難以接
受的。事實上，他們所做的，是盡力在一兩年中，將權力集中到滿族貴族手
中，然後再相機而變。

第六節　失望中極力挽回：1910 年的尾聲

　　1910 年 12 月，「第四次請願」代表遭到清廷鎮壓。緊接著，資政院提「彈
劾軍機」以及召開臨時資議院會議兩案，都遭到了清廷的無情否定——相繼
發生這兩件事，一道無法彌補的裂痕在清政府與立憲派之間形成了。梁啓超
《國風報》對「頑冥不靈」的清政府不理會他們的「忠心耿耿」十分失望、
痛心，以「麻木不仁之政府」、「誤國殃民之政府」指稱之；另外，當時部分

憂國之士對立憲改革逐漸喪失了信心，屢次有「自殺以明志」的行為發生。

首先，針對喪失信心的立憲派人士，該報予以大力勸道：「中國之積弱，不可謂非『已甚』也！憂時之士，恐事至不可為，不禁悲憤激昂，出其痛哭流涕之聲，以疾呼朝野。況乎投海而死，或沉江而斃，或仰藥自盡，或自縊而不惜……冀以死感人，且有恨不能有所為於世者」。值得注意，這裏《順天時報》對這激烈行為已經不是先前的批評態度，雖然不贊成這些消極之言行，但予以理解之同情。（《論人不可以輕生》）

同時，國內立憲派報紙《時報》、《東方雜誌》等與清政府的態度一下子上升到了敵視的情緒。《時報》說，「現在政府以議員為仇，實為以國民為敵……而樞臣之不負責任者，且始終尸高位如故也？」──立憲派此時已經近乎與清廷「對立」：意為，既然如此，只有撤換政府全班人馬，立憲才有可能進行。此時，《順天時報》也已經逐漸認清，清廷自身無法克服的弊端（滿族勢力似乎無法容忍權力的分割、資政院有心無力），它的言論開始出現較為激烈的抨擊色彩（以前，《順天時報》對清廷的抨擊和揭露，還都僅限於「樞臣」、「政府王大臣」，很少針對「君上」）。

在《論立憲國元首之尊》〔註46〕、《殺才國》〔註47〕兩文中，該報表達了對朝廷防範、嫉視漢族大員的強烈憤慨和不滿：

> 故雖現時中國人人，日夜歎材能之缺乏，非真缺乏無一有也，實則有人材而排斥之，使不得儘其用而已。如袁世凱何以養疴河南乎？端方何以高臥西山乎？岑春萱何以閒遊滬上乎？此外若唐紹怡、梁敦彥等，苟令得其所，儘其材，亦不失為一時特達之人物也。所可憾者，內之與政府不合，外則被輿論之詬詈……胡為坐觀時變而不救，蓋皆非大遠乎？人情者也，惟以現時政府，對於此等之人不能容，安足怪乎？……乃在野之士，既以國勢之衰微為憂懼，不計如何設法除舊弊行新政，救亡於陌路，而徒舉在官者之微瑕，刺譏之不稍休，則是上下交相淹殺人材也，吾故名之曰殺材國，嗚呼！（《殺材國》）

總之，在 1910 年底，立憲派情緒急遽地上升至「絕望」。國內立憲派報紙紛紛將矛頭對準「君上大權」，《時報》號召全國「不畏捉，不畏拿，不畏關押，

〔註46〕《順天時報》第 2704 號。
〔註47〕《順天時報》第 2739 號。

不畏刑殺，則官吏最末手段窮，而人民之力稍伸！」〔註48〕——可以說，清廷對待國會請願的態度，使得立憲派已經表現出「離心離德」的端緒。有的立憲派建議「一般心理論之，不大亂不足以救亡！」〔註49〕東北的《盛京時報》也說：「不妨以極簡單純之暗殺手段」對待政府，「非好亂也，有逼之者也」。〔註50〕

　　一方面，《順天時報》也不免流露出對清廷的失望。另一方面，它清楚地看到，立憲派的離心，可能導致這場改革，喪失最有力的支持力量，而走向破產。於是，在絕望邊緣它大力疾呼。該報主張：中國資產階級立憲派，應迅速成立自己的政黨，「以組織力量、聚攏群聲」，將這場運動繼續推行下去；而不能就此放棄。1910 年 12 月，它先後發表了《論攻擊政府必須妥籌》〔註51〕、《論組織責任內閣需有健全之政黨》〔註52〕、《亡國之病不可常犯》〔註53〕、《對革命黨言事》等三篇文章，力勸立憲派不要草率行事。

第七節　本章小結

　　縱觀兩年間的《順天時報》：（一）最初，在中央政權由慈禧、光緒交接給攝政王載灃後的初期一年內（1908～1910 年），鑒於載灃上任後對「立憲」三令五申的決心，及諮議局等機構的如期開辦，《順天時報》基本上仍抱以希望。（二）很快清廷的「痼疾」暴露：一是政令不行、地方官場腐敗；二是中央一級的政爭仍潛在，於是極力抨擊之，但發現無補於事。（三）清廷的這種徘徊不前，遭到了立憲派的反對，1910 年「國會請願」開始，此時，《順天時報》也意識到，需「自下而上推動之」（但它採取較為審慎、務實的態度）。——由先前的依靠清廷自己立憲，到主張開放政權，由立憲派參政推進立憲，先早開國會，再立內閣，展現了《順天時報》觀點的深入。

　　應當說，該報這兩年的態度轉變，與當時全國大部分官紳、士子、民族資產階級的觀點是一致的。客觀地看，1910 年的「宣統年國會大請願」，是在

〔註48〕　《轉移中國說》（時評），《時報》1911 年 6 月 2 日。
〔註49〕　《汪康年師友書箚》二，第 1257 頁。
〔註50〕　《論清廷拒絕國會請願後之影響》，《盛京時報》，1910 年 7 月 9 日。
〔註51〕　《順天時報》第 2662 號。
〔註52〕　《順天時報》第 2681 號。
〔註53〕　《順天時報》第 2743 號。

立憲派感到內憂外患加劇、清廷立憲改革弊端叢生的情況下發生的。立憲派和人民請願不僅是為了愛國和爭取民主自由，同時也是為了朝廷的長治久安。他們奉獻於國家和「朝廷」的，是一腔熱血，一顆忠貞之心，一片摯愛之情。他們相信政府能夠立即接受人民的呼聲和要求，從而做到「朝野一體」、上下一心，消除隔閡、「共度難關」。為此，他們採取的是和平請願的方式，反對暴動，向當權者痛哭陳述、乞求恩准。但是，立憲派和人民對政府表現得愈馴服、態度越誠懇忠貞，在遭到清廷一次次拒絕、申斥甚至鎮壓（第四次請願）之後，他們對政府的態度也就變得愈為決絕──由熱切的希望變成無限的失望，再變為徹底的絕望。因為，立憲派自認為已經盡到了責任，清廷的冷酷已經傷透了他們的心。此時，《順天時報》也有其特殊的主張：極力挽回立憲派與清廷越來越明顯的「決裂」。

　　1911 年 5 月，新的皇族內閣的出現，《順天時報》與立憲派報紙一起喪失了對清廷改革的信心。

第七章 革命浪潮下的「改弦更張」：
1911 年的《順天時報》

　　隨著國會請願運動的結束，「立憲改革」進入了第六年——農曆辛亥年
（1911）。在先前的國會請願運動中，清廷的強硬態度，已經令一些立憲派的
思想發生了轉變，有的開始以「頑冥不化之政府」指稱清廷，並逐漸與清廷
發生「離心」的傾向。但是，在地方督撫的聯奏下，清廷畢竟同意了縮短預
備期限，聲稱於 1913 年召開國會。因此大部分立憲派在思想上，仍未完全同
清廷「決裂」，沒有朝最後一步——「革命」轉化。

　　但 1911 年，形勢卻急轉直下：首先是國際形勢進一步惡化（俄國修訂
《伊犁條約》，英國占雲南）；而國內恰逢災害頻仍，各地饑民的「搶米搶糧」、
戕官攻城的暴動持續不斷，天災人禍，階級矛盾繼續呈現出尖銳狀態。可以
說，辛亥年初始，清廷面對著的是前所未有的危機局面。

　　在這種情況下，清政府本應「如履薄冰」，面對廣大人民的正義呼聲，革
除弊端，切實加快國會成立的步伐，以起衰救弊、挽回大局。但是，載灃為
首的清廷政府，做法卻十分失誤。首先，載灃由請願運動看到立憲派的力量，
深恐將來政權為漢族奪走，於 1911 年 5 月先發制人、成立所謂「責任內閣」，
以免將來國會成立後，無愛新覺羅「立錐之地」。此詔一頒，「全國人心大失」。
第二，在財政危急面前，載灃不顧各方意見，堅決推行「鐵路國有政策」。南
方各省紳商掀起反對聲浪，清廷隨之採取了「強硬政策」以鎮壓。終於，在
四川「保路運動」大潮中，革命派趁勢而起，10 月 10 日武昌起義一舉成功，
立憲派紛紛轉向革命，不數月全國大半江山宣佈「獨立」。清王朝終於走向了

末路。

面對猝然爆發的武昌起義，《順天時報》有些始料未及。雖然該報對清廷的批評和警示、已達到十分激烈的程度，但是它對於革命形勢之「一發不可收拾」，還一時沒有思想準備。武昌起義次日，《時報》等立憲派報紙初期的反應是呼籲清廷迅速撲滅革命、穩定局勢——這與《順天時報》不謀而合。但不同的是，它並不單純主張「徒事鎮壓」，而同時提出：革命黨之所以能趁機起事，原因是各省「民心不平」，因此，清廷不能一味「恃武力」，這樣將失盡民心。它建議清廷：一是以撫為主；二是立即將立憲派提議的措施付諸實施（廢皇族內閣、成立國會）。

面對南方革命勢不可擋之勢力，清廷也的確意識到危險，10月30日頒佈「罪己詔書」，後任命袁世凱為內閣總理大臣，並於11月初頒佈了《十九信條》，宣佈從此尊英國式的「議會政治」、虛君共和。然而，為時已晚——11月上旬全國13省宣佈獨立。《順天時報》眼見清廷「大勢已去」，卻並未像上海《時報》們一樣「一折而入革命之途」。——它仍堅決支持北方立憲黨的主張（要求清廷立即開放政治，實行「議會政治」），——以為這樣可以挽回局面。但是，「共和」大勢已成，全國局勢的發展最終沒能如其所願。《順天時報》十年來日日鼓吹、盼望的「君主立憲」成為歷史泡影。

第一節　「勿拂民意」：對「皇族內閣」的態度

1911年的5月，載灃公佈「新內閣官制」，宣佈撤除軍機處、舊內閣和會議政務處，組成所謂「責任內閣」。從表面上看，這個新內閣形式與立憲國相適應，但實際上，13個國務大臣中，漢族大臣僅得4個，滿族大臣8個（8個之中，皇族又佔了5個）——史稱「皇族內閣」。「皇族內閣」的成立，標誌著載灃為首的中央政府，開始專意於中央皇室集權。這促使國內立憲派的失望之情達到了頂點，《時報》說：「一般稍有知識者，無不絕望灰心於政府」〔註1〕。國內有先見之明者發出冷笑：「新內閣發見乃如此，殊可唏，然早知如此，不足怪也！」〔註2〕

清廷的這一舉動，令本來就有失望情緒的《順天時報》大為震驚，它不

〔註1〕　《時報》，1911年5月18日。
〔註2〕　《梁任公先生知交手箚》（一），第296～297頁。

顧其他，立即發表了《讀初十日辦法內閣官制》一文，提醒清廷：皇族內閣不孚眾望、有礙立憲，「人民之府怨於國家者當益烈」。

　　首先，極力批評內閣總理大臣的人選「不得人」：「讀上諭再三，念此新內閣之創建，以慶親王爲總理大臣，若曰『立憲基礎已立』，恐非所敢必也。」它以批判反諷之口氣，揭露清廷一意孤行的內涵，並直接針對奕劻等國務大臣、滿人佔據要職：「慶親王年老矣，於權勢上，或不免有厭心，今使立責任之地，想亦非所欲也」。「惟念任重國務大臣者，凡十三人，而宗室親貴，則有六人焉。夫以宗親任國務之重如此者，在立憲國未之有也。是蓋因大清建國之制，非如此不可，而故獨行其是乎，抑或於眞個憲政之實義未及知？」（《讀初十日頒發內閣官制上諭》）〔註3〕

　　同時，《順天時報》勸告清廷，此次成立「責任內閣」其效果恐怕「適得其反」；建議清廷立即改正，以免喪失立憲派支持。它發表了《論政策宜歸於正》〔註4〕，戳穿清廷此舉：「政府對於資政院議院之請開臨時國會運動，則拒之於不知不覺中，曰『吾將暗示以意，藉此次上諭，先占優勝地步，倘運動請開臨時會者，堅執初志不肯稍改，以責任內閣相詰，而上諭頒發在先，自不患無詞以相對待也！』」該文指出清廷於民意過於小覷：「嗚呼！若此政見，在中國政府當道，原以爲特別上策，無人能籌及，故常用之，而不知自愧。其狡也何如？然當此籌備立憲之初基，猶用其平素之狡猾手段，以爲欺人之策，立憲前途，其可望乎？」

　　《順天時報》此時已毫不掩飾其對清廷的無知、愚昧的抨擊，它認爲清廷不顧民意、自毀人心，後果嚴重。載灃炮製的「滿族內閣」，將清廷皇族集權的野心徹底暴露出來，不僅激起國內立憲派的激烈反對，國際輿論也開始指責，日本首相大隈重信就發表看法：「徵之於立憲國皇族不當責任之制，實不相符」，「眞正之改革尚須俟諸今後」〔註5〕。

第二節　面對鐵路風潮：對「民變」的擔憂

　　果然，新內閣上任不到半個月，作出了一件使全國人民「觸目驚心」的

〔註3〕　《順天時報》第 2771 號。
〔註4〕　《順天時報》第 2774 號。
〔註5〕　《申報》1911 年 5 月 23 日。

舉動～5 宣佈全國「鐵路幹線國有」。載灃任命盛宣懷爲郵傳部尙書，力主借款築路，進而湖廣鐵路借款進入實質階段。上諭說：「數年以來，粵則收股及半，造路無多；川則倒賬甚巨，參追無著；湘、鄂則設局多年，徒資坐耗……用特明白曉諭，昭示天下，幹路均歸國有，定爲政策。」這樣，宣統三年（1911年）以前的各省分設的鐵路公司集款商辦之幹路，由清廷收回。爲防止此政策會遭到地方紳民的反對，清廷竟然說：「如有不顧大局，故意擾亂路政，煽惑抵抗，即照違制論。」〔註6〕

5 月 18 日，爲督促各省收回鐵路，朝廷起用了前開缺總督端方，充任「督辦粵漢、川漢鐵路大臣」。20 日，同英法德美四國銀行團簽訂了《湖廣鐵路借款合同》。此事一出，「民氣鬱憤怨結上通於天」，湖南、湖北、四川等省掀起激烈的抵制風潮；立憲派領導各階層人民同清廷官吏展開了激烈的鬥爭。

其實當時，社會輿論已經明顯預見到，清政府可能氣運已盡。《盛京時報》就指出：「現在政府之力固足以制我民，我民固猶不敢起最激烈之暴動」，然而「民力屈矣，民心服乎？」指出政府爲所欲爲，人民失望之極難免暴動。「我民自是亦且知以口舌之爲無益，而別定方針，必且謀預儲其實力，以與政府相見」，等到政府逼迫到無可如何的地步時，「人民乃逐不得不鋌而走險矣！」〔註7〕從 5 月份到 10 月，《順天時報》給予各省的這些「風潮」事件以極大的重視，它認爲，這些激變意義非凡，如果清廷處理不當，可能釀成不堪設想的後果。於是，《順天時報》極力呼籲清廷不能激化矛盾，「民與匪不同」。並且對盛宣懷等人展開了批判。

一、一再提醒清廷「勿激民亂」

《順天時報》認爲，此次南方各省「民變」，純屬因清廷專信盛宣懷等人、採取了一意孤行的「鐵路國有」政策而引發的。因此，清廷應立即反省，謀挽回之法。

早在 1911 年 5 月，當「鐵路國有政策」剛剛出臺，《順天時報》就對盛宣懷等人不顧民意、一意孤行提出了質疑，反對全國路政操於「一二人」之手。此時它更指出鐵路風潮的根源：先前政府大員不切實探討可行之路政、

〔註6〕 宓汝成：《中國近代鐵路史資料》，第 3 冊，第 1236 頁。
〔註7〕 《盛京時報》第 476 頁，1911 年 7 月 27 日。

反而岌岌謀取私利，於是商民決定自辦；而各大員懷揣私心、不敢示人，就借「上諭」壓之。

> 在政府之計劃，意謂國家行政，無論如何施措，亦無論如何眾志難犯，諭旨一頒，凡我人民，皆當遵奉……而專制云何，立憲又云何，總之我行我素而已……嗟夫！現在時勢之危迫，日甚一日……而據有權勢，擅作威福之流，若仍欲守其故態，執其故伎，不肯改易，每辦一事，即以「朝廷頒諭旨」借作護符……即以鐵路言，在政府當道，彼日要政也，此亦日當速修也，不過人云亦云而已……除藉之營私利外，於路政之如何進行法，茫然不知其義……自鐵路國有諭下，各省人民熱心商辦鐵路者，無不奮然興起，以保守其商辦鐵路之為要，群言噴噴，其誰能禁之？……然究之當道者私營念切，於路政進行之策，未嘗學問，至於對付拒款人民之熱心商辦鐵路者，則又多所危懼，不敢自出其政見，以相與磋商，而惟知倚賴朝廷，頒發諭旨……政府各當道大臣欲狩舉各幹路之為商辦者，悉歸於操國家路權者一二人之手，其可得乎？念自新內閣官制改定後，無他政策之施行，而惟關於鐵路政策，再三頒發上諭催促之，各大臣亦責任自負可也，果能慎重將事、無毫髮之偏私，而信何足恤？否則誰將執咎乎？（《論執行統一路權者宜自負責任》〔註8〕）。

可見，在 1911 年「鐵路國有」事件中，《順天時報》與國內立憲派的意見是一致的：清廷不該聽取「一二大臣」（如盛宣懷和一班少年親貴）而專斷意見。〔註9〕立憲派反對清廷的理由：一、借款不經過資政院議決，專斷決定；二、收回商辦鐵路不准地方股東置喙，還不准人民互發電報，聲稱清廷這是「破壞憲政」的舉動。

　　清廷對此，卻頗不以為然，不僅對民間的呼聲置若罔聞，還關閉了資政院，這些讓立憲派切齒痛恨，紛紛棄政府而去，回到各省、提出「對內鬥爭」的口號；而民間的暴力抗議也開始激起。首先挺身而出的是湖南人民，「人心大為激憤」，召集了 1 萬餘人的大會，同赴總督署衙門要求電奏，諮議局也聲稱「力能自辦，不甘借債」，要求清廷收回成命。然而 5 月 22 日清廷發出兩道上諭，一是命令嚴屬鎮壓湖南人民，「不准刊佈傳單，聚眾演說。倘有匪徒

〔註8〕　《順天時報》第 2784 號。
〔註9〕　李劍農：《戊戌以來三十年政治史》。

從中煽惑，擾害治安，意在作亂」……「照亂黨辦法，格殺勿論」〔註 10〕。這激起了更大的怒潮：1911 年 6 月，由湖南士紳、民眾首先發起了「爭路大會」。

面對此狀，《順天時報》首先闡發各省爭路運動並非「作亂」、而是合法運動：它及時地刊載了「湘人爭路大會紀」（時事要聞），詳細報導了開會「秩序井然」之狀、紳民演講、與會人數和決定辦法 —— 藉此以輿論聲援之，制止清廷做法。它還發表《論民不可強行抑制》〔註 11〕一文，警告清廷勿「恃有權勢、盡興抑奪」：不顧民聲一味壓制的結果，可能是「民欲逞一時之義氣，而以手足之縛耳目之錮為隱恨，致憤無所泄，曰『鋌而走險』，急何能擇？」即走向「起事」的道路，這樣對清廷有何好處呢？「萬年有道之基，奚從而肇之乎？」

然而，清廷內部卻傳出「一治一亂」的說法 —— 意為「民間造亂，自古有之」，惟有鎮壓之、以決勝負。《順天時報》非常驚訝、憤慨，它急切指出：致天下亂的不是別的，而是清廷對立憲的態度，「偽行立憲而亂者，其禍之始，視專制尤倍，且不惟治無從制，亂治所終極，行將伊於胡底乎？」—— 提醒清廷認識到「防亂在我」。並說，「但使由專制而為立憲，皆曰制治之道在茲，所以防亂者在茲，且或謂果能立憲，將一治而不至復亂，此非欺人之談。」（《論之亂之機不可忽》〔註 12〕）此後，7 月份該報又發表了《立國重在得民心》〔註 13〕，也表達了類似看法。

總之，《順天時報》認為，清廷應立即收回「鐵路國有上諭」、重新統籌路政，提醒其勿「激變」。

二、激化矛盾，還是緩解矛盾 —— 「保路運動」中的看法

6 月份以後，鐵路風潮進入高潮：四川「保路同志會」成立，以「集合同志，拒借洋款，廢約保路」為宗旨，各府州縣紛紛相應。此後不久，川、湘、鄂各省掀起了熾烈的「保路運動」，集會動輒萬人，情緒異常激昂。8 月，成都罷市，數十州縣聞風而動，各學堂罷課；省城民眾各家各戶門口供奉起「德宗牌位」（早先光緒在位時期宣佈「庶政公諸輿論」—— 筆者），並焚香

〔註 10〕 《宣統政紀》，卷 34，第 21 頁。
〔註 11〕 《順天時報》第 2802 號。
〔註 12〕 《順天時報》第 2811 號。
〔註 13〕 《順天時報》第 2831 號。

痛哭。四川都督趙爾豐行嚴厲鎮壓，威脅說：「要挾罷市、罷課，即是亂黨」，「首倡數人一經拿辦，自可息事寧人」，並大肆叫嚷「格殺勿論」〔註 14〕。該令為川民聞後，川路公司立即通告全省，決議「不納租稅」。——這樣，四川同政府的鬥爭到了白熱化。

此時，是激化矛盾，還是緩解矛盾？《順天時報》及時出來大力疾呼。它言辭極為激烈，抨擊了中央無視大局的做法（後來事態發展果然被其言中）：

首先，政府竟然對罷市川民下「格殺勿論」之語，該報大以為謬，指斥是盛宣懷等不負責任的專橫之舉，仰仗朝廷權威、斷送國家。

> 古所謂眾志難犯也！彼肉食者流，不知「專欲難成」之說，而妄以
> 為有權勢之可恃，無論如何專橫，凡百小民，俱莫敢觸其怒；且每
> 擬一為所欲為之事，即先請降諭旨、嚴行宣告，自鳴得意，設有不
> 服，則曰「格殺勿論」。一己之身，概不在其責。夫使有國家者，皆
> 重用若等大臣，以作股肱心腹爪牙而不疑，不至於釀成大亂不止
> 也」……甚矣夫！民氣之鼓舞也，而誰其能遏之哉？使主持路政者，
> 當其先，擬定鐵道國有之政策，不敢自專，即欲施行，而與關於收
> 回該路線省份，先行熟商，當不至斯。而竟不然，惟知用壓制手段
> 以行其是，於湘、鄂、粵、蜀四省人民，俱未嘗加之意，愈抗爭，
> 愈壓制，不料川省人民保路之志已決，致激起罷市之風潮日甚，作
> 之俑者誰乎？……而盛宣懷坐擁部內，則議派兵彈壓之……惟以遵
> 前旨格殺勿論定議，別無所建言。若果因茲而招亂，致貽害全國，
> 盛宣懷將何以立於朝廷之上乎？」

《順天時報》一向認為，「民氣」不可遏」，視「民心」為重。它認為，湘鄂贛川四聲人民憤與抗爭，「可見中國民智之大開，較之官府之中，肉食者流，則為甚優，中國前途有望……」（《對於川省保路會風潮感言》〔註 15〕）此類言論還有《論中國民權思想之競進》〔註 16〕

其次，它警告清廷勿激化民憤，否則匪黨將「趁勢而起」——民變極有可能轉化成與清廷公開的對決。

〔註 14〕陳旭麓：《辛亥革命前後》，第 130 頁。
〔註 15〕《順天時報》第 2875 號。
〔註 16〕《順天時報》第 2878 號。

　　清廷以端方帶兵入川鎮壓保路運動，並鎮壓圍困總督府的川民、殺害無辜數十人，將川民保路運動視作匪亂暴動，該報認為，無論如何不能將「民與匪同類」：

> 川省之民，為爭路事，相與罷市罷課，敬奉先皇帝靈位，各自痛哭於家。如此者，誠令人不忍聞也……然前聞秩序各循，毫無暴動氣象……意若謂民無能為，決計帶兵前往彈壓……視民族之同胞，有如大敵之當前，何自欺若斯？……夫民之爭路者，非故與國家為難也，弗願路權為外人倒持，而自失其利也！即云鐵道國有，已定政策，然只可與民相協商，以妥籌辦法，而不得恃權威專事恫嚇也。……彼與革黨之大有戒心者，慎勿徒恃有兵為防衛，而至蔑視夫民也。蓋黨匪之防，重在安民心之為要云爾（《防匪黨重在安民心》〔註17〕）

此外，它還發表了《讀二十日〈告誡川民上諭〉》（《順天時報》第 2886 號）、《謀國者宜顧全大局》〔註18〕、（1911 年 10 月 1 日）《當道不可惑於革命之談》等三篇文章。總的態度是，四川保路運動不可以輕率態度應對之，應協商解決。

　　《順天時報》之所以堅決反對清廷對保路運動鎮壓態度，原因有二：首先，站在清廷之外，它清醒地看到，立憲派所領導的這場保路運動不僅僅是為了收回路權，同時也是為了反對專制，同肆無忌憚地破壞憲政（議事不經諮議局資政院議決）的內閣進行拼死鬥爭。如果清廷一味鎮壓，無疑將立憲派推到對立面去。其次，至於清廷視為「心腹大患」的「匪黨」，乃是清廷激化「民忿」後才給了它們可乘之機。故此必須「以撫為主」。

　　應當說，《順天時報》看到了此次運動的根源、較為準確地把握了形勢。然而，事與願違，清廷卻採取了堅決鎮壓的態度，逮捕了蒲殿俊等人，屠殺赤手空拳的請願群眾。後來——，南省民怨沸起，各省議員、工商界人士無不義憤填膺，立憲派開始對清廷產生絕望、紛紛「棄之他去」——立憲派在保路運動中迅速向革命轉化，這是《順天時報》最不願意看到的。

三、「防患當決定本圖」：對清廷「防匪亂」之建言

　　在鐵路風潮中，清廷認為「風潮之起在於匪徒從中煽惑」——即革命黨

〔註17〕《順天時報》第 2879 號。
〔註18〕《順天時報》第 2894 號。

借著保路運動之機會逞其素志。在廣州革命黨起事之後，清廷更加著意嚴厲鎮壓以防「大變」。對於清廷視革命黨為心腹大患的這一態度，《順天時報》表示極不贊同。它批評清廷專事鎮壓以靖亂，卻「不究及匪黨之所以煽惑之因」──內政不修、拖延立憲改革，致使民心思變。

首先，該報呼籲清廷反思，人民何以甘心為「匪黨」煽惑？──顯然在於民心不平：「政府一切改弦更張之事，不令民眾知之，有群議論朝政者，即以『民氣囂張』斥之」──清廷不從根本上改革政治，卻鎮壓民間，等於「激勵」造反。

> 按切中國時勢觀之，非改良政體，勢不足以防患，而何言策治安？……亦試思匪黨之徒，為中國民乎？抑外國民乎？夫既知其為中國民，則當究及其所以為匪黨之故……更當究及其胡為以少數之匪黨，竟能煽惑多數之國民。且既為禍首，而欲為大事，斷不能以一二人奏成功，乃一二人開其始，及其終也，勢至席卷囊括，凡我族類，皆願藉茲謀幸福，先棄身家而不顧，是煽惑之者，得所效用矣。維時政府之中，對於革黨之煽惑，若真心為國家防範……則必於革黨之所由起，與民之所由受其煽惑情甘為匪處，考察源委，力從根本上，實行醫治，令其於民間，無從藉為煽惑之資……若徒為匪黨之煽惑，擾害於治安，既一面嚴行防範，又一面激勵之不暇，觀古今中外國家之失敗，未有不由此者……對於民人，既議改行立憲，則開誠心布公道之為務，如是又安有革黨為匪之足患哉？（《防患當決定本圖》）〔註19〕

該文還以法國大革命為例，指出各國革命之所由起，均在內政不修。「今中國政府之所患者，決不如法國大革命所患之深」，因此，倘若真能「從根本上實行醫治」，決不罹法國之難。

其次，對 1911 年 8 月廣東革命黨屢次起事一事，該報有特別之看法。它認為，地方官平素不謀其政、導致事態發展，因此它激烈地抨擊諷刺地方官失職，建議清廷追究張鳴岐等主要責任。

背景是，4 月份革命黨在廣州大興起義。溫生才刺殺了將軍孚琦，後被捕犧牲。廣州地方惶恐萬狀，立即嚴加防範。5 月 27 日，黃興等人又領導了數百人的「黃花崗起義」，革命軍進攻總督衙門，總督張鳴岐狼狽潛逃。由

〔註19〕《順天時報》第 2823 號。

於雙方力量懸殊，最終起義被清軍鎮壓。雖如此，但此次廣東革命黨起事，對清廷統治者造成極大震動。即日上諭云：「廣東重要地方屢有匪黨勾結滋事，倘不嚴防恐釀大變……著文武搜捕餘黨、從嚴懲治，勿任漏網，以靖匪黨，以保治安。」〔註20〕

對地方官遇事驚慌失措，該報極為厭惡：「督臣張鳴岐既經電奏後，鑒於李準之被刺，異常焦急，請添募防兵，以備變亂之不測，而自陳病狀，有懇即辭職之意。嗚呼！中國封疆大吏，其識略，其政策，其氣概，果皆止於此而已乎？」（《粵省電屢告感言》）〔註21〕指出，地方官平時苟且偷安、不為國家實心圖治反倒借公謀私，遇事則唯思自保，趨利避害 —— 毀國之材是也。

> 於平昔時，禍亂之相，有一毫未造成，不肯以稍休。故對於 —— 官場中人，無論如何運動，只求能得希望之端，極一時之榮寵，而他不暇顧。語為「國家策治安，以造福民生」，政府則曰『是地方官之責』。而地方行政長官則曰『居政府者，不明於事實，動以大權操縱，吾惟有偷安旦夕』……由此可見，『策治安』之前途，內外官吏懷有實心者，蓋亦甚鮮。」「無惑乎古人謂：『國之失敗由官邪也』！且現在時勢之危迫，雖不能謂朝不謀夕，亦可云日甚一日……試觀今日者，風聲鶴唳，與國家大局之所關，固至為緊要，內外大小官吏，既分職授政於朝，其能獨自別於中國民族，而曰吾有威權在乎？猶欲持定趨利避害之主義，借時勢難因循，即引身而退，以善自為謀，但不知其必能如願否也！

拿這樣的「肉食者流」與革命黨相比，文章認為後者更可原諒：「其獨不念革黨之人，亦我族類耶？其所持亦自有政見，而非甘以犧牲性命為兒戲耶？死亡者相繼，憤激者不絕，其果人心思亂乎？亦望治之切至，迫不暇他慮乎？」（《粵省電屢告感言》〔註22〕）

最後，它指出：「民心思變」已露端倪，「當務之急」不在於對付「心腹之患」（革命黨），而應趕緊著手整飭吏治、肅清政事，才是「弭亂」之方。因為，地方政治瀕臨衰亂之邊緣已非一日一年。「在革命黨，則謂國家之治安，悉被極腐敗之政府盡力弄壞，危亡之禍近在旦夕，非聯合多數愛國志士，固

〔註20〕《順天時報》第 2767 號，「諭旨」。
〔註21〕《順天時報》第 2857 號。
〔註22〕《順天時報》第 2857 號。

結團體、自出黨謀，以革其命，不能以轉禍而爲福」。──中國各省民心，之所以對政府「屢生惡感」，也是由於政府腐敗：「各省民眾，見國家之日即危亡，政府諸公毫無振作之氣……」近年來水旱頻仍、民不聊生，而地方「貪官污吏不惟思患預防，反藉此謀朘民肥己，激之使亂，迨至亂萌已啓，更藉草菅人命，以爲邀功地步──」當其時也，即無革命黨起事，其誰能保維治安者？」所謂「人無寡焉，妖不自作」──當國內政治到了這步田地，即使沒有革命黨造亂，治安也難保。更何況，內亂難免招外侮，美國、德國軍艦已然派至廣州。因此，《順天時報》對清廷大聲疾呼：「爲政府當道計，務須從根本上求弭變之方，勿徒以文告飾詞，愚弄鄉民，使激而爲匪！」（《慮將來民變之可畏》〔註23〕）

　　總之，在 1911 年鐵路風潮引發的各省「民變」風潮中，《順天時報》公開地反對「匪亂」說法，指出革命黨之「合輯眾志、逞其素志」的背後根源：一在於內外官吏無保維國家之思慮，個個長於邀功索利；二則「以「苟且圖安之道」應付迫在眉睫的立憲改革，並且以腐敗激起民怨──因此，「愈嚴法懲治，民心之激憤愈甚」。故此，它極力反對清廷「專事鎮壓」，認爲這樣將會激發更大變亂；正確道路是從根本上著手──肅清吏治、根治腐敗，「庶政公諸輿論」〔註24〕、推進立憲改革。這些思想，還見於《痛懲政治之失敗在罪己》〔註25〕、《論專制之難速改》〔註26〕《論官制速宜認眞革新》〔註27〕、《論政治上之根本改革》等論說中。

　　然而，歷史卻總「不如人願」──它不再給清朝統治者以拖延的時間了。

第三節　「政治速行改革勿自誤」：「南北議和」之前的主張

　　1910 年 10 月 10 日晚，湖北的革命黨人利用鐵路風潮和端方率兵入川之機，發動了武昌起義，辛亥革命爆發。由於很多立憲派同情革命，起義一經點燃即成燎原之勢，至 11 月初，已有陝西、江西、陝西、雲南、安徽、江蘇

〔註23〕《順天時報》第 2767 號。
〔註24〕《順天時報》第 2896 號。
〔註25〕《順天時報》第 2837 號。
〔註26〕《順天時報》第 2889 號。
〔註27〕《順天時報》第 2840 號。

等省宣告獨立（只剩下直隸、河南、山東三省還服從清廷支配）。面對形勢的急轉，一直在「失望」中採取「觀望」態度的南方立憲派大報，言論也逐漸轉向同情革命。《時報》說：「試問今日之中國，尚能捨『革命』兩字，而別商和平改革之方略也乎？」〔註28〕然而，大勢所趨之下，《順天時報》卻仍然不改初衷──它抱著最後一線希望，大聲疾呼清廷「痛改前非」；力圖通過整飭政府、「即開國會」來挽狂瀾於未倒。

自10月10日武昌起義到12月1日「南北議和」這一個月，是清廷和南方革命軍對峙最為激烈的時期；而袁世凱的重新啓用（11月初），更使得局勢呈現出複雜多變的狀態。大致分為前後兩階段：

第一階段：清廷聞武昌「變亂」消息、大驚，諭令大臣蔭昌率北洋軍兩鎮南下鎮壓；兩天後又突然下令，啓用賦閒在家的袁世凱任湖廣總督，總攬水陸軍權（袁「堅辭不就」）──兩日內接連變更諭旨，可見清廷之慌亂。袁提出六條「出山」的條件（有「明年召開國會」、「寬容事變參與者」、「須有節制軍隊全權」、「組織責任內閣」等）〔註29〕。清廷猶豫再三不敢允予，不料兩日內卻連遭資政院全體立憲黨聯名上奏、及「灤州兵諫」；於是被迫在10月30日下諭「改組內閣：承認革命黨為政黨，並下『罪己詔』」；11月1日任命袁世凱為內閣總理，率北洋軍南下「撲滅亂匪」。這時距武昌起義已經20多天，南方革命形勢發展很快。

第二階段：袁世凱出山後，先南下督軍，與湖北革命軍展開激戰，革命軍後備力不足被迫後撤，漢口、漢陽失守。11月16日袁北上「組閣」、同時下令猛攻武昌，湖北革命軍危急。──「惡劣」的局勢呈現「轉機」，使得清廷和北方部分立憲黨又似乎重有了希望。不料，袁軍卻並未「乘勝進攻」，反而派人同國民軍接洽、商議「停戰議和」（袁氏預定「又打又拉」之計，既利用革命黨恐嚇清廷，又利用清廷壓迫革命黨交換政權）。此時，前途莫辨。

對這一個月的局勢，《順天時報》密切關注。它認為，革命黨所憑藉的是被清廷棄之不顧的民心，且南方獨立各省的立憲派響應革命，也並非全然出於對共和的認同（而是對立憲改革的失望）。因此反對清廷「強力鎮壓」，

〔註28〕《江浙兩省同時收復》（時評），《時報》1911年11月6日。

〔註29〕袁世凱的六條件，其前幾項是為了緩和革命黨和時人的心理，謀日後妥協政策之用，並非為清廷考慮。也就是從一開始袁就未做消滅革命軍的打算，而是決定「養敵自重」，以站在中間調停位置，謀雙方的利益。──見李劍農《中國近百年政治史》，第276頁。

大聲疾呼「速行政治改革」，以保持清廷的合法權威，同時全國不至於大亂。除了大力呼籲「安撫亂民」、「速行改革」之外，它對袁世凱上臺前後的作爲也密切地觀察並及時分析：起初，它不斷髮文提醒，要袁順應局勢、不辱使命──似乎把「召開國會」的期望寄託於新內閣；不久，它似乎預感到此人對清廷別有用心，終於在「南北議和」之前展開了對袁「首鼠兩端」的抨擊、提醒清廷勿上其當，力挽大局。

一、「民不可使爲革黨利用」──起義爆發之後的主張

（一）於漢口起義的驚訝與怒斥逃跑總督

武昌起義翌日，《順天時報》即在頭版「論說」下面，以大號黑體字特別登載「漢口電報」，言：「革黨佔據漢口，漢口除租界地以外均爲革黨所佔據。據聞駐該地之官兵因寡不敵眾悉潰散云」。「長沙電報」：「革黨攻陷長沙之驚電！本月十日長沙府爲革黨所佔據，革黨氣焰益熾，其詳報續錄……」〔註30〕配發評論說：「猝不及防，而革黨乘間，竟將湖北省城失陷，是則不能不爲之駭然也！」〔註31〕翌日，在「時事要聞」連續登載「變亂叢紀」（注意，稱爲「變亂」）：南京失守之驚耗、廣州失守之說、豫省匪耗、黃河鐵橋之破壞……並附以手繪「武漢形勢略圖」一張──驚訝與重視溢於言表。

接著，該報對逃跑官吏予以痛斥（針對湖北總督棄城而逃一事），並呼籲清廷採取有力措施維護局勢。它指出：地方官吏平日腐敗、「圖保自身」，久以「與民爲敵」，因此造成起義一發，民眾紛紛棄政府而不顧，風從革命。而──對於清廷允許臨陣脫逃的湖北總督瑞徵「戴罪立功」，大爲反對，說：「（瑞徵）乃忝不知恥，每一與革黨戰，即先懷邀功之心，不幸而不獲勝。該革督每一電達政府，仍願以攻自居，並與革提張彪，互作狼狽之勢，總計欺弄當道者，使爲己解脫棄城而逃之罪案，欲以一手掩盡天下人之耳目。噫！難矣哉！」當聽說該督跑到軍艦躲避，該文作者大力諷刺道：「該革督之所恃者，只有此楚豫一兵輪，即足周衛一身矣……設有不測，正可乘茲楚豫兵輪而遠揚。嗟夫！以中國之大，朝廷之上，所最信任之旗籍大員，有如瑞革督者，迄今時勢之急，而猶希圖苟免乎？」──表達了對不戰而退的清廷官吏極度蔑視。次日，它還在「要聞版」大版面登載了《爭鄂匪戰紀》，對

〔註30〕《順天時報》第 2903 號。
〔註31〕《順天時報》第 2803 號。

南方戰事極度關注，希望清廷迅速起用有力大員，將南方收復。

（二）「安民為戡亂之要」

雖然該報有上述主張，但是，與實施「速剿」的清廷不同，它沒有將目光局限在「剿匪」，而更加關注對南方民眾的「安撫」。該報認為：革命黨並不足懼怕，可懼的是地方民眾因清廷徒事鎮壓而一歸為革命之途——對此次武昌起義，應當力圖避免「民為革黨利用」；那麼唯一的途徑是「安民」，所謂「安民為戡亂之要」。它認為「災民之易為革黨利用，尤萬不可不防。圖曰『剿之而已』，於官吏之圖功，此事無難奏績，而民心之激憤，總宜使其為國家效用，不可使其甘心為革黨，禍亂之機在此！」〔註32〕

以革黨之起事，為亂國家張本，恐貽禍於無窮者。此不但官府中，目害將切己，凡我士庶民，一聞警耗，固無不皇然也……如此次湖北省城失陷。該地方之兵與民，胡為乎不以官吏為護符，竟變而為革黨之命是聽乎？雖曰被脅，當時為官吏者，權勢在其掌握，對於兵民等，獨不能脅之乎？異矣夫革黨之與官吏，具有大相反對之勢力，兵也民也，介在其間，何去何從？其轉關處，亦視乎孰能得其心之為要焉耳。朝廷上有鑒於此……奉上諭，均繫匪黨潛謀不軌……朝廷向來政尚寬大，凡屬國民，無不一視同仁……不得已之被脅兵民，類皆情有可原，不能不網開一面……（建議）將孝欽顯皇后所遺宮中內帑撥銀二十萬兩，發交袁世凱妥派委員，在湖北一帶，核實賑濟，以惠災民……彼革黨者，如不能得民心之附和，則其勢孤，而又何足畏？（《論民不可使為革黨利用》〔註33〕）

因此，它大力建議清廷採取「撫慰」政策：播發鉅款、賑濟災民，以免激起更大變亂。同時，它也沒有忘記這場變亂的肇事者——主持「鐵路國有政策」的盛宣懷，主張應嚴懲「以平民憤」：「盛宣懷恃有郵部大臣權力，建議鐵路國有政策，硬行請旨明詔於天下……以致民氣之憤激，勢不能遏。盛宣懷之罪狀，則已昭人耳目間矣，不幸而革黨又乘之，竟至寇陷湖北省城。……以此次禍亂之起源，皆由盛宣懷欺朦朝廷違法斂怨有以致之也！」批評盛宣懷是「手握交通機關，不惜專愎擅權以隔絕上下之情，於應交院協議交閣議決之案一切不顧……單銜入奏，罔上欺民，塗附政策，以致釀成禍

〔註32〕《順天時報》第 2912 號。
〔註33〕《順天時報》第 2912 號。

階！」認為其罪不容誅，懲治該人、可儆效尤，「位列大臣之輩，俱知所警悟！」〔註 34〕

（三）反對清軍「民匪不分」、「自毀人心」

11 月下旬，連克漢口、漢陽的馮國璋清軍，舉動卻大大出人意料：為泄憤連日縱火焚燒漢口街市——此事令《順天時報》大為驚詫與憤慨；與革命軍對比後，該報對後者評價出現改觀。

首先，它強調清軍這種「自毀人心」之舉，大為失策。在題為《官軍火燒漢口》的報導：「十一日漢口電云，官軍為燒攻漢口起見，放火市街，初十日以來，火勢不熄，十一日午時，火勢愈加猛烈，火焰直彌漫漢口全市。華界殷盛之要都，均成焦土，……然革軍仍死守市街，擬牆壁房窗以狙擊，官軍極力阻撓，此時炮聲叫喊之聲相和，光景極慘，民國軍政府漢口分府是日上午已撤歸武昌矣！」

它不點名地批評縱容軍隊的首領說：「竟有殘民以逞之官軍，大出其作惡之手段，肆虐於漢口，慘無天日，是豈盡官軍之罪哉！彼奉朝廷之詔命，若某將某帥者，無論其為漢族為旗籍為，獨不反而自思乎？……就令以民之附於革命黨為仇，不念其有愛國之心？」(《論安民不能以空文塞責》〔註 35〕)。「官軍奉朝廷之命，以剿撫革黨為職務，而忽焉不顧其他，竟在漢口地方，藉口剿滅革黨，大肆其焚掠殘暴之長技，以虐於國民同胞之父老子弟，而曰吾其宣力效忠，忍矣哉！……但不知是統帥不得人乎？抑軍規不嚴乎？當局者審查之！」(《論改革政治宜用文明辦法》〔註 36〕)

（四）對革命軍的報導傾向之變化

武昌起義之初，該報上還處處是「匪黨」、「匪軍」、「變亂」、「亂黨」等字樣；然僅 20 多天之後，稱呼就變為「革命軍」了，不久又更稱呼為「國民軍」。10 月 30 日「要聞版」登出《革命黨維持市面》，說「兵馬悉紀律，四市不驚」；次日刊出《革命軍聯日大獲全勝》的消息。而 11 月 5 日，報導《官軍之野蠻》、《人民之義憤》兩消息，說清軍以「落地開花彈向漢口華街亂發……觀戰平民，死數百人」；「當兩軍交戰時，萬餘人在鐵路兩旁伏地觀戰……每遇革命軍勝時，人民均拍手驚呼，聲如雷動……」

〔註 34〕《順天時報》第 2917 號。
〔註 35〕《順天時報》第 2924 號。
〔註 36〕《順天時報》第 2925 號。

在將革命黨的舉動與官軍做對比後，該報明顯看到，後者尚且不如革黨。因爲革命黨畢竟還是出於愛國之情，不似腐敗官軍毫無爲國考慮之心、爲所欲爲：「人心之公憤，實由於愛國之熱誠所發，不忍坐視肉食者流，將國家命脈，斫喪淨盡也。故觀於中國此次革黨之起事，嚴守文明秩序，登高一呼，四方響應，於內政外交之間，皆措施得宜……其誰弗心悅誠服者……夫革黨之宗旨，在政治上之改革，而非有他志，朝廷上亦曾見及之」(《論安民不能以空文塞責》〔註37〕)。在這裏，明顯表露出對革命黨宗旨的認可——「政治革命」而非種族革命。它對起義革命軍也不再稱爲「叛軍」或者「匪黨」，而逐漸改爲「革軍」、甚至「革軍志士」——這與之前的論調已發生極大變化。

總之，武昌起義後，面對局勢的急轉直下，《順天時報》十分擔憂。它呼籲清廷，切勿將武昌起義看作革命黨的一地之舉，而徒事鎮壓；而應當重視「安撫民心」，以圖轉圜大局。

二、「根本之途」——政治速行改革

《順天時報》認爲，此次變亂雖由革命黨而起，但各省「風從」，證明清廷人心已大失（尤其是拖延改革，造成立憲派絕望）。因此，挽救局勢最首要的是速開「完全之國會」，才能避免「舉國棄政府而去」。

（一）立即開放黨禁，將革命黨納入合法

該報先指出，清廷對此次革命黨的起事，負有不可推卸的責任：「有國家者，時且常出其慣用之手段，以製造革黨爲務，而不知自反省：內亂之作，安得而免諸？吾觀中國黨禁之嚴，已爲上下所共知，力行防閒，不肯稍容，故去年資政院開會時，有提議開黨禁之說，而終至未能施行……」事已至此，清廷應當擬定慎重方法對待：「苟徒恃聲勢喧彰，計以寒革黨之志氣，其孰能制勝與否？」(《續二十一日上諭書後》〔註38〕)因此，它提出應「開放黨禁」，使革命黨歸爲合法一途。武昌起義10多天後，清廷終於發佈寬赦政治犯的「上諭」：

> 凡主政治改革者，對於朝廷，跡雖近於要求，每皆發於愛國之熱誠，激而出此云爾。故朕亦鑒於國勢之險危……並赦宥一切因犯政治革命嫌疑人等及此次革命黨人，准其改組政黨，收作國家之用……持

〔註37〕《順天時報》第2924號。
〔註38〕《順天時報》第2930號。

種族革命之說者，意在離間滿漢，激成仇釁，禍變相尋，必須大局靡爛而後快……若任其鼓吹邪說肆意擾亂，吾民流離轉徙，死亡枕藉……若其翻然改悟，仍應悉予寬容，不咎既往，由斯以思，望治之人民，固所心願也。(《讀二十三日上諭》〔註39〕)

《順天時報》對此表示贊成，它著重評論說，革命黨「政治之念」重於「種族之念」，倘若政府此後能眞心立憲，吸納各方愛國階層，則革黨也成爲改革可用之群體。這是一舉兩得的事：

嗚呼！時勢至此，革黨所由勃興於一時之間，而四方響應云爾，如以爲叛逆也，作亂也，試思黃農虞夏而後，所有叛逆作亂之起事者，有能旌旗一舉四方響應如此者乎？乃政府不知詳察，對於此次革黨之舉，仍欲假朝廷之明威，以相恐嚇，而於世界全局，莫之曠覽，於人心之趨向，又莫知所從違，但恃弄權之伎倆，冀設法使革黨不得逞其志，而不知廿二省之人心，去政府已遠矣！苟不按人心素所企望者，爲之實行改革政治，順其道以施，則國勢之危急，恐不可設想也……所幸者革黨之起事，實爲政治之念重，種族之念輕，若眞心愛國者，能及時改良政體，以順乎天而應乎人，則轉危爲安，原自易易也！西人有言曰：改革之業，如轉巨石於危崖，非達其目的不能止。以視中國現時之政治不能不改革，其勢爲何如。竊念夫革黨之勢既成矣，而新內閣之組織亦業經成立，政治能實行改革與否，其速行解決勿自誤。〔註40〕

可見，《順天時報》——此時公開承認革命黨在最終目標上與立憲派一致：推翻封建政體，建立民主政體；因此清廷立即實行改良政體，則是唯一挽回途徑。

(二)「捨此外無他途」：立即順應輿情、召開國會

其實，對「立即籌開國會」——這一挽救時局的辦法，清廷也知其必行；然而卻憚於權力喪失殆盡、遲遲不動；直到 10 月 22 日河北張紹曾兵諫之後，才引起滿族大員的恐慌〔註41〕。但是，清廷考慮問題的立場、出發點與人民

〔註39〕《順天時報》第 2930 號。
〔註40〕《順天時報》第 2935 號。
〔註41〕河北張紹曾兵諫，提出朝廷應罪己，這是軍隊表現出離心離德的徵兆。紫禁城大爲恐慌，載澧被迫解散皇族內閣，頒佈「罪己詔」。

不同，對憲政的認識也和立憲派有一定距離，因此，「詔旨」除否定革命的正義性，並且僅聲明重組內閣、並未通告「即開國會」。《順天時報》對此大為不滿，在《政府不憚恃「罪己詔」而幸免》一文中，它警告載灃：「我皇上雖聖明，終不免為跋扈之王大臣所誤，而仍以因循苟且、偷安一時，為目前之計。想政府之中，意自謂得所憑藉，而其他又何慮？嗚呼！禍亂之兆，既由此起，國勢之岌岌可危矣！」〔註42〕

值得注意的是，此時該報開始對新內閣總理袁世凱進行言說，提醒它「早定大計」：

> 說者曰：此次中國革命黨之起，原於專制政體之舊，決議破壞之，非私營也。故朝廷之上，聖明洞鑒及茲……另諭袁世凱組織完全新內閣，實行立憲政治，以為自強之策，意誠善矣。而奈國會不詔令迅速開設，徒為是苟且圖安之計，按之實行改良政治之道，即有所未盡也。嗚呼！政治改良，其難矣哉！是則袁世凱之所當慎為籌畫，而不可執意見之私，妄行恣睢也。蓋現在時勢，危迫已達於極點，人心惶恐，至不能以遏止，其有政治思想者已多矣，國家之觀念，與時俱進，特肉食者流……亦只顧目前之危急，而不計其他，可憂孰甚焉……尚冀我皇上其真開載布公，以統一民心之為要，萬勿使外侮加入云。

也許是出於對袁世凱是否能擔當此任的不完全信任，它還特別提醒「勿執私念以恣睢」：「罔上行私者，以與輿論之不便於己，而恒斥之以『民氣囂張』也。嗚呼！觀近者各直省所未安，是則有大政治家出，利用民氣，以倡導輿論之公，而使生人政治之思想競進，時勢遂難危，自無不可為也。如謂不然，獨不念輿論之勢力大矣哉，恐不免有所失！」（《輿論不可終拂》〔註43〕）

終於，在壓力之下，10月30日，載灃頒佈了數道上諭：一、下詔罪己、實行憲政，「以前舊制舊法有不合於憲法者，悉皆罷除。」〔註44〕其二，解除黨禁，赦免戊戌以來的政治犯，「以及此次亂事被脅自拔來歸者」；其三，準備組織完全內閣，「以符憲政而立國本。」11月3日宣佈了《憲法信條十九條》，正式確立了憲法的根本原則，確立了君主立憲政體。〔註45〕——然而，似乎

〔註42〕《順天時報》第2928號。
〔註43〕《順天時報》第2908號。
〔註44〕《清末籌備立憲檔案史料》上冊，第96～97頁。
〔註45〕對於《十九信條》，當時的各國駐京公使聯合照會外務部，「均認為有價值之

「爲時已晚」。「十九信條」宣佈的第二日，貴州又宣佈獨立，繼之江蘇、浙江、廣西、福建、安徽、廣東都與清廷脫離了關係。這種形勢令《順天時報》十分焦慮，此時，唯一的希望，似乎只有寄託在替代奕劻內閣的袁世凱身上——然而，袁內閣是否能夠「棄舊圖新」？

（三）棄舊圖新：對袁世凱「新內閣」的期望與提醒

　　1911年11月13日，袁世凱在揮軍攻克漢口之後，奉旨北上入京、組織新內閣。上任內閣總理後，它向清廷提出了一個重要建議：派宣慰使到南方各省勸導立憲派赴京：「公舉素有名望，通曉政治，富於經驗，足爲全省代表者三五人，諭令克期來京，公同會議，以定國是」——表明清廷要與南方立憲派精誠合作，籌劃立憲大業。對此，《順天時報》十分贊同，它立即發表《歡迎袁內閣總理之蒞新》一文說：「竊想此亦袁內閣之所建議，爲各省士紳之所表同情，而群相歡迎也……今者袁內閣奉朝廷簡命，以辭不獲己而蒞新，其公忠體國之心，具於平素，其政策之建，弭內患，防外侮，必自胸有成算，不至倉皇失措，貽誤於國家全局……現在慶內閣既已改換，而袁內閣甫經蒞新矣，或者其亦不能固執成見之甚也，故不禁惟是歡迎之。」〔註46〕——藉此敦促新組閣的袁世凱，希望他能夠對政府進行大刀闊斧地改革，即時召開國會，以立憲來收攬人心。

　　然而，袁世凱此舉卻別有意圖、根本不是爲聯合南北立憲黨所爲（而是派御用代表來鉗制民軍的代表會，爲其謀下一步攬權爭取時間）。此後不久，此人更明顯露出破綻——其「鞠躬盡瘁、扶持大業」似乎不過僅僅作一姿態。11月中旬，袁向朝廷密奏了兩項舉措：一是對武漢軍事之急需，不得不重借外債；一是對鄂之亂，謂爲『天下罪魁』，俟大局稍微轉移，急當『嚴剿』（昏聵的清廷竟然大爲贊許，表明它根本上還未意識到局勢之危急，仍視革命爲心腹之患）。

　　《順天時報》獲悉後，大惑不解地說：「不知政策之將安出也，仍蹈襲覆轍、以圖苟安於旦夕？」（《望袁內閣之宣布新政策》〔註47〕）它勸告袁

立憲政體，共願扶助中國憲法之實行。」日本法學博士評論說「憲法信條全然顚覆其國體，直當謂之民主國也。」見《盛京時報》1911年12月9日、13～14日。
〔註46〕《順天時報》第2931號。
〔註47〕《順天時報》第2933號。

世凱應順應形勢：「斯時也，中外之眼光，咸注於高臥彰德之袁項城，大有斯人不出如蒼生何之概。朝廷厚禮卑詞，一再起用……果能高出於貴族內閣及尋常萬萬之上，獨抱惟一無二之政見乎？抑仍蕭規曹隨，景陽待漏，祇不過奏派十二宣慰使，及調換各部國務大臣而已乎？」（《對袁項城之希望》）〔註48〕它還分析指出，現在全國之局勢能否轉圜，全繫於袁世凱能否以「實行立憲爲要圖」：以往皇族內閣招禍；現在新內閣一經組建，政治獲得新的轉機——「革命黨於此，見新內閣之組織，非復昔日慶總理之舊，而或即欣然貼服」。以此勸道袁世凱能力挽大局。

總之，袁世凱在 10 月下旬攻克武漢後的舉動以及組閣後對清廷的建言（強力鎮壓革黨），顯示了清廷的不明智和袁世凱的叵測意圖。《順天時報》彷彿預見到嚴重後果，因此，表面上以「論說」方式不斷地對新內閣進行敦促，實際上是防止此時「大局」滑向不可收拾的深淵。

（四）指斥袁世凱「專擅弄權」，警示清廷勿中其計

新內閣既沒有召開國會的打算，同時，攻克武漢後，也不繼續進軍，而是積極醞釀「南北議和」。1911 年 12 月 1 日，該報突然刊登出一篇《論撥亂反治之宜急》〔註49〕的論說，語氣異常激烈：「古制治之隆也，必須君民聯爲一體，無有擅權弄勢者，橫作威福於上下之間，而後政道之行，不至多阻礙！」——這裏雖沒有明示「擅權者」是誰，但矛頭明顯指向指袁世凱。毋庸置疑，在官軍節節勝利、形勢扭轉之下，袁突然停戰議和，顯然別有所圖。加之袁組閣後，根本不著力消弭南北隔閡；反而建議借款、興兵弭亂……

以上種種，終於讓《順天時報》看清其人面目，於是高聲呼籲清廷能重振力量、除去奸臣：「舉上下隔閡之跡，而實行掃除，勿任宵小之徒，肆行欺君妄民之積弊」！——「宵小之徒、欺君妄民」，批判極爲尖銳。它甚至指袁世凱乃賣國之罪：「國勢之危及，雖由革命黨發其難，實則由擅權弄勢者之作僞，借改行立憲之名，而行專制之私」，建議當道者「深自引咎」。（《對於中國君民之感言》〔註50〕）然而，面對已然坐大的袁世凱集團，清廷早已力不從心。12 月，載灃迫於國內輿論引咎辭職——袁世凱借立憲派之聲音迫載灃交出政權，又借朝廷之手解散了資政院。對此，《順天時報》痛加

〔註48〕《順天時報》第 2934 號。
〔註49〕《順天時報》第 2944 號。
〔註50〕《順天時報》第 2948 號。

鞭笞，罵袁是「誤國之亂臣賊子」，「欲假手於朝廷」以自營私，顯示了它的憤慨之情。

　　總之，武昌起義之後風雲突變的一個月，當南方立憲派報紙如《時報》等，紛紛對時局採取「權衡觀望」之態度時，〔註51〕《順天時報》卻抱持幾點不同主張：一是「安民」以維大局；二是「速謀政治改革」與立憲派合力、召開國會（也包括赦免民黨等）。這說明，它仍然對清廷的最後命運報以希望，希望能夠爭取回已經失掉的南方立憲派的支持、力挽狂瀾。——征諸當時北方局勢，應該說，該報的這一觀點，與當時北方各省立憲派所表現出的態度直接相關：此時，留在京中的欽選議員和極少數民選議員都在爲反對共和作努力，東三省代表提出堅決反對共和，「不惜一戰」，「以爲政府後援、減殺革命軍之勢力」。同時也反映了該報的一貫堅持的政見。

第四節　「政策勿再由官府貽誤」：「南北議和」之後的態度

　　1911 年 12 月初，在袁世凱的策劃下、由英人朱爾典出面建議暫時停戰、「議和」（先定三日停戰，後又兩度延期）。革命軍因漢口兵力疲憊、後援不足，暫時同意該計劃。隨後，12 月初清廷派唐紹儀與民黨伍廷芳展開爲期一個月的「議和」——圍繞主題是「立憲」還是「共和」。

　　在清廷、革命黨和袁世凱三者心中，對「議和」前景懷揣不同意圖：清廷認爲，如果能在和議中顯示「速行立憲」之決心，可以拉回立憲派之心、使局勢有所轉圜；同時公開赦免革命黨，爭取將其鬥爭削弱而招撫——如不行，不惜對革命軍繼續開戰。而革命黨則看到，立即繼續作戰顯然勝算不足，不如先以議和做緩衝；而談判之基礎是必須「實行共和」——在這一原則下，以「總統權力」誘降勸服「中間派」袁世凱，使其棄暗投明（孫中山讓總統之位）。而兩者之間隱藏最深的則是袁世凱——他希望用「調停之位」，一面用革命黨來壓迫清廷交付大權；一面用清廷來逼迫革命黨，最後謀取將大權掌握在自己手中。

　　12 月 20 日，伍廷芳提出「非承認共和，別無和議辦法」；北方代表面對「長江一帶共和之說已充滿」的形勢，一時未敢宣明「立憲」主張，於是唐

〔註51〕丁守和主編：《辛亥革命時期期刊介紹》，第 2 冊，第 267 頁。

紹儀電請袁世凱，回曰：「姑先開議」。此事激起留在京中的欽選議員和極少數民選議員（堅定的君主立憲分子）的強烈反應——他們認為，以承認共和為議和的先決條件，「不但排清，直是排北」，「實係不能再為俯就」。他們致函袁世凱：「為今之計，惟有固結外交，自作戰備。和議不成，曲實在彼，彼黨必各生意見，乘機取之，全國大局指日可定」。還有「剿撫並舉」的主張：「取之之道有三，一曰間，純粹革黨之外，均可用之；二曰撫，宜先海軍，次及各省；三曰戰，先取湘鄂，聯合雲貴，進攻江皖。三者並進，久之彼黨必生內訌，將可不攻而自破矣。不然，以總理之威望，扼守長江，聯合江北各省，猶能自立。若稍遷就，使一二無知少年肆行其志，無論如何，一定無好結果。外人從而干涉之，將來禍機更不堪設想矣。」〔註52〕東三省代表還提出「和議不成，必須一戰」〔註53〕——從這些可見北方立憲黨的態度之非常堅定，不惜以戰捍衛清廷「立憲」。

26日，唐紹儀提出折中辦法——「以君主、民主付諸公議」，即用公投形式「決定國體問題」；在清廷看來，國體公投結果「立憲」希望很大，於是12月29日清廷下諭召開「臨時國會」，令各省士紳推舉代表來京，「共謀扶危定傾之策」〔註54〕；30日，雙方定下選舉代表方式、開會過程。——僵持局勢剛出現破解之兆，不料，卻遭袁世凱反對，他暗示馮、段等人通電全國「堅決反對共和」，做誓死抵抗狀。南北局勢，一時間又呈現緊張莫變之態。〔註55〕

先此，《順天時報》對「南北議和」並不十分贊同，因為當時清軍勢如破竹、革命軍實力似難支撐（大概也因戒備袁世凱議和「別有企圖」）。然而，當時勢推演到「召集臨時國會」時，該報則表示大力贊成——這乃是從北方的局勢的觀察、以及無辦法中之最後抉擇辦法。「國體訴諸公議」，還有可能成就「立憲」，以此來挽回全國立憲派的心。不想，在袁世凱野心昭昭之下，「臨時國會」又遭破產，於是，該報遂展開了大力的抨擊與批判。

一、議和初期：力諫政府開誠布公、「政治改革不容作偽」

12月初，遵照《十九信條》承諾的「立憲國體」，北方立憲黨以資政院為

〔註52〕《辛亥革命》（八），第223頁。
〔註53〕《清代檔案史料叢編》第8輯，352頁。
〔註54〕《清末籌備立憲檔案史料》下冊，第664～665頁。
〔註55〕袁世凱突然反對「臨時國會」，表面是不贊成會議的進行方法和地點，實際上則是因為十三日孫中山就任「臨時大總統」，引起袁的猜忌。

核心，多次召開討論，一是如何開展改「立憲政體」；二就是就「是否開戰」爭論不下。對第一點意見較一致：應設法使未獨立省區的國民「表示君主立憲主義」，「以爲政府之後援，減殺革命軍之勢力」。——這一點與《順天時報》不謀而合。它也認爲：此時如果清廷表現出改革決心，全國局勢還是能避免「共和」的，因此清廷應立即「開載布公」、避免和談破裂。

首先，欲使得革命派眞心貼服政府，清廷必須完全剷除其「私念」。因爲後者雖然頒佈了《十九信條》，但實際乃迫於革命的威迫、才「不得已而爲之」；在《順天時報》看來，清廷是否眞能迅速改良政體、召開「完全國會」，實際可堪疑問，尤其是抱持以「君主立憲」來敷衍革命思想的不乏人在。在這種情況下，「議和」是根本無法成功的。12 月 7 日，它發表了《論政策勿再由官府貽誤》〔註 56〕的「論說」：

> 而曰苟能確定君王立憲之政體，外此凡革黨之所要求，無論如何，皆可取決於國民之公議。嗚呼！以若輩之大臣近臣等，失信用於民已久……驟而欲以片語欺盡天下人耳目，使仍心乎朝廷，爲官府作保障，以自便於營私……因循偷安一時，於國家之全局，則固未之顧慮也……蓋中國人之習於因循偷安，非迫於萬不得已，皆不肯大事其變更，苟頃刻之際，能稍因循，各自以偷安爲榮幸……故自武漢革命軍一起，政府初欲剿滅之，既而見勢不可強制，陽則示之以媾和，陰則毒計暗施，務望離間民心，以孤革黨之勢，使不得有爲……雖曰民之新智識未優，其程度亦未甚齊，而以較之官府中肉食者流，則見其有過之無不及也，既時勢危迫至此，故不禁爲之憂。
> 政策之決定，要在上下和衷共濟而已。

《順天時報》彷彿已洞察了滿族朝廷的「樞機」——「陽則示之以媾和，陰則毒計暗施」——其結果，必然導致大局崩裂，喪失最後挽回的機會。故直接指出：此時政府不迅速決定大計，人心漸變，「君主立憲」很快將成泡影，「救國唯在速斷」。

該報要求當道痛自反省此次革命黨起事的原委，要求當道勿再「瞻前顧後」、貽誤和局，錯失最後機會：「其亦當思夫中國此次革命軍之激憤已甚，皆由於內外官府託籌備立憲之名，而行其專制之實，以至眾怒難犯，故國家傾危至斯。然使今而後，確定君主立憲政體，則皇室之尊榮可保，然肉食者

流，不知將何以爲計也？所宜痛自引咎而已。甚勿徒歸罪於革黨之擾害治安，以爲該黨系種族革命者」。〔註57〕──指出爲雖然「還政於民」有損利益，但畢竟可以「保皇室之尊榮」。

其次，它特別針對袁世凱新內閣指出「政治改革不容作僞」：

12 月 8 日，《順天時報》發表《改革政治必須破除成見》一文，對袁世凱的欺上瞞下的做法，提出質疑：「若內閣總理大臣袁世凱，專注於政府之堅固、羅致人才供其驅策，乃於收拾人心之措置於身後」，這樣難免重蹈滿族政權之覆轍，「自失其信用」。作者大聲要求袁世凱政府：「及時大開國會」以解決一切政治問題。〔註58〕

甚矣，夫人之不可以作僞，而自失其信用也……向使朝廷之上，大德懋昭於天下，永無朝令夕改之失，則民心感服，其誰敢對於朝廷上以作僞相猜乎？設或朝令夕改已久，在出者不以爲怪，而其所有全國民族，亦習知朝廷上之發號施令，皆一時因循苟且之計，愚弄百姓之方，由是民心積怨，變亂已肇……竊觀今之中國，事變之亟日甚，土崩瓦解，大局糜爛，夫固有由來也。總之民智開通，東西洋文明之輸入非一日，則有可爲……則政治實行改良，乃所以收拾民心之要道也。不此之務，仍欲持空言以欺人之耳目，又誰其信之？且吾嘗念夫中國此次內亂之關，良以不能改革政治故而無他……而若政府當道者，則亦宜將私營之念，痛自掃除，不可瞻前而顧後，但顧假明威於朝廷，大肆其作僞之政策也。蓋中國政治之改革，出於不得已……明知信用已失，動關全局者，而猶步作僞心勞日拙之後塵，不顧其他，於一切改革政治事實，毫無所籌策，難矣哉！但曰以和平了結，勿使革黨滋擾，果有何益？（《論政治改革之不容作僞》〔註59〕）

可見，在「南北議和」開始後，《順天時報》並未直接表明對「戰」與「和」的態度──「議和」由袁世凱不願「戀戰」而起，無法更改。它集中精力呼籲清政府率先研究如何速行立憲、召集國會──爲了在最後關頭「促其夢醒」，以實行君主立憲來保衛全國大局，使其不至於「糜爛」。可見該報對於

〔註57〕《論官府宜速謀實改革政治事》，《順天時報》第 2958 號。
〔註58〕《順天時報》第 2952 號。
〔註59〕《順天時報》第 2960 號。

立憲能夠「消弭革命」的極大信心。

二、議和中期：早日召開「國民大會」、公決政體

南北僵局，至 12 月 26 日唐紹儀提出「召開國民大會，公決民主和君主國體」的調和方案後，得到破解之機～28 日經過隆裕太后批准，南方代表同意「按省選取代表」方案確立。然而，在召集「國民大會」的地點上發生了爭執。北方的主要力量——堅定的君主立憲份子認為：「以現在上海之人強指為各省代表，草草議定，似此辦法，名為共和，實則專制。誠恐君位一去，大亂斯起」。〔註60〕在北京的資議院議員紛紛上書袁世凱，主張「速為開戰，以作孤注一擲，勿再著著讓步，以增敵勢」〔註61〕。意為一旦召開南方主導下的國民大會，則恐大勢將去。

然而，《順天時報》卻認為「國民大會」有希望。它說：其一，這是維護大局、實行君主立憲最後機會，不然只能兵戰解決、「生民塗炭」；其二，該報似乎對於選舉的結果會有利於立憲派報有很大決心。但是，同時，它窺視到了袁世凱擔心選舉結果（孫中山當選）不利於自己、而將採取阻撓手段，認為這是最大危險。因此，《順天時報》大聲呼籲召開「國民大會」，同時不斷警醒注意袁世凱。

（一）大力陳述「君主權威」對維護人心的作用

《順天時報》發表論說，分析「臨時國會」的勝算很大：當時清廷皇帝「君主權威」的合法性尚在，全國人心還沒有徹底棄清廷而不惜之意；建議清廷應妥善用之：

> 而吾謂維持今日之大局，收拾今日之人心，所可憑藉者尚有二端：
> 一曰歷史之威力也……即統治中夏二百六十餘年之人，縱有民心離渙，不洽輿情之事實，而對於朝廷，尚不無尊重之觀念也……則可為政治家之所憑藉者一：一曰國交之勢力也……據表面觀之，湖南湖北相繼陷落，各省除邊疆外，固不四分五裂，群伏危機。所謂朝廷者，不過徒擁虛器而已。此二者武昌政府之所未有。

> 四川人民之趨赴督署，跪請成命之收回者，猶奉先帝之位牌。山東聲明獨立，孫寶琦被舉為總統，而報之朝廷，猶有臣該萬死之語。

〔註60〕《辛亥革命》八，第 155～156 頁。
〔註61〕《大公報》1912 年 1 月 5 日。

伍廷芳電請遜位之忠告，猶有聲嘶淚竭之詞。凡此皆歷史之威力，自在人心，僅謂爲假設之虛禮不可也。不然，既叛矣，何庸此虛禮爲耶？若憑藉此力以力圖恢復，非必不能之事也昭然矣。

然則如何可以利用其歷史之威力乎？……周者以民之心爲心，天視民視，天聽民聽，雖欲不興不可得……即如張統制所請之十二事，雖曰帝權顯然削減，尚依該院之議，亦可見朝廷重民之一斑矣。

若夫朝廷親察民心之所樂所望所祈禱者，於未經要求以前，與之不吝，先於輿論而善導之，是今世之盡善盡美者也。日本爭執之改革，出於皇室，如自治制度，皆於國民未求以前，而先予之者，故日本政治之革新，當時稱爲御改正，蓋改革出於朝廷之謂也。(《執政者須利用朝廷獨有之力》〔註62〕)

清廷皇室仍然具備一定的號召力，可以作爲維護全國大局的合法性權威；但同時，執政者必須能夠在此之下，確實實行日本明治式的改革，才能夠有力挽狂瀾的作爲。《順天時報》還認爲，「民可與樂成、不可以圖始」，革命黨爲改革政治事情發難，後全國響應——「圖始」顯端倪，因此「樂成」之時機十分成熟。「改革政治速望有成」。〔註63〕

（二）「改革之目的務終達」：立即召開「國民大會」以公決政體的主張

12月26日，隆欲皇太后頒佈懿旨，宣佈召開「國民大會議」決定政體：「我國今日於君主立憲、共和立憲二者以何爲宜？此爲對內對外實際利害問題……自應召集臨時國會，付之公決云。」《順天時報》發表議論說：「嗚呼！吾想全國民聞知，雖決意於共和之爲要，而其對於朝廷之上，亦無所宿怨，自各抒其愛國之熱誠而已，絕不能似彼誤國殃民之輩，情甘釀成巨禍，而猶飾謂時事至危急，已無可爲焉耳……願我愛國軍民，各秉至公，共謀大計……以合謀保維國家全局，而勿或有所私見之爲要！」(《讀上諭克期召集國會有感》)〔註64〕

然而，袁世凱此時的做法卻與南北兩派都「南轅北轍」：不僅不打算召開國民大會，反而聲稱「政府不穩」乃是倡議共和之輩「不守秩序不納賦稅」

〔註62〕 《順天時報》第2969號。
〔註63〕 《順天時報》第2966號。
〔註64〕 《順天時報》第2971號。

造成的，因此竭力「加固政府」，而對於「臨時國民大會」則採取拖延態度。
——《順天時報》清楚看到袁世凱之心口不一、蒙蔽聖聽，立即一針見血地
指出，袁以橫生枝節阻撓「臨時國會」，實際上在於謀取將來一己之利。

> 但政府當道，若內閣總理大臣袁世凱者，雖亦抱定君主立憲之旨，
> 曰「吾將鞠躬盡瘁死而後已」，而其實則亦明見夫大局糜爛，人心已
> 去，非改行共和政體不可，無如地居嫌疑，不敢昌言於朝也。特其
> 他一般肉食者流，竊自恐君主立憲一不行，則權勢無所憑藉，而平
> 日之惡績愈彰，將不免受人之攻擊，至無地可容，勢惟是不得不以
> 君主立憲，託名于忠愛之所為……而豈知國勢至此，危迫之極，苟
> 欲盡力保維，必真正豪傑志士，特抒其熱誠，與民族同胞，進取無
> 間，終以達其改革政體之目的，為國民所有事，則可也。(《改革之
> 目的務終達》〔註65〕)

在大力呼籲「開國民大會」的同時，《順天時報》也對各界未來參加大會代
表（包括北方立憲派和南方各省）呼籲：「願我愛國軍民，各秉至公，共謀
大計」，「勿或有所私見為要」。「現官革兩軍，正以停戰議和、翼妥籌完全改
革政治之道。所望於大政治家，目的克達，務以國利民福為主，而勿或貽誤
時機之為要，否則內亂不已，外患交乘，而何改革政治之目的終達云？」

（三）苦勸革命派：「以保衛秩序為務」

除了向清廷建言外，該報對於革命黨也苦口婆心地勸導。它說，從朝廷
政治上看，「監國遜位、親貴退職，完全內閣，擔負責任，且憲法『信條十九
條』發佈命令，限制加嚴，將來行政之權限，當不患組織完善之機關……」(《對
議和前途之希望》〔註66〕)

12 月 17 日，發表論說：「無論現在情況，蹈埃及之覆轍，權救急於燃煤，
兩丐相持，饑則俱倍。戰事延長，均非計所得也。夫國與國戰爭終了，軍費
之賠款、土地之割讓，特別利益之條約而已。若夫國民者，要求政治改革者
也。社會之進退，為國家之*趨*向……為國民計，宜以保衛治安維持秩序為前
提，而不必違反歷史遺傳風俗習慣，斷斷然以君主民主為前提」又《對於議
和前途之期望》〔註67〕——實際上是勸導南方革命派的放棄共和，同意完全

〔註65〕《順天時報》第 2974 號。
〔註66〕《順天時報》第 2957 號。
〔註67〕《順天時報》第 2957 號。

立憲,「漢陽歷歷,江水悠悠,竊願識時俊傑,解除武裝,勿一意爭持而不休也。尤願議和全權,諸省代表,理解勢喻,而不致再起急激之惡潮也!」其意在以國家穩定大局,來勸說革命黨。

對於那些堅決不願用「國民大會」解決問題的人們,該報則這樣言說:「抑思國民同胞,若真具有政治之思想,富有政治之能力,何至世代相迭更,俱相沿束縛於專制政體之下,無論如何遭塗炭之苦,終不知善自為謀也?……嗚呼,以競專制之老大帝國,及是時而擬實行改革政治,與民更始,煥然維新,何幸如之?然亦終係吾民之政治能力如何,竊敢以拭目以待。」〔註68〕——意思是,國民大會是檢驗國民是否真正具備「政治能力」的途徑,如國民果有「共和之能力」,則在國民大會中即會有反映;而不願意、不敢開會,則是本身對此沒信心。這卻是採用「激將」口吻,對革命派進行勸服。

總之,在全國 13 省已經宣告獨立之時,《順天時報》仍在絕望中敦促清廷「痛改前非」,召集「國民大會」以公決政體——它認為這是唯一能夠挽救危亡的辦法。《順天時報》之所以對「國民大會」有如此信心,在於它對局勢的觀察與分析:「現聞革軍中有兩派,所持主義各有軒格;即如湯壽潛、黎元洪、湯化龍、伍廷芳等一意在調「立憲共和」;惟程德全、黃興、張季直、宋教仁等一派純主張民主共和,絕不容有君主名義存在。」(《黨派懷抱之不同》〔註69〕)但是,此時,局面已經非清廷所能控制、也非《順天時報》所能預料的了。

第五節　南京臨時政府成立之後的表現

1912 年 1 月 1 日,十七省代表在南京集會,選舉孫中山為臨時政府大總統。與此同時,南北雙方就開「國民大會」的地點,爭執不下(「議和」又被迫展限兩周)。此時,袁世凱突然指示馮國璋、段祺瑞發出「誓死抵抗」的叫囂,並撤銷議和代表唐紹儀資格,製造「決裂」的姿態。11 日,孫中山率南方革命軍「北伐」,安徽、河南、湖北展開激戰……然而不久,國民軍遂因財政不支及列強干涉被迫中止北伐,南北雙方再度「議和談判」——這種「戰既平戰,和又不和」的局面正中袁世凱之「下懷」:用「戰」逼迫南方勿食前

〔註68〕 《順天時報》第 2991 號。
〔註69〕 《順天時報》第 2964 號。

言、又以「和」來維護關係不至破裂，最終逼迫清廷交出政權，以篡奪總統之位。

眼看局勢滑向不可挽回的深淵，《順天時報》立即站出來大聲呼籲「議和應速決」（反對在「國民大會地點」問題上爭執不下）。它提出兩點：一、盡力和平解決，避免局勢走向「破裂」以招致國家大亂；二、如果實在南北雙方就此問題無法調和，則不如「一戰」。——彷彿已預示到這種「不戰不和」狀態，將斷送「立憲」之最後希望。然而，令其失望的是，1 月下旬南北雙方暗中就「清帝退位條件」展開了談判——清廷的命運幾乎已定了。

一、議和速決，「苟不能和，不若速戰」

在「議和無限期延展」之際，該報十分著急。它主張，首先爭取以「和」解決（即爭取革命黨贊同「立憲」），但必須「速決」；否則越拖越不利、不如早戰。

1 月 20 日，一篇署名「牟樹滋」的文章出現在頭版，標題是：《論救國唯在速斷》。文章以國人之筆，指出南北兩方「爭執不下」的惡果——「兵連禍結」，不僅塗炭國民，西方列強或「重起瓜分之議」，國將不國。

> 武漢事起以還，蹂躪十餘省，國家之政治機關，僅備形式，政府之威信，迫墮於地，而呼應弗靈，一切未結之外交，均且暫停不議……
>
> 列強之對我國，有保全瓜分兩論，保全惟列強謀之，瓜分亦惟列強謀之。今使此次之亂事，不能速為解決，則曠日廢時，兵連禍結，以致國民之生氣，日即於頹委之途；將不獨各國貿易為之障礙，恐工商不振，將來永受其影響，而無以挽既倒置狂瀾，列強所以不能默視也，干涉因之而起。……斯不得不任列強之所為……則利益為之所吸收……將必空戴國家之名。

並且認為「速和」也是國內外關心時事的人所共希望的：「中外識者之所希望，不在戰而在和，北京政府與民軍制所祈願，亦不在戰而在和，所以有上海媾和之會議也。」

其次，它提出「速斷」——「南北雙方切不可再事拖延，無論或和或戰，均不許稍事遷延也，捨『速斷』無他主義也。」

停戰之期，今又展限兩星期，然亦轉瞬間耳。官革戒嚴夜不釋甲，北軍作圖南之計，南軍逞北伐之謀，戰信一傳，勝負正不可知之數也……使革軍以開會地點之問題，固執成見，恐將來必立於不利之地位矣。然此亦據理之

直言，未敢自信爲不移之確論也。吾願聽吾言者，姑妄聽之而已。

最後，勸誠雙方不要再執拗於開「國民大會」的地點：「所餘之問題，惟開會之時期與地點……乃官革兩方，於大事瀕亡之秋，即此開會地點之一最小之問題，函電齟齬，日復一日，甚無謂也。」它提出雙方「各讓一步」，若不能讓，不如「速戰速決」：

> 吾不敢左袒革軍，吾亦不必左袒北京之政府。惟兩造以如此不成問
> 題之問題，再生決裂，則決裂之戰禍，將必有甚於前此之戰禍者。
> 雖戰禍在官革兩軍，而受其巨害者，實我國家也……既商定以開臨
> 時國會以解決國體之採用，則無在不可爲開會之地點，豈有不可互
> 讓之理由哉？請更互讓一步，以北京開會讓政府，以兩月召集國會
> 讓革軍……若實有不能和議之理由，亦當速戰以定國是；何爲停戰
> 復停戰，而和不速和，展期復展期，而戰不速戰哉？吾爲是懼。

可見，《順天時報》在南北雙方「議和」時舉時停、戰端持續不斷之時，極爲局勢前途所擔憂。其提出上策是「速和」；但若求「和」不成，則不如「速爲一戰」了斷——這種意見，實際是參透了袁世凱的用意、針對其蓄意謀劃而來的，避免最終大局「敗壞」在他手中。當時御前會議傳出袁世凱建議在天津另組「臨時政府」——等於同時取消清帝與南方政府。這是該報萬萬不能認可的。

1月28日，《順天時報》又從國際形勢上，警告雙方（實際是革命派）應該早日實現和平。它以兄弟相爭比喻目前局勢，提醒勿爲「外人染指」：

> 自武漢事起，倏忽之間，東南半壁，盡入革命軍之勢力範圍。陝
> 晉響應，滇黔雲擾，伊犁、外蒙藏衛相繼告警。流血千里，生民
> 塗炭……外患堪虞，殆亦中國數千年以來未有之創局也。其歷兵
> 燹之村邑，老幼轉溝壑，婦女遭奸掠，欲爲共和國之國民不得，
> 欲爲君主國之國民不得……只得或凍餓而死，而被兵火而死，慘
> 之又慘矣……觀中國近年來之金融機關，本已凋喪，錢莊銀行，
> 屢告倒閉……內訌不息，外債又巨……觀北京政府之財政，窮困
> 已極；觀民軍之財政亦若此。中國之財政，自顧不遑，而外債巨
> 千累萬，中國之前途不堪寒心也……此次之革命，由於人民智識
> 之發達，不甘受專制之鈐束，故其思想在治內，然則須鑒於內外
> 之形勢自講辦法也。例如一姓之家中，兄弟爭產，倘兄弟死爭，
> 互相仇而殘戮，巨滑染指，則該兄弟之產業，遂歸何人哉？因此

次中國革命，本爲自己一國之事，但外人在吾中國之商業及外債，有最重要之關係，刻下各國商業上已受最鉅額之損失，萬不能待吾中國任意久延，爲數年不息之戰爭。倘吾中國久之和局不成，各國豈附默默，是官民兩軍當速自解決，實行憲政，以振興吾中國數十年來之積弱。（《對於平和之熱望》〔註70〕）

總之，針對「南北停戰屢屢展期，議和毫不見進步」、「戰既平戰，和又不和」，的局勢；以及南方高舉「共和」旗幟，北方則維持君主立憲，毫不相讓，最後貽誤大局的僵局，《順天時報》提出了上述重要主張。

二、「人心已散，大勢已去」：理想破滅之際的言語

1月下旬，袁世凱一面與南方簽訂《南北協議》（革命黨讓出政權、交換清帝退位）；一面三次御前逼宮，加上京城炸彈的威嚇，清廷統治者終於放棄強硬主張、同意退位（袁承諾對皇室予以「優待」〔註71〕）總之，君主立憲與民主共和已經不再是南北談判、爭議的問題了。——「人心已去，而國運亦難挽救耶？」懷著無限憤慨、惋惜之情，《順天時報》發表了一系列對時局的分析與看法。

首先，對於清廷大員們見風使舵、棄主而去的嘴臉，該報極厭惡、且痛斥之。《南北協議》內容傳至北京，引發了京城內外一片大亂：銀行、當鋪歇業，富商大賈舉家遷移。而作爲一國之都，竟然發生了政府大臣「臨陣脫逃」的舉動：許多政要紛紛請假開缺，逃遁無形，清廷陷於「四面楚歌」之境地。對此，《順天時報》憤慨之極，立即發表了《對於請假開缺之大員感言》：

平日食祿萬鍾，高車駟馬，以馳騁於大衢者，非窮極奢華之朝貴耶？邇時偃旗息鼓，攜眷避居，惟謀保全妻孥者，非翎頂輝煌之閣員耶？……忠愛云何？明哲保身，走爲上策，蓋時勢所使然……馴至朝官達貴，睹時局之沸騰，見天心之已去，驚聞北伐之隊，晝夜倉皇，慘聽炸彈之聲，心膽俱裂……殆以此次之變，與歷代一姓之鼎革不同。共和大義，爲各國最公允之名詞，無論何人，亦難持極端反對論也。故自武漢事起，項城組織新內閣以來，而朝廷大員，今

〔註70〕《順天時報》第2993號。
〔註71〕袁世凱向南方爭取了《皇室優待條件》：保持清帝稱號不變；每年給予400萬元，清帝暫居皇室，以後移居頤和園。

日請病假，明日請開缺者，幾於無日無之……若揆以食人之祿者，
死人之事之義，則當此時艱，宜如何奮勉，以圖補救。乃竟以退處
自保爲長策，置國事於不問！食天糈者數十年，見機而作，不俟終
日，使朝廷孤立於四面楚歌之中，而不一援手，忍哉！……顧人材
之不爲我用，即可卜時局已非，人心已散，大勢已去。〔註72〕

這裏，它一方面對於「共和」的既成事實，不得不予以接受，聲稱「共和大
義，無論何人難持極端反對論」；但是，另一方面，對於清廷中央大員們的「以
自保爲長策」、「立朝廷於四面楚歌」的行徑，又難掩極端的蔑視和憤慨。這
種「人才不爲我用」的局面，讓該報徹底對清統治者感到絕望（可見《順天
時報》對於清朝大勢將去的感情，是十分複雜的──筆者）。

其次，矛頭直指罪魁禍首袁世凱。2月初，袁在得到南方的確切保證後，
爲對清廷的逼宮，指示北洋軍將領段祺瑞等人聯名通電要求清帝退位，並且
在北京城內屢屢暗施炸彈、製造緊張氣氛（此時袁的嘴臉已然徹底暴露在中
外人士眼中）。《順天時報》不禁站出來公開斥責：「北京共和之機，不可謂非
因炸彈而萌動也。」在《論維持北京秩序》一文中，該報回顧了袁世凱自 11
月上旬進京組閣後的種種作爲，以及不顧全國安危繫於其身、蒙上欺下的行
徑：「迨九月二十三日，袁慰廷宮保到京、組織新內閣，又戰克漢陽，人心始
大鎮靜……是自項城到京之日，即可謂爲秩序恢復之日。不但北省之安危，
繫之於項城之一身，即君主共和之分判，亦實注重項城一人之主持。今日項
城於中國之關係，誠大矣哉！」然後，以諷刺的筆調，語氣一轉，訴說袁世
凱圖謀不軌，製造事端的行爲：「詎意丁字街前炸彈震響，幸天相吉人，項城
無恙，無何炸良弼矣，炸張懷芝矣，炸天津督署矣……秩序復亂也！」該報
雖不明說，但涵義明顯：袁世凱自始自終沒有維護立憲的誠意、種種乖張行
爲，最終導致了北方數省紳民玩弄於其鼓掌之中：「幸項城一味鎮靜，京師得
賴以安。然北京共和之機，不可謂非因炸彈而萌動也。」（《論維護北京秩序》
〔註73〕）──暗諷袁世凱既久蓄出賣清廷之意，又不惜在首都製造炸彈危險
以達成目的，手段陰險。

總之，眼見「人心已散，大勢已去」，《順天時報》一方面不得不接受之；
但卻並不放棄其一貫立場，仍以激烈尖銳的語言抨擊「當道」袁世凱──這

〔註72〕《順天時報》第 2996 號。
〔註73〕《順天時報》第 2999 號。

一表現，在全國報紙中可以說是「獨一無二」。

早在 11 月初，南方九省獨立之際，《時報》、《申報》等立憲派報紙，經歷了短暫的遊移不定之後，就很快從「觀望」轉到了「傾向革命」；11 月中旬，又紛紛「一折而轉入革命之途」。就連態度較爲保守的天津《大公報》，也在「南北議和」末期、全國 13 省獨立之際，開始同意「共和政體」——可見，當「全國大半光復」的局勢之下，「何去何從」成爲國人報紙必須做出的「抉擇」。

而《順天時報》則不然：在「大勢已去」之際，它仍然秉持其一貫主張：認爲君主立憲之機會最後喪失，這並非必然，乃是人爲造成的；並且不憚避諱，公開點名對未來的大總統表達其指責之意。——這就明顯體現出該報與國內立憲派報紙的區別。究其原因：一是該報地處北京，不似上海等地早早宣佈共和；第二，該報獨立於中國政局之外，並未有「自身抉擇」的考慮需要；第三，更重要的是，實際該報對「君主立憲」始終懷抱一種頑固的「理想化」觀念。即使「共和」已成事實，仍不改初衷（它甚至不認爲未來的局面會好過於「君主立憲」）。

第六節　無奈中的認同——清帝退位之後

一、面對「共和既成」的感言

宣統三年十二月十九日（1912 年 2 月 6 日），「清帝遜位優待條件」由袁世凱上達清廷，清帝讓位已成定局。——如同歷史的巧合：這一天，恰逢《順天時報》發滿第 3000 號。在這樣的紀念日，按慣例都會發表一篇「本社紀念」之類的文字，然而這天它僅在第一版刊登「清帝退位已奉懿旨」的新聞，然後別無它辭。翌日，則在「雜俎」欄發表了一篇正話反說的論文《袁項城扶持之偉功》。接下來，似乎是仍然無法接受眼前「清帝遜位、共和已成」的局面，該報忍不住以沉重之筆觸，寫了一篇「總結與反思」性質的文章——《論中國共和之趨勢》〔註 74〕。文章回顧了中國自「下諭立憲」到「舉國共和」的整個過程：

> 自兩宮昇遐，親貴秉政，僉壬用事，賢哲退野，賄賂公行，士競奔
> 走——是之謂朝政不修。朝貴鬻爵，輿臺登仕，督撫州縣，肆意貪

〔註74〕《順天時報》第 3003 號。

婪──是之謂吏治日壞。各省大疫及水災，屢屢見告，米穀不登，民爲餓殍──是之謂天心示警。貧民愁苦，家室飄零，遑云愛國；鐵路國有，甘借外債，遑顧內亂──是之謂人心已去。當此官貪吏蠹大人交變之秋，而民黨一起，軍界響應，瞬息之間，東南半壁，皆宣告獨立⋯⋯

在類似平淡的語氣下，雖明爲「共和」這一結果做解釋，實際充滿了對「立憲改革」未能實現的扼腕痛息。文章還指出，武昌起義之後，全國各省如狂風卷雲般，紛紛倒向革命，「溯自中國有歷史以來，累朝鼎革，未有如此之迅速者。即考歐美革命史上之紀載，其革命之成功，亦未有如此次中國之迅速者」──言外之意，暗含了這樣的認識：「共和」雖然是「革命」造成的，但是，如果沒有「全國人心已散」，是不會有全國立憲派紛紛轉歸「革命」的情況的（傳遞了一種複雜難言的情緒）。

然而，畢竟事已至此、時代洪流不可阻逆，《順天時報》不得不面對現實發表看法：

是共和在今日之趨勢，正如丸之隨高而轉，如水之就下而流，有不期然而然之勢，雖有最劇烈之阻撓力，亦久之而潛移默化，殆有天意存其間，非可徒以人力爭也。現中國大勢，傾注共和，無論中國人外國人，均信其決無慘暗紛擾最酷之禍變，由專制國之國民，一轉移間，越君主立憲之階級，即躋於共和之域，默坐以思，欣躍無量，⋯⋯余所慮者有二：一爲皇上退位後選舉大總統之爭，是爲最注意之點。當此炸彈亂拋之時代，稍一不慎，恐有劇大之衝突也。二爲共和後黨派之爭。各國政黨之爭，每隨人智識爲進步。嗣後中國士民，於政治上智識日開張一日，而黨派即日紛一日，爭競亦必日多一日矣。此二問題，均宜預防，是又當在共和解決後，而詳爲研究也。（《論中國共和之趨勢》〔註75〕）

所謂「默坐以思，欣躍無量」，實際上是無奈中的表態，不得已而爲之；實際不說明對未來報以多大信心。值得注意的是它對國人提出的兩點警惕：一是防範善用恐嚇、武力的叵測之待；二是日後黨派林立、紛爭不已（不幸日後這兩點，竟然一一言中──筆者）。

〔註75〕《順天時報》第 3003 號。

2 月 12 日，清帝頒佈《退位詔》，詔曰：「……袁世凱前經資政院選舉爲總理大臣，當茲新舊代謝之際，宜有南北統一之方，即由袁世凱以全權組織臨時共和政府與民軍協商統一辦法……」〔註 76〕歷經兩百六十年統治的滿清帝國，就此結束。該報發表了一篇《清帝退位感言》：

> 倘使皇太后極端反對共和，雖至社稷爲墟而不悔，勢必兵連禍結，葬吾中國生民大多數於槍煙炮雨中，待兵臨城下……噫！吾中華四萬兆姓所日日翹望之共和諭旨，已渙然頒佈矣。此後則著手組織臨時統一政府，正式選舉中華民國第一任之大總統，以擔任吾支那大陸應改革之政治，以負荷吾四萬萬人民所期望之志願，以洗吾中華數千年來專制積弱之羞辱，以振興吾黃種民族之自由。望南北和衷共同組織，完全建設，以福中華，甚勿持有黨派之見，致起政爭也！
>
> （《對於頒佈共和之諭旨感言》〔註77〕）

平心而論，這種「感言」實在不是發自肺腑的，乃不得已而爲之。它表示，唯望「未來大總統」能不辱使命、南北勿存黨派之異心，以免國家再遭動蕩。

此後，從辛亥年臘月二十八（1 月 15 日），到翌年大年初五（1 月 23 日），《順天時報》報館破天荒地「放假」八天，期間沒有再出一份報紙（僅印了幾份「號外」）。

二、痛定思痛：懊喪與總結

在清帝退位、「共和」已成事實的情況下，《順天時報》痛定思痛，發表了多篇貌似總結教訓、實則抒發遺憾的文章：從清廷 6 年前宣佈「立憲」開始回顧，中間經過怎樣的波折、滿漢爭奪、鐵路風潮，最後革命蜂起、局勢破裂的整個過程，充滿了遺憾。

它首先回顧了由「鐵路國有政策」導致全國激變、一轉而爲革命風潮，最終清廷覆亡的過程：

> 自鄂垣革命，瑞督逃遁，調兵往剿，京都大震。蓋朝廷親貴，自庚子後，酣歌鼓舞，已不復料天下之再有亂事，雖主持鐵路國有政策，川民激變，仍以爲跳梁小丑，不難以兵力制服。迨八月十九日，鄂變電告，朝貴倉皇，以爲鄂較川距京近，且川民之變，其目的在爭

〔註76〕 李劍農：《中國近百年政治史》，第 305 頁。
〔註77〕 《順天時報》第 3007 號。

權利；鄂革命起，其志願在推翻政府，而親貴大臣始談虎色變，議
起用袁岑，以息禍變……

指出，清廷新貴、官僚敷衍立憲、欺妄人民，這是「立憲」失敗之肇端；而
立憲久拖、民怨鬱結，其害遠甚於革命。若徒以鎮壓力能事，無疑本末倒置、
自毀人心。「其亦當思夫中國此次革命軍之激憤已甚，皆由於內外官府託籌備
立憲之名，而行其專制之實，以至眾怒難犯，故國家傾危至斯。」〔註78〕「以
是斯今者革命軍之舉旗，吾民族同胞，欣然響應，皆主持共和立憲政體，與
朝廷相抗爭，夫豈有其他哉？凡以保維國家大局、勿使破壞而已〔註79〕。」

其次，它重新肯定清廷當初頒佈「立憲改革」的初衷，尤其是光緒帝的
決心；指出守舊勢力（「姦佞當道」、「託名立憲以營私」之輩）是最終葬送立
憲改革的罪魁禍首。

先朝德宗景皇帝，聖明洞見，固早以啓其機，而爲之首倡矣。無如姦佞
當道，景皇帝雖聖明，終不得有爲於世，以至抑鬱賓天，僅留『改行立憲』
之廟謨用示於天下後世有爲者。孰料因循至今，朝廷之上，所有王大臣等，
眞明於改行立憲之議者終鮮，而且託名於籌備立憲以營私，而民族同胞於此，
至舉全國二十二省，將聯爲一氣，非認眞改良政體不可。〔註80〕

最後，指出改革過程中始終伴隨、沒有根除的「痼疾」──「滿漢之爭」：

粵稽國朝崛起自滿洲，入關而奄有華夏，其時天潢之英，從龍之
彥，以方新之氣，用天府之國……有攝政睿親王者，當甫入關之
際，即明見夫滿漢之界限，不可以使之過嚴……使滿漢各族，互
通婚姻，計以此融洽於其間而不惑，長治久安之策，無過於此者
焉……奈當時定鼎後，所有諸王大臣，不盡若攝政睿親王之能遠
慮，而私念各營……在彼欲嚴滿漢之界限者，固自以爲尊重滿族
之道在茲；而豈知滿族士民，因之積不能平，輿情憤發……貽患
於無窮也。夫朝廷之上……卑視漢族士民爲至賤，而又設法防閑
之。時常恐其動革命思想，加意牽制，終不使漢族士民，與八旗
子弟相爲平等……而乃化除滿漢界限之明詔，雖屢頒不已，無如
謬於成見者多。各王公親貴，更因之私念倍增，日以漢族士民排

〔註78〕《論官府宜速謀實改革政治事》，《順天時報》第 2958 號。
〔註79〕《讀上諭克期召集國會有感》，《順天時報》第 2971 號。
〔註80〕《讀上諭克期召集國會有感》，《順天時報》第 2971 號。

　　滿之說爲隱憂，而愈加防範，不敢稍懈弛。嗚呼！禍之兆也，其

　　在斯乎？〔註81〕

然而，畢竟「立憲」已成昨日黃花，報紙終究還是要面對現實。《順天時報》
終於在 1912 年 2 月 23 日日將刊首紀念改爲「大中華辛亥十二月二十三日」
（而南方的《時報》等立憲派報紙，早於三個月前江浙獨立就取消了宣統年
號）。接著，該報發表數篇論「革命」「共和」的文字：《革命成功之感情》、
《革命絕好之紀念》、《過譽共和有害》、《中華革命與日本之關係》、《宜防共
和之流弊》、《追論中國之暗殺》等等。

　　此後，該報不再直接對政局發表鮮明意見；除每日報導京師狀況、刊佈
所謂「大總統令」外，基本不發表對袁世凱政府之看法。即使是偶有議論，
也不再刊發在「論說」中，而是多在「雜俎」欄發表，或旁敲側擊、語氣近
於「調侃」。例如：在 2 月 14 日「信口諧談」中，發表了《往代舊有政黨》
一文：「唐宋有牛僧儒黨；宋哲宗時有洛黨、蜀黨、朔黨……最近發生之各黨
有革命黨、君主黨、共和黨、社會黨、虛君共和黨、促進黨、騎牆黨、工黨、
暗殺黨；下等社會之各黨如煤核黨、洋車黨、撈毛黨、天橋茶館王八黨……」
3 月 1 日「信口諧談」：「五色新旗飄揚街巷，吾不禁爲中華民國喜；停給春俸
及八旗糧餉，吾不禁爲滿人愁；剪髮者編辮者少，吾不禁爲剃髮鋪愁……大
總統在尚郎員主同歸一筆勾銷，吾不禁爲百官哭；盜賊充斥土匪橫行，吾不
禁爲商民懼。」〔註82〕在 3024 號，則更針對當時政要大員們，進行了一番調
侃：「袁大總統有人說像華盛頓，孫中山有人說像天王晁蓋，黎副總統說像宋
江，宣統皇帝像漢獻帝，張紹曾像吳三桂，張勳像呂布，慶王奕劻像唐僧，
三鎮兵變像黃巾，本報記者像豬八戒。」〔註83〕

　　可見，對於局勢如此之快地失去控制，統治兩百餘年的清朝皇帝在幾個
月間就宣佈退位，《順天時報》是沒有思想準備的。面對「立憲」理想的破滅、
面對一向爲己所提防、抨擊的袁世凱上臺掌權，《順天時報》無法立即承認，
但迫於形勢又不能不接受。但是，它始終並沒有否認自己所一貫堅持的「立
憲」努力，在痛定思痛中，它總結了滿清覆亡的原因；並表達了對未來無限
的遺憾和憂慮——這與國內立憲派報紙就極爲不同了。從這一點來看，《順天

〔註81〕《順天時報》第 2985 號。
〔註82〕《順天時報》第 3013 號。
〔註83〕《順天時報》第 3024 號。

時報》似乎確有些「迂於己見」、不能審時度勢。

第七節　本章小結

　　風雲急遽變幻的 1911 年中，《順天時報》從一開始就預示到嚴重的危機，並不斷警醒清廷「審慎應對」；後來它嚴厲批判清廷的錯誤政策，堅決要求清廷迅速與立憲派合作，召開國會、成立新內閣，「挽狂瀾於未倒」。但天不遂人，10 月 10 日武昌起義爆發，《順天時報》一方面主張以撫為主、消弭革命；另一方面，對新內閣袁世凱給予厚望，期望袁能夠迅速確立君主立憲政體，收攬全國人心。但是，局勢發展出乎該報的意料，旋踵間全國已經有 13 省宣告獨立。此時，《順天時報》看到，袁世凱非但不謀「挽回大局」，反而靠「又打又拉」、策劃「南北議和」來實現個人野心，它開始大力發文，公開提醒、勸誡，力圖通過召開「國民臨時大會」進行公決政體。

　　南方立憲派報紙紛紛「一折而入革命之途」之時，《順天時報》之所以有以上舉動，一方面是因所處地點：當時北方主要空氣尚未贊同「共和」（如《大公報》在 1911 年底以前，也一直「主剿」），讓該報對於「國會」能夠收攬人心極有信心；另一方面，與該報對「共和政體」的一貫看法有關：直到共和「大勢已成」，《順天時報》也沒有發表一句「贊同共和」的言論（只有表示無奈接受的話）；在回顧「君主立憲」失敗之際，它甚至還認為有很多遺憾、未能及時挽回。1912 年 2 月，清朝皇帝宣佈「退位」，《順天時報》無奈地接受了這個事實。至此，《順天時報》為之不懈努力數年的願望——實現「中國的君主立憲」，徹底破滅。

第八章　中日問題上的觀點和態度

第一節　日俄戰後的國際問題言論

一、1907 年以前：反覆聲明無「聯俄對付中國」的野心

　　自日俄戰爭以後，日本在《樸茨茅斯和約》中首先接收了原來俄國對韓國的保護國地位，並繼承了俄國在南滿的利益。此後，又與俄國簽訂了《日露協定》，該條約的主要目的除了兩國共同對付美國插手東亞以外，就是兩國維持和強化各自在中國的帝國主義地位。而且，在 1905 年日俄戰爭的末期，日本通過結成新的「日英同盟」起到了從側面強化英國對印度的支配的作用。繼而，通過《日法協商》條約，承認並尊重法國對印度支那的支配地位。如此以來，日本通過《日英同盟》、《日露協商》、《日法協商》三個條約，接近了「三國協商」〔註 1〕陣營的一方，於是，日本從以前的「局外人」，真正變成了「三國協商」和「三國同盟」〔註 2〕這兩大力量中間微妙的組成部分。日本在 1905 年以後這些調整外交「腳步」的活動，實際上標誌著東亞方面，俄國暫時處於劣勢，而日本則試圖維護現有的「均衡」關係，並伺機謀取主導地位。日本已經深深地加入了西方帝國主義的陣營。

　　日本在 1905 年以後的這一連串舉動，引起了中國朝野上下有識之士的極大關注，先前對俄國威脅的擔憂迅速轉移到日本身上。本來，先此的 1900 年，俄國不撤滿洲之兵、強租旅順和大連的舉動，已經使甲午戰後的反日情

〔註 1〕 指英、俄、法三國的友好關係，與德國的遠東政策相對立。
〔註 2〕 指 1882 年德、奧、意三國簽訂的條約，與「三國協商」對抗。

緒一變而爲「反俄聲浪」喧囂一時。並且日俄戰爭時期，日本的舉動也頗爲中國一些人士的讚賞。但是，1905 年日俄戰後日本的外交政策的調整——由「反俄鬥士」一變爲俄國盟友，明顯揭示了日本試圖控制遠東局面的規劃。這種變化，迅速引發了中國朝野上下的一片驚疑：朝廷「親日派」的主張遭到批判；《神州日報》、《時報》等報紙開始重提「日本威脅論」，警醒國人注意日本動向。

在這種情況下，日本方面自然不能無動於衷、無所作爲。1905 年以後，日本外務省不遺餘力通過各種途徑爲自己解釋，試圖使中國人相信：日本的意圖僅僅是出於保全中國的和平起見，並無他圖。《順天時報》在 1905 年以後，針對不同時期日本遠東外交的舉動，發表了大量的評論。

（一）分析遠東局面已經「和平時代」，俄國今非昔比，日本同各國簽約意在以「門戶開放」維持遠東地區相對和平。

在 1907 年，日、英、俄、法擬簽訂《四國同盟條約》後不久，《順天時報》就發表了《論同盟之效力》〔註3〕、《日法交際立約事》〔註4〕，《議事宜貴識其眞相》〔註5〕等文章。《順天時報》力圖證明，隨著「急先鋒」俄國力量頓挫，各國遠東政策已經調整到了「和平進取」階段。它說，自甲午戰爭之後，各國擬議分割中國，到義和團之後，國勢危如累卵，然「瓜分」終究未能成爲事實的過程：「繼此（拳亂）以還，列強懲於拳亂，細探禍之大源，而知瓜分之非計，其方針旋移之」——義和團之前國勢日危、瓜分在即，而此時，力挽狂瀾的是日本：聯合英國倡導「保全中國」之說，令美國也積極響應。然而，俄羅斯則聯合德國，暗藏分割野心，因此，此階段是「保全主義與侵略主義競勝之時代」。其結果，逐激發成日俄大戰，俄國慘敗，「亞東局勢逐一大變」。變化最大之處是什麼呢？——俄國自戰敗後已經今非昔比「今日大局，與昔之相去遠矣！或謂俄國主義，既專尚侵略，決不肯放棄之，然視其近今情形，究未能實現也。而且日英之同盟，其主義專在『保全』」——遠東局勢在「英日同盟」的維護之下，應能「保全」一時之和平（《論同盟之效力》〔註6〕）。

〔註3〕 《順天時報》第 1513 號。
〔註4〕 《順天時報》第 1569 號。
〔註5〕 《順天時報》第 1620 號。
〔註6〕 《順天時報》第 1513 號。

　　（二）針對中國朝野深深疑慮的《四國同盟》之簽訂進行解釋。

　　俄國力量暫時已經不足爲「亞東之擾動」因素，而日本推動之下的《四國協定》，乃是維護東亞和平之良策。它說：「近者日、英、俄、法，又聞有同盟之傳說。吾輩身處局外，未審《四國協約》之眞相如何……然既有此傳說之事，已足卜兆於將來矣。竊以爲亞東之大局，向來擾之者，惟俄國是。然俄自敗於日後，其擾亞東之實力頓挫，彼之於滿洲、於波斯、於中大亞細亞，隨在期於不失而已，其無進取之志可知。由是推之將來，即數年數十年之間，亞東大勢之所關，想亦無大變遷也……而日英同盟之效力，其誰弗知之？」〔註7〕

　　1907 年 5 月，《日法條約》的簽訂，是法國放棄與俄國聯盟，調整與日本關係的開始。對此，《順天時報》又發表了《日法交際立約事》〔註8〕，闡釋了日本與法國訂約，並無其他企圖，僅僅是爲了共同維護遠東目前的和平現狀。它的解釋有二：一是「日本潤達活潑之天性」和「法人輕快淡泊」有相合之處；二是日本國際地位的上升，使得在交趾支那有利益的法國試圖訂立協約「以利持久」。

　　（三）《順天時報》勸導中國人，不僅不應心生疑慮，反而應該借各國彼此維護遠東「和平均勢」的條件，積極增強自身實力。

　　首先，該報反覆申說日本與各國訂立條約，此舉對中國的「裨益之處」：一是各國放棄侵略主義、「泯戰爭於無有」，二是各國與日本媾和，而「中日交誼自厚」，由是各國與中國的交涉，必然適當「深自斂翼，不敢悖於情理之公」——即日本爲中國的強大後盾。〔註9〕主要分析了「日法協約」之於中國有「利益數端」：「一曰昔日法與俄相提攜，以侵略中國爲宗旨，受其害者誰乎？今法既與俄分手，與日爲友邦，誠放棄侵略之宗旨，而圖『保全中國』也——故爲亞東和平之保障」。其次，該報還對國內《神州日報》等反日言論做了抨擊，針對「日法協定，有人大弄危迫之辭」，它認爲，這類報章「藉此激動人心、疾首蹙額」，目的是煽動國人排外情緒、藉此淆亂政局。因此，它說「議事貴識其眞相」，其曰：「國家交際之事，有可以大勢論之者，有不可以恆感情臆斷之者！」（《議事貴識其眞相》〔註10〕）

────────────

〔註7〕　《順天時報》第 1513 號。
〔註8〕　《順天時報》第 1569 號。
〔註9〕　《順天時報》第 1621 號。
〔註10〕　《順天時報》第 1620 號。

　　總之，爲了防止中國有識之士對日本產生戒心，《順天時報》對日本與列國在日俄戰後協調遠東步調的種種行動，不遺餘力地解釋。該報認爲：中國處此局面下，應當如此——「吾中國當今之世，招損者雖良多，而受益於茲者亦不少。及是時修好睦鄰，得以變法競強，吾知日、英、俄、法，諒亦表同情也，雖萬國同盟可已」，即中國應善於利用這種和平的局面，從中收益。

　　值得注意的是，在這些論說中，《順天時報》經常提及「吾輩身處局外」、「未審條約之眞相」，這一點有兩種可能，一種是該報自飾之辭；另一種可能，該報確實因與日本外務省消息不是十分迅捷，沒有名了條約之要義。但即使在這種情況下，該報仍能即刻作出明確的判斷和分析，努力解釋日本的意圖、釋除中國疑慮——這充分表明了該報的日本立場。這是與國內立憲派、革命派報紙截然不同之處。

二、不斷對「滿洲問題」發表見解

　　日俄戰爭使日本「威名大振」〔註 11〕。戰後，它更以維護和平、驅逐強俄的「義士」自居，一方面與英美等國協商步調，同時孜孜地尋找在南滿擴張「利權」之機。1905 年《樸資茅斯條約》確定日本繼承俄國在南滿〔註 12〕的全部特權（主要是旅順、大連的租借權和南滿鐵路），然而，日本野心不止於此——它試圖包攬南滿全部鐵路、礦山等「利權」。1907 年日俄方達成協議全行撤出東北軍隊，但是，沿東清鐵路的駐紮日本軍隊遲遲未撤；接著，日本在各個通商口岸的製造各種鐵路、礦物、商務矛盾，逼迫東省政府與日本交涉（「滿洲交涉」）。戰前日本標榜的「保東亞大局而非利他人領土」成爲一紙虛辭。東三省總督鑒於利害重大、不敢含糊處理，爲維護清朝權力進行了長期而艱苦的談判。同時，中國朝野上下對「東鄰」之好感迅速降低，「中日提攜」、「對抗西方」受到極大質疑，而代之以對其眞實企圖的擔憂。

　　面對日本強詞奪理、無中生有的「滿洲交涉」，一向標榜「聯合中日、唇齒睦鄰」的《順天時報》，此時無論如何也無法再宣稱「其爲中國謀」了；日本索要「額外利權」理由、目的何在？——這些成爲其不得不向中外解釋的問題。《順天時報》總的觀點是：中日交涉應避免曠日持久，雙方應勿糾纏於細節，迅速解決——貌似對中日雙方言說，其實，著力點在於勸說中國審愼

〔註11〕　《大公報》1905 年 3 月 24 日。
〔註12〕　「南滿」指東三省南部，具體指寬城子（長春）以南。

地面對滿洲局勢的現實，不要「因小失大」。

（一）從日本出義兵助清驅俄的歷史，反覆闡發日本沒有對中國領土的野心：

> 在日本主動踐約撤退東北駐軍後不久，該報上發表了《論日俄全行撤兵事》〔註13〕，首先針對中國朝野的疑慮，解釋駐紮鐵路沿線的兵不能一起撤出的原因。解釋之：「日俄尚駐兵守備，謂爲全行撤兵，此何說也哉？應者知之：全行撤兵云者，非不留一兵卒之謂，蓋謂將戰兵全撤也，現駐箚滿洲之兵，皆守備鐵路之卒。」

該報還借用日本戰勝俄國後，不「居功自重、首倡滿洲撤兵」的事實，力圖說明日本對中國滿洲主權的從俄國手中收回，是有功勞的：

> 以陽四月十五日，適當上巳之辰，彼兩國對壘之兵，全行撤退境外，統滿洲疆域，俱復爲我（中國）有，而該地民族，亦得脫難患阨……竊念日本軍隊，自與俄議和時，條約旦暮成立，急速從事撤兵，毫無所顧忌。故期月之內，滿洲全部營屯，早已完結撤還，未嘗稍爲留滯也，即如軍政署。亦迅速罷除。又勸誘我政府，開放滿洲各地，命中外諸商民，得以自由來往，安居於境上，發業於其間。由是奉天安東縣。亦先後行開放矣。而遼陽新民屯鐵嶺長春吉林等處，亦先後次第開放矣……歷考其事實如昨。爲之平情以論，日之撤兵滿洲，且於事實上先期而爲之撤兵，對於中國之友誼，已可謂切至！然以交鄰言，中國亦感其厚。

（二）申明日本對中國收回滿洲的幫助巨大，中國方面對此不應忘記，作爲回報，應該實踐其開放東三省通商口岸的「允諾」：

> 在昔拳亂之際，俄國乘機而起，將我滿洲內地佔領而不復還，交涉久而不解……東三省四十萬里之封疆，洵爲我朝祖宗發祥之基，猝然出其不意，勿折而入俄之版圖──何傷心如之！實權實力不足，亦良可慨已……幸有日本者出，代爲之不平，憤然競逐出境，今其屈服無地。俄始不敢不含垢忍羞，自斂其強暴之手段，舉昔之所佔領者，盡復之於我也。我能勿感激之哉！
>
> 　且拳亂之後，誰確信有收回滿洲之一日乎？而能令收回滿洲者

〔註13〕《順天時報》第1540號。

誰乎？我同文之日本也！以俄之強橫如彼，蔑視中俄滿約之時，我
國人誰信有援我之邦，出而力與俄爭乎，而毅然敢與俄爭者，亦非
同種之日本乎，日本以百萬勝兵，征討虎狼之俄，奪還滿洲南部，
付之於中國；復以三寸之舌，與俄訂立和約，令北滿洲亦爲中國
有……我中國於此，不勞一兵力，不傷一戰卒，坐收已失之疆土，
以此事徵之歷史，眞古來罕觀也！且日不自爲佔領我土地，速歸還
於我，令俄人望而生畏，遂變其方針步其後，日本其心之光明正大，
列強想已共鑒之！

那麼，中國應該對此抱有感恩之心，履行其當初開放東三省通商的諾言：「在日
人之所爲，固出於國權利權之主見，而中國之受其惠良多。所當感謝於日本者，
唯有一事──開放門戶、保全領土是也！」（《論日俄全行撤兵事》〔註14〕）

（三）對交涉中的《中日路約》進行解釋：

1907 年 4 月，《吉長鐵路路約》中有要求中日合辦、借日款興辦的
條款。這些條款引起了中國輿論的激烈反應，「間有國人言，謂該
路雖歸我中國，仍恐日人之干涉，究未能獨享其利益」。《順天時
報》迅速反駁說，此乃「愚人之談」，因爲日本並未謀取鐵路的附
屬權力：「其雖借日款，然其所有經營一切盡由中國管理之」。

該報盡力闡明日本與霸道的「強俄」截然不同：列舉了「中日協議」與「中
俄密約」的過程之不同，「觀俄使之百萬詐託，其意實難叵測；而戰時所佔領
之礦山、興建造之鐵路，又無須辯論，其他因『周冕密約』謂所獲之利權商
權，依然如舊保持。撤兵之名雖美，而其實能無遺憾哉？」反觀日本則不然：
「一面預備撤兵，即從速磋商善後事……試思路之交還、稅關之開辦、滿洲
各埠之開放，無一不昭人耳目。而吉長奉新爾鐵路，現已訂路約七款，時林
大臣與袁督，又磋商鴨綠江森林問題，諒日內即妥議訂約也。凡此關於滿洲
善後事，中日交涉之端殆已解決之矣，即開有未決之條，亦僅十之一二……」
〔註15〕總之，日本開放滿洲的目的是與俄國瓜分企圖不同的。

《順天時報》認爲：日本與中國的滿洲交涉是基本平等的，日本所要求
的不外通商情事，對中國主權並未有過多的要求。它以俄國做對比，說「向
使日本效俄之所爲，多方設柄，不令各種問題解決。如大連海關，開辦無所

〔註14〕《順天時報》第 1540 號。
〔註15〕《順天時報》第 1551 號。

著；如奉新鐵路，盡歸日人掌握；如吉辰鐵路，尚議自定建造，則是南滿洲土域，中國名爲收回而其實則未也！」——意思是，日本如果與俄國同，則目前滿洲轉入日手；但日本並未如此，其說明無意於佔領滿洲：「日本重邦交之誼不顧己國之利害，以信義相交涉，而無所疑慮，隨在磋商各節。悉迎刃而解。故每一問題解決，中國即收一利權」。

該報還認爲，此次路約訂立，其路權實際收歸我有，以後中國正可以利用之使得東省經濟、貿易日漸發達、擺脫荒蠻。「有若此次所訂路約，非中國收回路權之先聲乎？蓋以中國路權，失之於外人者，已不知凡幾，既失而謀再回者，又不知幾費周折。今何幸東三省土疆，收自日本之手，而奉新吉長路權適然歸我掌握乎？夫路權既歸於我，其問事業發達，俱可由此而啓基……」

總之，由上可見，在 1905 年日俄戰爭以後，隨著日本國際地位的迅速上升，它在極力調整、協調同西方列強的腳步——尤其是在滿洲問題上；而順應此形勢，《順天時報》及時地爲日本的這些活動做解釋，以釋除中國人日益增長的疑慮。值得注意的是，該報除了申明「日本無野心」這一點外，其在大力向中國人闡明當前形勢，勸導國人「勿徒逞口舌之勇」，而應該「趁此時機充實國力」——這一立論在當時還是頗有說服力的，對國內輿論應該產生了一定影響。

第二節 倡導「中日和平」、敦睦兩國友誼

一、大力推進對中日「和平交涉」

（一）倡導中日兩國顧全和平大局，力爭和平交涉，勿激起爭端

1907 年，中日關係的焦點問題是滿洲交涉問題。在已經獲得的東北路礦權利上，日本毫無讓步。時任「奉天將軍」的趙爾巽，爲維護中國權益，於路礦問題僵持不下，當時中日關係非常緊張。不久，新任奉天總督徐世昌、唐紹儀赴任後，與日本方面積極交涉，雙方均作讓步，問題有轉折之機會。《順天時報》對此非常贊同，發表了《論中日和平交涉》〔註16〕的論說，以「左氏謂踐修舊好，要結外援，好事鄰國，以衛社稷」爲立論，認爲中日交涉應

〔註16〕《順天時報》第 1614 號。

不拘泥於小節、顧全大局，雙方均應略做讓步，使和平條約早日締結：

> 今聞奉天持電，擬將沿道礦山等，訂爲中日合辦，以採額五分，報
> 效中國政府——由斯觀之，兩國交讓之心不可見其一班乎？……前
> 此本社關懷於茲，特於滿洲交涉問題，再三論議之。所以翹首仰望，
> 祝其和平辦結者，已非一朝夕矣！迄今日兩國觀全大局，爲愼重邦
> 交起見，旋將此滿洲之交涉，以和平議結之。即其外以測其内，將
> 見中日國之間，絕無絲毫芥蒂矣！由是而睦誼倍敦猜嫌因之俱釋，
> 中國既受其利益，日本亦獲其幸福，且非獨兩國福益也！統亞東全
> 局親之，凡有關切於茲者，見夫中日和平交涉，諒皆蒙其幸福也。
> 利益之所及大夫矣哉！

對「強硬派」趙爾巽等人的處理辦法，《順天時報》委婉地表達了「不敢苟同」：「疆臣如趙將軍，其忠君愛國之心，專以收回利權爲主義，而始終固守之，不能揆勢不能審機觀變，在人頗有以冥頑相譏者」，故此，「於中日交涉事宜，不免橫生其轇轕」。接著，讚賞了徐唐二人的做法：「省新簡督撫，有徐唐二公者，當甫履任時，即將滿洲中日交涉未結諸案，迅速與日領事磋商議結。是以中外人士，咸謂兩國之交涉，殆一大轉機也！」「蓋其宗旨所持，不以競爭爲務，而以和平爲主，事固易於辦結也……並悟日本之於滿洲也，即佔有特別之利權，勢不可不爲之承認。以時事大局衡之，割棄一利權之小者，而保全和平之利益，且將百倍於茲，何憚而不爲此哉？其或與日本反目，互生猜忌之念，吾恐列強諸邦族，皆將觀而動，以伺其隙。」

可見，《順天時報》在涉及日本利益的「東北路礦」問題上，極力勸導中國交涉官員「審機觀變」。

（二）希望中日「互敦睦誼」

1908 年 11 月 8 日，《論中日邦交之要》〔註17〕，該文借唐紹儀訪日一事發表議論，抒發了中日兩國應「互相保維」「互敦睦誼」的意見：

> 日本與中國同居亞洲，國勢之奮興，幾震動乎全球者，惟日本是。
> 前此曾起兵禍，幸當道諸公，知所以自懲，而棄怨修好。
> 自庚子亂後，中國銳意變法，朝野大夫士，相繼航海東渡，觀光日
> 本者，夫固不一而足。兩國敦睦之情，已大可見矣。近則往來情密，
> 又若相形無聞者，如唐專使……乃路過日本，欲便道考察，以爲行

〔註17〕《順天時報》第 2018 號。

新政之資。而日之官紳，相與歡迎道左，倍極欵洽之誠……日本貴
爵鍋島細川等……抵京師，行旌暫駐。中國王公大臣，亦相與致敬
盡禮，極欵待之熱誠……交日久情日厚，一帶水之隔，滴然畛域悉
泯。

故就現時而論，跡已相形於無聞，彼造謠言以離間之者，有心人早
窺破其機關……而不使其計之得行……中日兩帝國，能常相保維，
勿使和局破壞，則亞東之幸福自在。將見歐洲列強，自不得逞其志，
而他何患哉。

尚冀中日兩國之交，進而時加其敦睦。凡我兩國人士，皆當念時事
之孔艱，務相與協力同心，禦外侮於將來……兩國王公貴爵，及官
商志士，正宜互相往來，結交於靡已。一則疏通其意見，一則交換
其知識，日斯邁而月斯徵，此則邦交之至者！

二、不滿國內反日輿論——1908年安奉路事件及其他

（一）安奉鐵路事件中的態度

　　中日之間關於滿洲的交涉，在1908年稍微平息一段時間後，又掀起波瀾。
1909年，中日之間發生了「安奉鐵路交涉」。起因於4年前日俄戰爭時，日本
曾修築有安奉窄軌軍用輕便鐵路。戰後，中日締結條約對該路的經營和改良
進行了規定。但是1908年日本竟然違反約定擅自改線修築，並且1909年八
月迫使清廷與之簽訂新約，這就是「安奉路事件」。此後經由國內愛國報紙《民
籲日報》連篇累牘的報導，掀起了全國的反對輿論。《民籲日報》揭露日本的
這種侵略行為，認為因此「亡中國者此虜也」！認為這將打破列強的在華均
勢，勢必引發「瓜分禍連」。〔註18〕該報並且刊載了兩次「日清條約」的全文，
翻譯日本國內刊物關於日本將從此路約中獲得諸如開採撫順煙臺煤礦在內的
巨大利益。1909年，中國掀起了第一次「抵制日貨」運動。此事發生後，《順
天時報》主要從三個方面立論：（1）以日本有恩於中國為理由，要求中國回
報；（2）以中日「同文同種」為由勸導「以和為貴」，勿使西方趁虛而入、「角
逐東亞」；（3）以「因小失大」說服中國速結交涉。

　　首先，《順天時報》認為，安奉鐵路乃日本替中國收回的，此後共享利益
是應當的，中國方面應該念恩、讓步：「日本為中國捍大患難，不已糜數十億

〔註18〕《民吁日報》1909年10月22日，「利益均霑之餘焰復興」。

之鉅資之財力乎？不已傷數十萬之生命乎？苦戰兩年之久，方能勝強俄，即或索戰爭之成果，亦理之應然而。然日本不誇耀戰爭之威，所要求者鮮」；「日本之於中國也，不必論其勢之強弱，也不必論地之廣狹，披輿論以觀全局，能保維東亞和平以絕歐美之窺伺者其誰？有同文同種之誼，若中日兩國者，正當持和平主義，篤邦交於無間，左相提，右相攜，不使人觀寡而動」（《論中日交涉懸案宜速解決》〔註19〕）——提醒中國認識到日本對維東亞和平的功勞和地位。

它又說中日關於滿洲的五項交涉（包括安奉鐵路交涉、收回礦山）都是局部問題，雙方應該靈活辦理：「中日交涉之安奉路線問題，乃局部問題而，非國之存亡所關也，而小問題懸兩年之久，損失大矣！」認為國人出於愛國可以理解，但是「國家之交涉，不能以個人之私情可比，迫於情勢之不容己，亦必循理勢之命，另開一局面」（《論中日交涉和平辦結》〔註20〕）——似乎對中日兩國勸說，實際即是說，中國當認識到在這個問題上，應該讓步於日本。

後來，在日本強大的壓力下，清廷鑒於交涉無望，開始妥協。8月6日，清政府表示同意改築安奉路，同意日方在改築安奉鐵路時加寬軌距。此事經由《民籲日報》等披露後引發了報界輿論「譁然」。——《順天時報》又立即出來發言，試圖扭轉不利輿論、消弭反日的情緒。

首先，它把阻撓交涉「辦結」的人分三類：「一乃失權之政治家，借路款而泄憤」，「二乃漢族士民，以此反對滿族」，「三乃革命黨，趁機傾覆政府」，「四為奸商猾吏」——四類人均各有企圖，勸說國人「勿上其當」。尤其是對於革命黨，著重指出：「局外諸人……為之別出異言，以煽惑群聽。冀使兩國當局者，動其惡感情，從而離間之……況加之中國民，原自有排外思想，尤易為之感動。」——無疑，革命黨是清廷心腹之患，此話語暗示涵義自明。

其次，它歪曲地說交涉結果，中日兩國均未吃虧，「式好無猜，兩受其益」（將清廷無奈的讓步，指為雙方互利之舉）：

> 再觀東三省交涉五案約款，如撫順煙臺兩處煤礦，本俄國之所經營也。俄國經營之，中國能過問乎？日本由俄國奪回之，以繼收其權利，中國何竟思染指乎？……蓋可言者，未必其可行也。雖然，日

〔註19〕《順天時報》第 2172 號，宣統元年四月初二。
〔註20〕《順天時報》第 2270 號。

　　本與中國相親愛……仍使其主權所在，得以自存……中國政府認日
　　本有開採該兩礦之權。日本政府尊重中國主權，亦即認向中國交納
　　煤稅。如是而不謂之公允可乎？

最後，它乾脆拋出「情理說」，提醒中國「當道」衡量利弊：

　　「然國家之交涉，不能以個人私情比，必察其勢審其理，然後敢行開議
　　也；即或情有餘矣，而迫於理勢之之不容已，亦必忍氣吞聲、殉理勢之所命，
　　另開一局面，使兩不相傷」（《英報對中日交涉之忠告》）；「以實力不足，竟
　　然以筆舌爭勝，於強有力者，不知其可也」（《論交涉不容妄議得失》）〔註21〕
　　—— 這就有些仗勢欺人的威脅意味在裏面了。

　　縱觀安奉路事件中《順天時報》的態度，其實是較爲反常的：以往即使
是爲日本方面說話，也是「各打五十大板」以示公正，或者勸導、分析的口
吻。則公然以激烈的言辭來批判國內反日輿論、甚至不惜有損中國人感情——
—— 該報堅決維護日本的立場從未如此明顯流露。可見安奉鐵路對日本人利益
關切之大。

（二）1910年：美國《滿鐵中立》計劃出臺後《順天時報》的激烈反應

　　《順天時報》的這種態度，還明顯地表現在外國插手中日交涉問題之
時：1910年美國鑒於日、俄兩國在東北勢力的擴張局勢，提出了「滿鐵中立
計劃」。《順天時報》立即刊載了「論說」《譯東報論滿鐵中立計劃》〔註22〕，
其翻譯日本《時事新報》云：「滿洲鐵路日俄兩國經營，宗旨似乎與『利益
均霑』主義並非背道而馳，何爲欲強奪兩國既得之權力移爲列國管理乎？況
美國若欲蔑視向來之歷史，則獨何以滿洲爲限乎……德國於山東鐵路、法之
於雲南鐵路、英國於九廣鐵路無不然亦盡交列國共管也？」—— 替日本「鳴
不平」之意味明顯。然而，美國提議受到中國「聯美制日」派官員（唐紹儀
爲主）大力歡迎，中國南方的一些立憲派報紙，也開始公開提倡「聯美制日」
方策 —— 這個問題太嚴重了！《順天時報》接連發表了《外交之道因時異宜》
〔註23〕、《論某國者宜善自籌》〔註24〕：

〔註21〕　《順天時報》第 2272 號。
〔註22〕　《順天時報》第 2375 號。
〔註23〕　《順天時報》第 2376 號。
〔註24〕　《順天時報》第 2377 號。

> 處現在時勢，以觀中國今日之實力若何。苟對於列強，硬謀轉圜之
> 策，於前此已定之成局。或欲設法打破之，猶之使幼稚兒童，弄干
> 將莫邪之劍，以與武夫爭勝，其不自傷者鮮矣。爲今之計，曷若隱
> 忍下氣，痛自刻責，務期保持現狀。冀時局無變，以乘其間，養成
> 實力，是謂得之也。有土地，有人民，天產又爲自取，所乏者政策
> 耳。全國人曷弗急起而圖之，徒委罪於強列而何益？

以「兒童弄劍」來比擬國人的聯美制日，該報唯恐滿洲落入列強之共同利益
的意圖可見一斑。

它還舉當年謀劃「三國還遼」的李鴻章爲例，對「聯美派」實施心理打
擊：

> 李文忠所辦外交事，卒至病國累民者何也？……一則負積弱之邦而
> 與列強爭衡，權略雖具，而時運日非、難以奏效；二則未審詭計譎
> 策只可施於弱小之邦，而不可施於強大之國。若才識不及李文忠，
> 欲乘他國之甘言，不自量力，弄縱橫之術以爲外交者，竊知其失敗
> 不遠矣！」（《順天時報》，1909 年 1 月 19 日）

在 1909 年 8 月，《順天時報》又發表了《論滇省交涉最關緊要》〔註25〕，提
醒中國注意法國最近在越南的行動：「中法邦交，斷不厚於日本，又無輔車相
依之情，擬之同洲同文，如中日者，非所同日而語。現法於安南兵力，倍增
其厚，其經營之志，路人皆知。」其特意指出法國與日本不同，「不同文不同
種」，其行動別有野心，即領土侵佔。

由上可見，在清末十年，每逢中日之間發生「交涉」，《順天時報》無不
出來盡力解釋：或說明日本並無對中國的領土和利權的野心，或替日本行爲
的合理性做解釋，以消除中國人的疑慮；並且勸導中國從國際和平大局出發，
臥薪嘗膽、待將來強大再謀收回利權。在這些時候，報紙的「日本立場」明
顯彰顯，這是與中國立憲派報紙的最大區別；也是該報所受到讀者懷疑的地
方。儘管如此，《順天時報》也仍然不會在類似的問題上緘口——爲了維護日
本利益、與政府保持一致，不惜損害其在立憲輿論上樹立起來的威信。這說
明該報從根本上是爲日本的國家利益服務的——這一點何時都不會改變。

〔註25〕《順天時報》第 2247 號。

第九章　早期《順天時報》在清末立憲中的表現和作用

　　早期《順天時報》的十年（1901～1911），恰恰貫穿了「清末新政」的十年，而又以 1906 年以後的「預備立憲」時期爲主要階段。由上文可以看出，早期《順天時報》，始終以一份「政治性大報」的身份，矗立於清朝的統治的「心臟」地區（北京）。它密切關注著清朝上下正在發生的這場意義重大的變革──清末立憲改革，並對它認爲重要的幾乎所有事件，進行及時充分的報導、發表態度鮮明的評論。其中包括：清廷擬議中或者剛剛頒佈實施的新決策和措施、中央各部大員的陞遷調動、各省總督巡撫的最新章奏、政府各部門的重要報告和奏摺、御史參劾的事項，甚至包括朝廷要臣之間有關新政意見的私下交換⋯⋯無不予以詳密報導。同時，它對清廷面臨緊要辦理的各項新政項目，進行了積極的分析和建議：如清理財政、籌建海軍、融合滿漢、東三省改制、教育改革、興修路政、振興農工商業⋯⋯等等。此外，該報無日不關心的、下大精力連篇累牘「論說」的，是清廷「立憲」改革的步驟，對其間的重大舉措，進行了全面而詳密的報導和評論，包括：官制改革、諮議局和資政院的開辦、提前開國會的討論、及《憲法大綱》的頒佈等等，在所有這些當時朝野政治力量最集中的問題上，《順天時報》無不給予了關注。

　　一句話，這一時期的《順天時報》，基本上圍繞著一個中心內容而展開──推動清廷「立憲改革」。該報本身對於這一點，也曾直言不諱，在 2000 號「祝辭」中，它沾沾自詡道：「觀今之世，立憲之說風行於中國，導之以先者，非順天時報而誰也！」「念中國現爲預備立憲之時代也，則我順天時

報亦即爲預備立憲之報章也！」﹝註1﹞可見，該報已明確自己的使命：鼓吹「變革」的輿論、不遺餘力推進立憲改革的進展。

　　《順天時報》作爲一份日本外務省開辦在中國首都的中文報紙，爲何如此下大力氣鼓吹、推進清朝的「預備立憲」呢？這一歷史現象背後有何種因素起作用？應當如何評價之？

第一節　《順天時報》支持清末立憲與日本對華政策之間的關係

　　《順天時報》是由日本東亞同文會成員創辦，1905 年後又有了日本外務省的背景，這就決定了：該報在宗旨上始終無法脫離 20 世紀初日本的對華政策而存在。日本在甲午戰後的對華政策，總體上可以用一句話概括 —— 保全中國。這一政策是 19 世紀末新的遠東形勢下，日本出於自身利益考慮而制定的總體對華政策。

一、甲午戰後的日本政策與在華報紙意圖：「日清提攜論」與東亞同文會

（一）中國危局與日本「日清提攜論」

　　實際上，早在 1870 年代明治維新後，日本一批關心東亞局勢和政治的人，就已經對西方帝國主義勢力不斷向近鄰中國滲透一事，懷有強烈的不安感。他們認爲，這種滲透對日本的「安全」是巨大的威脅。因此，日本對中國絕不能「隔岸觀火」，而應「深切關心」。而當時清朝的落後與衰敗令日本十分擔憂 —— 中國能否維持民族獨立？這一問題在日本統治層和知識層中引起廣泛的關注。當然，這種擔心絕不是爲了中國，而是因爲「中國若亡，日本將失其藩籬」。於是，在日本國內，對中日兩國「唇齒輔車」的論調頻頻產生，日本應該幫助中國早日實現近代化、擺脫列強的瓜分前景 —— 而「日清提攜論」也就此產生。

　　但是在當時，與「日清提攜論」同時並存的還有「入侵大陸論」：「日本應向清朝擴展勢力，如果瓜分成爲現實，則應前進一步，在瓜分前參加瓜分者的行列」—— 這種主張，乃是在「日清提攜」暫時難以奏效的情況下，爲

﹝註1﹞　《順天時報》第 2000 號，光緒三十四年九月二十二日。

確保日本民族獨立的另一構想。因此，可以說，近代以來日本將自己的命運緊緊地看作與中國連爲一體。不論是哪種論調占上風，都是一種日本國家對清朝實施干預的設想和計劃。

而 1898 年的甲午戰爭，使得「日清提攜論」上升，「保全中國」出台。原因係：中國敗於東亞小國日本的事實，暴露了清王朝已經貧弱、衰敗到了極點；這一點使得正在孜孜謀求遠東擴張的西方列強，群起而產生蠢蠢欲動的瓜分之念：「彼此唱兵力瓜分、和平瓜分之議，或塗紅圈綠線於支那地圖，謂『某地爲某國勢力範圍』，〔註2〕猖獗之至。而日本在其中的地位是十分邊緣的：「三國干涉還遼」給日本昂揚的民族擴張澆了一盆冷水，日本痛切地看到其國際地位的低下。尤其是，俄國的崛起十分重要——中國東北受到了沙皇俄國的覬覦，時刻有被其侵吞的可能。這種局面，使得剛剛以「東亞強國」自詡的日本，感到強烈的恐慌。於是，日本將「充實國力」作爲首要任務，準備將來與俄國大戰一場。同時，它提出要力主「中日提攜」、「保全中國」。

在這種形勢下，日本朝野人士紛紛來華，希望與中國的親日派勢力聯合，以共同「對抗歐洲人」。

（二）保全中國：「東亞同文會」的宗旨

1897 年，日本在野人士組織了以研究中國問題爲宗旨的「東亞會」（該會宣佈允許梁啓超等維新派入會）。1898 年 6 月，在日本貴族近衛篤麿領銜下又組織了有宗方小太郎等人參加的「同文會」——該會的名稱是具有深意的，「它源於當時普遍的、富有情感的概念：中日兩國同文同種、互相聯接」〔註3〕。1898 年 11 月 2 日，兩會正式合併爲「東亞同文會」。〔註4〕

東亞同文會的出現，對晚清日本在華活動、中日之間的關係，產生了極爲重要、深遠的影響。這種影響，主要是由於其始終貫徹的「保全中國」、以及作爲其延伸的「東亞提攜論」的方針而造成的。

「支那保全論」是同文會會長近衛篤麿於明治三十一年（1898 年）在《同人種同盟兼論支那研究之必要》中提出的，其核心論點是「黃、白人種競爭」：「東洋之前途，終不免爲人種競爭之舞臺，縱使一時外交策略發生如何變化，

〔註2〕 《辛亥革命前十年時論選集》第一卷，三聯書店 1978 年版，第 62 頁。
〔註3〕 任達：《清末新政與日本》，江蘇人民出版社，1998 年版，第 32 頁。
〔註4〕 有一說法，該會每年從日本外務省得到 4 萬磅的津貼。見周德喜《日本東亞同文會與天津同文書院》，《歷史教學》，2004 年第 5 期。

最後之命運，乃黃、白人種之競爭，於此競爭之下，無論支那人、日本人皆為白種人置於仇敵之地位矣。」〔註5〕「故分割支那之日，即列國同盟成立之時，而列國同盟分割支那之時，即為黃、白人种競爭之終局，我日本終局之命運，能獨立於其以外乎？」故此，「支那人民之存亡，絕非他人之休戚」，實乃「關於日本人自身之利害也。」所以，為日本自身利益計劃，此時最應該做的「於列國分割之前，結成同人種之同盟，以友愛之情誘掖之，開導之，計其進步，促其憤發，去其猜疑，除其娼嫉……使其生親我之心，互相默契，以保護同種」。〔註6〕這就是走「東亞提攜」的道路。

顯而易見，東亞同文會的「支那保全論」的最終目的，是要保全日本自己。它是在 19 世紀後期日本帝國主義尚未形成階段，日本為了應付西方列強對東亞的侵略而作出的現實選擇。

那麼，如何「保全支那」？依靠清廷肯定是不行——洋務運動後清帝國的衰敗並無改變，證明了李鴻章們「修補彌縫」的措施，無法令中國改觀；尤其是頑固派堅持親俄的「以夷制夷」方式。而鑒於甲午後中國維新派的活動的新氣象，東亞同文會認為：只有通過支持在野的維新派如康梁，或者實力派官僚如張之洞、劉坤一，進行改革政治體制，使得中國走上日本的明治維新之路；從而達到避免列強實現「瓜分」陰謀、「分裂東亞」的目的。

「保全中國」不是「維持現狀」，而是促使清朝向停止衰敗、變法圖強的方向走——只有一個擺脫了落後、無序、垂死的中國，才有可能保持將來的完整和獨立；而不是今日聯英、明日聯俄，倒來倒去，傾覆不遠——這就是「日本提攜論」的來源。總之，在「保全中國」的目標下，該會自成立第一天，就將反對「支那分割」（列強對中國的分割——筆者）作為激勵成員的有力口號。

東亞同文會的四條基本原則是：（1）「保全支那」，（2）支那改善；（3）研討支那時事及制定相關政策；（4）喚起社會輿論。

在這四大宗旨之下，1898 年前後，該會在中國積極從事「中日提攜」、讚助變法的活動，在南方省份積極進行與維新派官紳的合作。其中，一大舉措就是辦中文報紙，支持南方進步力量進行變法。其所辦報紙在清末中國報界一度產生了極大的影響。

〔註5〕 《近衛篤麿日記》，《附屬文書》，鹿島研究所出版會，昭和四十四年十二月，第 62 頁。
〔註6〕 近衛篤麿前引書。

（三）1895～1900年日本在華創辦大批漢文報紙極其影響

甲午前後，日本在長江沿岸和東南沿海，先後發行了《漢報》（漢口）、《國聞報》（天津）、《閩報》（福州）、《上海新報》（上海）、《亞東時報》、《同文滬報》等重要中文報紙。其讀者對象無疑是中國人。這幾種報紙，除了天津的《國聞報》外，全部為東亞同文會系人士所創辦。根據東亞同文會「保全支那」和「助成支那與朝鮮改革」的宗旨，這些漢文報紙有以下媒體表現：

1、積極地為中國的改革製造輿論，推動中國的變法運動。1898年，慈禧為首的清廷頑固派發動戊戌政變，殺戮六君子，《國聞報》刊登「弔六君子文」；清廷禁止讀梁啟超《清議報》，而《國聞報》社則公開發售該報。

2、1898年的「戊戌政變」後，大力抨擊清政府迫害維新人士的行動，積極營救維新派人士；其報館或者為掩護維新派的藏身所（《同文滬報》館），或成為發售維新派報刊的發行站，如《漢報》館、《國聞報》館和《閩報》館等。

3、在「己亥建儲」問題上反對慈禧為首的倒行逆施；並與中國的維新派和革命派密切聯繫。革命派人士稱「該報（《同文滬報》）抨擊清政府甚力，庚子，唐才常及一般維新志士恃為喉舌」。〔註7〕又稱，「此報為日本人田橘次（應為井手三郎——引者）所設，與吾國維新志士頗有關係，庚子，唐才常、林述唐等在上海張園召集國會，暨謀在漢口起事，皆假該報為宣傳機關。」〔註8〕正因為如此，這些報紙的宣傳活動大大觸怒了清政府，1900年2月，湖廣總督張之洞致電東京使臣錢念劻，令其商於日本政府，制止上述報館的活動，「此各報多信康黨謠言，不知康逆有意危亂中國。中國亂，於日本不利，且非日本力助富強之意……」〔註9〕終於，日本政府從本國利益出發，為不得罪清廷，下令將《國聞報》、《漢報》等出售給清朝政府。

但「《同文滬報》們」卻取得了中國報界的認可，得到開明階層和維新派的極大讚揚。梁啟超稱：「《同文滬報》……等均日報中矯矯者，屹立於驚濤駭浪、狂飆毒霧之中，難矣！誠可貴矣」。〔註10〕

日本在華所辦報紙在當時之所以有如此大的影響，與甲午戰後中國朝野

〔註7〕馮自由：《革命逸史》第三卷，中華書局1981年版，第47頁。
〔註8〕馮自由：《革命逸史》第三卷，第137頁。
〔註9〕《張文襄公全集》卷159，電牘38，中國書店1990年版，第815頁。
〔註10〕梁啟超：《報界一斑》，《清議報》第100冊。

人士「聯日制俄」、「以日爲師」思潮也密不可分：甲午後，鑒於日益嚴重的民族危機，中國有識之士群起而尋找富強之路；而日本「明治維新」迅速強大的事實，成爲很多人眼中學習的楷模。「中日兩國同文同種」，1895 年開始的維新運動，總體上走的是以日爲師、改弦更張、變法圖強的道路。《同文滬報》們以「中日提攜」爲口號，發刊於中國朝野上下決心以日本爲師，銳意變法的時期，因此，《同文滬報》、《國聞報》、《漢報》在晚清一度取得非常輝煌的成績。這也爲後來日本創辦《順天時報》提供了經驗和基礎。

綜上可見，當時日本報紙走的是一條支持中國「體制外變革」的道路。戊戌政變後朝廷的「倒退」，使得中國的知識精英對現存政治體制產生越來越強烈的不滿。甲午戰後的日本在中國南方大批創辦的中文報紙，是配合日本「保全中國」的對華政策的：在戊戌政變前後，頑固、保守勢力佔據清廷主流，而這無疑會造成極大的危險。因此，《同文滬報》們大力支持南方改革派、打擊清廷保守力量，目的是避免中國衰敗至被西方列強所瓜分、從而實施東亞同文會的「同種人保護之策」。1900 年前，日本在華報紙主要在南方發揮影響，它們不僅支持維新派、也對革命派表現了極大支持。

然而，在 1900 年以後，隨著中國形勢的變化，日本的這種「保全中國」政策有了另一種轉向：「南進北守」向「北進南守」轉變；東亞同文會也開始將目光投向清朝的統治中心——北京。

二、1900 年後日本的對華政策與《順天時報》的創辦意圖

（一）1900 年後日本對華政策調整

「庚子事變」之後，中國的形勢產生了重要變化：（1）列強「瓜分」暫時擱置：義和團一事之後，各國對中國內部「大分裂」的前景頗起戒心，侵略的方式於是逐漸改變了——由倡導瓜分向「和平擴張」轉化：由於看到中國殖民地化道路行不通、加上列強彼此之間強烈的對峙與牽制，西方列強紛紛由前一階段（甲午戰後）的「亟亟謀取瓜分」，轉化到在「利益均霑」原則下「和平擴張」道路——在維護本國在華利益不受他國侵害的情況下，暗中擴展經濟勢力。

（2）俄國覬覦東北：以保護東清鐵路的名義出兵滿洲，將東三省置於軍事統治之下，且在八國聯軍撤兵後拒絕撤軍，俄國對中國東北的野心，這一點造成了日本全國極大的疑忌。

這時，日本對東亞政策開始調整，由「南進北守」向「北進南守」轉變：
根據當時的國際環境，1901 年後日本逐步將原來以揚子江爲主的活動舞臺，
從華南移往華北。「義和團以後，日本人在華北的進出令人吃驚」。東亞同文
會也立即將前一階段的工作重點及時轉換：（1）開始將工作中心由華南轉到
華北，加強與清廷統治中心的聯繫，力圖避免俄國對中國的影響力佔據上風。
（2）改變先前（戊戌變法前後）扶持南方在野的「改革派」的做法，以避免
清廷產生「惡感」（這方面《國聞報》、《同文滬報》的相繼停刊是證明）。意
味著東亞同文會開始改變先前支持「體制外」力量的道路，將工作中心轉移
到清廷政治的中心——北京。

（二）東亞同文會創辦《順天時報》的意圖

東亞同文會係中島眞雄所辦《順天時報》，正是適應合 1900 年以後日本
的這種對華政策的轉變而創刊的。這一點，從該報成立的宗旨可以看出：

一、重視華北政策——使我專心一意，經營北清（攻擊山東滿洲之
　　敵——俄國，筆者）。

二、對清廷之工作——1、進一步鮮明保全支那的旗幟、努力收攬
　　中國人心；2、幫助中國逐步進行政治改革。

三、對俄戰備——俄國屯重兵於滿洲，支那疑懼益甚，事情能通過
　　外交途徑解決否尚屬懸案。且夫支那之變亂，其禍之所波及，
　　實關於寰宇之全球，何況立於東亞者，其利害之切，則不異於
　　同船遭風也。

可見，《順天時報》在北京創刊，目的是實現日本對中國統治心臟地區的
影響力：1、喚起中國對俄國野心的警惕，提倡中日提攜、維護東亞和平。2、
促進中國進行政治改革。

這一點，在日後《順天時報》的《第四新年祝辭並論本報之經歷與其責
任》一文中就曾經明確指出：

本報以東亞大勢爲經，以輸入文明爲緯，棣通兩國聲氣，聯合上下
感情，爲鄰誼之紹介，通政學之置郵，庶冀扶植我黃人勢力不至見
征服於異種耳。

本報所經歷之時代，於中國有一大問題焉，滿州問題是也。……滿
州問題云者，非僅中國之問題，亦非僅東亞之問題，蓋全世界之問

題也。……本報伴滿州問題之出現而出現，伴滿州問題之歲月以爲
歲月，抱定東亞大勢，提倡輿論，爲北京報界之先聲，爲輿論之良
友，爲國民之公僕，爲社會之導師。滿州問題尤本報所注意調查，
以貢獻於當世者也。〔註11〕

顯然，所謂「滿洲問題」，其就是俄國對東北的侵略問題，初創的《順天時報》
關注此事，將其作爲一項重要任務，與日本的利益息息相關的。該報提出的
使命是：介紹這種大勢，喚起中日兩國的聯合、扶植，所謂「爲鄰誼之介紹」。
《順天時報》的這種宗旨，在 1905 年以前，一直是最主要的。

三、「維護均勢」、「促進變法」── 1905 年後《順天時報》的主要目的

到了 1905 年日俄戰爭以後，《順天時報》的「防俄」色彩則逐漸淡化
──原因是：日本戰勝俄國，暫時平息了滿洲的威脅；但西方各國對中國
的覬覦並沒有解除，也就是，「瓜分」的危險緊緊是暫時緩解。在各國紛紛
加大對華經濟侵略之下，日本力量仍不能「主持東亞大計」──因此，「保
全中國」的任務仍在。此時，日本對華政策的核心是：在「維護列強均勢」
的旗幟下，保持中國「不亂」、避免西方起「瓜分」之意；同時，暗中積纍
實力、擴大日本對中國的滲透力、影響力。

在這一目標之下，恰逢中國上下啓動了「清末新政」，日本認爲：支持清
廷的「改革」，對實現日本的上述目標極爲重要。這一想法源於：

首先，清朝政府頑固、保守勢力的強大，使得西方十分不滿，各國對中
國政局普遍持有的態度是：支持中國「開化」、杜絕民族排外主義擡頭；同時
對清國朝野改革派給予適當支持，抑制清廷頑固保守派。但是，西方列強對
於中國將來走何種道路（君憲或革命），基本上持觀望態度，以保護自己利益
不受侵害爲基本原則。

其次，日本看到，中國的「和平」僅僅是暫時的。在中國自身「衰弱至
極」的情況下，列強競爭遲早導致一場爭奪與「瓜分」的大戰；而這種結果，
對力量弱小的日本而言，是極爲不利的──中國將成爲四分五裂的殖民地，
而日本在其中即使佔據一隅，但東亞將成爲西方的手中之物。尤其危險的是
滿洲（中國東北），俄羅斯染指滿洲，將直接危及日本的國家安全。因此，無

〔註11〕《順天時報》第 885、887 號。

論如何，日本首要任務是：防止中國不一步步滑向「瓜分」邊緣。這就是說，日本要竭力「保全中國」；而「保全」的途徑是促使中國擺脫衰落，增強國力。這就只有一條路——推進中國社會的變革。

再次，日本認為，中國在外患加劇的壓力下，朝野上下已經顯示出一種前所未有的跡象：政治改革已經成共識，主要力圖走「君主立憲」的道路（這對日本而言十分有利）。但是，變革的阻力非常大，清廷的改革是被迫的、國內外矛盾重重，前景並不十分明朗。如果日本以明治維新的經驗，對「立憲改革」加以指導和督促，促進新政順利推行。其將來結果，必然直接地影響改革派的上層，使得他們深受日本的恩惠與影響，思想上朝著親和日本的方向轉化。這對日本極為有利，它不僅成為中國的「導師」，而且將能夠有力地對中國對外政策施加影響——這樣，不僅避免了中國衰落到淪為他國控制，而且日本在華的力量將極大加強、最終超越西方各國，可謂「一舉兩得」。

在這種對中國局勢的總體考慮之下，日本形成了對華的政策：趁列強彼此牽制的暫時和平，堅決推動中國實行新政改革、推動立憲變法走上日本的明治維新之路。而《順天時報》在 1905 年以後的表現，充分說明了日本外務省對該報的影響力度。該報對自身的使命也有清晰的認識：

> 我順天時報開辦以來，以保全東亞之和平，敦厚中日兩國之睦誼，輸入文明之政法，疏通中外之生息為宗旨……宗旨所在，必外通列邦之生息，內促中國之維新，並合京師士庶，以報章為鴻寶，人手一篇，爭相傳誦。〔註12〕

《本報五千號之回顧》：「本報發刊伊始，即抱定輸入新知，提倡憲政，輯睦中日邦交三大宗旨為立言之標的。」〔註13〕

為了貫徹東亞同文會的既定方針起見，在華北創辦的《順天時報》就將以下兩點作為自己的使命：一是鼓吹改革，爭取中國有識官紳的感情；二是揭示列強對中國的企圖，同時積極倡導中日提攜、東亞共進，以此遏制列強在華勢力的擴張。

〔註12〕《順天時報》第 930 號，光緒三十一年三月一日（1905 年 4 月 5 日）。
〔註13〕《順天時報》第 5000 號，1917 年 12 月 20 日。

第二節　《順天時報》在清末立憲中的作爲和影響

一、「預備立憲」中的努力

在整個清末十年，《順天時報》作爲日本外務省的「機關報」，一直以一份「政治化大報」的身份矗立在北京，發揮著其獨特的媒體作用。

（一）與當時中國其他報紙相比，該報的「政治大報」特徵十分明顯

作爲一張日本外務省背景的報紙，《順天時報》的創辦人中島眞雄本人又是東亞同文會的成員，這說明該報與《申報》等外國人辦的報紙是根本不同的：後者是洋人出錢，中國人辦，其出資方不干涉館務。《順天時報》則完全不同，其受外務省津貼，由一批「有志於大陸工作」的日本人創辦，其主持者、主筆、編輯、社長都是精通中文的日本人。因此，報紙的言論、新聞立場，是直接受日本有關方面的對華政策觀念影響的。換句話說，《順天時報》的言論方針，是有其明確的政治意圖和政治色彩的。

1、從內容看，無論是「論說」、「時事要聞」、「各省新聞」、「奏摺錄要」還是「專件」、「雜俎」，無不圍繞著當時中國最重要的事情——立憲改革展開。沒有「社會新聞版」，娛樂性文字也很少。

2、清末立憲十年中，一切以「推進立憲爲鵠的」：《順天時報》的言論立場，帶有始終如一的連貫性；極少前後矛盾、或者產生變化。在整個清末十年，該報「推進立憲成功」的目標，並沒有任何改變和違背。

3、《順天時報》的言論具有十分明確的指向性、論說極爲嚴肅：外人報紙如《申報》等，儘管總體上也是支持立憲派的活動，但是，在很多時候，其言論表現出較爲「折衷」、「含混」的特徵，或者採取「局外旁觀」「戲謔」態度表達看法。而《順天時報》始終是以明確、嚴肅的態度進行論說。很多時候即使以「友邦」口吻，但態度十分「黑白分明」；在特殊時候，甚至還表現出急切、焦慮、振奮、無奈、失望……等情緒，這一點使得其達到與國人報紙類似的媒體表現。

可見，正如該報所總結的：「本社博採新聞，凡關於國家重要事……苟非秘而不宣之條，皆擇要錄之。使人得與聞知，維持開報界之先聲。所以開通中國之風氣，令民智日思進取，政策日求進步者，皆盡力提倡之，而無或有間，此豈一人之私言哉？」（《本報立言之要》）

（二）《順天時報》在清末立憲中媒體表現的特徵

　　作爲一份外國人在華北辦的政治化大報，《順天時報》最終目的是推動變革的進行。而其面對的中國政局是：清廷、立憲派、革命派三種勢力矛盾重重、糾葛紛呈。身處中國心臟地區的《順天時報》，在發表其對各個事件的看法時，就不能不綜合考慮諸多方面的影響，從而達到其「推進立憲」的目的。《順天時報》在清末十年的媒體表現，有頗多可以注意之點：

　　1、在朝廷與立憲派的矛盾中，一直沒有明顯地表露「站在那一邊兒」、替誰說話，而是時時、事事以「旁觀者」的口吻，從「有利立憲大業」——促進中國政治體制的進步角度來立論：

　　首先，《順天時報》始終沒有發表「反體制」的話。它對清廷內部的保守力量不實力變法、因循拖沓的做法，批評十分尖銳、刻薄，尤其常常直接將矛頭指向阻撓變法的滿族貴族；對於中央大員、地方官吏的種種腐敗行爲，也指名道姓地抨擊和批判。但是，這種批判顯然是在不否認清廷的合法性的基礎上：直到辛亥革命起來之後，該報也從未對當政者——無論是慈禧還是載灃，發表半句否定的話。在失望、痛恨無法不表達之時，也僅僅是將矛頭指向「當道」、「政府諸公」。這一方面是因爲該報所處的地理位置，更重要的是與該報始終抱持的宗旨——維護清朝存在、實行君主立憲。

　　即使當「鐵路國有政策」導致激變、武昌起義爆發之時，《順天時報》儘管對「朝廷當道」失望之極，也未公開發表過反「朝廷」的話——說明在維護清廷立憲改革的立場上，它十分堅決的態度。

　　其次，該報支持立憲派，但表現並不完全同一於立憲派報紙：

　　該報對立憲派的種種主張、活動基本上是積極支持的，最突出表現在對國會請願運動的支持——而這件事是立憲派與清廷矛盾最集中的事情，可見該報的宗旨。但是，一方面，該報並不像《時報》等單純站在立憲派角度對清廷說話；而是常常採取「說理」、「解釋」的態度，勸誡政府。例如，在封政聞社一事，國內梁啓超等發表激烈言論，該報也極爲贊同，發表了反對清廷的做法，但它從「西方立憲國保護政黨」的角度立論，警示清廷勿再犯此類錯誤。另一方面，該報常常有不同於立憲派的看法，對此它不憚以公開的態度直接表達。當立憲派出於急切心理，將矛盾激化之時（例如第四次國會請願），該報就站出來提醒其「切勿過激」，以免國會進程「僵死」。

　　可見，《順天時報》時刻注意保持「公正」的角色，以發揮對清廷「當道」

的特殊影響力；同時，它對立憲派的支持並不是盲目的，而是有自己的獨立主張。

再次，該報針對立憲改革過程的批評性「論說」，始終是伴隨對政府實行立憲初衷的肯定。即使發表批評性「論說」，也總是在開篇一段回顧立憲改革之發端、朝廷的決心。如《順天時報》始終對宣佈立憲詔書的清廷改革意圖予以肯定，在很多文章中：「兩宮銳意圖治，既憤國勢之不競，又念民情之多困，皆屈抑於官吏下，而無由得舒，所以特派大臣，考察各國政治，為改立憲法地也……故朝野上下之間，翕然以變法自強，而數千年之弊政，一旦掃而空之，人心能勿大快乎？彼東西洋各列邦，無論友我嫉我者，亦皆刮目相待，吾中國其有轉機乎？」——從不「拆臺」。而當清廷所作出的決策和舉動（如開設諮議局、資政院），確乎有利於立憲大計之時，該報會站出來，替其向立憲派做解釋。這方面，體現了該報比較審慎、務實的態度，同時也無疑贏得了中央改革派官僚的相對認可。

2、在一些問題上「一針見血」，在另一些問題上則婉轉表達

一方面，該報在批評中央、地方腐敗現象，官僚陽奉陰違，滿漢爭權等問題時，一針見血、毫不留情，常常表現出極大的憤慨、切責之情，甚至比照《神州日報》等的批評毫不手軟。武昌起義之前，批評尚且保留一絲情面，而武昌起義、大局將去之時，該報激烈的批判言辭甚至對載灃等亦不避諱。這表明了該報堅決的「革新弊政」、推進變法的態度——而這一點無論是清廷、還是革命派、立憲派，無論如何是無法不給予認可的。

另一方面，在立憲派「兩三年召開國會」這類問題時，該報認為時間過短、未必能行得通，但是，它並不明確表明態度，而是以事實進行說理，並建議立憲派在堅持請願的同時，做好爭取清廷給出最後期限承諾的準備。還有「鐵路借款興建」這類敏感話題，該報不能不發表看法，但是時時注意不觸動眾怒。

《順天時報》對待不同問題的態度，體現了它在堅決「推進立憲」的宗旨下，審慎對待各種問題，掃除障礙、分析利弊、廓清主次、避免朝野局面破裂的努力方向。

3、在對待「革命黨」的問題上，《順天時報》十分審慎和理智

該報不贊成革命、不贊成民主共和。但是，它從未表露出與革命黨「水火不容」的態度：對於革命派，該報始終未稱之為「亂臣賊子」，從未鼓勵清

廷實施「痛剿」；反之，該報還不時地表達對革命黨的同情之意。

該報不贊成革命派的武力推翻清廷的主張，但是，它的表現經常是：以革命黨起事作爲例證、刺激清廷加快改革的步伐。它始終建議「對待革命方法，非痛剿之，而消弭之」，主張以早日實行立憲來促使革命黨不除自滅。一句話，著眼點始終放在利用革命的威迫形勢來勸說清政府速行立憲，這也就是爲何每談及革命與立憲關係時，必然牽扯清廷在其中——可見，目的是以此爲契機勸導清廷。

如果說在 1907 年之前，該報對革命派偶爾稱之爲「作亂」，規勸其順應「大勢」；那麼在此以後，隨著清廷立憲改革弊端的暴露、立憲步伐拖沓、滿族集權趨勢的加強，面對革命派的活動，《順天時報》逐漸認識到革命黨人「爲政局所迫、恨朝政腐敗」的一面，到後來 1911 年肯定其非純然「種族革命」、而是「政治革命」。這裏，體現出該報對革命黨較爲審愼的態度。《順天時報》看到，革命黨不是草寇，有明確的推翻封建專制統治的政治目的，而這與立憲派是一致的，只是手段上殊異。

總之，圍繞「推動立憲」這一個核心，《順天時報》在一切它認爲重要的事情上，以相對獨立的身份、站在中國政局的高度，觀察、思考問題。潛移默化地發表其觀點、主張、看法，影響朝野的輿論。將自己的「推進立憲」的政治主張貫徹到每日報紙內容之中。

二、《順天時報》的輿論影響

作爲一張用中國人的口吻發行的政治化大報，《順天時報》在清末十年的中國輿論界發揮了獨特的影響。

（一）《順天時報》與國內其他報紙的比較

庚子拳亂之後，中國報界對政治的主張大致可分爲立憲和革命派。主張立憲的有《新民叢報》、《時報》《中外日報》、《東方雜誌》等；鼓吹革命的有《蘇報》、《警鐘日報》、《神州日報》、《民籲報》等。《順天時報》是一心支持變法的報紙。

與革命派報紙相比，該報有其特徵：《順天時報》也批評清政府，但是，這種批評不似《神州日報》等，後者大力揭露清廷政治黑暗和官僚昏聵的目的，是傳達清廷「不可救藥」的信息；而《順天時報》則不然，它的揭露無不站在正面訓導的立場，雖不時指名道姓、痛罵，但是，無不站在「立憲大

業」的立場，批評他們「有負皇恩」、有撫民意。語氣上從不調侃揶揄。總之，其立足點是站在幫助清廷革除弊政上；主張在清廷統治框架內進行變革。

與立憲派報紙相比，《順天時報》也有特異之處：在報導有關預備立憲的各種決策、措施、活動的時候，則顯得更加全面、深入、有前瞻性。《順天時報》獨一無二地開闢了「奏摺錄要」的欄目，選登重要「變法奏摺」，以利於朝野關心時政的人瞭解和討論。該報能夠站在理論的高度，對整個立憲制度進行深入的探討，對君主立憲和民主立憲之間的聯繫、區別、利弊進行較爲系統深入的分析。如 1908 年開設了半年的「法政淺說」欄目，請法學專家每日就中外法律進行演說。該報對事件的看法較爲有前瞻性，如對請願開國會的結果，就預見到了應該從資政院、諮議局下手。

作爲一個對「君主立憲」十分有經驗的日本報紙，它對於立憲改革中出現的一些問題、弊病，也較之《時報》等「身處局中」的立憲派報紙，看得更加清晰，提出的對策也較有可操作性。例如：對於國會請願的善後問題，對於組織政黨問題的見解，就能夠超出國內立憲派的觀察。再如，該報能夠在 1907 年就清晰看到了中國立憲改革的最大阻礙——滿漢畛域，並提醒注意這也是早於其他各報的。

正因爲該報的如上特徵，使得它在清朝執政者、政府官員、在野立憲派、以及開明知識分子階層中，產生了一定的影響力。

（二）《順天時報》的輿論影響

1、在立憲中的影響

《順天時報》發行之初，華北風氣未開，沒有一張華文大報；直到 1904 年以前，在整個華北，《順天時報》的地位是比較重要的（當時除了《京話日報》，就沒有其他大型報紙了。1906 年 9 月預備立憲以後，北京風氣大開，新創辦的報紙有《京報》（汪康年）、《芻言報》、《帝京新聞》、《北京日報》（朱祺）等。而此時《順天時報》的影響力則並沒有減低。

關於《順天時報》在當時北京的報界的地位，一則材料可以證明：1910 年 6 月，王慕陶給《京報》社長汪康年的一封遠洋來信，內容如下：

> 內閣發表各部官制如何？外務部是否改制？副大臣係何人？潤田參案及各報揶揄之詞究由何來？木老忽而外放，究爲何故？均至念念，尚望詳示一二……

北京報紙愈多而愈蕪亂卑陋，無一足觀。《舅言報》實爲朝陽鳴鳳，讀之如嚼橄欖，苦澀中有回味也。承寄各報，請但寄《舅言》、《憲報》、《津京時報》、《北京日報》、《國民公報》、《政報》、《順天時報》、《北京英文報》八種足矣，其餘均請停止。若有新報出版，則姑先寄一觀，至若《鏡報》、《國風》、《帝京》、《中國》等，徒令人討厭耳……〔註14〕

此信係從巴黎給汪康年來信，目的是得到確切消息，可見，《順天時報》作爲唯一的日本人報紙，爲時人所看重。足見在 1910 年時，《順天時報》在北京報界的影響力也是得到公認的。

《順天時報》也贏得了北京、華北報界的認可。這既與該報新聞言論的高人一籌有關，另外，該報不遺餘力地對清廷壓制「新聞自由」提出批評，並且主持公道也是原因。

1907 年「丁未政潮」期間，天津《大公報》、《申報》都全文轉載《順天時報》的論說《論參劾樞臣暗通報館事》，〔註15〕——此事證明：《順天時報》對報館言論的這篇文章寫得入木三分、十分另人信服；《順天時報》在京津輿論界的影響在立憲運動開始後，已經是比較大的了。1910 年，北京報業舉辦宴會，參加者有《北京日報》（朱淇）、《帝國日報》（陸鴻達）、《中國報》、《帝京新聞》（康士鐸）、《北京日報（英文）》，其唯一外人報紙就是《順天時報》（上野岩太郎）。該報作爲主要主持者，進行該會的籌備工作——可見該報受認可程度。

《順天時報》對知識界產生的影響，可以從其懸賞徵文的效果來看出：

1906 年 9 月 8 日，是清廷宣佈「預備立憲」的一周後。《順天時報》特首次舉辦徵文《論中國憲法應如何制定》：「現中國政府與國民正宜調查憲法，預備立憲之時也。想京師爲人文薈萃之區，碩學奇才各有意見，故本館特仿徵文辦法，自本月十三日（9 月 1 日）起，八月初五截止，仰薄海同志著爲偉論，寄示本館，必詳經鑒定，將前列登報，以宣佈芳名，使巨製鴻篇，上可備政府之採擇，下可資學界之參觀也。乞鑒微衷，勿棄爲幸。」

結果，投票者及其踴躍，一月之間有「四百多鴻篇佳作」寄到該報社

〔註14〕　《汪康年師友書箚》（一），上海古籍出版社，1986 年出版，第 142 頁。
〔註15〕　《大公報》1907 年 6 月 23 日。

—— 證明了作為外報，其對中國內政發表的看法，與本地輿論的契合，使其達到了宣傳效果。自 1906 年以來，幾乎每年都有幾次「懸賞徵文」活動，命題由該報擬定 —— 幾乎全部與當時最重要的立憲問題有關。來稿在報上顯著位置刊出；並評選獲獎者，分別給予獎金。〔註 16〕

《順天時報》有獎徵文的效果，十分卓越：「寄稿鴻篇巨作 300 餘篇，滿紙字字清晰，一家有一家之命題。誠以京師人文薈萃之區，而立憲為中國未有之創舉也。凡通達時務之士皆慘淡經營於文壇。」1907 年 10 月，刊出《晉省之特色》〔註 17〕（實秋）、《直隸之特色》〔註 18〕（燕趙魂）、1909 年 7 月，《統一幣制策》〔註 19〕（京師務敏）連載八日。1909 年 9 月，《籌建海軍策》〔註 20〕（天津蜀魂）、1909 年 10 月，《統一幣制策》〔註 21〕（慕弦野樵）連載九日。〔註 22〕

可見，該報通過徵集中國知識分子的意見的方式，來促使清廷推進變法；同時，也可從征文的結果中看出該報的巨大影響。

2、影響了中國對國際局勢的看法

如前所述，《順天時報》的另一大宗旨是：積極倡導中日提攜、東亞共進，以此遏制列強在華勢力的擴張 —— 這一點它也達到了。

在 1904 年的日俄戰爭期間，該報「對俄主戰論」，揭露俄國內部諸弊端，力圖在中國政府及民眾間培植俄國不足畏的心理；〔註 23〕等到戰爭爆發，該報更著文表明態度和抱負。結果，當時「中國輿論大多認為日本為正義之舉，對日本極表同情」。〔註 24〕例如《東方雜誌》有閒閒生者撰《論中國責任之重》一文，即深盼日本獲勝，以救黃種人之前途，並維持東亞大局。進而表示他

〔註 16〕 《大公報百年史》第 25 頁，《大公報》是「開中國報紙此類活動的先河」，這點值得商榷。
〔註 17〕 《順天時報》第 1949 號。
〔註 18〕 《順天時報》第 2011 號。
〔註 19〕 《順天時報》第 2232～2237 號。
〔註 20〕 《順天時報》第 2243 號。
〔註 21〕 《順天時報》第 2253 號。
〔註 22〕 共評出一等：龍有山君；二等：昨非子張君；三等：葉祥林。此外，還有備選：周汝為、賈宗誼、周傳林、李維藩、王開熙、賈玉峰。最後一共選出 40 篇，陸續刊登在「論說」欄目中。
〔註 23〕 《對支回憶錄》，上卷，第 718 頁。
〔註 24〕 吳文星前引文。

日中國須圖報答日本之盛意。〔註25〕日本戰勝後，在轉接俄國的東北特權時，《順天時報》不斷暗示「日本始終不易其正大之舉動，毫無侵害中國之心」，無非想消除中國的疑慮，另則以利害要脅中國接受日本的主張。當日俄會議於樸資茅斯時，該報撰《論日俄媾和條件》一文，表示日本所提的條件最為寬大、公平，毫無過當之處，是以全球輿論一致稱讚日人之公平，連俄國的聯盟亦不例外。〔註26〕而這些言論對中國發生了極大作用：《時報》就曾先後發《論日俄議和後之中國外交》及《論我國與日俄兩國之交涉》兩文，勸政府當局採「避重就輕，以退為進」政策，承認旅大租借權及東清鐵路權之轉讓。〔註27〕

在清末十年，由於內憂外患，中國民眾反覆掀起「收回利權」、抵制美貨等愛國行動。對此，《順天時報》大量登載了這類文章：《宜有實力方可排外》、《論民氣不可虛驕》、《列強維持和局之誠意》等等。其目的在於闡發中國面臨的局勢：自身實力不足以抵抗外國，徒逞武夫之勇，不如「臥薪嘗膽」，以謀他日徹底將西方列強趕出去。《順天時報》此言目的在於：擔心中國的「排外」舉動破壞當時列強的和局，群起紛爭，出現不利於日本的結果。──但是，該報從中國國情角度出發來進行論證，畢竟顯得十分有理有據，得到了國人認可。《東方雜誌》創刊伊始，就發表了《中國排外宜不露形跡》一文，贊同《順天時報》的主張。

可見，雖然作為外務省機關報，《順天時報》雖然服從於日本的對華政策，但是，它能從中國情況出發，將言論主張巧妙地與中國當時情況結合起來，收到了極大的輿論效果。其客觀效果正如黃福慶所指出的：「該報能巧妙地對當時中外主客觀情勢，作有傚之運用。其堂皇之言論，使中國人自己都感到《順天時報》的言論才是真正關心中國前途而仗義執言，因此，國人也刮目相看。」〔註28〕

〔註25〕由於《順天時報》先奠定基礎，並且開戰以來，特地每天派人至北京各城門免費散發該報及號外。影響所及，逐有民眾至各國公使館丟石頭，導致北京公使團主席向日本公使抗議。而俄國「燕者報」亦無法與該報競爭，不得不停刊。

〔註26〕《順天時報》第 1041～1044 號。

〔註27〕《東方雜誌》第 2 年第 11 期。

〔註28〕《近代日本在華文化及社會事業之研究》，臺北「中央研究院」近代史研究所，1982 年，第 296 頁。

第三節　早期《順天時報》的評價

一、《順天時報》支持清末立憲的動機

　　從上文可以看出，日本報紙《順天時報》支持、推動清末立憲，其最根本的動機是爲了「保全中國」，以利於日本的東亞政策，因此，該報是從日本利益角度出發的。但應當看到，《順天時報》支持「清末立憲」，這一主張並非是脫離中國國情而行的；換句話說，《順天時報》之所以在清末十年有如上宗旨，乃是東亞同文會成員，在充分考慮了中國政局、朝野輿論之後作出的它認爲最「可行性」的選擇。

　　事實上，當時清末所有主要國內報紙，在 1911 年以前，幾乎都持相同的主張：支持清末立憲、反對革命。這一點，無論《大公報》、《東方雜誌》都如此，它們基於如下的考慮：革命會帶來動蕩、引起列強瓜分；而君主立憲是一條「終南捷徑」。而當時矛盾的焦點是在朝廷改革決心不徹底與守舊份子因循敷衍上。因此，當時朝野輿論的焦點也就在立憲派主張與清廷的政論、爭奪上。《順天時報》的主要活動，是與當時朝野主流聲音相一致的。而同時，清廷立憲改革最初六年的政局，也確乎有「新興氣象」，特別是 1909 年、1910 年兩年清廷所公佈的一系列舉措，大有「只許前進不許後退之意」〔註 29〕——因而，《順天時報》也好、立憲派報紙也好，其誠心誠意大力推進立憲進行，應當說是比較「現實」、審慎的抉擇。

　　但歷史發展的結果，卻超出了《順天時報》的預料。這時，該報就產生了和立憲派不同的做法：《時報》們見「流血已成事實」，不得不審時度勢、轉向贊同「共和」；而《順天時報》則大表其「遺憾」、「痛惜」之情；並且對未來的當權者袁世凱反覆表露懷疑、批評——這一現象可看出，該報雖然是秉持日本政府的對華政策，但是作爲一份有宗旨、的報紙，其是內容是有一定的堅持性的。並不是一種隨風轉舵的「權宜之計」。

　　《順天時報》爲何始終堅持中國應走「君主立憲」呢？這一點，除了希望中國以日爲師背後，還有沒有其他原因？在 1911 年 12 月「南北議和」期間，當時南北方面在政體方面無法達成共識，爭執不下。該報華人主筆牟樹滋寫了《論君主立憲與民主立憲政體之利害》一文，發表了看法：

> 自政治學上觀之，政體之優劣從違，不易論定。然而政體者猶如衣

〔註 29〕李劍農，《戊戌以來三十年中國政治史》。

服而。大人之衣服，雖集一時之華美，不可用之小兒；小兒之衣服，
姹紫嫣紅百麗其裝，然不適於大人之用。政體亦然。民智未開，則
專制政體優於立憲；民智已開，則立憲政體優於專制。而立憲政體
之下，汝作鹽梅、汝作舟楫，不在政體之若何，而在於當軸者之智
識如何而。凡增進人民之幸福者，不必關係政體之若何……今中國
倡導君主立憲者多在北方，倡導民主立憲者多在南方，干戈相見、
國事岌岌。

可見，該報支持君主立憲，儘管是從日本利益出發，但也有很大程度是基於
「此種制度乃是唯一適合清朝」的考慮的。這也是《順天時報》多年爲之努
力的主要原因。

當時另一種觀點就與《順天時報》不同，「以我之見，列國宜趁此機會，
顛覆滿洲政府，斥退太后，一掃滿員中之頑劣者。若不從根本上改變其政府
組織，則不出數年，必然故態又萌，舊病復發。補隙彌縫之改革於大局不僅
毫無益處，卻貽患於將來。我日本恰如家居朽敗老屋之近鄰，爲自家安穩計，
不如將此老屋打壞，將其改造……曰保全支那、扶持支那，其事雖善甚，然
從我日本位置以觀支那，宜不可使之太強，又不可使之太弱。故曰，於不強
不弱只見保持存在，此乃我國之計。」

與此相比，《順天時報》抱持君主立憲的意圖就更加清晰。

二、早期《順天時報》在近代日本在華報業中的地位

早期《順天時報》的十年，是該報三十年歷史中，較爲重要的十年。作
爲一份「學了中國人口氣辦給中國人看」的日本報紙，該報在當時的華北、
乃至整個中國輿論界發揮了十分特殊、不可小覷的作用，在一定程度上影響
了中國的朝野政局；同時，也奠定了該報在中國華北報界的地位。1901～1911
年，日本外務省對中國各種政策的執行，在很大程度上得力於《順天時報》
的輿論影響。因此，外務省「破天荒」地給了這份民間機構的報紙以極大的
資金支持，後來直接攬爲自己的機關報。

今日觀之，《順天時報》這十年的「成績」，也有其客觀歷史條件：當時
正值中國社會內外矛盾全面激化，朝野上下，各種政派集團紛起行動，企圖
按照各自的政見利益改變社會發展的方向，政壇上波譎雲詭的時期。這就爲
該報能夠借輿論之便，縱橫捭闔、發揮作用提供了條件。

　　民國成立後一段時期內，《順天時報》對日本新的對華政策沒有吃透，一度失去方向，保持相對沉默。但是，在 1916 年袁世凱復辟稱帝期間，該報又一次發揮了其輿論功能。與日本政府的政策相配合，該報大力宣傳反帝制言論，發表了《嗚呼綱倫之墜地》、《今日中國果爲帝國乎抑爲民國乎》、《矛盾現象之由來》等文章，「該報對當時中外各種主客觀情勢，頗能因勢利用，是以立論堂堂，予人覺得其真正關心中國之前途而仗義執言的。」〔註 30〕在兩次「高峰」之後，該報「銷路大增，竟成爲華北第一大報，一度執北京報界之牛耳」，銷售量突破三萬。

　　這種現象持續到 1920 年代，日本對華侵略政策逐漸擡頭之後。1926～1928 年，日本爲了維護在華權益，反對中國革命，以保護在華僑民爲藉口出兵山東，《順天時報》捏造事實爲其辯護，成爲「逆天時報」，遭到了全國群衆的反對。北京、上海、天津等地抵制《順天時報》，該報走向衰亡。

　　總的來看，《順天時報》日本外務省設在中國的機關報，它插手中國政局，本質上是爲日本的在華利益、對華政策服務的，無論如何絕不是其聲稱的「爲中國謀」。但是，在清末特殊的那段歷史時期裏，由於日本在中國擴張的意圖受制於國際環境、產生了階段性的變化（「保全中國」），於是，《順天時報》的使命就在於：結合中國內外形勢，作輿論上有效的運用，使得朝野局勢向有利於日本的方向轉化——從這一宣傳標準角度上看，應當說，《順天時報》是做的比較成功的報紙。

〔註30〕吳文星前引文。

結 束 語

　　貫穿清末十年的「新政」改革，無疑具有值得重新審視的價值。正如近來學者指出的：這是一場「技術、思想、文化、組織機構的大規模的集中轉換」；結束帝制後的中國，正是在這塊基石上決定思想和體制的方針。〔註31〕在這樣一個風雲激變的年代，立憲派、清廷、革命派以及種種政治力量，展開了前所未有的激烈的交鋒與角逐；清末十年的報刊（包括慣稱的立憲派報刊、革命派報刊），也就在這樣一個歷史舞臺上發揮了特有的輿論表演。

　　以往研究主要以國內的報紙，如《時報》、《神州日報》等爲對象。本文則將關注的目光投向一個爲人忽略的角色——日本在華「政治大報」《順天時報》；指出其在清末立憲改革中曾超乎尋常的輿論表現：作爲一份以朝野上下關注焦點——「立憲」改革爲主要報導評論內容的政治大報，《順天時報》發揮了對當時關心時政的各個階層（政治觀念）的獨特而重要的影響力。

　　眾所周知，中國近代史貫穿始終、不能忽略的因素之一，是西方列強的存在——可以說沒有列強就無法理解中國近代史。近代外國在華中文報紙是近代史上的一個特殊現象，然而，以往的描述顯得「粗線條」——實際上，媒體有自身的規律：作爲辦給中國人看的報紙，如果得不到中國讀者的信任和接受，生存尚成問題，更遑論輿論影響。

　　通過對一個特殊年代，一張特殊的報紙（《順天時報》）的具體研究，本文認爲，近代中國特殊的內外環境，爲外報發揮特殊作用提供了舞臺：朝野上下矛盾全面激化，各種政派集團紛起行動，企圖按照各自的政見利益改變

〔註31〕如林達：「如果沒有這場思想、體制的全面轉變，辛亥革命後的中國是不可理解的」，見《新政革命與日本》。

社會發展的方向，政壇上波譎雲詭。這就爲《順天時報》這樣的報紙能夠結合主客觀形勢，縱橫捭闔、發揮作用提供了條件。當然，媒體自身在輿論策略、新聞理念、言論限度上的優勢，也是重要因素。

從研究前景來看，早期《順天時報》爲後人研究近代媒體與政治、清末新政改革、中日關係（尤其是日本民間在華活動）等，提供了一個獨特而典型的個案。

參考文獻

一、原始文獻類

《順天時報》、《盛京時報》、《申報》、《時報》、《東方雜誌》、《民籲報》、《大公報》《中外日報》、《京報》（汪康年）、《新民叢報》、《京話日報》、《北京日報》（朱淇）《國風報》

二、著作類

1. 戈公振，《中國報學史》，中國新聞出版社，1989 年。
2. 方漢奇，《中國近代報刊史》，山西人民出版社，1981 年。
3. 方漢奇，《中國新聞事業通史》，人民大學出版社，1996 年。
4. 曾虛白，《中國新聞史》，臺灣政治大學新聞研究所，1966 年。
5. 賴光臨，《中國新聞傳播史》，臺灣三民書局，1983 年。
6. 史和：《中國近代報刊名錄》，福建人民出版社，1991 年.
7. 張靜廬：《中國近代出版史料》，中華書局 1957 年 12 月 1 版。
8. 胡道靜：《上海新聞事業之史的發展》，上海市通志館 1935 年。
9. 方漢奇，《大公報百年史》，人民大學出版社，2004 年。
10. 管翼賢，《新聞學集成》，（第 5 輯），中華新聞學院，1943 年。
11. 楊光輝，《中國近代報刊發展概況》，新華出版社，1986 年。
12. 張玿，王忍之，《辛亥革命前十年時論選集》，三聯書店，1977 年。
13. 丁守和主編，《辛亥革命時期期刊介紹》，人民出版社，1982 年。
14. 黃河，《北京新聞史》，文化藝術出版社，1992 年。
15. 中國史學會：《近代中國外交史料叢刊（辛亥革命)》，上海人民出版社，1996 年。

16. 《國外中國近代史研究》，中國社會科學出版社。

17. 《汪康年師友書簡》，上海古籍出版社，1986 年出版。

18. 近代日本思想史研究會：《近代日本思想史》，商務印書館，1991 年。

19. 中下正治，《日本人經營新聞小史》，《季刊現代中國》第 11 卷。

20. 實藤惠秀，《中國人留學日本史》，生活・讀書・新知三聯出版社，1983 年。

21. 蠔原八郎，《海外邦字新聞雜誌史》，東京學而書院，1936 年。

22. 黃福慶（臺），《近代日本在華文化及社會事業之研究》，臺灣中央研究院近代史研究所專刊，第四十五輯。

23. 王向遠，《日本對中國的文化侵略──學者、文人的侵華戰爭》，崑崙出版社，2005 年。

24. 鄭匡民，《西學的中介：清末民初的中日文化交流》，四川出版集團，2008 年。

25. 李劍農，《中國近百年政治史》，復旦大學出版社，2002 年。

26. 李侃，李時岳，《中國近代史》，中華書局，1994 年。

27. 張海鵬（主編）《中國近代通史》，中國社會科學院近代史研究所編，2007 年。

28. 費正清，《劍橋中國晚清史》，中國社會科學出版社，1985 年。

29. 沈雲龍，《近代中國史料叢刊》第三編第二編輯，文海出版社。

30. 沈雲龍，《現代政治人物述評》，臺北，文海出版社。

31. 周善培，《辛亥四川爭路親歷記》，重慶出版，1957 年。

32. 王芸生，《六十年來中國與日本》，生活・讀書・新知三聯出版社，1982 年。

33. 陳旭麓，《近代中國社會的新陳代謝》，上海人民出版社，1992 年。

34. 馮林主編，《重新認識百年中國》，改革出版社，1998 年。

35. 林達〔美〕，《新政革命與日本》，江蘇人民出版社，2006 年。

36. 侯宜傑，《二十世紀中國政治改革風潮》，人民出版社，1993 年。

37. 韋慶遠、高放，《清末憲政史》，人民大學出版社，1993 年。

38. 侯樹彤，《清末憲政運動綱要》，北平，1930 年。

39. 張靜廬，《辛亥時期筆名錄》，《文史》，第四集。

40. 喬志強，《辛亥革命前的十年》，山西人民出版社，1987 年。

41. 桑兵，《清末新知識界的社團與活動》，三聯書店，1995 年。

42. 吳春梅，《一次失控的近代化改革：關於清末新政的理性思考》，安徽大學出版社，1998 年。

43. 章開沅，《辛亥革命與 20 世紀的中國》，中央文獻出版社，2002 年。

44. 張玉法（臺灣），《清季的立憲團體》，臺灣中研院出版，1985 年。

45. 張朋園（臺灣），《立憲派與辛亥革命》，吉林出版社，2007 年。

46. 尚小明，《留日學生與清末新政》，江西教育出版社，2003 年。

47. 王曉秋，《戊戌維新與清末新政》，北京大學出版社，1998 年。

48. 王曉秋，《近代中日關係史研究》，社會科學出版社，1997 年。

49. 趙金鈺，《日本浪人與辛亥革命》，四川人民出版社，1988 年。

50. 野村浩一，《近代日本的中國認識》，中央編譯出版社，1999 年。

51. 譚汝謙，《中日關係全書》，遼海出版社，1999 年。

52. 譚汝謙，《近代中日文化關係全書》，香港日本研究所，1988 年。

53. 石之渝，《近代日本對華思想》，臺灣大學，2007 年。

54. 《日本學》，北京大學出版社，1991 年。

55. 蕭功秦，《危機中的變革——清末現代化進程中的激進與保守》，上海三聯出版社，1999 年。

56. 徐松榮，《維新派與近代報刊》，山西古籍出版社，1998 年。

57. 侯宜傑，《袁世凱評傳》，河南教育出版社，1986 年。

58. 羅榮渠：《現代化新論》，北京大學出版社，1993 年。

59. 章開沅：《辛亥革命與近代社會》，天津人民出版社，1985 年。

60. 許紀霖、陳達凱：《中國現代化史》，學林出版社，1995 年。

附　圖

附圖一　《順天時報》第二號

附圖二　《順天時報》第 1551 號

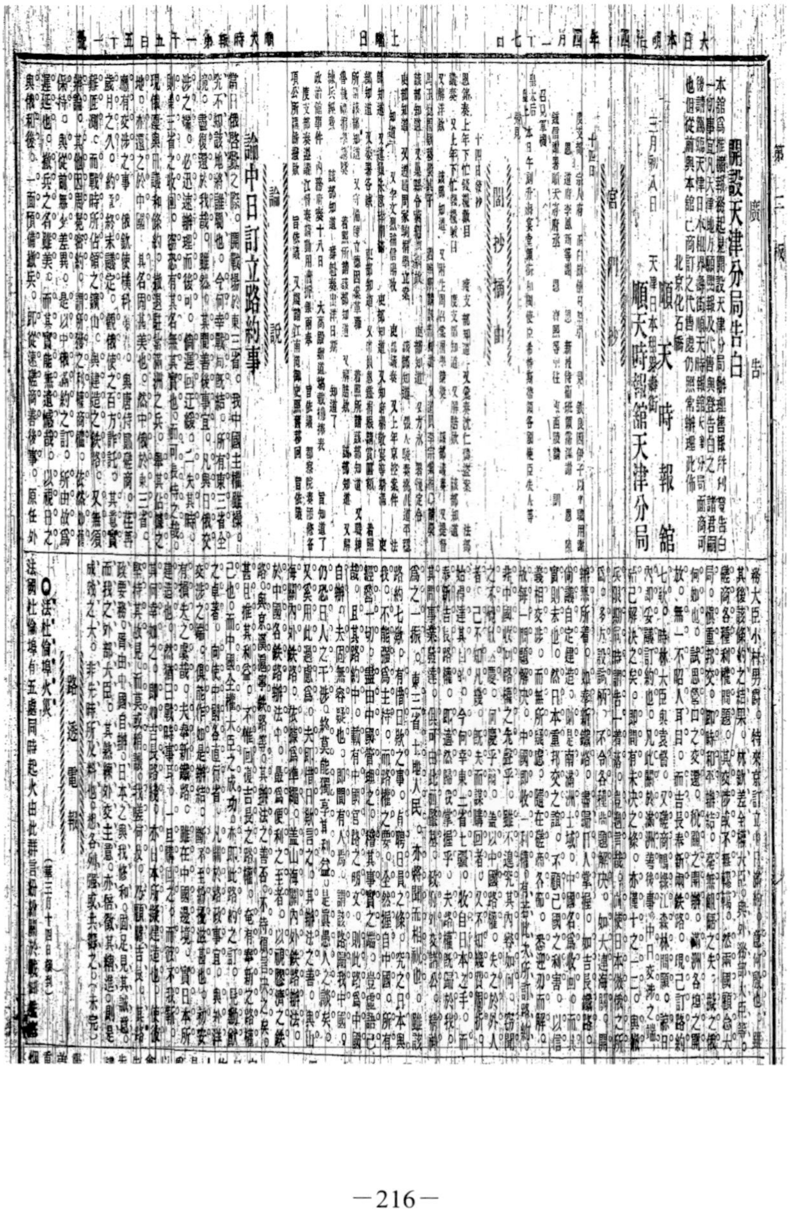
開設天津分局告白

順天時報館天津分局

宮門抄

閣抄摘由

論說

論中日訂立路約事

路透電報

附　錄

附錄一　《新政改革上諭》[註1]

　　諭。世有萬祀不易之常經。無一成不變之治法。窮變通久。見於大易。損益可知。著於論語。蓋不易者三綱五常。昭然如日星之照世。而可變者令甲令乙。不妨如琴瑟之改弦。伊古以來。代有興革。當我朝列祖列宗因時立制。屢有異同。入關以後已殊瀋陽之時。嘉慶、道光以來。漸變雍正、乾隆之舊。大抵法積則敝。法敝則更。惟歸於強國利民而已。自播遷以來。皇太后宵旰焦勞。朕尤痛自刻責。深念近數十年積弊相仍。因循粉飾。以致釀成大釁。現正議和。一切政事。尤須切實整頓。以期漸致富強。慈訓以爲取外國之長。乃可去中國之短。懲前事之失。乃可作後事之師。自丁戊以還。僞辯縱橫。妄分新舊。康逆之禍。殆更甚於紅巾。迄今海外逋逃。尚以富有貴爲等票誘人謀逆。更藉保皇保種之奸謀。爲離間宮廷之計。殊不知康逆之講新法。乃亂法也。非變法也。該逆等乘朕躬不豫。潛謀不軌。朕籲懇皇太后訓政。乃得救朕於瀕危。而鋤奸於一旦。實則剪除叛逆。皇太后何嘗不許更新。損益科條。朕何嘗概行除舊。酌中以御。擇善而從。母子一心。臣民共睹。今者恭承慈命。壹意振興。嚴袪新舊之名。渾融中外之跡。中國之弱在於習氣太深。文法太密。庸俗之吏多；豪傑之士少。文法者庸人藉爲藏身之固。而胥吏恃爲牟利之符。公私以文牘相往來。而毫無實際。人才以資格相限制。而日見消磨。誤國家者在一私字。禍天下者在一例字。晚近之學西法

[註1]　注：此上諭名稱爲後人稱，此處作者加

者。語言文字製造器械而已。此西藝之皮毛而非西學之本源也。居上寬。臨下簡。言必信。行必果。服往聖之遺訓。即西人富強之始基。中國不此之務。徒學其一言一話一技一能。而佐以瞻徇情面。肥利身家之積習。捨其本源而不學。學其皮毛而又不精。天下安得富強耶。總之。法令不更。錮習不破。欲求振作。須議更張。著軍機大臣大學士六部九卿出使各國大臣各省督撫。各就現在情弊。參酌中西政治。舉凡朝章國政吏治民生學校科舉軍制財政。當因當革。當省當並。如何而國勢始興。如何而人才始盛。如何而度支始裕。如何而武備始精。各舉所知。各抒所見。通限兩個月內悉條議以聞。再行上稟慈謨。斟酌盡善。切實施行；至西幸太原。下詔求言。封章屢見。而今之言者率出兩途。一則襲報館之文章。一則拘書生之淺見。指其病未究其根。尚囿於偏私不化。睹其利未睹其害。悉歸於窒礙難行。新進講富強。往往自迷始末。迂儒談正學。又往往不達事情。爾中外臣工。當鑒斯二者。酌中發論。通變達權。務極精微。以便甄擇。特是有治法尤貴有治人。苟無其法。敝政何從而補救。苟失其人。徒法不能以自行。使不分別人有百短。人有一長。以拘牽文義為守經。以奉行故事為合例。舉宜興宜革之事。皆潛廢於無形。旅進旅退之員。遂釀成不治之病。欲去此弊。慎始尤在慎終。欲竟其功。實心更宜實力。是又宜改弦更張以袪積弊。簡任賢能。上下交儆者也。朕與皇太后久蓄於中。物窮則變。轉弱為強。全繫於斯。倘再蹈因循敷衍之故轍。空言塞責。遇事偷安。憲典具在。決不寬貸。將此通諭知之。

附錄二　日本近代在華報紙概況

戈公振在《中國報學史》中說：「最近三十年，外國人在華所刊之中文報紙，屬於日本人者為最多，英德人次之。」〔註2〕他隨後列出數種，分別是：《閩報》、《順天時報》、《盛京時報》、《泰東時報》、《關東報》、《滿洲報》、《鐵嶺每日新聞》、《大北新報》、《膠東日報》、《大青島報》，加上已廢刊的上海之《華報》、《亞洲日報》，漢口之《湖廣新報》，濟南之《濟南日報》共 14 種。戈先生此言乃在 1925 年，因此「最近三十年」，大致相當於 19 世紀末到二十世紀前 20 多年。其所列舉的 14 種報紙，屬於日本人在明治（1868～1912）與大正（1912～1926）兩個時期（大致相當於晚清、民國初年兩個時期）在

〔註2〕　戈公振：《中國報學史》，中國新聞出版社 1985 年版，第 66 頁。

中國所經營的中文報紙。而實際上，在晚清和民國時期，日本人在中國所經營的中文報紙遠不止以上的數字：其創辦或者經營的日、漢、英等語種的報紙，總數共達 128 種（其中明治時期 57 種，大正時期 71 種）。〔註3〕

一、日本近代在華報業概況

日本在華報紙的鼻祖是《上海商業雜報》，根據日本學者蠔原八郎的研究，以 1890 年的《上海新報》（松野平三郎的修文館發行，周刊，官價每份十錢）為最早，其次是 1892 年由上海日人青年會發行的《上海時報》，再次是 1894 年的《上海周報》（乍浦路共同活版）〔註4〕。而早期的這些報刊，均是日文報刊，其服務於在中國從事工商業的日僑。

日本報紙的發展極為迅猛，有「後來居上之勢頭」（戈公振語）——甲午戰爭以後以至民國時期，日本在華報業始終佔據各國在華報業之前端，這是值得注意的現象。

近代日本在中國創辦報刊的活動，前後逾 60 年。據日本學者有山本文雄、中下正治兩人的分析，可分為大致三個時期：（一）1894 年甲午戰爭前，是日人在華辦報的「草創時期」，所出版的主要是日文刊物，且集中於上海一地。（二）甲午戰後，經戊戌變法（1898 年）而至 1904 年日俄戰爭為止，是日系報刊隨著日人加強在華活動而「廣泛開展」的時期。其中，1900 年的義和團事變將此一時期細分為前後兩個小段：此前是「政論時期」，中文報刊占主要部分，發行地以上海為中心，但亦分配於漢口、天津、福州等重點城市；1900 年後，是「經濟進侵期」，日文、中文報刊並駕齊驅，而發行地中心逐漸轉移到華北。（三）1905～1911 年（或 1912 年），此時期是具有帝國主義性質，以東北地區為主的「地域佔有期」，日文報刊占絕大多數。〔註5〕

這兩個時期報紙的發行量：民國以前（1912 年），日本在華創刊的報紙計有日文 25 種、中文 12 種、英文二 2 種，僅次於英國而居第二位，而中文報紙則在各國之上。〔註6〕民國以後，隨著國際情勢的改變，日本在華勢力逐漸

〔註3〕　鄭匡民：《西學的中介，清末民初的中日文化交流》。
〔註4〕　蠔原八郎：《海外邦字新聞雜誌史》，東京學而書院，1936 年版，第 270 頁。
〔註5〕　中下正治：《日本人經營新聞小史》，《季刊‧現代中國》第 11 號（東京，1974 年），第 22～37 頁轉引自周佳容《近代日人在華報業活動》，三聯書店（香港）有限公司。
〔註6〕　參閱戈公振：《中國報學史》，第 102～227 頁。曾虛白著：《中國新聞史》，臺

躍爲各國之上，在華宣傳機構的成立更是其他各國所望塵莫及。迄至 1937 年年抗戰軍興，日本在華至少發行 125 種報紙，其中日文 95 種、中文 27 種、英文 3 種。（參閱「附表」一、二、三）

日本在華報業大致可以可分「晚清」和「民國」兩個時期：

一、**晚清時期**（1882～1911）：自明治二十三年（1890）至明治末年（1912），這 20 年是中日關係、中國政局與遠東局勢發生重要轉變的一個階段：一方面，經由甲午戰爭、日俄戰爭，日本一躍而成爲與西方列強並駕齊驅的強大國家，日本政府對中國的觀念、政策也發生微妙的轉變。另一方面，新興的近代國家日本，成爲中國人吸收西方政治、思想的橋梁，甚至是有識之士引爲傚仿的對象。於是，此時期的日本中文報刊，順應此一潮流，有過相當的表現。在自強變法的背景下，以《時務報》爲代表的「國人自辦報刊」呈風起雲湧之勢；而在上海出版基地，《字林滬報》等已經爲人們重視。〔註 7〕此期間日本在中國所創辦的中文報紙共 19 種，其中以甲午戰後至義和團事件期間爲最高峰（1895～1905），這期間日本在華創辦的中文報紙占日系中文報的 86%，故被日本學界稱爲「漢文報紙的黃金時代」。值得注意的是，此階段的報刊，總體言論傾向上，雖不免尾隨明治時代後期日本的外交方針，但是，與民國初年以後的日本在華媒體「完全步趨日本政府對華政策」，還有不盡相同之處。

二、**民國時期**（1912～1945）：從中華民國成立到中日戰爭結束，這一時期是晚清時期的延續。原有的主要大報仍在繼續，而新增的在華報刊，絕大多數爲了配合日本的侵略政策，數量非常可觀。但是，這一階段中文報刊的影響則遜色很多；尤其是 1931 年「九・一八」事變以後，日本加強對華侵略，戰爭陰雲逐步逼近，從 1932 年～1945 年間，日系報刊爲數雖多，但淪爲侵略工具，已經走向急速的衰落。〔註 8〕

應當指出，雖然日本自甲午戰爭以後在中國大批辦報，其辦報範圍逐漸由南向北，且有後來居上的趨勢。然而，從文字上來看，絕大多數乃是是日文報紙，以旅居中國的日僑爲主要讀者，其言論眞正對於中國人所發生的作用並不大。日系報刊中，眞正爲中國社會各階層所能閱讀並且引起輿論影響

北政治大學新聞研究所，1966 年版，上冊，地 173～182 頁。小野秀雄著，陳固亭譯：《中外報業史》，臺北正中書局，1975 年版，第 143～147 頁。

〔註 7〕 方漢奇：《中國新聞事業通史》，第一卷，中國人民大學出版社，1992 年版，第 317 頁。

〔註 8〕 以上參照周佳容前引書。

的，則是日本在華的中文報紙。

　　總之，近代日本在華報業，由最初的局限上海一隅，到《馬關條約》以後「後來居上」，覆蓋廣大內陸，乃是甲午後日本政府勢力、民間力量逐漸深入地侵入中國的直接結果。與歐美的在華報業相比，近代日本在華報業與日本政府對華政策、日中關係之間聯繫更爲緊密，尤其是民國以後更加明顯，這是日本在華辦報的特殊之處。

二、日本在華報業的幾個特徵

　　考察近代以來日本在華報業，還有幾個重要的特徵值得注意：

　　第一是日俄戰爭是日本在華報業的重要分水嶺，自此日本在華辦報出現「激增」現象。

　　如前述，日本在華辦報的發展期始於甲午戰後，但是，在華報紙發行的數目「激增」，則是在 1904 年的日俄戰爭以後。戰後的日本逐漸步入「列強」行列，在華媒體成爲其重要的宣傳工具，大量日本人來中國辦報；日本在華的報業因此後來居上。

　　第二個重要特徵是：在中國東北創辦的報刊，佔了其全部報刊之多數（2/3強）——在西方國家在華報紙中，這是顯著的特殊現象。而這一點，也正是與日本勢力進駐中國的趨勢一致的。

　　日俄戰爭是日本在華發行報紙的一個分水嶺：在日俄戰爭以前，日本報紙一直以長江流域和沿海地區爲主發行，中間 1900 年前後部分擴展到華北，只是自日俄戰爭以後，隨著日本勢力進入東北，日本報紙在東北發行的數目猛增，數量十分驚人。1882～1939 之間，日本發行的 141 種報紙中，僅東北一地就佔了 76 種，（占總數的 54%）；而華北地區有 35 種，（占 25%），長江流域有 30 種，（占總數的 21%）。總之，創辦地點隨勢力而轉移。

　　第三個特徵是：日文報刊佔了絕大部分。在全部 141 種日本在華報紙中，日文的就有 106 種。讀者面是決定報紙發行數目的關鍵因素，在華的日文報紙，正是適應日本越來越多的在華僑民的需要而確立，並隨之蓬勃發展。1905 年《東三省事宜條約》的簽訂，使大批日本國民合法進入在他們在中國東北新獲得的「勢力範圍」——如中東鐵路的長春經瀋陽至大連的線路周圍，稱「南滿鐵路」，僑民開始日益增多。（如下表）〔註9〕

〔註9〕　《宣統元年中國年鑒》，第 12～16 頁。《民國五年中國年鑒》，第 11～12 頁。

	1905 年	1910 年	1914 年	1916 年	1918 年	1924 年
全國總數	16,910	47,980	75,020	104,275	159,950	201,704
東北地區		30,267	48,990	50,197	60,019	86,261

日本在華創辦的報紙多爲日文報，除了少數中國人購買外，其讀者主要是日本僑民人群。在日本正式確立侵華方針以前，在華報紙一直是零星的、主要由日本的民間人士，以分散的私人企業的方式運作，在營業、發行方面始終難以上規模。雖日本外務省允許各地領事館用刊登公告等名目補助日文報紙，但數目有限，而且在一般情形下，日本政府採取的是「不正式補助在外發行的報紙」原則，這也是日文報紙與歐美報系比較相形見絀的原因。

第四個特徵是：日本在華報紙與政府的關係之特殊密切：

在言論立場上，日本在華的報紙與日本官方的關係十分密切：從 1905 年以後，尤其是進入民國以後，絕大部分日本在華報紙在言論、宗旨上，自覺地與日本政府的對華政策（越來越明確）保持一致——無論是私人經營（未得到官方明確支持）的日本「浪人」創辦的報紙，還是 1915 年以後日本大力開展對華擴張後有目的地而在各地創辦的在華報紙。

正如中國學者清楚地指出：「與英、美等西方國家在華辦報相比，日系報刊受官方控制尤其嚴密，有的實際上就是官方出版的，有的雖爲私人創辦，也與官方有不少聯繫。所以這些報刊的宣傳，明顯地帶有爲日本國策辯護的傾向，成爲日本政府的喉舌。」這種傾向，在日俄戰後進一步加強。〔註10〕

上述幾個特徵，說明了：日本在華報刊，是在明治維新日本逐漸加深同中國的聯繫、謀取「大陸利益」的大背景下產生的；因而總體上其發展是伴隨日本華勢力不斷滲入和擴張的過程的。

三、學者關於日本創辦在華報紙的目的的論點

日本在華辦報的歷史從 1890 年代到 1945 年，橫跨「晚清」和整個「民國」時期，而這段時期內，中日兩國之間關係撲朔迷離、錯綜複雜、矛盾不斷加深，最終隨著日本「軍國主義」路線的出爐而破裂。在這期間，日本爲什麼要在中國創辦報紙？總的來看，共有以下幾個方面的原因：

一是供給日本國內外商人關於中國的商情，利於從事與各國的商業競

〔註10〕方漢奇：《中國新聞事業通史》，第一卷，第 806 頁。

爭：光緒二十二年（1896 年 4 月 13 日），日本《讀賣新聞》刊登《上海的邦字（日文──筆者注）新聞》的一則消息，說「《上海時事》之日文報，上月發刊第一號，略謂其發行宗旨在於馬關條約中國新開四口岸，將來中日貿易日益熾盛，爲使本國貿易業者瞭解上海商業情形，故出此刊以助之。」〔註 11〕── 這一目的在 19 世紀末的報紙表現較爲明顯

第二，借「中日提攜」的名義，與中國官紳階層建立感情，以培植日本在華的勢力基礎。19 世紀末，曾經辦過《漢報》、《閩報》的日本東亞同文會漢口支部長宗方小太郎，在一封給佐佐友房的信中曾明白地表達過：

「當地報紙之社論與記事頗有左右朝野人心之勢力，若以日本今後對華策略而論，則有必要於上海、漢口等要地創辦兩三個機關報，此事自不待言。余以爲無論是將其作爲國家之事業，抑或爲將來之計均應如此辦理。」〔註 12〕

晚清以來，聯絡中國官紳階層的目的，直接促成了漢文報紙如《漢報》、《同文滬報》（包括《順天時報》）的創辦，它們是 19 世紀末日本在華利益與列強（尤其是俄國）競爭的背景下的產物。

對此，民國學者也意識到：「……日本自變法以來，即於各國城邦開始洋文雜誌，政府助以津貼。故日俄之役，俄雖以黃禍之說煽動歐美各報，日本即於其所設雜誌中反覆申辯，以釋各國之疑忌，而免其干涉，卒以是收效果焉。近更於各國各省，設立華文報，如上海《同文滬報》、北京《順天時報》、《天津報》、奉天《遼東新報》、《盛京時報》，約有數十家……意在與各國商務競爭，並以聯吾國官民之感情也。」〔註 13〕聯絡中國官民的感情，其目的是爲日本將來在華利益的實現服務的。

第三，執行日本政府的「新聞政策」。有學者指出，所謂日本「新聞政策」主要有二方面：一是從事情報的蒐集，是在爲日本政府提供資料，這方面，宗方小太郎的活動是典型例子：宗方於光緒十六（1890）年到民國二年（1923），替海軍省做間諜工作，先後經營《漢報》（1896～1900）、《閩報》（1898）、「東方通信社」（1914～1923）等新聞機構，借新聞採訪或調查之便，定期將中國的政治、經濟、軍事、社會、風俗等等情報向日本海軍軍令部報告。許多情報爲日本珍貴情報，因此，在他 1924 年去世時，日本輿論作了這

〔註 11〕據考，該報 1896 年 3 月 27 日發刊。

〔註 12〕日本國會圖書館憲政資料室編：《佐佐友房文書》，轉引自中下正治前引書，第 132 頁。

〔註 13〕戈公振：《中國報學史》，第 135 頁。

樣的評價：「（宗方）完成精查中國國情之大業，對我（日本）海陸軍之戰略厥功甚偉」，實爲「模範的國士」，其去世乃「日本之大損失」。〔註14〕。二是在中日關係對立的時候，製造謠言，以擾亂視聽，而實現本國政府的目的。這種情況多發生在民國以後，此時，日本官方已經完全走上侵略中國的道路，此時其報紙及「東方」、「電報」等通信社尤爲肆無忌憚：利用中國政局混亂、輿論不振的機會，借著不平等條約的保護，在中國大放厥詞。以至於，當時諸多有識之士以痛感其禍。指爲「迷惑我報界之耳目，混淆我社會之視聽」、「挑撥是非」〔註15〕。

日本在華報刊履行的目的是多元的，在日中關係發展的不同的歷史時期，懷抱不同對華思想和宗旨的日本民間人士，其辦報目的也有不同。大體上而言，在晚清和民初階段，服務於商業的目的、聯絡溝通「中日感情」的報紙較多 —— 這一時期日本力量尚無法與列強抗衡，爲了發展其本身對華的影響力，此時日本集中精力對華進行「經濟拓展」，軍國主義思想尚未出爐。固此這一時期的報紙多由民間人士創辦，官方介入不深，報紙在發揮經濟功能之外，多致力於宣傳「中日提攜」、發展「中日感情」。而民國以後，，尤其是 1915 年《二十一條》前後，日本迅速走上軍國主義的道路，「大陸政策」的主要形態，也已經由政治性、經濟性轉化爲以軍事行動爲主的侵略戰爭了。此時，日本對華「新聞政策」正式出爐，開始將「新聞紙」作爲對華文化事業的重要內容，這時以後的報紙，多爲了配合日本侵華做宣傳，包括混淆視聽、壓制反日情緒等都與此有關。

然而，不管是出主要自哪一種目的，近代日本在華創辦的報紙，無一不是從日本本國的國家利益出發，而積極發揮其在對華問題上的輿論影響的。〔註16〕

〔註14〕神谷正男編：《宗方小太郎文書》，東京原書房，1975 年版，第 701～723 頁。

〔註15〕《東方雜誌》（1919 年 5 月），第十六卷五號，第 7～12 頁。黃天鵬：《中國新聞事業》，現代書局 1932 年版，第 49～50 頁。

〔註16〕以上部分參考黃福慶前引文。

附　表

附表一　1890～1937年日本在華創辦的日文報紙

名　稱		創刊時間	地點	備　注
《上海新報》	松野本三郎	1890	上海	周刊
《上海時報》	上海日本青年會	1892	上海	
《上海周報》		1894、1	上海	
《上海時事》		1894、3、27	上海	
《北支那每日新聞》	豐岡保平	1903、8	天津	1911年與《北清日報》合併爲《天津日報》
《上海周報》	竹川藤太郎	1903、12、24	上海	
《上海新報》	杉尾騰三	1903、12、26	上海	原周刊，1904、3改爲《上海日報》
《遼東新報》	未永純一郎	1905、11、25	大連	1927年易名爲《滿洲日報》
《安東新報》	金子彌平	1906、10、17	安東	
《滿洲日報》	野口多內	1907、6	安東	
《安東時報》	金村長	1907、6	安東	
《內外通信》	合田願	1907、7	瀋陽	
《漢口日報》	岡幸七郎	1907、8、1	漢口	
《滿洲實業新報》	椿井必治	1907、9	安東	
《滿洲日日新聞》	星野錫	1907、11、3	大連	
《安東每夕新聞》	嘉納三治	1908	安東	
《瀋陽每日新聞》	渡邊重德	1908、2、10	遼陽	後易名爲《遼陽新報》

《東邊時報》	金村長	1908、9	安東	
《南滿日報》	矢野勘	1908、12	瀋陽	1912 年易名爲《奉天日日新聞》
《長春日報》	箱田琢磨	1909、1、1	長春	1917 年易名《北滿日報》，1922 年易名爲《新京日報》
《滿洲新報》	岡部次郎	1909、2、11	營口	後易名爲《滿洲日報》
《香港日報》	松島宗衛	1909、9、1	香港	
《間島時報》	山崎慶之助	1910	間島	半周刊
《鐵嶺時報》	西尾信	1911、8、1	鐵嶺	
《江南商務報》	白井勘助		翼江	原《江南日報》，1911 年尚存
《吉林時報》	兒玉多一	1912	吉林	周刊
《安東新聞》		1912	本溪	
《新支那》	藤原鐮兄	1912、3	北京	周刊
《滿洲重要物產商況日報》	井長次郎	1913、7、28	大連	
《新支那》	安藤萬吉	1913、9	北京	
《上海》	佐原篤介	1913	上海	周刊
《北滿洲》	水野清一郎	1914、7	哈爾濱	
《上海新聞》	宮地貫通	1914、10、1	上海	
《青島新報》	鬼頭玉汝	1915、1、15	青島	
《長春商業時報》		1915	長春	
《齊魯時報》	岡伊太郎	1915、8	濟南	二日刊
《東滿通信》	安東貞元		間島	見民國五年《中國年鑒》
《滿洲野》	追田採之助		鐵嶺	見民國五年《中國年鑒》
《滿洲通信》	武內忠次郎		瀋陽	見民國五年《中國年鑒》
《漢口》	中村薰雄		漢口	見民國五年《中國年鑒》
《鶴淚》	古閒二夫		漢口	見民國五年《中國年鑒》
《香港時報》	周永康		香港	見民國五年《中國年鑒》
《山東新聞》	川村倫道	1916、6、7	濟南	
《濟南經濟報》	岡伊太郎	1916、7	濟南	1923 年易名《膠州時事新報》
《山東新報》	長谷川清	1917	青島	1928 年易名《山東每日新聞》，改由吉木周治經營
《奉天新聞》	佐藤善雄	1917、9、1	瀋陽	
《鐵嶺每日新聞》	追田採之助	1917、11、3	鐵嶺	

《大連經濟日報》	松本杉	1917、12、4	大連	1923 年易名《滿洲商業新報》
《漢口日日新聞》	宮地貫道	1918、1、1	漢口	
《福州日報》	津田七郎	1918、5	南臺	半周刊
《奉天每日新聞》	松宮幹樹	1918、7、1	瀋陽	
《京津日日新聞》	森川照太、田原禎次郎	1918、10	天津	
《上海經濟日報》	深町作次	1918、11、30	上海	1924、10 易名爲《上海每日新聞》
《開原時報》	山田民五郎	1919、2、11	開原	
《青島實業日報》	渡邊文治	1919、10、15	青島	
《大連新聞》	立川雲平	1920、1	大連	
《青島商況日報》	鬼頭玉汝	1920、9	青島	
《天津經濟新報》	小宮山繁	1920、10	天津	周刊
《四洮新聞》	泉本章太郎	1920、10、10	四平街	
《埠頭日報》	富田喜代三	1920、11、18	大連	
《長春實業新聞》	染谷保藏	1920、12、15	長春	1932 年易名爲《新京日日新聞》
《朝鮮時報》		1920	安東	
《關東新報》		1920	大連	
《公主嶺商報》		1920	公主嶺	
《撫順新聞》	板本格	1921、2、14	撫順	
《滿洲報》	藤田溫一	19214、29	大連	
《南支那新報》	平井眞澄	1921、6、17	香港	
《間島新聞》	安東眞元	1921	間島	
《哈爾濱日日新聞》	大澤集	1922、1、12	哈爾濱	
《青島日日新聞》	小川雄三	1922、10、31	青島	
《支那問題》		1922	北京	
《奉天商工周報》		1922	瀋陽	周刊
《大陸日日新聞》		1922	瀋陽	
《漢口公論》		1922	漢口	周刊
《南支那》	宮川次郎	1922	廈門	周刊
《廣東日報》	平井眞澄	1923、6	沙面	一名《廣東新聞》
《北京新聞》	森川照太	1923、8、31	北京	原《京津日日新聞》的北京版
《極東新聞》	藤元倩兄	1923	北京	

《松江新聞》	三橋政明	1923	吉林	
《營口經濟日報》		1923	營口	
《開原實業新報》		1923	開原	
《哈爾濱時報》		1923	哈爾濱	
《山東商報》		1923	濟南	
《極東》		1924	大連	周刊
《江南正報》	山田純三郎	1927、2、16	上海	
《山東通信》	岡伊太郎	1927、5、16	青島	
《國境每日新聞》	吉永成一	1928、1、1	安東	
《山東新報》	長谷川清	1928	青島	
《山東新報》	小川雄三	1932、5	濟南	
《哈爾濱新聞》	大原厚仁	1932	哈爾濱	
《大滿蒙報》	大石隆基	1932、9、18	長春	
《山海關日報》	大川眞一	1934、4	山海關	
《大新京日報》	中尾龍夫	1935、9、18	長春	
《華北商報》	藤田辰雄	1936、2	天津	
《冀東新聞》			唐山	

附表二　1890～1937年日報在華創刊中文報一覽表

名　稱	創刊人	創刊時間	地點	備　注
《佛門日報》	佐野則悟	1894、1	上海	
《漢報》	宗方小太郎	1896、2	漢口	
《閩報》	前島眞 中曾根武多	1897、2	福州	1898年由宗方小太郎、井手三郎接辦
《咸報》	西村博	1899	天津	庚子事變後易名爲《天津日日新聞》
《同文滬報》	井手三郎	1900	上海	購《滬報》而易名之
《順天時報》	中島眞雄	1901、12、30	北京	
《重慶日報》	竹川藤太郎	1904、1、17	上海	
《盛京時報》	中島眞雄	1906、11	瀋陽	
《芝罘日報》	桑名貞次郎	1907	芝？	
《全閩新日報》	江保正	1907、8	廈門	江保正，臺灣人
《秦東日報》	金子平吉	1908、11、3	大連	原名遼東新報
《時聞報》	佐藤鐵次郎		天津	1911年尚存

《北滿洲》	水野清一郎	1914、7	哈爾濱	半周刊
《大青島報》	鬼頭玉汝	1915、1、9	青島	原《青島報》中文版
《濟南日報》	中西正樹、止川玄耳	1916、8	濟南	1917年易名《山東新聞報》
《中和報》	山下江村	1917、1	廈門	
《鐵嶺每日新聞》	追田採之助	1917	鐵嶺	
《關東報》	都田文雄	1919、12	大連	
《滿洲報》	西片朝三	1922、7、24	大連	原《滿洲日日新聞》中文版
《大北日報》	中島眞雄	1922、9、2	哈爾濱	
《膠東新報》	中島勇一	1924、7	青島	
《庸報》	大矢信彥	1926、6、25	天津	
《山海關公報》	大川眞一	1934、4	山海關	
《民聲晚報》	西片朝三	1934、12、1	大連	
《冀東日報》	墨川重幸		唐山	
《進報》	武田南陽	1937、5	北京	
《津報》	瀧口堯		天津	

附表三　1890～1937年日本在華創辦英文日報一覽表

名　　　稱	創　辦　人	地　點	備　注
The China Advertiser	松村利男	天津	
The China Tribune	松本君平	天津	
The North China Standard			

附表一、二、三來源：戈公振：《中國報學史》，第123～126頁；曾虛白主編：《中國新聞史》，第173～182頁；小野秀雄：《中外報業史》，第146頁；東亞同文會編：《民國五年中國年鑑》，第1031～1036頁；蠔原八郎：《海外邦字新聞雜誌史》，第271～275頁，第342～344頁；中島眞雄主編：《對支回憶錄》，上卷，第714～723頁；東亞研究所編：《日本的對支投資》，第988～1013頁；The China Yer Book，1929\30，Part Ⅱ，（Kaus Reprint,1969）．

後　記

　　這篇 18 萬字的稿子，終於帶著種種的不完善、不如意，差強人意地收尾了。此時，我的眼前，不禁浮現出一年前那個騎著自行車、早晚往返於北大圖書館和人大之間的我。那時，路兩旁濃蔭密佈……北大圖書館發黃的報紙、國圖昏暗的縮微膠捲，一路翻看下來，漸漸地，直到路邊樹葉一點點由綠變黃、又由黃飄落。資料查完，冬日降臨，緊接著三四個月的「閉門造車」……終於，今日論文即將收尾，行將擱筆，不經意間，窗外又已是綠意濃濃。此時的心情，只可用「冷暖自知」來形容。

　　記得那年冬天，在人大宜園，我的導師方漢奇老師，在我筆記本上的幾個題目中「畫了一個圈」。此後，資料的線索、基調的確立、格局的調整、視野的拔高……無不凝聚了導師立足高遠的眞知灼見。這些，使迷茫中的我茅塞頓開、信心倍增。當我苦於初創時期的報紙無處尋覓之時，導師以電郵聯繫東京訪學的朋友，輾轉發來珍貴的掃描件。想起這些，心中感激之情、無以言表。

　　導師志行高潔、孜孜不倦、嚴謹治學、獎掖後進，這些像一種無形的精神力量，感召著眾多弟子。從步入導師家中上課的第一天起，導師便以他淵博的學識與思想見地，引領我這個初學者，一步步從歷史學領域步入新聞史學的殿堂。爲了讓我儘早摸透新聞史的「門牌號碼」，他開具了幾十本著作的目錄，布置了每月的讀書任務；還經常「傾囊而出」地提供各種資料、線索；對學生的每一個疑惑，他都盡力解決，每一點進步，都給予熱情的鼓勵……可以說，我這個既不夠聰明、又非十分努力的學生，今天之所以還能感覺到學有所獲，與方先生三年的殷殷教誨、言傳身教是分不開的。我從內心深深

地感謝方老師。

與導師相比，師母給予的則更多親人般的溫暖和關愛。師母出身上海名門、並曾執鞭北附中，言談卓有見識、風趣幽默。每次請弟子吃飯都精心準備；逢年過節亦不忘帶些月餅、瓜果，讓遠離家鄉的我們消解鄉愁。每每回想師母的親切話語和手心的溫暖，我內心感到十分幸福。

本文寫作過程中，我的同門鄧紹根師兄、王潤澤師姐、趙雲澤師兄、劉繼忠、郭傳芹、曹立新同門，給了我很多彌足珍貴的幫助、關心，也用他們的睿智給了本文諸多啓發，在此衷心地感謝他們。還有許多朋友，恕我不能一一列舉名字，他們提供給我的眞誠相助，我銘記心間。

我還想提及的，是伴隨我三年的中國人民大學的同窗們，他們是 2006 級新聞學博士班樊亞平、王斌、來向武、夏蔭蔭、黃金、王靜、路君變，……這群年齡參差不齊、來自五湖四海的青年，思維活躍、性格各異。平日裏，大家切磋學藝、砥礪人品，校園小徑、昆明湖畔、香山之顚……留下了吾輩幾多奇思妙語、多少壯志豪情。論文撰寫的幾個月裏，「革命戰友」更是互相激勵、啓發思路、並肩作戰。這些，無疑將成爲我人生底片上最爲亮麗而深情的記憶。

在論文撰寫過程中，新加坡的卓南生教授，及時地爲我的論文提出了極爲中肯的意見，避免了本文立場上的偏差。還有趙玉明老師、李磊老師、王泰玄老師、胡太春老師、陳昌鳳老師、陳彤旭老師、周小普老師、白潤生老師、趙詠華老師、哈豔秋老師等等，均給予我的論文認眞的審讀，並提出寶貴意見。再有，李彪博士、付金柱博士、北大圖書館的張寶生老師，都爲本文的原始資料獲取方面，提供了無私而寶貴的幫助，在此深表謝意。

最後，我要感謝我最可愛的父親、母親——若沒有他們默默的愛與關懷、永遠地無條件地支持，也就沒有今天的我！

博士論文的完成，僅僅是今後道路的開端。這開端雖然不是特別完美，但其中收穫的種種，確是一生都彌足珍貴的。我願以此作爲今後努力的基石。